Helen Fields
Body Number One

HELEN FIELDS

BODY NUMBER ONE

Thriller

Deutsch von
Christine Blum

dtv

Von Helen Fields sind
bei dtv außerdem erschienen:
The Institution
The Killer Profile

MIX
Papier | Fördert gute Waldnutzung
FSC® C014496
www.fsc.org

Deutsche Erstausgabe 2025
dtv Verlagsgesellschaft mbH & Co. KG, München

Titel der englischen Originalausgabe:
›Watching you‹ (Avon Books, a Divison of
HarperCollins*Publishers* Ltd, London)

Umschlaggestaltung: zero-media.net, München
Umschlagmotive: eye35 / Alamy Stock Foto; FinePic®,
München unter Verwendung von Firefly (KI)
Satz: Greiner & Reichel, Köln
Gesetzt aus der Minion Pro
Druck und Bindung: GGP Media GmbH, Pößneck
Printed in Germany · ISBN 978-3-423-26435-8

Für Sharon Avery
Mit Dank an das Universum,
dass unsere Wege sich wieder gekreuzt haben.

KAPITEL 1

29. September

Der Tod trug keinen schwarzen Umhang mit tiefer Kapuze, als er Dale Abnay heimsuchte. Er schwang weder eine Sense, noch nahm er ihn an der Hand, um ihn ins tröstende Licht zu führen. Der Tod, erkannte Dale, während er bäuchlings an den Füßen weggeschleift wurde und sein Kinn immer mehr Laub mitnahm, war ein heimtückischer Mistkerl, der sich von hinten angeschlichen hatte. Das war nicht fair. Er hatte sich immer vorgestellt, er würde ihm ins Angesicht blicken und dürfte sich verteidigen. Aber der Tod war ein Feigling, hatte ihm, vermutete Dale, mit einem großen Stein eins über den Schädel gezogen und dabei keinen Ton von sich gegeben. Bastard.

Der Hieb hatte in Dale Abnays Kopf eine Bombe gezündet, und jetzt schoss ihm das Leben in blutigen Strömen aus Ohren und Mund. Sein Bewusstsein zog sich durch sämtliche Hirnwindungen zurück in einen kleinen, geborgenen Winkel des Gedächtnisses, der seinem alten Kinderzimmer verdammt ähnlich sah. Dem einzigen Ort auf der Welt, den er geliebt und an dem er sich sicher gefühlt hatte, vor allem seit jenem Tag, als sein Vater mit der Schwester der Mutter abgehauen war. Da war das Zimmer zum Rückzugsort geworden, wo er Ruhe fand vor seiner abwechselnd weinenden und schreienden Mutter. Sie bedachte ihre Schwester mit Ausdrücken, die Dale noch nie gehört hatte und die ihm damals, mit sieben, in der Schule ganz schöne Probleme einbrachten, als er sie einem Mädchen aus seiner Klasse nachrief.

Irgendwo hinter den Wänden des Kinderzimmers zog roter Dunst auf. Der Wind, der heranwehte, heulte wie ein Fuchs, der sich gegen die Meute wehrt, und trug den Gestank von madenzerfressenem Aas an seine Nase. Dale vergewisserte sich, dass die Tür seines Zimmers verschlossen war, und kroch unters Bett. Das war nicht mehr so leicht wie als Kind – seine Füße ragten hervor, und mit dem Rücken streifte er den Lattenrost –, aber das Wichtige war: Sein Tagebuch lag noch dort.

Darin, erinnerte er sich, stand alles, wovon sein präpubertäres Ich geträumt hatte: Profifußballer zu werden und zu Weihnachten sämtliche Computerspiele geschenkt zu bekommen, die neu auf dem Markt waren; eine Zeit lang hatte er sich auch einen Hund gewünscht. Dann hatte sich die Nachbarin einen angeschafft, und er bekam mit, wie sie jeden Tag mit dem zottigen Köter Gassi ging, seine dampfenden Hinterlassenschaften auflas, umständlich in kleinen schwarzen Plastiktüten sammelte und diese bis zum Ende des Spaziergangs in der Hand herumschlenkerte. Da hatte er seine Wunschliste nochmals überdacht. Das mit der Fußballkarriere war auch nichts geworden, er hatte es nicht einmal in die Schulmannschaft geschafft. Immerhin, als Erwachsener hatte er sich jedes Computerspiel leisten können, das er wollte.

Das Zimmer hüpfte auf und ab. Dales Kopf prallte so heftig gegen den Lattenrost, dass ihm die Ohren dröhnten, und jetzt erschien ein Riss im Boden. Das musste ein Erdbeben sein. Ein Erdbeben in Schottland, kaum zu glauben! Das erste, das er erlebte. Dale streckte die Hand nach der Bettdecke aus und zog sie über den Bettrand herunter wie einen Vorhang, damit er die Zerstörung nicht sehen musste. Vage war ihm bewusst, dass etwas wirklich Schlimmes vor sich ging, aber er war entschlossen, sein Tagebuch zu Ende zu lesen, komme, was wolle. Besser so. Warum sich Sorgen wegen Dingen machen, die man nicht ändern konnte? Das hatte seine Mutter auch immer gesagt, jedenfalls so ähnlich. Jetzt traf das zum ersten Mal auf eine Situation zu, in der er sich selbst befand, und er merkte, dass ihm das gar nicht gefiel.

Dale schlug das Tagebuch auf, rieb sich die Augen, schloss es wieder, wartete ein paar Sekunden und schlug das Buch von Neuem auf. Verschwunden waren die gekrakelten kindlichen Sehnsüchte eines Jungen, der ziemlich große Pläne hatte für jemanden, in dessen Zeugnissen oft stand, er sei unkonzentriert und im Unterricht aufsässig und frech. Verschwunden die kleinen Comicfiguren, die er so gern in die untere Ecke gezeichnet hatte, damit sie sich bewegten, wenn er die Seiten über den Daumen schnurren ließ. Verschwunden die Liste seiner Freunde mitsamt den Streichungen und Hinzufügungen. Und keine Spur mehr von dem ganz besonderen Namen, den er wieder und wieder notiert hatte: Lucy Ogunode.

Lucy, seine große Liebe. Sie war vom ersten Schultag an bis zum Abschluss mit achtzehn in seiner Klasse gewesen. Nicht ein einziges Mal hatte sie das Gesicht verzogen, wenn der Lehrer sie bat, sich neben ihn zu setzen, und sie hatte ihn nie gehänselt wie die anderen Kinder. Lucy war nett und lieb und wunderschön, und ihr Lächeln war wie ein Kerzenlicht in der Düsternis seiner Kindheit gewesen. Bis es eines Tages nicht mehr so war. Beim Gedanken daran brannten ihm die Wangen, und ihm zog sich der Magen zusammen, also beschloss er, nicht daran zu denken.

Dale sah sich nach einem Stift um. Irgendwo unter seinem Bett war immer einer gewesen, damit er spätabends noch etwas aufschreiben oder Notizen machen konnte, wenn er aus einem Traum erwachte. Heute jedoch nicht. Alles, was seine Finger zu fassen bekamen, waren Laub und Zweige. Eigentlich war das nicht möglich, denn seine Mutter hätte ihm die Hölle heiß gemacht, wenn er sein Zimmer derart verdreckt hätte, und nie, niemals, hätte er es mit Straßenschuhen betreten dürfen.

In seinem Kopf versuchten zwei Drähte fieberhaft, sich zu verbinden. Fast gelang es ihnen, da ging das Licht aus, und es war pechschwarz jenseits des Bettdeckenvorhangs. Trotzdem war er irgendwie noch in der Lage, die Seiten des Büchleins zu erkennen. Im schwachen Schein einer Taschenlampe hinter ihm, wie er feststellte. Bisher hatte er sie gar nicht bemerkt, aber sie spendete gerade so viel Licht, dass er nicht gezwungen war, sich zusammenzurollen und allein in der Finsternis zu warten.

Er lenkte den Blick zurück auf das Tagebuch und wünschte, er könnte Lucys Namen wieder hineinschreiben. Doch alles war mit dicken schwarzen Bleistiftstrichen überkritzelt, denen jeder gute Gedanke, den er notiert hatte, zum Opfer gefallen war und die jede Seite in einen bodenlosen Abgrund verwandelt hatten. Dale zog die Finger zurück im sicheren Wissen, dass seine Fingerspitzen bei der kleinsten Berührung der Graphitschicht darin verschwinden würden und er selbst als Ganzes gleich mit.

Vorsichtig, darauf bedacht, nur die äußersten Ecken der Seiten zu berühren, blätterte er weiter, bis von oben ein Tropfen auf ihn fiel und ihn ablenkte, sodass seine Hand versehentlich doch über die Seite glitt. Die Finger wurden nicht schwarz, sondern grün, ein ganz dunkles Moosgrün, und waren plötzlich beschaffen wie – er musste darüber nachdenken, und das Denken dauerte quälend lange – dieses Zeug, in das seine Mutter immer Blumen gesteckt hatte. Man kaufte es in Blöcken, und es bröckelte, wenn man es zu fest anfasste … Oasis, so hieß es. Er rieb mit den befallenen Fingern über den Boden, aber es ging nicht weg, also rieb er noch einmal. Jetzt tat sich etwas. Mit offenem Mund starrte er hin: Von den Fingern löste sich die Haut, als zöge er sie über eine Reibe. Es hätte wehtun müssen, aber dem war nicht so. An sich war das erfreulich, nur merkte er jetzt, dass er gar nichts spürte. Nicht das kleinste bisschen. Dale zwickte sich. Dann biss er sich auf die Unterlippe. Dann boxte er sich in den Oberschenkel.

»Nichts«, flüsterte er.

Von oben tropfte es weiter, und zwar ziemlich stark, dafür dass die Flüssigkeit durch Bettdecke, Laken und Matratze hindurchgesickert sein musste. Eiskaltes, schleimiges Wasser, das nach Erde und Würmern roch. Bis zu diesem Augenblick hatte er noch nie überlegt, wie Würmer wohl rochen, aber schlimmer war, dass sein Tagebuch nass wurde, das Einzige, woran er sich noch klammern konnte. Wenn ihm das entglitt, wäre es das Ende, dessen war er sich bewusst.

Auf den Seiten stand jetzt wieder Lucys Name, aber ohne die Herzchen und Blumen, mit denen er den Schriftzug immer verziert hatte. Stattdessen begannen die Buchstaben zu zerfließen und hinterließen graue Streifen wie von Tränen. Erschrocken ließ er das Buch fallen, weil es mit einem Mal nach Rauch roch und Flammen aus dem Buchrücken schlugen. Dieses Geschehen, erinnerte er sich, war keine Halluzination, sondern hatte sich wirklich ereignet, und das war gut, ja, besser als gut, denn vielleicht bedeutete das, dass er doch nicht den Verstand verlor. Vielleicht würde das Feuer dazu führen, dass er aus dem Albtraum erwachte und in die Wirklichkeit zurückkehrte.

Natürlich konnte er sein Tagebuch nicht vor sich haben, weil er es in der echten Welt verbrannt hatte. Zuerst hatte er es zerreißen wollen, aber dazu war es zu stabil gewesen. Frustriert hatte er es in den Kamin geworfen, Feuerzeugbenzin darübergegossen und sich an den Flammen erfreut, die daraus hochschlugen. Denn Lucy hatte alles verdorben. So viele Jahre lang hatte er sie aus der Ferne geliebt, immer auf Abstand, weil er genau wusste, dass er für einen Annäherungsversuch in der Hackordnung der Klasse viel zu weit unten stand. Dann, nach der Schulzeit, hatte er es endlich gewagt und alles versucht, um ihre

Zuneigung zu gewinnen. Er hatte sogar den Mut aufgebracht, sie um eine Verabredung zu bitten. Lucy war die ganze Zeit über abweisend geblieben. Auf nette, höfliche Art zwar, aber das fand er viel schlimmer, als wenn sie ihm eine Ohrfeige verpasst oder ihm erklärt hätte, sie sei lesbisch oder habe zu Jesus gefunden und wolle in ein Kloster eintreten. Aber von ihr war gar nichts gekommen, und es war erstaunlich, wie erdrückend so ein Garnichts sein konnte.

Seit Lucy hatte er es natürlich noch bei anderen Frauen versucht, aber keine war es wert gewesen, dass er ihren Namen in dem Buch verewigte. Das war bereits zu Asche zerfallen, so schnell, wie es in Flammen aufgegangen war. Schwaden von Rauch und Rußpartikeln waberten im schwächer werdenden Lampenschein umher.

Es schien, als wäre Dale keine Frau beschieden. Entweder sie waren zu gut für ihn oder nicht gut genug. Irgendwo – in einem Film oder einer Serie? – hatte er gehört, man solle es bei den weniger guten versuchen, weil sie dankbarer und williger seien. Ihm widerstrebte diese Logik. Warum sollte er sich als junger Mann auf unattraktive Frauen beschränken? Würden ihn nicht auch schöne Frauen mit prallen, straffen Brüsten und schmalen Taillen begehren? In den Videos, die er spätnachts genau hier unter seinem Bett geschaut hatte, wenn seine Mutter fest schlief und ihn nicht erwischen konnte, begehrten solche Frauen doch auch jeden Mann.

Die Taschenlampe flackerte. Dale nahm sie und schüttelte sie in der Hoffnung, die Batterien würden sich noch einmal erholen, aber es nützte nichts. Jetzt war es ganz dunkel. Dale wollte um Hilfe rufen, aber Tropfen fielen ihm auf die Zunge, so bitter, dass er würgen musste. Von allen Seiten kroch nun das Wasser näher. Er wollte etwas sagen, hätte gern ein paar letzte Worte gesprochen, aber seine Zunge war ein nutzloses klobiges Ding im Mund. Und bildete er es sich ein, oder lastete das Bett immer schwerer auf ihm? Er verspürte Bedauern, dass er oftmals kein sonderlich netter Mensch gewesen war. Erst vor Kurzem hatte er sich vorgenommen, dem etwas entgegenzusetzen. Er hatte mehr gewollt, hatte daran gearbeitet, sich zu bessern. Jetzt war es zu spät.

Er versuchte, sich auf die Seite zu rollen, um die Knie an die Brust zu ziehen, ein letztes bisschen Trost in der Embryostellung zu finden, aber das Laub aus den Ecken war jetzt überall, häufte sich um ihn, umhüllte ihn wie eine feuchtkalte Decke. Die Luft, die er atmete, war schwer und roch nach Tod. In seinen letzten Sekunden, als sein Bewusstsein die Tür des Zimmers öffnete und ihm zu erkennen gestattete, wo sein sterblicher Leib sich in Wahrheit befand, kam ihm noch der Gedanke, ob Lucy Ogunode, wo sie auch sein mochte, je erfahren würde, dass er tot war. Und ob sie das überhaupt interessieren würde.

Nur wenige, aber viel zu lange Minuten später schied Dale aus der Welt, umringt und beweint von fünf Mädchen.

KAPITEL 2

5. Mai

Detective Sergeant Lively vom Major Investigation Team Edinburgh saß in einer Kirche und hoffte, nicht spontan in Flammen aufzugehen nach allem, was er jahrzehntelang jedem gegenüber, der es hören wollte, zum Thema Religion von sich gegeben hatte. Doch es gab Zeiten, da forderte der Beruf seinen Tribut, und in der letzten Zeit hatte er ihm viel zu viele Menschen genommen, die ihm etwas bedeuteten. Deshalb war er nun hier. Er war noch nicht an dem Punkt angelangt, tatsächlich zu beten, als sein Handy »Black Hole Sun« zu spielen begann – ein Anruf vom Polizeirevier.

»Gib mir Kraft«, murmelte Lively. »Kann man nicht mal einen Moment Ruhe haben?« Er nahm an. »Nur gute Nachrichten gefälligst.«

»Okay, was heißt ›gut‹?«, gab Christie Salter zurück. Trotz des Altersunterschieds – er über fünfzig, sie in den Dreißigern – waren sie gleichrangig, aber er hatte ihr alles beigebracht, was sie konnte, und erinnerte sie immer wieder daran, was sie insgeheim genoss.

»Dass ich im Lotto gewonnen habe oder Schottland jetzt zu den Bahamas gehört und wir alle nach der Pensionierung dorthin ziehen dürfen.« Lively war schon auf dem Weg zum

Friedhof hinter der Kirche, verärgert, dass ihm mal wieder die Freizeit gekürzt wurde. Auf einigen Grabsteinen standen die Namen von Kollegen, auch mit ihnen hatte er ein paar Minuten verbringen wollen. Ihnen Unehre erweisen, nannte er das immer für sich. Tote Freunde wollten nicht geehrt werden, sie wollten, dass man sich an schöne Momente mit ihnen erinnerte.

»Das viele Geld würde Sie irgendwann nur langweilen, und am Strand würden Sie sich einen Sonnenbrand holen. Außerdem brauchen wir Sie hier, jetzt, wo das Team so dezimiert ist. Tatsächlich hatte ich gehofft, Sie hätten Zeit, im St. Columba Hospital vorbeizuschauen. Da wird gerade ein Obdachloser mit mehreren Stichwunden eingeliefert zur Not-OP.«

»Mehrere Stichwunden, und er lebt noch?«

Lively beschleunigte seinen Schritt und wandte sich in Richtung Auto.

»Vermutlich weil er so viele Klamottenschichten am Leib trug, das scheint die Stiche abgebremst zu haben. Trotzdem muss es ein völlig enthemmter Angriff gewesen sein. Ist offenbar vergangene Nacht passiert. Er wurde heute Morgen von der Security eines Gewerbebetriebs in Bankside neben dem Zaun des Firmenparkplatzes gefunden.«

»In Ordnung, bin auf dem Weg. Was hab ich eigentlich getan, dass ausgerechnet Sie mir die A-Karte zuschustern?«

»Ich muss rausfahren zum Jupiter Artland«, sagte Salter. »In dem Park wurden menschliche Überreste gefunden, das ist bisher alles, was ich weiß, außer dass der Pathologe nicht glücklich mit der Leiche ist.«

»Nicht glücklich? Genau das ist doch seine berufliche Erfüllung, oder?«

Salter ignorierte ihn.

»Beeilen Sie sich, ja? Man weiß nicht, ob das Messeropfer überleben wird, und bis jetzt war kein verständliches Wort aus ihm herauszukriegen.«

»Ich brauche zehn Minuten«, sagte Lively. »Sagen Sie denen Bescheid, dass ich komme, dann schaue ich, was ich von ihm erfahre, bevor er anästhesiert wird. Tolle erste Woche für Sie nach der Rückkehr, was?«

»Edinburgh halt«, gab sie trocken zurück. »Ich hätte nichts anderes erwartet.«

Das St. Columba Hospital, ein Neubau, hätte leicht eine architektonische Scheußlichkeit werden können, aber von Stadtplanung verstand man in Schottland etwas. Das Einzige, woran es in guter alter Edinburgher Tradition mangelte, waren Parkplätze. Angesichts des Besucherparkplatzes, dem er sich näherte, gab Lively die Hoffnung gleich auf, stellte seinen Wagen auf einer Rasenfläche ab und zückte seinen Dienstausweis, bevor der Wachmann auch nur in Rufweite kam.

»Polizei«, sagte er. »Ich hab's eilig.«

»Da ist ein Schild«, herrschte der Wachmann ihn an.

Lively drehte sich danach um.

»Aye, da steht aber: Rasen *betreten* verboten. Ich bin draufgefahren, das ist was ganz anderes.«

Der Wachmann sah ihn verzweifelt an.

»Der Rasen wurde erst kürzlich gesät, die machen mich rund.«

Lively seufzte, griff in die Tasche und warf ihm seinen Autoschlüssel zu.

»Na gut, ich will ja nicht, dass Sie Ärger kriegen. Fahren Sie ihn gern woandershin. Wenn ich fertig bin, hole ich den Schlüssel bei Ihnen ab. Wo geht's zur Notaufnahme?«

Der Wachmann zeigte ihm die Richtung. Lively sah auf die Uhr, wollte schon losrennen, um die verlorene Zeit wettzumachen, ließ es dann aber bleiben. Bloß keinen Unsinn machen, sonst kam er noch auf einer Trage unter Herzdruckmassage in der Notaufnahme an. Er musste seine überschüssigen Pfunde (*stone*, flüsterte ein böses Stimmchen in seinem Hinterkopf) endlich loswerden, das hatte er schon … ach, keine Ahnung, wie lange er es schon vorhatte.

Die Fassade des Klinikums war im schottischen Baronial-Stil gehalten, weshalb sie aussah, als wäre sie jahrhundertealt mit all dem Sandstein, den Mini-Türmchen und der Unmenge an Fenstern und Verzierungen, die auch den gleichgültigsten Steinmetz zum Weinen gebracht hätten. Drinnen war es jedoch, als befände man sich auf einem anderen Planeten: ein luftiges Foyer über vier Etagen, Korridore mit bewegungsgesteuerter Beleuchtung, Ruhebereiche mit Designersofas und großen Grünoasen, jede mit eigener Benebelung, um die Erde feucht zu halten. Es roch nach Kiefernnadeln und Muskat, und aus unsichtbaren Lautsprechern erklang Vogelgezwitscher und das Summen von Bienen. Lively spürte, wie sich die altvertraute Düsternis des Reviers von ihm hob, während er, so schnell es ihm möglich war, auf die Suche nach dem Mann ging, der sich hoffentlich noch ans Leben klammerte.

Man schickte ihn durch eine Tür nur für Befugte und einen langen weißen Flur entlang in eine Umkleide, wo er mit Überschuhen, einer OP-Schürze und Handschuhen ausstaffiert wurde. So ein OP-Saal, dachte er, war einem modernen Tatort gar nicht so unähnlich.

»Dr. Hall, der Anästhesist, ist schon im Vorbereitungsraum, und die Chirurgin ist auf dem Weg«, informierte man ihn. »Sie dürfen rein, aber nur für eine Minute. Der Zustand des Patienten ist schlecht. Und fassen Sie ja nichts an, Sie tragen nur unzureichende Schutzkleidung.«

Lively trat durch eine automatische Tür. Hinter einer Scheibe links von ihm sah er, wie ein achtköpfiges Team die letzten Vorbereitungen traf – Instrumente einsortierte, Lampen justierte, sich die Schürzen enger schnürte und Monitore in Position brachte. Der Patient, der vor ihm auf einer fahrbaren Trage lag, bildete einen schroffen Kontrast zu der sterilen Welt. Er war zwischen vierzig und fünfzig mit einer wilden rotblonden Mähne und den unvermeidbaren Narben des langen Lebens auf der Straße auf Gesicht und Armen. Seiner Gesichtsfarbe nach zu schließen, hätte er auch schon tot sein können, und sein Atem klang wie eine verstopfte Trillerpfeife.

Während Lively sich dem Kopf des Patienten näherte, um ihm hoffentlich ein paar wichtige Informationen zu entlocken, trat eine Frau durch die Tür am anderen Ende des Raums. Sie hatte ein heiteres Lächeln auf den Lippen und strahlte vollkommene Gelassenheit aus.

»Vielen Dank zusammen, sind wir startklar? Wir haben Besuch, bitte lassen Sie ihn noch kurz seinen Job machen.« Sie nickte Lively zu.

Er konnte nicht umhin zurückzulächeln. »DS Lively.«

»Beth Waterfall, Unfallchirurgin und Notärztin. Ich fürchte, Sie haben nicht viel Zeit. Legen Sie los, aber versuchen Sie, den Patienten nicht zu sehr aufzuregen. Soweit ich informiert bin, ist er seit der Einlieferung nur sporadisch bei Bewusstsein.«

Die Augen des Patienten auf der Liege flogen auf. Er sah zum Anästhesisten auf, zu Lively und dann zu der Chirurgin hinüber. »Nein, nein, nein!«, schrie er, begann den Kopf zu schütteln, mit den Armen zu fuchteln und nach den Schläuchen zu greifen, die zu seinen Handgelenken führten. »Hilfe! Hilf mir doch jemand!«, lallte er undeutlich und speichelsprühend.

»Er ist tachykard, azidotisch, hat hohe Laktatwerte, und der HB im Keller«, drängte Dr. Hall. »Wir müssen anfangen.«

»Beeilen Sie sich, Detective«, sagte Beth Waterfall, »wir müssen in den OP-Saal und die Blutung stoppen.« Sie rückte ihren Mundschutz zurecht und beugte sich über den Bauch des Patienten, wo an drei Stellen bereits die Verbände durchbluteten.

Lively stellte sich rasch so über den Mann, dass er ihm ins Gesicht sah, und versuchte, Augenkontakt aufzunehmen. »Hallo, ich bin von der Polizei. Können Sie mir etwas über die Person sagen, die Sie angegriffen hat?«

»Scheiß-Idiot«, nuschelte der Mann. »Ich muss hier raus, die bringen mich um!«

»Egal was, bitte versuchen Sie, sich zu erinnern«, bat Lively.

»Blutdruck fällt«, mahnte Dr. Hall scharf.

»Er muss sofort operiert werden, er verliert zu viel Blut«, sagte Dr. Waterfall. »Zehn Sekunden, Detective.«

Lively beugte sich tiefer über den sich windenden Mann. »Was wissen Sie noch von dem Angriff? Egal was, bitte!«

Mit erstaunlicher Kraft angesichts seines schon halb narkotisierten Zustands packte der Mann Livelys Hand. Er öffnete den Mund, um etwas zu sagen, da verdrehten sich seine Augen, und sein Kopf fiel zur Seite.

»Patient ist bereit«, sagte der Anästhesist. »Blutdruck ist grenzwertig, Herz schlägt schwach. Längere Narkose ist hochriskant.«

»Nichts für ungut, Detective, aber Sie müssen jetzt gehen«, sagte Waterfall. »Sie können gern im Café warten, ich kann danach zu Ihnen kommen, wenn Ihnen das hilft.«

»Okay, wir haben ein Date«, sagte er.

»Oh, daten Sie bloß keine Chirurgin«, sagte sie, während eine Assistentin ihr ein Blatt Papier reichte, das sie zugleich zu überfliegen begann. »Chirurgen sind Workaholics mit gesellschaftsfeindlichen Arbeitszeiten, kommen nach Blut stinkend nach Hause und haben nur eklige Geschichten zu erzählen. – Verdammt, der Magen ist seit Stunden perforiert, hängen Sie noch eine Konserve an und machen Sie alles zum Absaugen bereit.«

»Klingt nach Seelenverwandtschaft.« Lively schickte Waterfall ein Lächeln hinterher, obwohl sie schon auf dem Weg in den OP war. »Ich warte auf Sie.«

KAPITEL 3

5. Mai

Dr. Waterfall kam vier Stunden später. Das Haar fiel ihr in einem weichen Bob ums Gesicht, ihre braunen Augen schimmerten freundlich. Er schätzte sie auf ungefähr sein Alter, aber sie hatte sich weit besser gehalten. Lively marschierte schnurstracks zur Theke und besorgte ihr einen Kaffee, den sie dankbar annahm, nachdem sie sich gesetzt hatte.

»Ich würde ja fragen, ob er es geschafft hat, aber ich habe dreißig Jahre Erfahrung im Lesen von Gesichtern«, sagte er.

»Die Chancen standen von Anfang an extrem schlecht, aber mein Motto ist, gib nie die Hoffnung auf. Wir haben wirklich um sein Leben gekämpft, länger als angebracht, wenn ich ehrlich bin. Ich hasse es, aufgeben zu müssen. Mein erster Gedanke war, dass ich jetzt seine Angehörigen informieren muss. Es dauerte eine Weile, bis mir einfiel, dass ich das ja gar nicht kann, und das war irgendwie noch schlimmer.« Sie nippte an ihrem Kaffee. Lively gab ihr etwas Zeit, um ihn zu genießen. Beth Waterfall hatte ein sanftes Gesicht, das gar nicht zu ihrem fordernden Beruf zu passen schien, mit Lachfältchen, die von ihren Augen ausgingen wie die Strahlen der Sonne in einer Kinderzeichnung, und einer straffen Figur, der man ansah, dass sie viel auf den Beinen war. Zu sehen, wie unterschiedlich sie beide in Form waren, trieb ihm die Röte ins Gesicht. Schnell ging er zum Geschäftlichen über, um seine Verlegenheit zu verbergen.

»Was können Sie mir über seine Verletzungen sagen?«

»Ich bin keine Rechtsmedizinerin, also verlassen Sie sich nicht auf mein kriminalistisches Fachwissen. Aber medizinisch gesehen gab es drei Hauptwunden, alle etwa gleich tief und an der Eintrittsstelle gleich breit, dazu ein paar kleinere, die aussahen, als wäre die Waffe von dickeren Kleidungsstellen abgebremst worden, Taschen zum Beispiel. Seine Kleidung wurde eingetütet, die können Sie mitnehmen. Der Notarzt, der ihn erstversorgt hat, meinte, die vielen Schichten seiner Kleidung hätten wahrscheinlich dafür gesorgt, dass er so lange am Leben blieb, andererseits waren sie schlussendlich für seinen Tod verantwortlich. Wenn man ihm die Verletzungen deutlicher angesehen hätte, wäre er vielleicht schon eher jemandem aufgefallen.«

»Das klingt für mich aber ziemlich fachkundig.«

»Ich vermute, jede Medizinstudentin im Grundstudium würde dieselben Schlüsse ziehen.« Waterfall hatte eine sanfte, tiefe Stimme, und sie lächelte, wenn sie sprach. Lively bemühte sich, seine Kaffeetasse zu fixieren statt ihre Lippen. »Ich würde sagen, die Wunden waren schwer genug, dass er nicht aus eigener Kraft Hilfe suchen oder auch nur um Hilfe rufen konnte, je nachdem, ob er überhaupt an einem Ort mit Publikumsverkehr war. Aber sie waren nicht so tief, dass er sofort verblutete. Stattdessen blutete er über Stunden immer weiter aus.«

Lively seufzte. »Sind Ihnen vielleicht noch andere Verletzungen aufgefallen, an den Händen zum Beispiel?«

»So genau habe ich ihn mir nicht angeschaut, fürchte ich, aber auf keinen Fall so schwere, dass ein chirurgischer Eingriff erforderlich gewesen wäre. Ein Stich ging in eine Niere, der war im Großen und Ganzen in sich abgeschlossen. Der zweite hat eine Vene unter dem Bauchfett in der Pankreasgegend verletzt, die war für die langsame Blutung verantwortlich. Unser Problem bei der OP war, dass die dritte Wunde den Darm durchstochen und eine Peritonitis verursacht hatte. Allein wegen der Infektion war es unwahrscheinlich, dass er überlebt hätte. Mein Team hatte Anweisung, bei der OP so behutsam wie möglich vorzugehen, damit Sie noch Beweise sichern können, aber natürlich mussten wir die Umgebung der Stiche gründlich desinfizieren, genau wie die Stellen, wo wir ihm Infusionen angelegt haben, und sein Gesicht, an das der Anästhesist ranmusste. Falls Sie seine Angehörigen aufspüren, würde ich gern selbst mit ihnen reden. Ihnen die Gelegenheit geben, Fragen zu stellen, damit sie sich nicht allein gelassen fühlen.«

»Wie lange hätte es gedauert, bis er am Blutverlust durch die Stiche gestorben wäre, was meinen Sie?«, fragte Lively.

Waterfall hob leicht die Schultern. »Schwer zu sagen. Einige Stunden, aber keinen vollen Tag. Gestorben ist er schlussendlich am Herzstillstand aufgrund einer schweren Blutung.« Waterfall streckte die Hand aus und legte sie sanft über seine. »Ich hoffe, Sie finden heraus, wer das war. Unter den Obdachlosen gibt es viel zu viele Todesfälle. Man müsste so viel mehr tun.«

»Aye, die Diätenerhöhungen der Politiker sind dringender«, brummte Lively. »Wie sollen sie sonst ihren Sommerurlaub auf den Malediven bezahlen?«

Langsam zog Waterfall ihre Hand zurück.

»Ich sollte gehen. Vielen Dank für den Kaffee, Detective.«

Lively merkte, dass er sich wünschte, sie ginge nicht, was sich merkwürdigerweise anfühlte, als steckte ihm ein Golfball in der Kehle.

»Ungewöhnlicher Name – Waterfall. Woher kommt er?«

»Mein Vater stammte aus Staffordshire, da gibt es ein Dorf, das so heißt. Dahinter steckt eine ganz spannende Geschichte. Meine Mutter war aus Portree. Sie haben sich im Studium auf einer Reise nach Paris kennengelernt, die sie beide bei einem

Lyrikwettbewerb gewonnen hatten. Liebe auf den ersten Blick, sagte mein Vater immer. Meine Mutter behauptet, sie hätte es ihm nicht so leicht gemacht, aber ich glaube, seine Version stimmt schon.«

Lively spürte wieder seine Wangen brennen und fragte sich, ob er sich hier im Klinikum eine Art Virus eingefangen hatte. Er tastete in seiner Hosentasche nach einer Visitenkarte von sich und drückte ihr das ziemlich zerknautschte Kartonrechteck in die Hand.

»Falls Ihnen noch etwas einfällt.«

»Haben Sie einen Stift bei sich?«, fragte sie.

Lively gab ihr einen Kuli, und sie schrieb eine Telefonnummer auf eine Serviette.

»Hier, ich nehme an, Sie werden meine Aussage noch einmal offiziell aufnehmen wollen. Das ist dann aber schon unser zweites Date, da erwarte ich, dass Sie mir Blumen mitbringen.«

»Bin mir nicht sicher, ob ich das kann«, brummte Lively. »Dafür reicht unser Budget eigentlich nicht.«

»Schade aber auch.« Sie ließ ein Grinsen aufblitzen, und instinktiv zog Lively den Bauch ein und setzte sich gerader hin. »Lassen Sie auf alle Fälle von sich hören. Vorzugsweise unter anderen Umständen als heute.«

Bevor Lively eine Antwort einfiel, war sie schon aufgestanden und ging davon.

KAPITEL 4

5. Mai

Jupiter Artland war ein Idyll. Der kunstvoll angelegte Park mit seinen geschwungenen, skulpturierten Rasen- und Wasserflächen war ein Ort der Erholung sowohl für Einheimische als auch für Touristen, die genug von den Souvenirshops voller Tartan und Plastik hatten. Von Oktober bis weit in den Frühling hinein blieb die außerhalb der Stadt gelegene Anlage geschlossen, damit die Natur in der Zeit des Frosts und Regens frei atmen konnte, ungestört vom Getrampel der Menschen.

Während Livelys Besuch im Klinikum war mit dem Park eine Veränderung vor sich gegangen. Weite Bereiche waren abgesperrt, Zelte aufgestellt und Ausrüstung herbeigeschleppt worden – zu Fuß, um Landschaft und Tatortarbeit möglichst wenig zu beeinträchtigen. Eine Leiche aus der freien Natur zu bergen, kostete Zeit. Man musste nicht nur den Körper selbst, sondern auch das umgebende Erdreich mitnehmen. Außerdem galt es, ein riesiges Gebiet minutiös abzusuchen, nach einer Waffe oder anderen Objekten, die mit der Tat in Zusammenhang standen und möglicherweise zurückgelassen worden waren. Lively war es ganz recht, dass er in der Zwischenzeit Innendienst im Klinikcafé geschoben hatte.

Gemächlich bummelte er entlang der gepflegten Wege zu

dem schattigen Hain, in dem die »Weeping Girls« standen, fünf Skulpturen, die an Bäume gelehnt oder freistehend in so tiefe Verzweiflung versunken schienen, dass man ungeachtet ihrer kalten, steinernen Herzen glaubte, sie schluchzen zu hören. Schaudernd betrachtete er die Mädchen. Irgendwie ging ihr Anblick viel mehr unter die Haut als die Tatsache, dass hier, während der Winter sich vor dem keimenden Frühling zurückgezogen hatte, ein Mensch langsam verrottet war.

Beim Fundort abseits des Weges stand Christie Salter und beobachtete Dr. Nate Carlisle, den neuen Pathologen, bei der Arbeit. Er war nicht zu übersehen in der Menge der Spurensicherer, die emsig Beweise einsammelten, um den grausigen Fund in die Kriminalgeschichte Schottlands einzuschreiben.

»Na, stehen Sie auch auf ihn?«, flüsterte er ihr von hinten zu.

Erschrocken drückte Salter sich die Hand aufs Herz.

»Verdammt, Sarge, hier ist ein Mensch brutal ermordet worden, da schleicht man sich doch nicht an! Und fürs Protokoll, ich bin glücklich verpartnert.«

»Ach was, schauen darf man immer. Sie sind verheiratet, nicht tot.«

»Bisschen taktlos angesichts der Umstände«, brummte sie.

»Kommen Sie schon, das ist unser Job. Haben Sie sich noch nie überlegt, dass wir arbeitslos wären, wenn die Leute aufhören würden, sich gegenseitig den Schädel einzuschlagen?«

»Ich glaub's nicht. Mord als Jobfaktor.«

»Ich spreche nur aus, wie es ist. Geben Sie zu, Sie haben mich vermisst, Salter.« Er gab ihr einen Rippenstoß.

Nate Carlisle – schwarz, weit über eins achtzig groß, schlank, sehnig, kahler Schädel – trat ein paar Schritte von der Leiche zurück, warf einen Blick auf Salter und Lively und winkte sie heran. »Aber bleiben sie auf den Trittplatten.«

Vorsichtig näherten sie sich, wie immer mit dem Schreckgespenst des Verteidigers vor Augen, der viel Wind um einen falsch gesetzten Fuß oder ein heruntergefallenes Handy machte.

»Na, wie tot isser, Doc?«, fragte Lively.

Nate Carlisle seufzte und sah ihn mit erhobenen Augenbrauen an, worauf Salter lächeln musste. Es war erfreulich, dass Carlisle dieses Jungsclique-Gehabe, das Polizisten bei der Arbeit so gern an den Tag legten, nicht lustig fand.

»Ich bin DS Christie Salter«, stellte sie sich vor. »Was können Sie uns sagen?«

»Die menschlichen Überreste wurden von einem Parkangestellten gefunden. Wir haben es mit einem Mann zu tun, ich schätze knapp eins achtzig groß. Die Leiche ist weitgehend skelettiert, folglich muss der Tod vor mindestens vier Monaten eingetreten sein. Da die sterblichen Überreste stark besiedelt sind, werde ich einen entomologischen Forensiker hinzuziehen, der wird uns mehr zu dem Thema sagen können. Den genauen Todeszeitpunkt können wir allerdings erst bestimmen, wenn wir wissen, seit wann der Mann verschwunden ist.«

»Lassen sich natürliche Todesursachen oder Suizid schon ausschließen?«, fragte Salter.

»Beugen Sie sich über ihn, aber passen Sie auf, dass Sie nicht das Gleichgewicht verlieren, und versuchen Sie, nicht zu atmen.«

Simultan holten Lively und Salter tief Luft und beugten sich über die Leiche. Carlisle hob mit behandschuhtem Finger ein Haarbüschel an und deutete auf einen Riss im Knochen des bereits dunkel verfärbten Schädels.

»Gebrochen?«, fragte Lively.

Carlisle nickte. »Das Schläfenbein. Bei einem deutlich erkennbaren Bruch wie diesem muss der Aufprall derart heftig gewesen sein, dass es zu einer Hirnblutung mit baldigem Bewusstseinsverlust kam. Diese Verletzung hätte der Mann sich nicht selbst beibringen können.«

»Könnte er gestürzt sein und sich den Kopf an einem Stein oder Baumstumpf aufgeschlagen haben?«, wollte Salter wissen.

»Ja, das wäre möglich, in etwa so wie bei einem tödlichen Skiunfall. Aber das würde nicht erklären, was danach passiert ist.«

Carlisle deutete auf ein Mitglied des Spurensicherungsteams, das mit einer Pinzette unendlich geduldig ein herabgefallenes Blatt nach dem anderen vom Boden auflas. Unter den Blättern waren in der feuchten Erde zwei Furchen zu sehen, die zu einem Busch führten. Ein weiteres Teammitglied fotografierte von einer Trittleiter aus die beiden Schleifspuren, die Schlittenspuren im Schnee ähnelten.

»Dort im Unterholz klemmt ein Paar halb vergrabener Wanderstiefel unter einem Ast, die Füße stecken noch darin. Ich nehme an, ein Tier hat die Leiche ein Stück weit hervorgezerrt, als sie schon so verwest war, dass die Sehnen und Bänder an den Fußgelenken nachgegeben haben. Dafür spricht, dass es überall Fraßspuren an den Überresten gibt.«

»Kleiner Snack am Abend, was?«, war von Lively zu vernehmen.

»Himmel, würden Sie mal aufhören? Tut mir leid«, schimpfte Salter.

»Sie müssen sich nicht entschuldigen. Ich habe schon mit DS Lively zusammengearbeitet«, sagte Carlisle. »Ich war beeindruckt von seinen kriminalistischen Fähigkeiten.«

»Schon gut, hab's ja kapiert«, brummte Lively. »Wurde noch mehr Kleidung gefunden?«

»Keine Jacke, und alles andere war leichte Baumwolle. Soweit erkennbar, handelt es sich um ein T-Shirt und Shorts, beides weitgehend verrottet. Wir haben den Fundort bereits nach Hinweisen zur Identifizierung abgesucht. Bisher haben wir weder Handy, Geldbeutel noch Schlüssel gefunden.«

»Ist der Schädel gut genug erhalten für eine Gesichtsrekonstruktion?«, fragte Lively.

»Das kann ich erst nach der Obduktion mit Sicherheit sagen. Jetzt wollen wir die Leiche erst mal ins Zelt dort drüben bringen und für den Transport in die städtische Leichenhalle vorbereiten.«

Carlisle deutete Richtung Rasenfläche und ging den Kollegen entgegen, die dabei waren, eine spezielle Trage herbeizuschaffen. Lively drehte sich einmal um sich selbst, um sich zu orientieren, und steckte stirnrunzelnd die Hände in die Taschen.

»Der Park war monatelang geschlossen. Ich würde sagen, es ist letztes Jahr im Spätsommer oder Frühherbst, auf jeden Fall vor Oktober, passiert. Komische Gegend für einen Raubüberfall, finden Sie nicht?«

»Ganz meine Meinung«, sagte Salter. »Das war kein Raubüberfall, oder wenn, dann ging es nicht um etwas so Gewöhnliches wie Geld oder ein Handy. Ich hätte ja auf Drogen getippt, aber ich wüsste nicht, dass Wandern in der hiesigen Drogenszene sonderlich angesagt wäre. Haben Sie eine Idee?«

»Auf mich wirkt es wie ein Streit. Zwei Freunde, ein Paar, zwei Geschäftspartner. Vielleicht um Geld. Hey, Doc?«, rief er Carlisle zu. »Sie sagten, die Füße wären halb begraben gewesen. Wie tief?«

»Nur ein paar Zentimeter«, rief Carlisle zurück.

»Also eine Impulshandlung, kein geplanter Mord. Sonst hätten der oder die Täter eine Schaufel dabeigehabt und die Leiche vergraben, um die Spuren zu beseitigen. Kein schottischer Mörder, der was auf sich hält, wäre so schlampig, es nicht zu tun.«

»Nett«, bemerkte Salter. »Lassen Sie uns schon mal zum Zelt rübergehen, die Leute wollen hier ihre Arbeit machen.«

Carlisle und die Männer mit der Trage standen inzwischen bereit und machten sich daran, die Stiefel unter dem Busch zu bergen und vorsichtig die Leiche anzuheben.

Wenig später standen alle im Zelt um die Trage herum. Carlisle reichte den Ermittlern je ein Paar Handschuhe und einen Mund- und Nasenschutz und zog das Tuch beiseite, unter dem sich die Überreste des Opfers befanden.

Was Leichen anging, war das hier noch recht erträglich, fand Lively. Aus bitterer Erfahrung wusste er, dass frischere Tote einen sehr viel mehr mitnahmen. Sobald das Körpergewebe sich aufgelöst hatte, begann der Leichnam auszutrocknen, und erstaunlich schnell hatte er nicht mehr viel Ähnlichkeit mit einem lebenden Menschen.

Wer immer der Tote gewesen war, jetzt war nichts mehr von ihm zu erkennen. Unmöglich, ihn durch Angehörige oder Bekannte identifizieren zu lassen. Was noch übrig war, lieferte sicherlich brauchbare DNA und vielleicht einen Zahnstatus, aber ob sie das Opfer einwandfrei würden zuordnen können, stand in den Sternen.

Die Knochen waren teils zerbrochen und geknickt und wurden von ledrigen Hautstücken und braunen Sehnen zusammengehalten. Nur der Schädel war abgesehen von dem Riss intakt.

»Meinen Sie, der Kopf wurde sorgfältiger begraben?«, fragte Salter.

»Nein. Der Schädel ist deshalb in besserem Zustand als der Rest, weil die Kiefer unserer einheimischen Aasfresser nicht groß genug sind, um ihn zu knacken. Alle anderen Knochen wurden wie gesagt von Tieren angefressen.«

»Na gut«, sagte Lively. »Rufen Sie uns an, wenn Sie mit der Obduktion fertig sind, wir schauen schon mal die Vermisstenlisten durch. Todesursache war der Schlag auf den Kopf, ja?«

»Da würde ich keine voreiligen Schlüsse ziehen.« Carlisle zog das Tuch über die Leiche und streifte die Handschuhe ab. »Er könnte danach durchaus noch gelebt haben.«

»Ach du Scheiße«, murmelte Lively.

»Das heißt, er wurde womöglich noch lebendig unter diesem Busch begraben?«, fragte Salter leise.

»Ich fürchte, ja. Aber vom Lungengewebe ist so wenig übrig, dass ich das wahrscheinlich nicht genau bestimmen kann.«

»Sie meinen also, er bekam eins übergebraten, wurde in ein improvisiertes Grab unter den Busch dort gezerrt, mit Erde und Laub bedeckt und liegen gelassen, bis er erstickte?«, fasste Lively zusammen. »Das hätte die arme Sau sich morgens beim Frühstück nicht träumen lassen, was?«

KAPITEL 5

10. Mai

Salter saß an ihrem Schreibtisch und fragte sich, ob ihre Entscheidung richtig gewesen war. Sie hatte ihre süße kleine Adoptivtochter zu einer Tagesmutter gegeben, um schneller wieder ins Arbeitsleben zurückkehren zu können. Egal wie oft sie sich sagte, dass es ihrer Tochter guttun würde, andere Menschen um sich zu haben und vom Schwimmkurs bis zum Frühballett lauter schöne Dinge machen zu können, fühlten sich jene langen Nachmittage mit einem schlafenden Kind auf dem Bauch doch noch immer an wie der beste Traum, den sie je hatte.

Jetzt lagen vor ihr Bilder von Insektenlarven, ein Bodengutachten und eine Liste von Geschäften, die Outdoorschuhe führten. Sie gähnte zum hundertsten Mal an diesem Morgen und streckte sich, als Lively in Jogginghosen, einem ehemals weißen T-Shirt und Laufschuhen keuchend in den Besprechungsraum getorkelt kam, kaum fähig, sich auf den Beinen zu halten.

»Einen Arzt, einen Arzt«, rief jemand aus dem Team und wurde mit Applaus belohnt.

»Defibrillator!«, schloss sich jemand an. »Schnell!«

Lively richtete sich mit Mühe auf, wischte sich den Schweiß aus den Augen und knurrte in die Runde.

»Ihr wisst, dass eure Freundinnen allesamt zu mir kommen, wenn sie Sexberatung brauchen, ja?«

Die Frauen im Raum verzogen das Gesicht und verkniffen sich ein Würgen, die Männer lachten.

»Okay, es reicht«, rief Salter. »Zurück an die Arbeit. Und Sie unter die Dusche, Sarge, oder muss ich Ihnen erst erklären, wie das mit der Hitzeregulierung des Körpers funktioniert?«

Lively schnupperte an einer seiner Armbeugen und rümpfte die Nase.

»Fünf Minuten, ja?«

Eine Viertelstunde später kam er mit einem schwarzen Kaffee in der Hand zurück. Bei jedem Schluck verzog er das Gesicht.

Salter grinste. »Ohne Milch und Zucker? Ich bin beeindruckt. Haben Sie Ihr Leben geändert?«

»Nur ein bisschen Richtung gesünder. Man weiß nie, ob nicht vielleicht mal ein Stresstest kommt, also körperlich gesehen. Mein Ruhepuls war in letzter Zeit nicht so niedrig wie früher.«

»Gute Sache. Irgendein besonderer Grund, weshalb Sie gerade jetzt damit anfangen?« Sie versuchte, ein Grinsen zu unterdrücken – vergebens. »Jetzt nach dem Duschen hab ich nämlich den Eindruck, als wären Ihre Haare ein bisschen dunkler als gestern noch.«

Lively schnaubte. »Ist das alles, was Sie heute an Ermittlungsarbeit zu leisten gedenken, oder versuchen wir, wenigstens in einem der beiden Mordfälle in unserem Revier weiterzukommen, bevor der Superintendent den nächsten Tobsuchtsanfall kriegt?«

Salter hob in gespielter Kapitulation die Hände.

»Schon gut. Will nur sagen, wenn Sie zufällig mal Rat in Sachen Frauen oder romantische Verabredung oder so brauchen sollten, fragen Sie nur. Ich werde mich auch nicht lustig machen.«

Lively kreuzte die Arme und lehnte sich zurück, die Lippen fest geschlossen.

»Na gut, ich gebe auf. Aber denken Sie daran, heutzutage herrschen in Sachen Körperpflege höhere Ansprüche als in den Neunzehnhundertachtzigern.« Sie nahm ihre eigene Kaffeetasse. »Übrigens, Ihr niedergestochener Obdachloser ist identifiziert. Archie Bass heißt er, ist in der Szene gut bekannt. Chronischer Alkoholiker, aber von anderen Drogen ist er wohl wieder weggekommen. Lebte seit Jahren auf der Straße, nur im Winter ging er ins Obdachlosenheim. Eine ehrenamtliche Helferin der Suppenküche hat ihn auf dem Foto erkannt, das wir rumgezeigt haben. Ich denke, entweder hat er sich mit jemandem in die Haare gekriegt, oder da draußen läuft wieder mal ein Psycho herum, der seine Triebe an Leuten auslebt, die er für wertlos hält. Wollen Sie mit, Aussagen aufnehmen? Ich hab Infos darüber, wo er üblicherweise abhing, und die Namen von ein paar seiner Saufkumpane.«

»Ich bin eigentlich, äh, also, ich treffe mich mit der Chirurgin, die ihn operiert hat, in der Leichenhalle. Sie hat angeboten, uns zu erläutern, was sie gemacht hat, um, na ja, einfach zur Sicherheit und so.«

Salter holte tief Luft und faltete die Hände im Schoß.

»Sie stottern ein bisschen mehr herum als sonst. Und wenn ich so darüber nachdenke, kann ich mich nicht erinnern, wann ich Sie zuletzt in einem Hemd gesehen habe. Und das hier sieht sogar gebügelt aus. Sie treffen sich jetzt also mit dieser Chirurgin, ja?«

»Ja, genau. Ich bin schon spät dran. Übrigens, heute Abend bei der Lagebesprechung verkneifen Sie sich bitte das blöde Gefasel. Wenn ich Ihnen all diese Fragen stellen würde, säße ich ratzfatz vor einer Disziplinarkommission wegen sexueller Belästigung.« Er stand auf und strich sich die Hose glatt.

Salters Lächeln war aufrichtig. »Also, wenn Sie mich fragen,

Sie sehen sehr gut aus. Und ich will Sie ganz bestimmt nicht sexuell belästigen. Dafür werde ich nicht gut genug bezahlt.«

»Na, danke auch. Übrigens, erkundigen Sie sich, wie Archies Messer aussah. Lassen Sie es sich so gut beschreiben wie nur möglich.«

»Archies Messer?«

»Aye. Wer länger auf der Straße lebt, hat immer was dabei, um sich zu verteidigen. Sonst ist es da draußen zu gefährlich.«

KAPITEL 6

Der Beobachter

12. Mai

Aus dem Auto heraus, das er mit einem falschen, über das Internet bestellten Führerschein gemietet hatte, beobachtete er die Einfahrt zum Personalparkhaus des St. Columba Hospital. Er durfte sich nicht ablenken lassen oder auch nur kurz den Blick abwenden. Vorbei waren die Zeiten, als man vor der Schranke anhalten musste. Die neue Klinik war mit allen Schikanen ausgestattet. Dank Nummernschilderkennung würde die Frau, die er zu Gesicht zu bekommen hoffte, ungehindert hineinfahren, ihren Wagen auf einer der Ebenen abstellen und durch einen Verbindungsflur, zu dem er keinen Zugang hatte, vom Parkhaus direkt ins Gebäude gehen. Vor ein paar Jahren noch war alles so einfach gewesen. Heutzutage war die Zwei-Faktor-Authentisierung gang und gäbe, um sich in soziale Medien oder Mailaccounts einzuloggen, Laptops wurden durch Fingerabdruck entsperrt, und Sicherheitssysteme hatten Gesichtserkennung. Bei so viel Technologie machte das Stalken gar keinen Spaß mehr.

Sein Ziel fuhr einen Tesla. Modelle wie diese waren so leise, dass er inzwischen möglichst nur noch E-Autos mietete. Damit konnte man, wie er festgestellt hatte, einer Person, die zu Fuß unterwegs war, mit nur wenigen Metern Abstand folgen. Solange diese in Gedanken woanders war, merkte sie es überhaupt nicht, es sei denn, sie drehte sich zufällig um.

Da kam sie. Sie fuhr ganz langsam über das Klinikgelände, bestimmt aus Respekt gegenüber den Senioren, die hier ein und aus gingen im endlosen Bemühen, ihr nutzloses Leben zu verlängern, und aus Rücksicht auf die Schwerhörigen und Blinden und wer immer sonst mit Tatütata in diese von Steuergeldern bezahlte Einrichtung kutschiert wurde.

Er rutschte etwas tiefer in den Sitz, trotz der Baseballkappe und der Tatsache, dass er sich kürzlich den Kopf rasiert und außerdem beigebracht hatte, sein Gesicht mittels Schminke zu verfremden. Vor nicht mal einer Woche war es ihm gelungen, im Klinikcafé am Tisch neben ihrem zu sitzen, während sie sich mit einem Mann unterhielt, von dem schnell klar war, dass es sich um einen Polizeibeamten handelte. Unter den gegebenen Umständen war das nicht nur kühn, sondern geradezu ungeheuerlich. Es hatte ihm überhaupt nicht gefallen, wie freundschaftlich die beiden miteinander umgingen. Viel verstanden hatte er von ihrem Gespräch nicht, da um ihn herum mit Tassen geklappert und nach der Bedienung gerufen wurde, aber am Ende hatte es den Anschein gehabt, als verfiele Dr. Waterfall sogar ins Flirten, und der Polizist schmachtete sie geradezu an. Das war ihm gar nicht recht. Überhaupt nicht.

Falls in Beths Leben ein Polizeibeamter Einzug hielt, wäre es schwerer für ihn, nahe an sie heranzukommen, doch genau das war entscheidend. Um Pläne zu schmieden, musste er ihren Tagesablauf möglichst genau kennen, ihre Vorlieben, was sie erfreute und was sie ärgerte. Denn früher oder später würde er wirklich etwas unternehmen müssen, was sie betraf. Aber schon ihr nachzuspionieren, unbeachtet in einem Korridor an ihr vorbeizugehen oder ihr im Supermarkt irgendetwas Unwichtiges aus der Handtasche zu stehlen, half, seinen Zorn zu kontrollieren. In ihr

Haus einzubrechen und sich unter ihre kühle Bettdecke mit dem Baumwollbezug zu legen, war noch besser.

Zorn, das wusste er inzwischen, war so viel mehr als bloße Wut. Wahrer Zorn war im Kern eiskalt, ein komplexes Gebilde, Eschers *Relativity* viel ähnlicher als Dantes *Inferno*. Es war unmöglich, sich von ihm freizumachen, weil seine Gravitationskraft einem Schwarzen Loch glich. Er musste diesen Zorn irgendwo loswerden, und die Besuche an ihrer Arbeitsstelle trugen entscheidend dazu bei.

Andererseits musste er zugeben, dass er das Klinikum mochte. Die Menschen, die er hier sah, waren schwach, und dadurch fühlte er sich stark. Die Sorgen anderer Leute mitanzusehen, gab ihm das Gefühl, menschlicher zu sein. Und das Beste war, dass er bei all der Geschäftigkeit um ihn herum nicht ins Grübeln kam.

Sein täglicher Kopfschmerz flammte auf, und er zuckte zusammen. Der Schmerz war ihm vertraut, nur die Übelkeit, die damit einherging, machte ihm zu schaffen. Die Medikamente, die er Tag für Tag schluckte, griffen seinen Magen immer mehr an. Doch ohne sie würde der Schmerz ihn ans Bett fesseln, ihn an der Arbeit mit dem Computer hindern. Er musste in der Lage bleiben, sich in sein Aktiendepot einzuloggen. Allein die Anteile, die er sich von der Lebensversicherung seiner Mutter gekauft hatte – geringes Risiko, stabile Rendite –, ermöglichten ihm seine Lebensführung. Das Pflegegeld für seinen Vater hätte nicht einmal gereicht, um die laufenden Kosten zu decken. Aber so musste er nicht ins Büro, hatte keinen Chef, keine geregelten Arbeitszeiten. Er konnte sich seine Zeit ziemlich frei einteilen, vorausgesetzt, er behielt die Marktentwicklung im Blick und richtete sein Portfolio entsprechend aus.

Wo er gerade an seinen Vater dachte: Er sollte sich langsam auf den Weg zurück zu ihm machen. Beth war ohnehin längst nach drinnen gegangen. Er musste zu Hause Dinge erledigen, bis die Pflegerin kam. Er hatte beschlossen, sich übers Darknet noch ein

Deepfake-Video zu bestellen. Das hatte er schon einmal gemacht und gestaunt, wie einfach und günstig das war. Später, wenn er seine Haushaltspflichten erledigt hatte, würde er zum Haus der guten Frau Doktor fahren. Längst hatte er herausgefunden, wie er die Überwachungskameras umgehen konnte, die zwar den Bereich um Vorder- und Hintertür, aber nicht den gesamten Garten und den Wintergarten abdeckten. Die Alarmanlage auszuschalten, war viel leichter, als man glauben sollte, man musste lediglich bereit sein, sich alles über die Funktionsweise der Systeme anzueignen, die gerade am beliebtesten waren. Hereinkommen würde er mit den Dietrichen, mit denen er geübt hatte. Und dann etwas in der Wohnung umstellen, mitnehmen oder zurücklassen.

An manchen Tagen langweilte ihn sogar das, ja, gelegentlich kam es ihm vor wie eine gewöhnliche Arbeit. Früher, vor dem Tod seiner Mutter und dem Schlaganfall seines Vaters, hatte er durchaus einige Jobs gehabt. Er war ja nicht dumm. Gut, zum Chirurgen wie Dr. Beth Waterfall hätte er es vielleicht nicht gebracht, aber er lernte schnell und hatte einige Kenntnisse.

Vor allem aber hatte er eine Rechnung zu begleichen. Oder besser: mehrere Rechnungen.

Sie geriet immer mehr ins Trudeln, verlor sich tagtäglich etwas mehr, und da er schon ihre Tochter genommen hatte, sollte sie eigentlich nicht mehr viel zu verlieren haben. Er würde mit ihr abrechnen. Aber jetzt noch nicht.

Noch wollte er mit ihr spielen.

KAPITEL 7

20. Mai

Das Auto schien ihr zu folgen. Divya Singh kam es so vor, als wäre es der Wagen, in den sie auf dem Parkplatz des Supermarkts hineingespäht hatte, aber im Dunkeln war sie sich nicht sicher. Er hatte dieselbe Farbe und etwa dieselbe Größe – auf Marken und Modelle achtete sie nicht sonderlich.

Sie war auf der Suche nach jemandem gewesen, den sie nach der nächsten Bushaltestelle fragen konnte. Seit der große Wohnblock fertiggestellt worden war, war die Busroute eine andere, und sie hatte nicht gewusst, wie sie an ihr Ziel gelangen sollte. Da sie wegen der getönten Scheiben und dem Licht der Straßenlampen nicht sehen konnte, ob jemand im Wagen saß, hatte sie sich wieder zurückgezogen und beschlossen, die drei Kilometer nach Hause zu laufen. Ihre Einkäufe waren nicht allzu schwer, und ausnahmsweise einmal regnete es nicht.

Auch nach fünfzig Jahren in Schottland fand sie die Kälte und den grauen Himmel immer noch unerträglich. Damals, als ihr künftiger Ehemann von Schottland nach Neu-Delhi gekommen war, um sie abzuholen, hatte sie die Aussicht auf ein besseres Leben und Frieden zwischen ihren Familien gereizt, genau wie ihre Eltern der Gedanke, dass ihre zwanzigjährige

Tochter einen Büroangestellten heiraten würde, der ihnen einen Teil seines Gehalts für ihre Altersvorsorge schicken würde.

Während der Hochzeitsvorbereitungen war Schottland für sie nicht mehr als ein traumartiges fernes Land gewesen, und während der Flitterwochen im Sommer hatte sie die faszinierende Schönheit Edinburghs, die Freundlichkeit der Glasgower und die wilde Freiheit der Landschaft liebgewonnen. Doch dann hatte es angefangen zu regnen und schien bis auf den ein oder anderen seltenen Sonnentag nie wieder aufgehört zu haben. Sie fragte sich, ob sie ihren Mann jemals würde überreden können, den Rest ihres Lebens in Indien zu verbringen, wo die Arthritis in ihren Händen und Füßen vielleicht etwas weniger schmerzen und sie endlich wieder blauen Himmel sehen würde, nun ja, abgesehen vom Smog der Städte. Aber die Verwandtschaft ihres Mannes wohnte in Dundee, und Divya war klar, dass die Chance, je wieder die Straßen von Delhi zu sehen, mit jedem Monat kleiner wurde.

Das Auto fuhr jetzt genau hinter ihr. Divya wünschte, sie hätte sich doch einmal beigebracht, wie man so ein schreckliches Mobiltelefon benutzte. Genau jetzt war ihr Mann mit Freunden in Frankreich bei irgendeinem Sportereignis, ihr Sohn war in London, wo er von früh bis spät arbeitete, um seinen drei Kindern das Studium zu finanzieren, und sie ging ganz allein eine dieser Straßen entlang, an der die Häuser hinter hohen Hecken verborgen waren, damit die Bewohner nur ja keinen Blick auf die echte Welt jenseits ihrer Vorgärten werfen mussten.

Vielleicht suchte die Person im Auto nur nach dem Weg? Es war durchaus möglich, dass sie mit der neuen Verkehrsregelung nicht vertraut war. Wenn Divya stehen bliebe und sich umdrehte, würde das Auto vielleicht neben ihr halten, und die Person darin würde mit ihr sprechen.

Nein, sagte ihr eine innere Stimme. Tu das nicht. Du weißt, dass es nicht so ist. Geh weiter. Oder noch besser: biege in einen dieser hübschen Vorgärten ab, klingle und erkläre, dass du dich verirrt hast und dich verfolgt fühlst. Sicher wird dir jemand helfen. Die meisten Menschen sind nett.

Doch leider war das nach Divyas Erfahrung nicht unbedingt der Fall. Von Indien nach Schottland zu ziehen, war eine wahre Feuertaufe gewesen, und Leute, die glaubten, Rassismus sei kein Thema mehr, wussten nicht, was es bedeutete, einer Minderheit anzugehören. Meist waren es Jugendliche, die ihr Beleidigungen nachriefen oder ins Gesicht sagten, aber sie hatte auch erlebt, wie Mütter anderer Kinder vor dem Schultor miteinander über sie getuschelt hatten, sie vom Elternbrunch ausgeschlossen und ihren Sohn nicht zum Geburtstag ihres Kindes eingeladen hatten. Oder dieser Hausarzt, der sie endlos über ihre Körperhygiene und ihr Sexualleben ausgefragt hatte, als hätte er eine unerforschte Tierart vor sich. Der Nachbar, der nach zehn Jahren immer noch nicht ihren Namen kannte. Die Bank, in der man sie auffallend weniger höflich und freundlich angesprochen hatte als andere Kunden. Und immer wieder gab es Leute, die jede nicht weiße Person für kriminell hielten. Sie war schon angespuckt worden. Ihr Sohn verprügelt. Nein, Divya wollte nicht bei fremden Leuten klingeln.

Außerdem hatte sich das Problem inzwischen erledigt. Das Auto, das ihr gefolgt war, hatte am Straßenrand geparkt, und sie war nun ein ganzes Stück voraus. Offenbar hatte die Fahrerin oder der Fahrer nach einer bestimmten Adresse gesucht. Die Namen der Häuser waren nicht immer gut zu lesen (so etwas wie schnöde Hausnummern gab es an dieser Straße nicht). Divya bog in eine Querstraße ein, die sogar noch verlassener war, die Grundstücke riesig und die wenigen Häuser weit von der Straße entfernt hinter Bäumen verborgen. Sie stieß den Atem aus, den sie angehalten hatte; in der kalten Abendluft wurde daraus eine dramatische Dampfwolke. Selbst im Mai konnte es in Schottland noch kalt sein. Sie hätte Handschuhe mitnehmen sollen. Die Einkaufstaschen schnitten ihr in die Hände, und ihre Schultern schmerzten.

Während die Anspannung von ihr abfiel, erkannte Divya, wo sie war. In dem Haus dort vorn war sie einmal bei einem Treffen des Organisationskomitees für die Schulabschlussfeier gewesen. Sie hatte sich für das Dekorationsteam eingetragen, weil ihr Sohn sie gedrängt hatte, doch mitzumachen. Sie hatte gleich gewusst, wie es laufen würde in solchen Teams, deren übrige Mitglieder schon befreundet waren und durch Insiderwitze und verstohlene Blicke zu erkennen gaben, dass sie eigentlich niemanden sonst dabeihaben wollten. Es war keine schöne Erinnerung, und sie schämte sich ihrer negativen Gedanken. Für ihren Mann und den Sohn war Schottland gut gewesen, und als Familie hatten sie immer komfortabel leben können, wenngleich es für den Aufstieg ihres Mannes in der Firmenhierarchie eine natürliche Grenze zu geben schien. Ihr Sohn hingegen war in eine neue Zeit hineingewachsen, unbehindert von seiner Hautfarbe und frei von dem Akzent, den sie von der anderen Seite der Weltkugel mitgebracht hatte. Dass er Sport trieb, verhalf ihm zu einem soliden Freundeskreis, der auch Mädchen anzog. Edinburgh hatte er zwar gemocht, aber mit achtzehn hatte es ihn nach London gezogen. Er war auf die London School of Economics gegangen und nie zurückgekehrt.

Sie sah ihre Enkelkinder nicht allzu oft, aber sie konnte sich nicht beschweren. Ihre eigenen Eltern hatten ihren Enkel ebenfalls kaum gesehen. Das war nun mal der Preis für den Aufstieg der jeweils nachfolgenden Generation. Immerhin schickte die Frau seines Sohnes regelmäßig Fotos. In Divyas Wohnung gab es kein Regal und kein Fensterbrett, auf dem nicht silbern gerahmte Fotos von den Enkelkindern standen, wie sie Schulpreise oder Zeugnisse in der Hand hielten, mit einer Sportmannschaft den Sieg feierten oder kostümiert auf einer Bühne standen. Auf den Fotos war kein Staubkörnchen zu entdecken, so oft hielt Divya sie in den Händen und betrachtete sie. Es wurde Zeit, dass sie wieder einmal zu Besuch nach London reiste. Ihr Sohn lud sie ständig ein, aber sie hatte Angst, ihm und seiner Frau Umstände zu …

Das Auto traf sie so unvermittelt, dass sie nicht einmal Zeit hatte, die Augen zu schließen, während sie durch die Luft flog. So kam es, dass Divya Singh noch sah, wie einer ihrer schmucklosen Halbschuhe in einen Baum segelte. Sie sah die gerade gekaufte Packung Küchenrolle über die Straße schießen wie eine Rakete. Sie sah, wie sich ihre Handtasche am Himmel über ihr öffnete und so viele kleine, kostbare Dinge herausfielen, jedes einen Moment lang im Scheinwerferlicht funkelnd, wunderschön, wie menschengemachte Sterne – ein Lippenstift, den ihre Enkelin ihr zu Weihnachten geschenkt und den sie sich nie getraut hatte aufzutragen, ein Taschenspiegel, der ihrer Mutter gehört hatte, ein Schlüsselanhänger in Form eines Umrisses von Indien, der ihr für ein so billiges Plastikding erstaunlich ans Herz gewachsen war. Sie spürte, wie ihr Arm, als gehörte er jemand ganz anderem, gegen ihr Gesicht knallte und ihr das Nasenbein brach, noch ehe sie auf dem Boden aufkam. Das Krachen ihres brechenden Beckens pflanzte sich donnernd wie ein Gewehrschuss ihre Wirbelsäule hinauf in ihr Bewusstsein fort. Und da ihr Kopf so heftig in den Nacken geschleudert wurde, dass sie, hätte sie überlebt, fortan querschnittsgelähmt gewesen wäre, sah sie den Boden unter sich aus der denkbar unnatürlichsten Perspektive.

Die Wucht des Aufpralls ließ vieles in ihrem Körper zerplatzen und zerschellen; Organe rissen, Rippen bohrten sich in Lungengewebe. Divya fragte sich, wie das Hochzeitskleid ihrer Enkelin aussehen würde. Stellte sich vor, wie ihr Sohn endlich die Beförderung bekam, auf die er so hart hingearbeitet hatte, und hörte seine Stimme am Telefon, wie er es ihr mitteilte. Sie fühlte, wie ihr Mann ihre Hand nahm und ihr sagte, was für eine gute, treue Ehefrau sie ihm doch immer gewesen war, und dass er sie jeden Tag geliebt hatte, auch wenn er es nicht oft genug ausgesprochen hatte. Divya spürte, wie die warme Sonne Indiens ihr den Schmerz aus den Gliedern zog, und endlich war sie wieder dort, rannte mit ihren Schwestern durch die geschäftigen Straßen, übermütig lachend, hatte das ganze Leben vor sich und spürte die tiefe Gewissheit, dass alles gut werden würde.

Alles würde gut werden.

Divya Singh, aufopfernde Ehefrau, Mutter und Großmutter, starb mit dem Mund voller Blut und einem Lächeln auf den Lippen in einer üppigen Rabatte gerade verblühender Tulpen.

KAPITEL 8

21. Mai

Um 00:02 Uhr traf Nate Carlisle bei der toten Divya Singh ein. Er war im Kino gewesen, mit ausgeschaltetem Handy, da er keine Bereitschaft hatte, deshalb hatte er erst nach elf Uhr nachts von dem Unfall erfahren. Eine Assistenzkraft war schon vor Ort, hatte die Verletzungen der Leiche begutachtet, war zu dem Schluss gekommen, dass hier mehr als nur ein gewöhnlicher Unfall passiert war, und hatte Carlisle benachrichtigt, obwohl alles, was er hätte tun können, im Grunde schon erledigt war. Er war trotzdem hingefahren – das gehörte sich so, wenn nachts in einer ruhigen Wohnstraße eine ältere Mitbürgerin mit hoher Geschwindigkeit niedergemäht wurde. Man fuhr hin, man schaute sich alles an und vergewisserte sich nach besten Kräften, dass nichts übersehen und nichts falsch gemacht worden war, um der Polizei die Chance zu geben, das miese Schwein zu erwischen, das einem Menschenleben mit einer derartigen Verachtung begegnet war.

Während sie noch dabei waren, die Leiche in situ zu fotografieren und genau nachzumessen, wie weit und in welche Richtung welche eingekaufte Ware geflogen war, um Ort und Geschwindigkeit der Kollision möglichst genau zu bestimmen, erschien DS Christie Salter.

»Dr. Carlisle«, sagte sie mit unterdrücktem Gähnen. Ihre Augen waren gerötet. »Machen Sie ruhig weiter; aber können Sie mir vielleicht schon ein paar erste Infos geben?«

Nate Carlisle mochte Salter. Sie war eine von Natur aus ruhige Polizistin, die sanft, aber bestimmt gleich zur Sache kam.

»Eines kann ich Ihnen definitiv sagen, nämlich dass Sie sich die Leiche jetzt noch nicht anschauen sollten, außer Sie fühlen sich dem wirklich gewachsen.«

Salter straffte die Schultern. »Weil ich eine Frau bin.«

Carlisle blinzelte nicht einmal. »Nein, weil Sie ein Mensch sind. Diesen Anblick im Gedächtnis zu haben, will ich niemandem zumuten.«

»Oh. Danke, das weiß ich zu schätzen. So was ist jetzt irgendwie schwerer zu verkraften, wo ich ein Kind zu Hause habe. Es kommt einem alles persönlicher vor. Haben Sie Kinder?«

»Nein. Ich wünsche mir aber welche. Ich kann mir vorstellen, dass es einiges ändert.« Er verschränkte die Arme. »Sie wollen sie sich trotzdem anschauen, nicht? Auch wenn die Fotos und eine Besichtigung in der Leichenhalle reichen würden?«

»Das ist mein Job. Also, was wissen Sie schon?« Sie zog sich einen Schutzanzug und Überschuhe an und folgte Carlisle zu der verhüllten Leiche.

Carlisle schlug den Schutzüberzug zurück. Salter wankte rückwärts und presste sich die Hand auf den Mund, um den Schrei zu ersticken, der daraus entweichen wollte.

»Was sehe ich da vor mir?«, fragte sie.

»Das Opfer wurde nach hinten gekrümmt. Der Kopf liegt am Rücken an, die Beine sind in der Hüfte zurückgebogen. Eine Art umgekehrte Embryostellung.«

»Wie das?«, war alles, was Salter herausbrachte.

»Das Auto muss sehr schnell gewesen sein. Da hinten«, Carlisle zeigte mit dem Finger, »sind Reifenspuren, an denen man sieht, dass es auf den Gehsteig gefahren ist, aber nirgends gibt es Bremsstreifen oder Schleuderspuren.«

»Also war es Absicht.«

»Es war Mord. Diesen Schluss ziehe ich nur selten selbst, aber bei dieser Geschwindigkeit muss der Fahrer einkalkuliert haben, dass die Frau sterben wird. Ihre Verletzungen sind zwei Ursachen zuzuordnen, einmal, als das Auto sie traf, und dann, als sie am Boden aufkam. Das ist zum Beispiel daran zu erkennen, dass sie Prellungen an der Rückseite der Beine hat, aber andererseits die Stirn bis weit ins Haar hinein eingedrückt ist. Beides kann nicht gleichzeitig passiert sein.«

»Sie wurde so hoch durch die Luft geschleudert, dass sie auf dem Kopf gelandet ist?«

»Das ist jetzt noch keine verlässliche Aussage, aber nach meiner Schätzung war das Auto beim Aufprall mindestens sechzig Stundenkilometer schnell. Eher in Richtung siebzig, achtzig.«

Salter blieb kurz stumm.

»Wie in aller Welt sollen wir das ihren Angehörigen beibringen?«, fragte sie dann.

»Sehr behutsam«, sagte Carlisle. »Kommen Sie mit.« Er führte sie zu einer Einfahrt auf der gegenüberliegenden Straßenseite, wo ein Teammitglied gerade Markierungen setzte.

Salter kniff die Augen zusammen.

»Was liegt da?«

»Eine Packung Karotten. Aus einer der Einkaufstaschen, die das Opfer bei sich trug. Ich kann es nicht oft genug betonen: Ich habe noch nie erlebt, dass Gegenstände bei einem Unfall mit einem Fußgänger so weit verstreut wurden.«

»Das gleicht einer Hinrichtung«, sagte Salter. »Warten Sie.«

Sie zog ein Paar Handschuhe aus der Tasche, ging vorsichtig auf einen Streifen nicht gemähten Grases vor einer Hecke zu, kniete sich hin und zog vorsichtig einen kleinen Klappspiegel aus dem Unkraut. Beim Öffnen zeigte sich, dass das Glas gesprungen war. Sie seufzte und legte den Spiegel wieder an die Fundstelle zurück.

»Die Arme hat ihre sieben Jahre Pech buchstäblich auf einen Schlag kassiert.«

KAPITEL 9

24. Mai

Detective Superintendent Overbeck stand an der Tür des Besprechungsraums des MIT und klopfte mit einem leeren Metallbecher gegen den Rahmen.

»Ich weiß ja nicht, was Sie hier drin den ganzen Tag machen, aber es stinkt wie in einem Kuhstall in Texas. Machen Sie um Gottes willen ein Fenster auf und deponieren Sie Ihren Pausensnack vor der Arbeit im Kühlschrank. Und Sie, bringen Sie mir einen Kaffee.« Sie hielt den Becher einem Detective Constable hin, der so hastig aufstand, dass er seinen eigenen Becher umwarf und sich alles über seinen Schreibtisch ergoss. »Ach ja, Schottlands Elite«, brummte sie und marschierte in die Mitte des Raums. »Wo ist Lively, der alte Sack?«

Wie durch Zauberei erschien dieser vornübergebeugt und japsend im Türrahmen. Von seinem Gesicht tropfte Schweiß auf seine Turnschuhe.

»Detective Sergeant Lively.« Overbeck kostete den Namen aus, als handelte es sich um eine neu entdeckte Spezies, deren Bezeichnung sie sich einprägen wollte. »Hat die Zombie-Apokalypse begonnen?«

Lively gelang es, sich aufzurichten, noch keuchte er aber derart, dass er kein Wort herausbrachte.

»Nur weil es so aussieht, als hätten Sie sich körperlich betätigt. Und zwar mit höherer Eigengeschwindigkeit als üblich. Ich vermute, dass das nicht mehr vorgekommen ist, seit es mehr als eine Handvoll Fernsehprogramme gibt. Also ist anzunehmen, dass Ihre plötzliche Muskelaktivität mindestens durch Gefahr an Leib und Leben ausgelöst wurde.«

»Sehr witzig.«

Lively wollte den Raum betreten, aber Overbeck hob die sorgsam manikürte Hand, deren künstliche Nägel mehr gekostet haben mochten als Livelys Laufschuhe.

»Unter keinen Umständen! Sie bleiben im Flur, bis ich gesagt habe, was ich zu sagen habe, und dann begeben Sie sich gefälligst schnurstracks zur Entseuchung.«

Sie lehnte sich an einen der Tische. Ihre Nylonstrümpfe umschlossen Beine, auf die eine Achtzehnjährige stolz gewesen wäre, und die High Heels an den Füßen hätten jeden Orthopäden in Angst und Schrecken versetzt. Overbeck war spindeldürr. Ihr Ex-Mann behauptete, das läge daran, dass selbst die Kalorien Angst vor ihr hätten. Niemand außer ihr selbst wusste, dass der wahre Grund in ihrer Schlaflosigkeit lag. Seit Daisy Overbeck vor dreißig Jahren zur Polizei gegangen war, hatte sie keine Nacht länger als vier Stunden am Stück geschlafen.

»Ich werde mich kurzfassen: Wir haben drei Leichen in der Leichenhalle und drei verschiedene Mordermittlungen. Bisher ist nichts dabei herausgekommen, was auch nur annähernd wie ein Motiv oder ein Verdächtiger aussieht. Anders ausgedrückt, keines der drei Teams, die momentan hier arbeiten, macht Fortschritte. Kann mir jemand sagen, warum mich das gezwungen hat, heute hierherzukommen?«

Niemand erwiderte ihren Blick; alle ordneten geflissentlich Papiere auf ihren Schreibtischen, bis ein Teammitglied die Hand hob, das erst seit Kurzem dabei war und noch keine Ahnung hatte.

»Hm, nun … Weil das mehr Tote sind, als wir normalerweise in einem ganzen Jahr haben, abgesehen von den Morden im häuslichen Umfeld.«

Ringsum wurde so heftig nach Luft geschnappt, dass ein Vakuum zu entstehen schien.

Overbeck stand auf. Reflexartig zogen alle Anwesenden die Köpfe ein, als wollten sie sich unsichtbar machen. Sie schlenderte gemächlich auf den Detective Constable zu, der gerade gesprochen hatte, griff ein Metalllineal von einem Tisch und hielt es vor sich wie eine Klinge.

»Hol das Erste-Hilfe-Set aus der Küche«, zischte Lively einer Uniformierten zu, die hinter ihm auf dem Flur vorbeiging.

»Ah, abgesehen von den ›Morden im häuslichen Umfeld‹«, sagte Overbeck sanft; ihr Ton glich einem Dartpfeil, der auf die Zielscheibe zusauste. »Also da, wo wir unserem Haustier einen Klaps geben, wenn es auf den Teppich pinkelt, die Putzfrau weit unter Mindestlohn bezahlen, dafür aber in bar, damit sie ihren jämmerlichen Rentenanspruch nicht verliert. Wo Männer ihren Ehefrauen Staubsauger schenken in der Annahme, sie müssten begeistert sein?«

»Äh …« Der Detective Constable hatte Mühe, seinen Adamsapfel unter Kontrolle zu bekommen. »Äh …«

»Meinen Sie, nur weil es zu Hause passiert, ist es weniger schlimm, Constable?« Sie stieß mit dem Lineal in seine Richtung. »Strecken Sie die Hand aus.« Er legte die Hand mit der Handfläche nach oben auf den Tisch. Lively rieb sich den Schweiß aus den Augen und fluchte unterdrückt. »Passen Sie auf. Wenn wir etwas, was mit Gewalt, Qual und Tod zu tun hat, mit dem Zusatz ›häuslich‹ versehen, beschönigen wir es.« Niemand regte auch nur einen Muskel. »Dieses harmlose kleine Stück Bürobedarf kann in meiner Hand problemlos zur Waffe werden. Wenn ich damit kräftig genug auf Ihre Hand schlagen würde, wäre das äußerst schmerzhaft. Es wäre also ein Akt der

Gewalt, nicht wahr?« Der Beamte nickte heftig. »Aber wenn ich es nun als häusliches Lineal bezeichne, tut der Hieb weniger weh. Korrekt?« Ebenso heftiges Kopfschütteln.

Overbeck wandte sich nun dem Raum zu und hob das Lineal für alle gut sichtbar über den Kopf.

»Schauen Sie sich die Statistik an und denken Sie täglich daran: Jedes Jahr werden nur etwa sechs Prozent der weiblichen Mordopfer von einer ihnen unbekannten Person umgebracht. Der Rest, diese unmenschlichen Taten, die man ›Mord im häuslichen Umfeld‹ nennt, wird von Menschen begangen, die den Frauen vertraut sind. Von ihren Freunden, Vätern, Ehemännern, Brüdern, Ex-Partnern. Achtundsechzig Prozent dieser Morde geschehen dort, wo sich Frauen eigentlich am sichersten fühlen sollten, nämlich in den eigenen vier Wänden.« Sie drehte sich wieder zu dem Detective Constable um, der nicht gewagt hatte, seine Hand von der Tischplatte zu nehmen. »Wenn es nach mir ginge, sollte man jedem Mann, der eine Frau umgebracht hat, die Geschlechtsteile amputieren, aber so wie die Dinge stehen, darf ich diese Ansicht nicht öffentlich äußern. Deshalb nur so viel: In dieser Polizeistation wird niemand irgendeinem Wort, das mit Gewalt und Tod zu tun hat, das Attribut ›häuslich‹ verpassen. Außer Sie würden gern wissen, ob es ein Unterschied ist, ein häusliches oder ein nicht häusliches Knie in die Eier zu kriegen.«

Sie warf das Lineal auf die Tischplatte, strich sich energisch die Ponyfransen aus dem Gesicht und kehrte an ihren Tisch zurück.

»Was wollten Sie uns denn bezüglich der drei Mordfälle sagen, Ma'am?«, fragte Lively, der immer noch in der Tür und somit in Deckung stand.

Overbeck klopfte sich einen Hauch von Staub vom Jackettaufschlag.

»Dass ich Ihnen zu Hilfe komme. Mir ist bewusst, dass wir

momentan unterbesetzt sind, doch diese plötzliche Flut von Todesfällen erregt einige Aufmerksamkeit in den Medien. Uns fehlen mit DCI Turner und DI Callanach zwei ranghohe Beamte, weswegen Sie alle gezwungen sind, mehr Aufgaben und Verantwortung zu übernehmen. Angesichts dessen habe ich beschlossen, Ihnen unter die Arme zu greifen.«

»In Form von Gehaltserhöhungen und besseren Überstundensätzen vielleicht? Genau das hätten wir nämlich alle nötig, Ma'am«, sagte Lively.

»Was *Sie* dringend benötigen, ist ein Personal Trainer ohne Geruchssinn«, versetzte Overbeck. »Tatsächlich habe ich einen Teil unseres Medienbudgets dazu verwendet, zwei Spezialermittler zu engagieren, die schon früher einmal mit uns zusammengearbeitet haben. Dr. Woolwine, eine forensische Psychologin, und ihren Partner Brodie Baarda, einen ehemaligen Kollegen von der Metropolitan Police. Woolwine ist eigentlich Profilerin, darüber hinaus aber mit vielfältigen Ermittlungsformen vertraut, sie hat häufig mit dem FBI zusammengearbeitet und kennt die Gegebenheiten hier. In Abwesenheit von DCI Turner und DI Callanach wird sie Sie in allen drei Mordfällen beraten. Sie und Baarda erhalten vollen Zugriff auf die jeweiligen Informationen. Machen Sie es den beiden leicht. DS Lively, Sie haben schon mit Dr. Woolwine zusammengearbeitet. Möchten Sie sich noch kurz darüber aufregen, dass Ihnen jemand über die Schulter schauen wird, oder werden Sie hübsch mit den hinzugekommenen Kindern spielen?«

»Mein Sandkasten, meine Regeln.«

»Gut zu wissen, wer hier das Sagen hat. Verhängen Sie bitte eine Urlaubssperre für das gesamte Team, solange nicht in allen drei unnatürlichen Todesfällen eine verdächtige Person festgenommen wurde. Und ich will jeden Abend um sechs einen Bericht über Ihre Fortschritte von Ihnen persönlich auf dem Tisch haben. Setzen Sie sich mit der Pressestelle in Verbindung, denn es ist Ihr Gesicht, das die Öffentlichkeit mit diesen bislang ungelösten Fällen in Verbindung bringen wird. Wenn Probleme auftauchen, meine Damen und Herren, wenden Sie sich bitte direkt an Ihren Ermittlungsleiter DS Lively.«

Sie machte sich auf den Weg zur Tür, wobei sie sich ostentativ die Nase zuhielt.

»Sie haben mich mit Absicht auflaufen lassen, Ma'am«, sagte Lively leise.

»Wenn Ihnen das nicht gefällt, dann machen Sie es einem nicht so leicht. Ihr erster Bericht an mich ist in wenigen Stunden fällig, also schnappen Sie sich besser gleich jemanden von Ihren jüngeren Leuten und lassen sich zeigen, wie man den Computer einschaltet. Und Gott stehe Ihnen bei, wenn in diesem Revier noch mehr Morde passieren, bevor Sie die bereits begangenen aufgeklärt haben.«

In Livelys Ohren klangen diese Worte wie eine Herausforderung des Schicksals, nicht weniger machtvoll als der Ruf des Pubs am Freitagabend. Er kreuzte die Finger, während das Geklacker von Overbecks Absätzen im Flur verhallte.

»Was ist denn diese Dr. Woolwine für eine, Sarge?«, wollte jemand aus dem Raum wissen, kaum dass Overbeck außer Hörweite war.

»'ne Figur wie eine NFL-Cheerleaderin mit einem IQ wie Einstein, gibt sich lieber mit Toten ab als mit Lebenden und glaubt, sie bräuchte sich an keine Regeln zu halten. Das fasst es in etwa zusammen.«

KAPITEL 10

26. Mai

Dr. Connie Woolwine schlenderte durch den Hain, in dem die »Weeping Girls« Zeuge geworden waren, wie ein Mann überfallen, weggeschleift und lebendig begraben worden war, und fragte sich, was wohl in Laura Fords brillantem Geist vorgegangen war, als sie die wunderschönen Statuen konzipiert hatte.

Der Leichenfundort war mit Polizeiband abgesperrt, jener fragilsten und gebieterischsten aller Barrieren; es würde entfernt werden, sobald Connie sich nach Herzenslust dort umgeschaut hatte. Die magischen Kräfte der Spurensicherung hatten ihre Wirkung entfaltet, und ein Marker bezeichnete die Stelle an einem Stein tief unter einem Baum, wo sich, geschützt vor den Elementen, wie durch ein Wunder den ganzen Winter über ein Blutstropfen gehalten hatte. Mittels DNA-Analyse konnte das Blut dem Opfer zugeordnet werden, also hielt sie genau dort an und wartete darauf, dass Brodie Baarda zu ihr aufschloss.

Mit Schwung drehte sie sich nach ihm um. »Du bist noch fünf Meter entfernt. Habt ihr bei der Polizei nicht gelernt, euch leiser zu bewegen?«

»Erstens wusstest du, dass ich komme, und hast die Ohren gespitzt. Zweitens standest du still da, hast also keine eigenen Geräusche verursacht. Drittens war ich Kidnappingspezialist.

Wenn ich nicht gerade verhandelt habe, sind wir mit Gewalt in Gebäude eingedrungen, nicht still und heimlich.«

Connie wusste, dass ihre Bemerkung unfair war. Baarda war fast eins neunzig groß, mit breiten Schultern und einer Schuhgröße, die es ihm nun wirklich nicht leicht machte, geräuschlos über Zweige und durch trockenes Laub zu schleichen. Seit er mit ihr zusammenarbeitete, war sein Körper nicht mehr weich und rundlich – das Ergebnis seiner allzu bequemen, aber unglücklichen Ehe –, sondern zäh und drahtig wie vormals in seiner Jugend, als er in der Nationalmannschaft Rugby gespielt und täglich Krafttraining gemacht hatte, um seine inneren Dämonen loszuwerden. Mit Anfang fünfzig war er in den besten Jahren. Sein kurzes Haar lockte sich, wenn er länger nicht beim Friseur gewesen war, und die markanten Wangenknochen zogen die Blicke der Frauen auf sich, ohne dass es ihm bewusst war. In seiner Nähe fühlte sich Connie auf eine Art geborgen, die sie nicht einmal sich selbst eingestehen würde.

»Nimm dir einen Stock, ja?«, sagte sie und wandte sich wieder von ihm ab. »Einen dicken, stabilen bitte.«

Baarda seufzte. »Du weißt, dass ich es hasse, diese Sachen nachzuspielen.«

»Das Opfer ist tot«, sagte Connie. »Glaubst du etwa, es schaut missbilligend auf uns herab?«

»Ich glaube nur, dass hier die Hölle los ist, wenn uns jemand sieht.«

»Dann beeil dich lieber. Nimm den Stock, brat mir damit eins über – natürlich vorsichtig – und so weiter, du weißt schon.«

Baarda suchte den Erdboden ab, wählte einen geeigneten Prügel und schlich sich damit von hinten an sie heran. Connie lauschte auf seine Schritte und überlegte sich, wie es gewesen sein mochte. Vielleicht hatte das Opfer Kopfhörer aufgehabt oder telefoniert. Möglicherweise hatte es sich darauf konzentriert, ein Foto zu machen, oder war einfach nur tief in Gedanken gewesen. Und wer den Mann angegriffen hatte, hatte vielleicht weiche Turnschuhe getragen, nicht feste Stiefel wie Baarda. Es könnte ein Bekannter oder Verwandter gewesen sein, der oder die ihm den Schädel zerschmettert hatte. Jemand, dem das Opfer vertraut hatte. Den es gemocht hatte. Vielleicht sogar geliebt.

Der Stock traf Connie leicht an der Schläfe. Sie ließ sich schräg nach vorn fallen, in die Richtung, die der Schlag vorgegeben hatte, und landete bäuchlings im Dreck. Im Herbst, das wusste sie, wäre sie auf dem dicken Laubteppich weicher aufgekommen.

Sie richtete den Blick auf den Baum neben sich, unter dem das Blut gefunden worden war. Es stammte vermutlich aus Mund oder Nase des Opfers und war dorthin gespritzt. Außer dem Stamm des Baums sah sie um sich herum nur Gebüsch. Die Erde in ihrem Mund schmeckte schwer und torfig, gar nicht so unangenehm, nur etwas sandig auf der Zunge. Sie versuchte, sie auszuspucken, und stellte fest, dass sie stattdessen nur tiefer in ihren Rachen wanderte.

»Schleif mich weg«, forderte sie Baarda auf. Ohne sein Gesicht zu sehen, wusste sie, dass er die Augen verdrehte und die Zähne zusammenbiss.

Trotzdem nahm er ihre Fußgelenke. Das gehörte zu Connies Methode: sich ganz in das Verbrechen einzufühlen, zu erleben, was das Opfer erlebt hatte. Baarda arbeitete schon lange genug mit ihr zusammen, um zu wissen, dass sie nicht davon abzubringen war. Ihr war klar, dass er sie dennoch kurios fand. Sie kamen aus verschiedenen Welten – er war adeliger Herkunft und nach Eton gegangen. Sie kam von Martha's Vineyard, Massachusetts, auch aus einer wohlhabenden Familie, aber in den USA investierte man sein Vermögen in Yachten und Autos, nicht in Internatsplätze.

Weil er so groß war, musste Baarda sich bücken, um Connies

Rücken beim Anheben ihrer Beine nicht zu stark durchzubiegen. Während er sie zog, bekam Connie die Bewegung in ihrer ganzen Kraft mit, spürte jeden Stein, jeden spitzen Zweig, der sich unter ihrem Kinn und ihren Händen verfing, ihr Oberteil nach oben rutschen ließ und ihr den Bauch zerkratzte. Sie wehrte nichts davon ab. Das Opfer war auch nicht in der Lage dazu gewesen. Es dauerte erstaunlich lange, bis die Mulde unter dem Busch erreicht war, und sie war erleichtert, als Baarda ihre Beine losließ und begann mit den Füßen eine neue Vertiefung neben dem eigentlichen Grab zu schaffen.

»Mit dir alles okay?«, fragte er.

Da das Opfer nicht in der Lage gewesen war, zu sprechen, enthielt sie sich einer Antwort. Baarda brummte etwas vor sich hin und scharrte weiter Erde beiseite.

Ihr fiel auf, dass keine Vögel mehr sangen. Es war beunruhigend still im Wäldchen. Dass die Natur ein Bewusstsein hatte, dachte Connie, äußerte sich nicht nur darin, dass erschreckte Tiere flohen und oder sich zusammenrollten. Die Natur spürte, wenn etwas Schlimmes vor sich ging.

Baarda beendete das Kicken und Scharren, packte Connie wieder an den Füßen und zerrte sie ohne ein weiteres Wort in die Vertiefung. Connie war die ganze Zeit über hoch konzentriert bei der Arbeit. Das hier war alles andere als Hexenzauber, vielmehr tauchte sie tief in die menschliche Psyche ein. Sie atmete einige Male kräftig durch und lauschte, wie Baarda Erde und Laub um sie herum aufzuhäufen begann.

Volle zwei Minuten gelang es Connie, die Luft anzuhalten, dann schoss sie würgend unter der Blätterdecke hervor und rang nach Sauerstoff.

»Nicht bewegen, sonst kommt dir der ganze Dreck in die Augen«, sagte Baarda, kniete sich vor sie und wischte ihr das Gesicht ab. »Bekommst du ausreichend Luft?«

»Erzähl mir, wie es für dich war«, forderte sie, denn darum

war es ihr gegangen. Nicht um die Perspektive des Opfers, sondern um die des Angreifers.

»Ah, das war der Grund. Also …« Eine halbe Minute lang war er still. »Ich bin zwar groß und einigermaßen stark, und du bist ein Strich in der Landschaft, trotzdem war es gar nicht so leicht, dich über den Boden zu ziehen. Deine Kleider verfingen sich ständig irgendwo, und ein erwachsener Mensch, dessen Arme hinter ihm herschleifen, ist lang und sperrig. Es fällt mir schwer, all die Beulen und Kratzer an deinem Kopf zu ignorieren. Mein Gott, Connie, du hast überall Schürfwunden.«

»Unwichtig. Weiter.«

»Es war … so funktional, als erledigte ich einen Job. Es war leichter, mir das vorzustellen, als daran zu denken, was ich in Wirklichkeit tat. Rückwärts ins Unterholz einzudringen, war mühsam wegen der vielen Ranken und hervorstehenden Wurzeln. Und das Schlimmste war, zu hören, wie du um Luft rangst.«

»Wie war es, mich einzugraben?«

»Das hat ziemlich genervt. Es war schwierig, in der Eile und ohne Schaufel deinen schlaffen Körper vollständig in der Mulde unterzubringen. Ich wollte es hinter mich bringen. Es war sehr persönlich, dich dort zurechtzuschieben. Dich anzufassen. Vor allem, weil dein Körper noch warm war, das war ganz seltsam.«

»Gut«, sagte Connie. »Sehr gut.«

»Wieder aus dem Gebüsch rauszukommen, war erleichternd, weil ich mich endlich nicht mehr gegen die Zweige stemmen musste und sie einfach zurückschnappen lassen konnte. Weißt du, dass du am Kinn stark blutest, und dass man sich von Erde und Pflanzen viel eher eine Infektion holt als von rostigem Draht? Wir müssen dich dringend sauber kriegen.«

»Alles gut, meine Tetanusimpfung ist noch aktuell. Also ist es eine gute Methode, jemanden umzubringen, oder eine schlechte?«

»Eine ätzende. Sehr nah am Opfer. Nichts für Zimperliche. Alles brennt sich ins Bewusstsein – der unwegsame Boden, die Insekten, die vom Schweiß angezogen werden, das eigene Keuchen. Und mir tun die Glieder weh, obwohl du viel leichter bist, als das Opfer gewesen sein muss.«

»Und doch hat die Person, die das war, dem Opfer alle persönlichen Gegenstände abgenommen, sämtliche Spuren verwischt und sich bestimmt auch von Erde und Grünzeug gereinigt für den Fall, dass ihr jemand begegnet wäre.« Connie zog ein kleines Päckchen Feuchttücher aus der Tasche und säuberte ihre Schürfwunden an Bauch, Gesicht und Händen.

»In der Tat«, sagte Baarda. »Also war sie strukturiert, überlegt, körperlich fit und in der Lage, die Sache durchzuziehen, ohne sich zwischendurch ausruhen oder beruhigen zu müssen.«

»Jep. Bis zu einem gewissen Maß war es durchdacht, aber nicht so weit, dass die Person das Grab schon vorher ausgehoben oder eine Schaufel dabeigehabt hätte. Ich glaube, es hier zu machen, war eine spontane Entscheidung, aber grundsätzlich war der Mord geplant.«

»Ich denke nicht, dass es ein Lebenspartner oder enger Verwandter des Opfers war. So jemandem wäre bewusst gewesen, dass er sich hinterher den Fragen von Familie und Freunden des Opfers würde stellen müssen.« Baarda ging zu dem Rucksack, den er neben einem Baum abgestellt hatte, nahm eine Flasche Wasser heraus, schraubte sie auf und reichte sie ihr.

»Weißt du was, Baarda? Ich glaube, ich möchte niemals eine intime Beziehung mit jemandem haben, der so fürsorglich ist wie du. Was könnte ich mir mehr wünschen als einen Mann, der bereit ist, mich im Wald zu verscharren, und der sich hinterher so hingebungsvoll um mich kümmert?«

»Wenn du es so ausdrückst, wird mir erst klar, wie sehr unsere Beziehung an emotionalen Missbrauch grenzt. Hat dir dieses grausige Experiment gebracht, was du wolltest?«

»Nicht ganz. Ich habe immer noch mehr Fragen als Antworten. Aber eines weiß ich: Jemand wollte unser Opfer tot sehen. Wollte es erledigen. Nichts wurde dem Zufall überlassen, vom Schlag auf den Schädel über das Versteck im Wäldchen bis hin zum Erstickungstod unter der Erde. Und bei einem Mord, der gezielt als Mord geplant wurde und nicht das Resultat eines Raubüberfalls oder Streits ist, kann man davon ausgehen, dass Täter und Opfer sich irgendwie kannten. Deshalb müssen wir jetzt herausfinden, wer das Opfer war. Nur so kommen wir weiter.«

»Gut. Können wir jetzt ins Hotel gehen? Ich würde wirklich gern kurz unter die Dusche springen, bevor wir zur Polizeistation fahren.«

»Sorry, keine Zeit.« Connie marschierte schon voraus. »Wir haben ein Date mit einer Leiche.«

KAPITEL 11

26. Mai

Nate Carlisle beobachtete Connies Reaktion, während er Divya Singhs Leiche enthüllte.

»Keine Sorge, Dr. Carlisle – darf ich Sie Nate nennen? Ich habe schon einige Leichen gesehen.«

»Bitte, nur zu. Das bezweifle ich nicht; Ihr Ruf eilt Ihnen voraus. Aber ich habe die Verantwortung für die Toten hier. Solange ich nicht weiß, ob ein Besucher über einer Leiche in Ohnmacht fallen oder sich erbrechen wird, passe ich lieber auf.«

»Oh Mann, haben sich hier schon Leute über einer Leiche erbrochen?« Connie zog eine Grimasse wie auf dem Kinderspielplatz. »Das würde ich nicht aufwischen wollen. Aber der Anblick hier ist fast genauso unappetitlich, was? Die Frau sieht aus, als hätte man sie zur Ziehharmonika gefaltet.« Sie nahm Mrs Singhs Hand und streichelte sie mit dem Daumen.

Divya Singhs Arme und Beine waren auf eine Art geknickt, die von der Natur nie vorgesehen gewesen war. Die Haut sah – abgesehen von den üblichen Flecken, die durch das stillstehende Blut entstanden – aus wie ein Schlachtfeld aus Blutergüssen, Beulen und Vertiefungen. Der Schädel war so gestaucht, dass das Gesicht zusammengedrückt worden war, es sah aus wie in einem Zerrspiegel, zu breit und gedrungen. Falls Divya Singhs

Leben einst als unbeschriebenes Blatt Papier begonnen hatte, war es jetzt ein zusammengeknüllter, achtlos weggeworfener Zettel. Sie war eine gebrochene Frau in jedem Sinne des Wortes, und wer immer sie getötet hatte, war ein hasserfülltes Monster.

Connie ermahnte sich, mit den Übertreibungen aufzuhören, bevor sie ihren investigativen Scharfsinn beeinträchtigten. »So sollte niemand sterben müssen. Was ist denn passiert, hm?«

»Nun, das Auto hat sie mit –«

Connie entfuhr ein kurzes, leises Lachen. »Verzeihung, ich hätte Sie vorwarnen müssen. Ich habe nicht mit Ihnen, sondern mit meiner Freundin hier gesprochen.« Sie tätschelte Divya Singh die Hand.

Carlisle starrte sie an. »Äh, verstehe. Wären Sie gern allein mir ihr?«

»Kommt darauf an, wie offen Sie für so etwas sind. Ich versuche immer, eine enge Beziehung zu meinen Klienten aufzubauen, und ich würde ungern Zeit aufwenden, um Ihnen meine Methoden und Kompetenzen zu erläutern. Also, überlegen Sie es sich. Kein Stress.«

Carlisle musterte die Frau, die die Hand einer Leiche hielt, als tröstete sie eine geliebte Tante, die im Krankenhaus lag. Connie war vielleicht Anfang, Mitte dreißig und trug das Haar zu einem Pferdeschwanz gebunden, der eher praktisch als modisch aussah. Bei einer Größe von etwa eins siebzig hatte sie kein Gramm zu viel auf den Rippen; er ahnte, dass das daher kam, dass sie in ihrem Leben keinen Augenblick stillstand. Sie trug kein Make-up, und sicher, sie war bei ihrer Ankunft hier in der Leichenhalle zuerst in den Waschraum gegangen, um die Spuren der Besichtigung des Tatorts in Jupiter Artland zu beseitigen, aber er hatte nicht den Eindruck, dass sie sich viel ums Hübschmachen scherte. Dr. Connie Woolwine war eine Naturgewalt wie die Schwerkraft, nur mit Charakter.

»Ich bleibe«, sagte er.

»Gut. Weil Mrs Singh mir einsam vorkommt.«

»Sie war verheiratet, hatte einen Sohn und mehrere Enkelkinder.« Carlisle stellte sich auf die andere Seite des Seziertischs, um genau zuzuschauen.

»Möglich, dass sie eine Familie und eine gesicherte Existenz hatte, aber ihre Fingernägel sind nicht gefeilt und teilweise angekaut, und sie hat raue Hände. Auch wenn ihr Schädel insgesamt entsetzlich aussieht, ist zu erkennen, dass sie schon seit Ewigkeiten nicht beim Friseur war. Die Hyperpigmentierung auf ihrem Gesicht hätte sich gut mit frei verkäuflichen Mitteln behandeln lassen. Ja, ich weiß aufgrund ihrer Adresse, dass sie in einer ordentlichen Gegend wohnte, aber sie hat sich nicht um sich selbst gekümmert. Als hätte sie sich nicht wichtig genommen. Und es gab keinen, der ihr mal Handcreme gekauft oder einen Gutschein für eine Wellness-Behandlung geschenkt hätte. Da war niemand aus der jüngeren Generation, der sich auch nur ein bisschen um ihr Wohlergehen bemüht hätte. Sie hat einfach vor sich hin gelebt. Und damit geht normalerweise eine gewisse Einsamkeit einher, finden Sie nicht auch?«

»Ich habe ihren Mann und ihren Sohn kennengelernt. Sie waren beide am Boden zerstört. Ich hatte keinen Grund anzunehmen, dass Mrs Singh nicht geliebt wurde.«

»Aha, sehen Sie, da liegt das Problem. Dass es Menschen gibt, die einen lieben, heißt nicht, dass man aktiv geliebt wird. Fragen Sie jede beliebige Frau, die den Haushalt und die Kinder organisiert, die Besorgungen macht, nebenher noch in Teilzeit arbeitet, die alles tut, damit Weihnachten perfekt wird, die Geburtstagsfeiern vorbereitet – und dann vergessen alle, dass Muttertag ist, und keiner kommt auf den Gedanken, dass sie enttäuscht sein könnte. Jemanden zu lieben, kann etwas Aktives oder etwas Passives sein, und dazwischen liegen Welten.« Sie strich Divya übers Haar, versuchte, es etwas ordentlicher um den gestauchten Schädel zu legen.

»Ich verstehe. Erzählen Sie mir, was Ihnen das bringt«, sagte Carlisle leise, aus Neugier, nicht um sie zu provozieren.

»Ich glaube nicht an zufällige Opfer, Nate. Dass menschliche Entscheidungen frei sind, ist in gewisser Weise ein Trugschluss. Unsere Entscheidungen sind das Ergebnis unserer bisherigen Erlebnisse und Eindrücke. Das menschliche Gehirn ist KI pur. Wir lernen auf vielen Ebenen und größtenteils unbewusst. Wenn ich Sie jetzt fragen würde, ob Sie nachher mit mir etwas trinken gehen wollen, hätten Sie als Antwort die Optionen Ja, Nein oder Nicht heute. Vielleicht hätten Sie das Gefühl, kurz darüber nachdenken zu müssen, aber auch dann hat Ihr Gehirn Ihre bevorzugte Wahl eigentlich schon getroffen. Die Person, die Mrs Singh getötet hat, hat sich für sie als Opfer entschieden. Egal ob es ihre Schwiegertochter war, die sich von ihr ungerecht behandelt fühlte, oder ein paar empathiefreie Halbstarke, die wissen wollten, wie es ist, jemanden umzubringen, es gab einen Entscheidungsprozess. Genau wie bei dem Jupiter-Artland-Opfer. Je besser ich also das Opfer kennenlerne, desto näher komme ich den Leuten, die ihm etwas angetan haben.«

Carlisle verschränkte die Arme.

»Es tut mir leid, wenn Sie sich jetzt unbehaglich fühlen. Ich weiß, dass ich das bewirke. Und nein, ich frage Sie nicht, ob Sie sich nachher mit mir treffen wollen, schon gar nicht über die Leiche einer Frau hinweg, die nicht das Leben geführt hat, das ich mir für sie gewünscht hätte. Je mehr Emotionen bei einer Entscheidung im Spiel sind, desto mehr bemühen wir uns, die getroffene Wahl zu verstehen. Wir nehmen den Entscheidungsprozess genauer unter die Lupe. Wenn ich Sie gefragt hätte, ob Sie lieber Graubrot, Vollkornbrot oder Roggenbrot essen, hätten Sie weniger stark reagiert.«

»Sie bereiten anderen Menschen gern Unbehagen.«

»Nicht gern. Aber es beschleunigt das Kennenlernen. Ich halte es für erforderlich, Menschen schnell kennenzulernen, um effizient mit ihnen kommunizieren zu können. Deshalb überschreite ich Grenzen und beobachte ihre Körpersprache und Reaktion. So schlimm, wie Mrs Singhs Körper zugerichtet ist, ist es schwer, genau zu erkennen, was im Augenblick des Zusammenstoßes passiert ist. Was konnten Sie ihrer Halswirbelsäule entnehmen?«

»Ich kann Ihnen die Röntgenbilder zeigen.« Carlisle ging zu einem Computer und klickte einen Dateiordner an. »Hier, diese Frakturen stammen von dem Anprall, bei dem ihr Kopf in den Nacken geworfen wurde. Mrs Singh hatte weder ausgeprägte Muskeln noch viel Fettgewebe, was beides den Stoß abgemildert hätte, deshalb knickte ihr Kopf geradewegs nach hinten. Linearfraktur C5.«

Connie war nicht von Divya Singhs Seite gewichen. »Wie hätte der Bruch ausgesehen, wenn sie im Moment des Anpralls zurückgeschaut hätte? Oder nach oben? Oder wenn sie sich umgedreht und das Auto sie von vorn erfasst hätte?«

»Dann wäre der Kopf zur Seite oder nach vorn gerissen worden, und der Bruch wäre eher diagonal verlaufen. Oder die Stelle, wo der Bruch am breitesten ist, wäre auf der Vorderseite gewesen statt hinten.«

Connie strich Divya Singh über die Wange. »Wie gut hörst du, meine Liebe?«, flüsterte sie.

Carlisle kam zurück an den Tisch. »Ihrem Mann zufolge hörte sie noch gut. Sie besaß kein Hörgerät und hatte sich nie über ihren Hörsinn beklagt.«

»Vielleicht ist es besser, dass du nichts gesehen hast.« Sanft ließ Connie die Hand über die zerschmetterten, fast vollständig schwarz eingebluteten Beine gleiten, an denen noch die Abdrücke des Kühlers zu sehen waren. »Können wir sie umdrehen?«

Carlisle half ihr. Connie entschlüpfte ein Seufzer. Nate fuhr mit dem Finger die Linie über beide Schenkel nach, die von der Oberkante der Motorhaube stammten.

»Das Fahrzeug hat sie weder gestreift noch kam es von der Seite. Es hat sie mittig erfasst, ohne zu bremsen. Ihr Mann sagte, sie sei nur einen Meter achtundfünfzig groß gewesen; für uns war das kaum zu schätzen, weil Skelett und Gewebe so stark beschädigt sind.«

»Du warst ein Fliegengewicht«, sagte Connie. »Wahrscheinlich bist du fast im Wind gesegelt. Was ist über das Auto bekannt?«

»Nicht viel. Geht man von der Position der Spuren aus, die die Motorhaube auf den Beinen der Frau hinterlassen hat, sitzen diese zu tief, als dass es ein SUV gewesen sein könnte. Das Markensymbol hat sich leider nicht an Mrs Singhs Körper abgezeichnet. Da kam die Geschwindigkeit dem Mörder dummerweise zugute; das Opfer wurde einfach zu schnell und abrupt weggeschleudert. An der Gehsteigkante war etwas Reifenabrieb, der wird gerade analysiert, aber vermutlich trifft die chemische Zusammensetzung auf mehrere Automarken zu.«

»Und physikalisch – was für Schäden müssen am Auto entstanden sein?«

»Der Obduktionsbericht wird fahrzeugtechnisch noch ausgewertet werden. So lange kann ich zumindest sagen, dass möglicherweise das Nummernschild kaputt ist und der Kühler eine deutliche Delle haben muss. Mit der Windschutzscheibe kam Mrs Singh ziemlich sicher nicht in Berührung. Die Blutspritzerverteilung auf dem Gehsteig zeigt eindeutig, dass sie nicht zuerst auf die Motorhaube, sondern gleich nach vorn durch die Luft geschleudert wurde und auf dem Boden aufkam. Letztendlich hängt das aber auch davon ab, wie stabil die Karosserie ist. Mrs Singh wiegt nur einundfünfzig Kilogramm.«

»Okay«, sagte Connie leise. »Das war alles, was ich brauchte. Könnten Sie sie wieder umdrehen?«

Carlisle gehorchte.

Connie nahm die beiden kalten, toten Hände in ihre, zog

sie in die Körpermitte und beugte sich darüber hinweg, um ihr ins Gesicht zu sehen. »Divya, ich hoffe, du hast nichts dagegen, wenn ich dich gleich beim Vornamen nenne. Dr. Carlisle und ich werden alles tun, um die Person oder die Personen zu finden, die dir das angetan hat. Wir kümmern uns um dich und lassen dich so bald wie möglich wieder zurück zu deiner Familie, damit du Ruhe hast. Dr. Carlisle ist ein guter Mensch, bei ihm bist du in besten Händen, auch wenn es mir leidtut, dass du hier warten musst, bis wir das aufgeklärt haben.«

Behutsam deckte Carlisle die Leiche zu.

»Können wir jetzt ein bisschen richtige Ermittlungsarbeit leisten, oder wollen Sie noch länger über Gefühle reden?«, meldete sich die Stimme von Lively, der in der Tür stand.

Connie fuhr zu ihm herum, musterte ihn gründlich von Kopf bis Fuß und antwortete erst dann: »Lange nicht gesehen, DS Lively. Damals haben wir uns gar nicht richtig kennengelernt, nicht wahr? Dann schauen wir doch mal. Sie sind Mitte fünfzig, tragen keinen Ehering und haben auch keine hellere Stelle am Finger, wo mal einer saß. Ihrer Aussprache nach kommen Sie aus keiner der wohlhabenderen Gegenden Schottlands. Wahrscheinlich waren Sie mal verheiratet, weil das vor dreißig Jahren noch üblich war. Aber so hoch, wie die Scheidungsraten bei der Polizei sind, tippe ich auf frühe Scheidung, nicht gerade einvernehmlich, sie war froh, nicht mehr mit den vielen Überstunden und den spätpubertären Machosprüchen leben zu müssen. Für Sie sind das nur noch ferne Erinnerungen. Kinder haben Sie keine, denn Kinder machen weicher. Leute, die Kinder haben, ärgern sich zwar auch über die jüngere Generation, sind aber generell toleranter.

Seit Kurzem treiben Sie Sport – Ihr Gürtel ist ein Loch enger geschnallt als bisher, und Sie sind sich ihres Körpers bewusst, weil Sie sogar jetzt versuchen, den Bauch einzuziehen. Ich nehme an, das machen Sie nicht wegen Dr. Carlisle. Also gibt es da eine Frau, aber so verkniffen wie Sie jetzt plötzlich schauen, sind Sie noch nicht mit ihr zusammen, wahrscheinlich trauen Sie sich nicht so recht, ihr ein Treffen vorzuschlagen. Tatsächlich würden Sie gern über Ihre Gefühle sprechen, weil das der erste Gedanke war, den Sie hatten, als Sie hier hereinschauten, und was wir spontan von uns geben, selbst wenn es spitze Bemerkungen sind, hat üblicherweise einen wahren Kern. Und jetzt erzählen Sie mir noch einmal, Ermittlungsarbeit und über Gefühle zu sprechen wären verschiedene Dinge.«

Sie zog sich Handschuhe und Schutzanzug aus, warf sie in den Mülleimer neben der Tür und ging davon, um Baarda zu suchen, der sich in einem anderen Raum mit jemandem besprochen hatte.

»Verdammt, ist die schrecklich«, sagte Lively. »Früher wurden Hexen in Schottland verbrannt. Ist ihr klar, dass sie sich auf gefährlichem Terrain bewegt?«

»Nun, egal ob das gerade schwarze Magie war oder ob sie zuvor mit DS Salter telefoniert hat, es hat Ihnen die Sprache verschlagen. Also würde ich sagen, Sie sollten sich nicht mit ihr anlegen.« Carlisle klopfte Lively auf die Schulter und verließ ebenfalls den Raum.

KAPITEL 12

28. Mai

Lively hatte keine Wahl. Er sah nur einen Ausweg. Er nahm die nächstbeste Waffe, eine Axt, packte sie und schleuderte sie mit aller Kraft, die seine mit den Jahren schlaff gewordenen Muskeln aufbringen konnten, von sich. Schon als Jugendlicher hatte er gelernt, sich in Prügeleien zu behaupten. Deshalb wirkte er auch ohne Fitnessstudio oder illegale Steroide stark und kräftig, wie einer, mit dem nicht zu spaßen war.

Als er Beth Waterfall gefragt hatte, ob sie mal gemeinsam etwas unternehmen wollten, hatte er an eine Bar gedacht, idealerweise gefolgt von einem Restaurantbesuch. Oder an einen Sonntagsspaziergang irgendwo auf dem Land mit anschließender Einkehr, ja sogar an eine Fahrt ans Meer. Er hatte ihr die Wahl gelassen und zur Antwort nur eine Adresse mit Datum und Uhrzeit bekommen. Dort angekommen, hatte er immer wieder die Nachricht studiert, um sicherzugehen, dass er tatsächlich am richtigen Ort war. Dann war Beth neben ihm erschienen und hatte gefragt, ob er es sich vielleicht anders überlegt hätte.

Eine Viertelstunde später, nach einer flüchtigen Einführung, bei der jeder, der schon mal von Arbeitssicherheit gehört hatte, einen hysterischen Anfall bekommen hätte, fand er sich in einem langgestreckten Raum wieder. An einem Ende befand sich eine Bar, am anderen standen mehrere Zielscheiben, dazwischen zu Bahnen gespannte Netze, die nicht so stabil wirkten, wie sie seiner Meinung nach hätten sein sollen.

»Wenn ich gewusst hätte, wie geübt Sie sind, hätte ich einen Makrameekurs vorgeschlagen. Da hätte ich vielleicht eine Chance gehabt«, scherzte Beth, nahm sich eine kleinere Axt, eher so etwas wie einen Eispickel, und schleuderte sie die Bahn entlang. Das Geschoss traf die Scheibe, prallte aber daran ab. »Ehrlich gesagt liegt mir die Feinarbeit mit Klingen viel mehr. Dass Sie schon beim ersten Wurf einen Volltreffer hatten, liegt bestimmt am Polizeitraining.« Sie nahm einen Schluck von ihrem nichtalkoholischen Cocktail und grinste ihn an. »Ich kann mich kaum entscheiden, ob ich mich mit Ihnen sicher fühlen oder Angst vor Ihnen haben soll.«

Lively hatte das Gefühl, dass das locker-flockige Lächeln nicht ganz ihre Augen erreichte, und fragte sich, ob sie je Grund gehabt hatte, Angst vor Männern zu haben. Für eine so persönliche Frage war es viel zu früh, aber sie hatte sich mit Bedacht nichts Alkoholisches bestellt und einen belebten öffentlichen Ort für das Treffen ausgesucht, von dem aus man problemlos ein Taxi nach Hause bekam. Sehr vernünftige Maßnahmen, um sich mit einem fremden Mann zu treffen, die er jeder Frau empfehlen würde. In Sachen Anstand schnitt die Polizei in der öffentlichen Wahrnehmung schlechter denn je ab, was Lively tiefer traf, als er sich eingestand. Er persönlich hätte jedem Kollegen, der glaubte, er könnte alles betatschen, was ihm in die Quere kam, sofort und ohne über die Folgen nachzudenken, den Kopf abgerissen.

»Hallo, alles in Ordnung?«, fragte Beth. »Sie waren gerade unendlich weit weg.«

»Tut mir leid, die Umgebung hier ist total verwirrend. Die letzten dreißig Jahre habe ich jeden, der irgendwas auch nur entfernt Waffenartiges warf, sofort überwältigt und in einen Polizeivan verfrachtet.«

»Wir können auch gehen, wenn Sie –«

»Auf keinen Fall. Ich buche mich hier mal mit meinem Team ein, damit alle ihren Frust rauslassen können. Außerdem sieht's so aus, als könnten Sie etwas Übung gebrauchen.«

Sie grinste. »Ich bin noch in der Aufwärmphase. Lassen Sie mich mal ran, dann zeige ich Ihnen, wie's geht.«

Sie griff erneut zu einem Geschoss. Lively nutzte die Gelegenheit, um zurückzutreten und sie genau zu betrachten. Dr. Beth Waterfall war nicht im klassischen Sinne hübsch. Livelys Mutter hätte sie als »ganz anständig« bezeichnet, aber das war weder fair noch entsprach es den Tatsachen. Wenn ihr Haar nicht unter einer OP-Haube steckte, war es, abgesehen vom ergrauenden Ansatz, braun mit rötlichem Schimmer und fiel ihr in einem praktischen Pagenschnitt auf die Schultern. Sie hatte einen kantigen Kiefer und ein breites Kinn, tief liegende Augen und eine gerade Nase, die im Profil einen so nüchternen wie makellosen Eindruck erweckte. Doch wenn sie lächelte, bildeten sich Fältchen um ihre Augen, bei deren Anblick Lively ganz schwindelig wurde. Ein Gefühl, das er zugleich hasste und liebte. Es war ihm noch aus der Teenagerzeit vertraut, als Mädchen mystische Wesen gewesen waren, furchteinflößend und anziehend zugleich. Die Jahre und sein Beruf hatten ihn abgestumpft, das wusste er. Aber als Beth Waterfall ihn über … na gut, um ehrlich zu sein, über einen verblutenden Menschen hinweg angelächelt hatte … Eigentlich war das die einzige Möglichkeit für ihn, je eine Frau kennenzulernen, die zu ihm passte, oder?

Das einzig Mysteriöse daran war, dass sie auf gleiche Weise zurückgeblickt hatte. Eine Ärztin – ja, eine Chirurgin – mit einem beeindruckenden Lebenslauf und diesen beiden Buchstaben vor dem Namen hatte ihn angelächelt, als hätten sie einander in diesem Moment erkannt.

Zwei Tage nach Archie Bass' Tod hatten sie sich in der Leichenhalle Cowgate getroffen, um die Wunden genau zu besprechen. Dr. Waterfall hatte lächelnd zugehört, wie Lively Tausende wahrscheinlich sehr dumme Fragen stellte, und danach waren sie, ohne dass sie es abgesprochen hätten, zu einem Lokal geschlendert. Er hatte ihr die Tür aufgehalten und sie vorausgehen lassen, dann hatten sie auf den hohen Stühlen am Tresen gesessen und an ihren Getränken genippt, ohne sich Gedanken zu machen, dass sie vielleicht zurück an die Arbeit oder nach Hause gehen sollten. Es war nicht gerade eine private Verabredung, aber auch nicht wirklich ein Arbeitstreffen, weil sie, nachdem ihnen der sorgsam codierte Gesprächsstoff über die soeben besichtigte Leiche ausging, noch ein paar persönliche Dinge ausgetauscht hatten. Nur das Nötigste, damit sie wussten, woran sie waren: Sie waren beide Single, lebten beide für die Arbeit, führten beide eine Existenz, die nicht der gesellschaftlichen Norm entsprach, und sie mochten einander.

»Sie sind dran.« Mit dem Griff voran reichte Beth ihm eine Axt.

»Okay.« Er nahm die Axt und stellte sich wurfbereit hin. »Aber wenn ich wieder ins Schwarze treffe, darf ich Ihnen eine Frage stellen. Soll ich trotzdem?« Der Flirtversuch erschien ihm furchtbar unbeholfen, aber er fand, er müsse es zumindest versuchen, sonst landete er womöglich in der Kumpelschublade, wie es bei den jüngeren Kollegen hieß.

»Deal«, sagte sie.

Livelys Wurf saß. Beth verschränkte die Arme und lächelte ihn herausfordernd an. »Dann nutzen Sie Ihre Chance gut.«

»Also. Ich glaube, was ich gern wüsste, ist: Sind wir nur zwei Leute, die am selben Fall arbeiten und sich jetzt einfach mal in der Freizeit treffen, oder …« Seine Stimme drohte sich zu überschlagen, und ihm kam diese qualvolle Phase während der Schulzeit in den Sinn, als er im Stimmbruch war. Er setzte neu an. »Oder könnte da noch etwas anderes sein?«

»Hm, etwas anderes ist es wohl nur, wenn wir es beide für

etwas anderes halten, wobei ich aus der Übung bin, also irre ich mich vielleicht. Ich glaube, meine letzte Verabredung mit einem Mann war vor achtundzwanzig Jahren, und ihn habe ich schließlich geheiratet. Nach zehn Jahren hat er mich verlassen, ist ins Ausland gezogen, und ich habe kaum noch Kontakt zu ihm. So, jetzt bin ich dran. Sie müssen meine Frage beantworten, egal wo auf der Zielscheibe die Axt stecken bleibt.«

Lively grinste, schon bevor sie sich eine Axt heraussuchte und warf. Sie traf den unteren Rand der Scheibe, die Waffe blieb ein paar Sekunden dort stecken und sackte dann zu Boden.

»Zählt trotzdem«, sagte sie. »Also, was ist mit Ihnen? Wann waren Sie zuletzt mit einer Frau verabredet?«

»Kommt darauf an, was man darunter versteht. Ich war auch mal verheiratet, ist schon lange her. Ich war nicht gerade der tollste Ehemann und kann's ihr nicht verdenken, dass sie mich verlassen hat. Als junger Polizist nehmen einen die Arbeit, das Team und dass man alles so hautnah mitkriegt, oft voll in Beschlag. Da hab ich mir nicht genug Zeit für Privates genommen. Man lebte nur für den Moment, und niemand sagte einem, dass es das ist, was am Ende zählt …« Er hob die Schultern. »Später hatte ich eine Weile … sagen wir mal, eine Affäre … mit jemandem bei der Arbeit. Nichts Romantisches. Ihr Mann wusste, dass da was lief, und hatte kein Problem damit. Ich passte ganz gut in ihr Leben, und ich wiederum hatte einen Vorwand, um nicht nach einer echten Partnerin suchen zu müssen. Hätte nicht gedacht, dass ich das hier je noch mal machen würde.« Beth hielt ihm eine neue Axt hin, und er nahm sie, legte sie aber zurück auf den Auswahltisch. »Aber ich bin froh, dass ich's mache.«

»Ich auch.« Sie lächelte ihn an und biss sich auf die Unterlippe.

Lively stockte der Atem, und er musste feststellen, dass er kein Wort herausbekam.

Jemand ging so nahe an Beth vorbei, dass er sie streifte. Sie wich zurück und zog den Kopf ein.

»Sorry, Liebes«, rief der Mann.

Lively trat auf sie zu, aber sie wehrte ab und sagte: »Alles gut. Ich, äh, bin wahrscheinlich nur die vielen Leute und den Lärm nicht gewohnt. Machen Sie sich keine Gedanken um mich.«

»Natürlich«, sagte Lively. »Sollen wir vielleicht gehen? Ich würde sagen, es steht unentschieden.«

»Das wäre gut.« Sie nahm Mantel und Handtasche.

Lively bot ihr die Hand an, um sie durch das Gedränge zur Tür zu führen, und als Beth Waterfall sie nahm, hätte er schwören können, dass ihre Hand zitterte.

KAPITEL 13

Drei Jahre zuvor

Molly Waterfall – Mol für ihre Freunde, und dazu zählten so ziemlich alle, die sie kannte, weil das Leben einfach schön und eigentlich alle Menschen toll waren – hatte einen Onlineshop eröffnet, um ihre Ölgemälde zu verkaufen. Sie hatte lange gebraucht, um das Hochstapler-Syndrom zu überwinden, aber nachdem sie endlich eingesehen hatte, dass niemand gezwungen war, ihre Bilder zu kaufen, der sie nicht gut fand, war sie nicht mehr zu bremsen. Sie fand ein passendes Shop-System, entwarf ihre Verkaufsseite, legte den Preisrahmen fest, nicht zu hoch, aber so, dass sie nicht das Gefühl hatte, sich unter Wert zu verkaufen, und veröffentlichte die Website.

Ihre Kindheit war glücklich gewesen. Flüchtig hatte ihre heile Welt gewackelt, als ihr Vater sie verließ, aber die zehnjährige Molly hatte sich damals mehr um ihre Mutter gesorgt, als dass sie ihn vermisste. Im Grunde war er schon immer abwesend gewesen – entweder war er bei der Arbeit als Bauleiter von Großprojekten oder er saß vor dem Fernseher und schaute Australian Football, weil er von dort kam; er war zum Studium an die Universität Edinburgh gekommen und anschließend nicht mehr nach Australien zurückgekehrt. Außerdem spielte er wie besessen Golf, um »was Eigenes« zu haben. Zu Hause hatten sie ihn kaum wahrgenommen, da er sich meistens nur zum Schlafen dort aufhielt. Es war ein Samstag gewesen. Mol und ihre Mutter waren einkaufen gefahren, wie jeden Samstag, wenn Beth nicht Bereitschaftsdienst hatte. Anderthalb Stunden waren sie unterwegs gewesen, und in dieser Zeit hatte ihr Vater seine Sachen gepackt – Kleidung, Reisepass und andere wichtige Dokumente, Schallplatten, ein paar Erinnerungsstücke aus den letzten Jahren – und war verschwunden.

Ohne Abschiedsbrief.

Ohne seine neue Adresse zu hinterlassen.

Ihre Mutter hatte angenommen, er wäre beim Golfspielen, bis sie bemerkte, dass die Plattensammlung fehlte. Daraufhin hatte sie sich genauer umgeschaut und in den Regalen Leerstellen entdeckt, wo nur noch staubfreie Umrisse darauf hinwiesen, was dort einst gestanden hatte. Der Kleiderschrank brachte den endgültigen Beweis. Wie sehr hatte ihre arme Mutter sich bemüht, Molly zu beruhigen. Hatte ihr versichert, der Vater käme bestimmt zurück. Dass viele Menschen eine Phase durchmachten, in der sie ihrem banalen Leben zu entfliehen suchten, dass sie früher oder später aber wieder zurückkehrten. Mol war das egal. Ihr war nur wichtig, dass es ihrer Mutter gut ging. Sie arbeitete so hart, nicht nur in ihrem Beruf als Ärztin. Sie war auch eine perfekte Mutter. Für Dr. Beth Waterfall stand Mols Wohlergehen immer an erster Stelle – sie kümmerte sich um Schuluniformen, Hausaufgaben, Klassenfahrten, Übernachtungen bei Freundinnen, nahm sich Zeit, um gemeinsam mit Mol zu backen und zu basteln, und bewunderte die zahllosen (oft grauenhaften) Bilder, die Mol malte, bevor sie ihren eigenen Stil fand. Ihre Mutter schien über eine unerschöpfliche, ruhige Energie zu verfügen und war Mols Ein und Alles. Ihr Vater war ein stummer Satellit gewesen, der aus seinem Orbit nur ab und zu einen Blick für sie übriggehabt hatte.

Über die Jahre hatten die beiden Frauen seinen Weggang

verwunden und blühten geradezu auf. Sie waren glücklicher und einander näher als je zuvor. Es war Mols Idee, den Geburtsnamen ihrer Mutter anzunehmen. An dem Tag, als die Genehmigung kam (ihren Vater hatten sie durch seine Eltern kontaktiert, damit er sowohl der Scheidung als auch dieser Änderung zustimmte), reisten Mutter und Tochter nach London, gingen dort ins Theater und shoppen, gönnten sich einen Nachmittagstee im *Four Seasons* und zwei Nächte im *Savoy.* Das Leben war nicht nur schön, es war wie ein bunter Blumenstrauß, jede Begebenheit wundersamer und aufregender als die andere.

Ohne einen Mann, neben dem sie sich kleiner machen musste, konnte ihre Mutter sich im Beruf voll entfalten, und Mol war stolz, wenn sie an die Arbeit ihrer Mutter dachte.

Ebenso ging es ihrer Mutter, wenn sie eine neue Zeichnung oder ein Bild von Mol zu Gesicht bekam. Es verging kaum eine Woche, in der Beth ihr nicht neue Malutensilien gekauft, ein Bild gerahmt oder ein neues Werk von ihr in der Wohnung aufgehängt hätte.

Kein Wunder, dass Mols Schritt aus dieser Intimität heraus in die mediale Öffentlichkeit zunächst gewöhnungsbedürftig war.

Anfangs wurden nur vereinzelt Bestellungen über den Webshop aufgegeben. Gemessen an der Zeit, die Mol in den Aufbau der Seite gesteckt hatte, waren die Besucherzahlen zunächst erbärmlich. Doch dann trat sie einer Facebook-Gruppe bei, mit ungeahnten Konsequenzen. Einige Mitglieder teilten Fotos ihrer Werke auf anderen Social-Media-Kanälen, und kaum war dieser Anfang gemacht, schoss ihr Bekanntheitsgrad in die Höhe. Ihr Name war plötzlich in aller Munde. Sie wurde eingeladen, ihre Werke in einer ehemaligen Fabrikhalle auszustellen, die in eine ultracoole Galerie mit DJ und offener Feuerstelle verwandelt worden war. Hierdurch hatte sie Zugang zu einem exklusiven Kreis Edinburgher Künstler gefunden, dessen monatliche Treffen nur Mitgliedern offen standen. Darüber war

Mol etwas unglücklich, denn sie konnte ihre Freundinnen nicht mitbringen, aber besser, man schnappte nicht nach der Hand, die einen fütterte. Dann fand sie sich im Auswahlverfahren für einen internationalen Kunstpreis wieder, und von da an brauchte sie sich keine Gedanken mehr über die Besucherzahlen im Webshop zu machen. Das Problem war eher, dass der Tag nicht genug Stunden hatte, um die Nachfrage nach ihren Werken zu befriedigen.

Sie verdiente keine Reichtümer, aber ihre Leidenschaft brachte genug Geld ein, um sich an den Kosten für den immer noch gemeinsam mit ihrer Mutter geführten Haushalt beteiligen und den Rest auf ihr Sparkonto einzahlen zu können. Sogar ein größerer Urlaub rückte in greifbare Nähe. Ihr Traumziel war schon lange Byron Bay in Australien – einfach mal schwimmen und durchatmen und zuschauen, wie der Sonnenuntergang ihre Lieblingsfarben aufs Meer malte. Der Ort gehörte zu den wenigen Dingen, von denen ihr Vater ihr mit echter Leidenschaft erzählt hatte.

Mit vierundzwanzig Jahren war Mol Waterfall zu ihrem eigenen Erstaunen eine professionelle Künstlerin mit eigenem Atelier und einem Werk, das von Kennern hoch bewertet wurde. Sie war Thema einer Fotoreportage der *Sunday Mail*. Das Shooting hatte in ihrem Atelier stattgefunden und zeigte sie mit blondem Lockenkopf, das widerspenstige Haar hochgesteckt und – typisch für sie – einen Pinsel hinters Ohr geklemmt. In dem Artikel wurde ihr Werk als einzigartig, zeitlos und tief berührend gerühmt. Im Radio war ein Interview mit ihr zu hören, und ein Podcast namens *For Artists Only* bezeichnete sie als Schottlands Turner.

Und dann glitt die Sache ins Seltsame ab.

Es begann mit der Facebook-Nachricht von jemandem, der ihr fremd war. Wie herrlich ihre Bilder doch seien. Mol freute sich immer über Feedback, vor allem, wenn jemand sich die Zeit nahm, etwas Persönliches über einzelne Aspekte ihres Werks zu schreiben. Sie antwortete mit kurzem, aufrichtigem Dank. Am nächsten Tag erreichte sie eine weitere Nachricht dieser Person, die sie wieder höflich beantwortete. Als die dritte kam, war ihre Antwort immer noch höflich, aber knapp und endgültig. Daraufhin fragte der Mann nach ihrer Handynummer; per Instant Messenger sei das Schreiben einfacher als über den Social-Media-Account. Sie enthielt sich einer Antwort, schaute sich aber sein Profil im Internet an. Karl Smith, ein Allerweltsname, der sowohl Klarname als auch ein Pseudonym sein konnte. Sie fand keinerlei Angaben zu Alter und Beruf, und seine geposteten Fotos wirkten beliebig, vermutlich von irgendwoher kopiert. Das Profil brachte sie nicht weiter. Eine Woche lang ließ er sie in Ruhe, und sie dachte schon, es wäre vorbei. Dann kamen neue Nachrichten, mal fordernd, mal schmeichelnd, mal fast kindlich, dann wieder hochtrabend literarisch. An ihre geschäftliche Mailadresse schickte er eine absonderliche musikalische E-Postkarte mit einem singenden Meerschweinchen. Mol ignorierte alles.

Dann begann der Feldzug.

»Liebe Mol, wurde dir so schnell langweilig? Und das, wo ich mich so lange und tief mit deinen ›Kunstwerken‹ beschäftigt und dein Selbstbewusstsein gepäppelt habe. Davon warst du noch angetan, und jetzt zeigst du mir die kalte Schulter? Du hast mich benutzt. Du schuldest mir zumindest eine Erklärung im persönlichen Gespräch. Bitte schick mir deine private Mailadresse, dann gebe ich dir meine Nummer, damit du mich anrufen kannst. Karl.«

Sie blockierte den Kontakt und löschte die Nachricht, bevor jemand sie sehen konnte. Sie war verärgert und beunruhigt, doch im nächsten Moment vergaß sie das Ganze, abgelenkt vom Paketdienst, der das Geschenk für den bevorstehenden Geburtstag ihrer Mutter lieferte.

Am selben Abend kam wieder eine Nachricht, diesmal von einem anderen Account. Sie brauchte einen Moment, um sie einzuordnen, weil das Profilbild ein anderes war und die Person sich jetzt mit C schrieb, aber es bestand kein Zweifel, dass ihr Stalker der Absender war.

»Echt jetzt, Mol? Du blockierst mich? Na gut. Wenn du Spielchen spielen willst, dann mach nur weiter, du arrogantes, undankbares Miststück.« Schon bei diesem Satz fing sie an zu weinen, doch sie musste wissen, wie schlimm es wirklich war, und las weiter. »Versuch nicht, mich noch einmal zu blockieren. Und deine Nummer brauchst du mir nicht zu geben, die habe ich schon. Und eine Menge mehr. Bis bald. Carl.«

Von da an war in Mol Waterfalls Leben nichts mehr so, wie es gewesen war.

KAPITEL 14

1. Juni

DS Salter joggte die vier Stockwerke zu Lucy Ogunodes Wohnung an der gerade hip werdenden Küstenpromenade von Leith hinauf. Die Gegend hatte sich in den letzten Jahren stark gewandelt. Der Meerblick, die guten Joggingstrecken und die wachsende Anzahl instagram-würdiger Restaurants und Bars hatten das frühere Hafenviertel in ein Paradies für Gutverdiener ab dreißig mit einer beneidenswerten Kreditwürdigkeit verwandelt.

Lucy stand schon in der Wohnungstür und winkte Salter herein. Sie hob den Finger an die Lippen. »Das Baby schläft. Können wir in der Küche reden?«

»Natürlich.« Sie schlichen sich durchs Wohnzimmer, vorbei am Stubenwagen mit dem schlafenden Engel, und traten in die kleine, makellos saubere Küche.

Salter nahm den Stuhl, auf den Lucy wies. »Wie alt?«

»Vier Monate. Kaffee oder Tee?«

»Kaffee, vielen Dank. Ich habe auch eine Kleine zu Hause. Aber bei mir sieht es nie so sauber aus wie hier. Ich weiß nicht, wie Sie das schaffen.«

»Meine Frau ist die Organisierte. Jetzt ist sie bei der Arbeit, und ich versuche, das Chaos in Grenzen zu halten. Meistens läuft es darauf hinaus, dass ich, eine halbe Stunde bevor sie heimkommt, in panisches Aufräumen und Putzen verfalle. Hier bitte.« Sie stellte Salter eine dampfende Tasse hin und setzte sich ihr gegenüber an den Küchentisch. »Sie wollen wissen, was ich über ihn weiß?«

»Ja, bitte.« Salter zog ihr Notizbuch heraus. »Sie sagten, Sie wären sich zu neunzig Prozent sicher, dass es ein Junge war, mit dem Sie zur Schule gingen?«

»Ja. Also, es ist ein bisschen schwierig, weil es wahrscheinlich ein rekonstruiertes Gesicht ist, oder? Aber es sieht Dale schon ziemlich ähnlich. Er wohnte gleich um die Ecke von mir in Buckstone. Könnte ich es mir noch mal anschauen? Haben Sie das Bild dabei?«

Salter nahm das ausgedruckte Bild aus der Tasche, faltete es auseinander und schob es ihr hin. Auf dem Handy hatte sie die digitale Version, aber nach ihrer Erfahrung vertrauten die Leute ihrer Einschätzung mehr, wenn sie ein Papierfoto vor sich hatten. Sie gab Lucy Zeit, um es sich anzuschauen.

»Ja, ich bin mir sicher«, sagte sie schließlich. »Mir fällt nur sein Nachname nicht mehr ein. Er fing mit A an, das weiß ich genau. Er hat sich gar nicht sehr verändert, auch wenn es sicher fünfzehn Jahre her ist, seit ich ihn zuletzt gesehen habe. Wir haben gemeinsam den Highschool-Abschluss gemacht, dann bin ich zum Studium nach Stirling gegangen. Was er gemacht hat, weiß ich nicht.«

»Sie hatten also nicht viel miteinander zu tun?«

Sie rückte sich auf dem Stuhl zurecht. »Nein, gar nicht. Er hatte eigentlich gar keine Freunde. In den letzten zwei Schuljahren hab ich ihn sowieso kaum noch gesehen, weil wir keine gemeinsamen Fächer hatten. Und davor war er ein ziemlicher Außenseiter in der Klasse.«

Salter hörte kommentarlos zu. Sie spürte, dass Lucy ihr etwas Bestimmtes erzählen wollte; besser, sie unterbrach sie nicht.

»Entschuldigen Sie, ich will nur kurz nach dem Kind schauen.« Lucy stand auf, verschwand im Wohnzimmer und kam gleich wieder zurück. »Er war ein bisschen komisch, irgendwie gruselig. Tut mir echt leid, das zu sagen, schließlich ist er tot – also, wenn er es wirklich ist. Ich komme mir total mies vor.«

»Sie können nichts dafür«, sagte Salter. »Erzählen Sie doch der Reihe nach, was Sie –«

»Abnay!«, schrie Lucy, klatschte sich sofort die Hand über den Mund und schaute in Richtung Wohnzimmer. »Dale Abnay, genau! Also, ich weiß noch, dass er mir schon in der Grundschule leidtat, weil er immer allein war, und meine Eltern hatten mir gesagt, man sollte jeden nett behandeln. Aber damit war ich so ziemlich die Einzige. Viele nannten ihn »Gaul Abnay«, das war schrecklich.«

Salter betrachtete das Bild, das durch die Schädelrekonstruktion entstanden war. Kein Zweifel, woher der »Gaul« kam. Dale Abnays Gesicht war lang und schmal, mit einer Hakennase, die sich von der Stirn bis zum Kinn zu ziehen schien. Seine Augen standen etwas weiter auseinander als bei den meisten Menschen, das runde Kinn war ausgeprägt. Abnay hatte wahrlich nicht den leichtesten Start ins Leben gehabt.

»Fällt Ihnen vielleicht jemand ein, der in Kontakt mit ihm geblieben sein könnte?«

»Nein. Von den Mädchen auf keinen Fall. Da benahm er sich zunehmend … ungut. Obsessiv, wissen Sie? Vor allem deshalb hab ich ihn jetzt wiedererkannt. Eine Weile hing er in den kleinen Pausen im Flur herum und beobachtete mich. Also, nicht dass er je etwas getan hätte. Meistens lächelte er nur. Manchmal versuchte er, mich anzuquatschen, aber ich wurde dann immer verlegen. Außerdem hatte ich damals ziemlich mit mir zu kämpfen, weil ich langsam merkte, dass ich auf Mädchen stand. Eines Tages – ich weiß nicht mehr, ob es in der Schule war oder ob er sogar zu mir nach Hause kam – fragte er mich, ob ich mal mit ihm ausgehen wollte. Ich hab im Grunde gar nichts gesagt. Also ich war bestimmt höflich und nett, aber ich weiß nicht mehr, was ich gesagt habe. Blöderweise hab ich's meinen Freundinnen erzählt. Die haben mich noch jahrelang damit aufgezogen. Ich glaube, danach habe ich ihn nie wiedergesehen.«

»Ist das das Letzte, woran Sie sich erinnern?«

»Danach hörte ich noch gerüchteweise, dass er sich anderen Mädchen gegenüber seltsam verhalten hätte. Er schien nicht zu merken, wenn sie nichts von ihm wollten, egal ob sie ihn mit Gesten oder Worten abwiesen.«

»Wie gut ist sein Gesicht hier rekonstruiert? Die Grundform können wir recht einfach herstellen, aber Lippen, Augen und Nasenspitze kriegen wir oft nicht richtig hin.«

Konzentriert musterte Lucy das Bild.

»Ich würde sagen, die Nase stimmt so weit, aber die Haut passt nicht. Dale hatte Neurodermitis oder so, ganz furchtbar, es tat schon beim Hinschauen weh, und natürlich wurde er deswegen noch viel mehr gehänselt. Er hatte dünnere Lippen, und seine Augen waren hellbraun, mit einer Art Gelbstich, fast wie Tieraugen. Oh Mann, das klingt echt furchtbar.«

»Nein, keine Sorge«, sagte Salter. »Hatte er irgendwelche Hobbys? War er in der Schule in einer Sportmannschaft oder in der Theatergruppe oder im Schachclub?«

»Er hat eher anderen zugeschaut, als selbst was zu machen«, murmelte Lucy.

Aus dem Wohnzimmer wurde ausdauerndes Schreien laut, das Salter als Hunger erkannte. »Ich denke, fürs Erste habe ich alles«, sagte sie und stand auf. »Vielen Dank, dass Sie sich auf unseren Aufruf in den Nachrichten hin gemeldet haben. Das hilft uns sehr.«

Auch Lucy erhob sich. Schon halb im Wohnzimmer fragte sie: »Hat eigentlich noch jemand darauf reagiert? Ich meine, es ist doch komisch, dass er nie vermisst gemeldet wurde oder so. Jetzt tut er mir schon wieder leid.«

»Genau das werden wir versuchen herauszufinden.«

Noch auf der Treppe rief Salter bei der Identifizierungsstelle an. Als sie am Auto ankam, hatte das MIT bereits eine Adresse.

KAPITEL 15

1. Juni

»Niemand zu Hause«, sagte Lively zu Salter, kaum dass sie vor der Parzelle auf dem Campingplatz bei Buckstone geparkt hatten. »Scheint, als hätten Sie unseren Mann gefunden.«

»Wir sollten Overbeck anrufen und bitten, uns schnell eine Durchsuchungsgenehmigung zu besorgen.«

»Das da ist kein Haus, sondern ein Wohnwagen, und so wie's aussieht, ist der Bewohner verstorben. Außerdem war er polizeilich auffällig.«

Salter stieg aus dem Wagen und zog sich ein unbenutztes Paar Handschuhe an. »Ein Wohnwagen ist einem Haus gleichzusetzen, da braucht man auch eine Genehmigung. Und inwiefern polizeilich auffällig? Vorbestraft?«

»Das nicht, aber es kam was von den Kollegen aus der Undercover-Online-Einheit rein.«

»Sir«, rief ein sehr jung aussehender Uniformierter und trat auf sie zu. »Ich hab schon mit ein paar Nachbarn gesprochen. Sie sagten, Abnay wohnte hier allein. Der Betreiber hat ihn seit ein paar Monaten nicht mehr gesehen, aber die Miete geht per Dauerauftrag ein, weshalb es ihn nicht weiter interessiert hat.«

»Gute Arbeit. Können Sie mir einen Flachschraubenzieher besorgen?«, sagte Lively.

»Sarge …« Salter brach ab und seufzte. »Na gut, von mir aus. Ich bringe Sie sowieso nicht davon ab, oder?«

»Eher kriegen Sie einen Besoffenen dazu, sich mittendrin das Pissen zu verkneifen. Sollen wir?« Mit einer scherzhaften Verneigung überließ er Salter den Vortritt.

Da die Jalousien hinter den Fenstern heruntergelassen waren, konnten sie nicht ins Innere des Wohnwagens sehen. Der junge Constable, der mittlerweile den gewünschten Schraubenzieher aufgetrieben hatte und nun das Dach überprüfte, meldete, dass auch das Oberlicht verhängt war.

»Inwiefern ist Abnay online auffällig geworden?«, fragte Salter, während Lively die Wohnwagentür untersuchte.

Lively schob den Schraubenzieher auf Höhe des Schlosses zwischen Tür und Rahmen. »Er war regelmäßig auf einer Website namens WATFOR.« Er lehnte sich mit ganzem Gewicht gegen den Schraubenzieher. »Drücken Sie die Klinke.«

»Sie machen den Wagen kaputt, das müssen Sie auf jeden Fall reparieren lassen.« Salter packte die Klinke, darauf bedacht, so zu stehen, dass Livelys Schraubenzieher sie nicht treffen konnte. »Was ist das für eine Internetseite? Hab noch nie davon gehört.«

Es knirschte metallisch, das Knacken von nachgebendem Plastik ertönte, dann taumelte Lively zurück, und die aufschwingende Tür traf Salter. Sie landete auf dem Hinterteil. Lachend reichte Lively ihr die Hand. »WATFOR steht für: *Women Are There For Our Recreation. Recreation* kann man so oder so interpretieren.«

Salter klopfte sich den Dreck ab. »Ich weiß ja nicht, was ich ekliger finde – Vermehrung oder Vergnügen.«

Lively war schon in den Wohnwagen getreten. »Eklig ist ein viel zu nettes Wort für das hier.«

Das Wohnwageninnere war gepflastert mit Bildern von nackten Frauen, als wären sämtliche Ausgaben jeder nur existierenden Sexzeitschrift hierfür verwertet worden. Die einzige nicht mit Brüsten und Vaginen bedeckte Fläche war der Boden; der war dafür zugemüllt. An einem Ende des Wohnwagens war ein Schlafalkoven, am anderen eine kleine Nasszelle. Dazwischen, jeweils an einer der Längsseiten, befanden sich eine Küchenzeile und ein ausklappbarer Tisch mit einem Computer darauf. Das einzige weitere Möbelstück war ein Metallregal voller alter Videos, DVDs und Zeitschriften.

»Ich hab gar keine Lust hinzuschauen«, sagte Salter.

»Shakespeare ist das nicht, so viel ist sicher«, brummte Lively. »Der Kerl muss den halben Regenwald vernichtet haben mit den Mengen an Taschentüchern, die er verbraucht hat.«

»Bitte nicht weiterreden«, sagte Salter. »Da, sein Computer. Schauen wir mal, was drin ist.«

»Viel Glück. Der ist sicher passwortgeschützt, da müssen die Nerds ran.«

»Kein Wunder, dass die Tech-Abteilung Sie hasst. Außerdem muss das vielleicht gar nicht sein.« Salter zog einen schmierigen Klebezettel vom oberen Rand des Bildschirms und winkte Lively damit zu. »Scheint, als hätte Mr Abnay sich seine vielen Passwörter gar nicht alle merken können.«

»Das könnte das Einzige sein, was er und ich gemein haben«, sagte Lively. »Na, dann wollen wir mal.«

Der Zettel zeigte eine Liste von zwölf Webadressen mit den dazugehörigen Passwörtern. Sie enthielten verschiedene Ziffern und Sonderzeichen, aber den Kern bildete immer das Wort Thailand.

Um den Bildschirm zu entsperren, versuchte Lively es mit *Thailand01!* Mit Erfolg – der Desktop erschien, gespickt mit Links zu einem Sammelsurium von Websites.

»*Girls Being Bad, Girls Being Punished, Girls Taking A Beating, Girls Getting What They Deserve, Girl Slaves …*«

»Incel pur«, sagte Salter. »Plötzlich tut es mir gar nicht mehr so leid, dass er da im Dreck erstickt ist.«

»Und plötzlich haben wir Millionen Verdächtige. Ich würde sagen, in ganz Großbritannien gibt es keine Frau, die es nicht gefreut hätte, den miserablen kleinen Waschlappen unter der Erde zu sehen. Ha, hier, ich bin gerade in seinen Mailaccount reingekommen. Er hat für einen Lieferdienst gearbeitet und Essen ausgefahren. Das heißt, in der Woche hatte er tagsüber wahrscheinlich meist frei, Dienst hatte er dann abends und am Wochenende.«

»Und er hatte Zugang zu vielen Adressen von Frauen. Was wissen Sie über die Arbeit des Undercover-Teams? Die überprüfen eine Website doch nicht einfach so, sie müssen irgendeinen Verdacht gehabt haben.«

»Auf der Website wurde eine Party geplant«, ertönte Connie Woolwines Stimme von der Tür her. »Sie sind schon in seinem Computer? Ich hätte nicht gedacht, dass Sie technisch so begabt sind, DS Lively.«

Salter und Lively standen automatisch auf. Connie strahlte etwas Undefinierbares aus, auf das die meisten Leute in dieser Art reagierten.

»Er hat uns seine Passwörter hinterlassen«, erklärte Salter. »Dr. Woolwine, dass wir schon im Wohnwagen sind, liegt daran, dass wir Sorge hatten, es könnten entscheidende Beweise verloren gehen, wenn wir nicht schnell handeln ...«

»Hey, Sie sind mir keine Rechenschaft schuldig; ich soll nur herauskriegen, wer ihn umgebracht hat. Ob Sie das mit oder ohne Genehmigung machen, spielt nur eine Rolle, wenn ein Strafverteidiger die Sache vor Gericht problematisiert, und da Mr Abnay nie für irgendwas verhaftet werden wird, obwohl es so aussieht, als wäre es eigentlich nötig gewesen, ist mir völlig wurst, wie Sie reingekommen sind.« Connie sah zum primitiven Dekor der Decke auf und pfiff leise. »Dieser Mann wurde nie gestillt und kam bei Mädchen nie übers Anschauen raus. Wir stehen hier mitten im tiefsten Ödipuskomplex. Wie schade, dass sein Schwanz von Maden gefressen wurde, bevor er auch nur eine Chance bekam, ihn zu benutzen.«

»Ich nehme alles zurück, was ich über sie gesagt habe«, flüsterte Lively Salter zu.

»Oh, lieber nicht.« Connie ging an ihm vorbei zum Schlafalkoven, klatschte ihm dabei auf den Rücken und begann sich dann Handschuhe anzuziehen. »Mir ist es viel lieber, wenn meine männlichen niederen Diener mich hassen. Verleiht dem Ganzen die gewisse Würze.« Sie grinste Salter breit zu und begann die Schubladen unter Abnays Bett aufzuziehen. »Wow, für einen Typen, der keine Chance hatte, je mit einer Frau in der Kiste zu landen, hat er Kondome für einen ganzen Puff gehortet. Schön zu wissen, dass er bis zu seinem Tod noch Hoffnung hatte.«

»Was für eine Party sollte das sein, Ma'am?«, fragte Salter.

»Sie heißen Christie, nicht wahr?« Salter nickte. »Sie brauchen mich nicht Ma'am zu nennen, ich stehe nicht über Ihnen. Wo ich herkomme, heißt man nur Ma'am, wenn man die Achtzig überschritten hat, Highschool-Lehrerin ist oder es sich echt mit der Polizei verscherzt hat.«

Lively verzog das Gesicht. »Ganz ehrlich, Letzteres könnte bei Ihnen der Fall sein.«

»Und deshalb reden *Sie* mich gefälligst mit Ma'am an«, konterte Connie. »In dem WATFOR-Forum wurde während des vergangenen halben Jahres diskutiert, wie man mehrere Prostituierte am selben Abend zur selben Zeit kidnappen und in den Wald schleppen könnte, um dann eine, wie sie es bezeichneten, Fickjagd auf sie zu veranstalten.«

»Heilige Scheiße, hört das nie auf?«, sagte Salter. »Haben diese Frauen es nicht schon schwer genug, ohne dass ihnen auch noch so was angetan wird?« Sie schaute hinter die Bodenleiste unter dem Backofen und fand ein Päckchen. Vorsichtig wickelte sie es aus dem braunen Packpapier. »Das sind ein Taser und ein

Springmesser. Entweder er hat mit Ärger gerechnet oder hatte selbst irgendwas vor.«

»Und im Nachttisch liegen ein Knebel, Kabelbinder und eine Augenbinde, allerdings sehen sie unbenutzt aus – nicht überraschend. Jeder Frau, die auch nur einen Schritt hier herein setzte, wäre sofort klar, dass sie mit diesem Typ so viel Spaß hätte wie in einer Schlangengrube. Himmel, riecht das Bett eklig. Lively, gibt es in dem Mailaccount einen Hinweis auf seine Handynummer? Und lassen Sie die Tech-Einheit kommen, um den Computer zu untersuchen. Ich würde lieber nicht riskieren, ihn aus- und wieder einzuschalten. Zuallererst muss die Festplatte kopiert werden.«

»Wir sollten den Rechner auf keinen Fall von hier wegbewegen, Ma'am. Wenn Abnay über ein bestimmtes Netzwerk auf diese Incel-Seiten zugegriffen hat, dürfen wir seine IP-Adresse nicht ändern. Sonst wird er möglicherweise rausgeschmissen, und wir kommen nicht mehr rein«, sagte Lively.

Connie richtete sich auf, stemmte die Hände in die Seiten und pfiff leise. »Nicht schlecht, Sergeant. Also doch nicht nur ein hübsches Gesicht.«

»So was nennt sich Ermittlungsarbeit. Ist mein Spezialgebiet.« Er verschränkte die Arme und sah sie an.

»Ooh, ich spüre da eine Herausforderung. Wie ist Ihr Vorname, Sergeant? Ich kann mich nicht erinnern, dass ich ihn je von jemandem gehört hätte.«

»Lively.«

»Okay, Lively. Sie sind Skeptiker, ich denke, das ist ein guter Ausgangspunkt.«

Salter hatte innegehalten, um die beiden zu beobachten. Connie Woolwine setzte sich jetzt mitten im Wohnwagen mit gekreuzten Beinen auf den Boden und schloss die Augen.

»Würden Sie bitte die Tür schließen?«, bat sie Salter.

Als es im Raum dunkel war, nahm Connie ihre Handytaschenlampe und ließ den Strahl über die Decke gleiten. »Dale Abnay fehlt etwas. Er ist kein ganzer Mann. Sehen Sie sich die vielen Papierschichten hier an. Er hat Frauen mit neuen Frauen überklebt, vielfach so, dass nur noch ihre Geschlechtsteile sichtbar sind. Das sind Bruchteile von Frauen. Einerseits stellen sie das dar, was er begehrte, die Teile von ihnen, an die er nie herankommen würde. Andererseits sind sie ein Spiegel seiner selbst, seines eigenen Defizits. All sein Denken und Fühlen richtete sich auf seinen Penis, weil ihm der als zentraler Bestandteil seiner selbst erschien, nur wurde er nicht seiner Bestimmung gemäß gebraucht. Und er wusste mit absoluter Sicherheit, dass er nie eine Frau freiwillig hier reinbekäme. Sonst würde es hier nicht so aussehen.«

Sie schaltete die Lampe aus und saß eine halbe Minute lang schweigend im Dunkeln da. Weder Salter noch Lively störten sie.

»Riechen Sie das? Unter dem Gestank nach vollgewichster Bettwäsche und Essen, das sich in den Backofen eingebrannt hat?« Sie atmete tief ein. Salter und Lively folgten ihrem Beispiel. »Moschus und Sandelholz. Irgendwas Würziges, Warmes, wie Zeder und Zimt. Wissen Sie, was das ist?«

»Aftershave?«, schlug Salter leise vor.

»Ja und nein. Tatsächlich ist es etwas viel Schlimmeres. Es ist Hoffnung.«

»Der jämmerliche Wichser dachte wirklich, er könnte doch noch eine abkriegen?«, sagte Lively. »Trotz dem ganzen Scheiß an seinen Wänden?«

»Genau. Er hat sich etwas vorgemacht, und das war gefährlich. Jedes Mal, wenn sich seine Hoffnung nicht erfüllte und seine Vorstöße nichts fruchteten, wurde Abnay noch wütender und einsamer und verzweifelter. Seinen Incel-Gruppen hat er sich angeschlossen, um Leidesgenossen zu finden, denn unglückliche Menschen wollen nicht allein sein.«

»War er gefährlich? Ich meine, hätte er eine Frau, wenn er allein mit ihr gewesen wäre, bedrängt?«

Connie stand auf, ging zur Tür und öffnete sie. Tageslicht und frische Luft strömten herein, und sofort atmeten alle drei erleichtert durch.

»Möglicherweise wollte er sich gerade selbst darüber klar werden«, sagte Connie. »Angesichts dessen, was wir jetzt über Dale Abnay wissen, weiß ich nicht, ob ich ihn als Natur- oder Kunstliebhaber einordnen würde, wie sie normalerweise in Jupiter Artland herumlaufen.«

»Was also hat er dort gemacht?«, fragte Lively.

»Das frage ich mich auch«, murmelte Connie. »Vielleicht hat er sich vorgestellt, wie es wäre, eine Frau durch den Wald zu jagen? Die Frage ist, war noch jemand mit ihm dort, oder ist ihm jemand gefolgt, oder ist dort etwas passiert, was jemanden so provoziert hat, dass er ihn umgebracht hat?«

In der Tür erschien ganz außer Atem eine Uniformierte. »In der Stadt ist was los, wir sollen ins Zentrum«, stieß sie hervor.

KAPITEL 16

1. Juni

»Das ist aber schnell eskaliert«, sagte Lively. »Salter, machen Sie mal.«

»Oh nein. Sie sind der mit der Mann-aus-dem-Volk-Ausstrahlung. Außerdem sind Sie der Dienstältere. Das ist definitiv was für Sie. Gehen Sie und zeigen mir, wie's geht.«

Aus den Fenstern des Polizeivans heraus beobachteten sie die Menschenmenge, die den Verkehr auf dem York Place lahmgelegt hatte, einer der zentralen Verkehrsadern Edinburghs, über die man das neueste Einkaufszentrum der Stadt, ein Multiplex-Kino und diverse Restaurants und Cafés erreichte. Die Demonstrationen glichen einem Hexenkessel kurz vor dem Überkochen. Auf der einen Hälfte der Straße standen Männer, Frauen und Kinder mit Transparenten, auf denen in großen Buchstaben der Name Divya Singh stand, manche sogar mit Foto, andere mit Slogans. Mittendrin stand ein Mann auf einem improvisierten Podium und brüllte in einen Lautsprecher: »Die Justiz ist weiß! Wann beginnt endlich die Jagd nach Divya Singhs Mörder? Was müssen wir tun, um gesehen zu werden? Was müssen wir tun, damit man uns als vollwertige Bürger anerkennt? Wir müssen endlich laut werden! Wir müssen fordern, dass etwas getan wird! Divya muss Gerechtigkeit widerfahren –

uns allen muss Gerechtigkeit widerfahren. Sonst ist die nächste Tote eure Frau oder Mutter oder Schwester. Gerechtigkeit für Divya Singh!«

Die Menge brüllte auf, Banner und Fäuste wurden geschwenkt und der Slogan skandiert.

Die Antwort war ebenso lautes Gebrüll von gegenüber, wo sich eine ähnlich große Menge hinter hastig herbeigerufenen Beamten vom Bereitschaftsdienst drängte. Sie bestand vor allem aus Männern mit vereinzelten Frauen darunter, und statt Transparenten hatten sie nur ihre Gesichter und Stimmen. Aber auch ohne ihre Überzeugungen ablesen zu können, war jedem klar, was sie vertraten. Hier war die äußerste Rechte versammelt, rassistische Beleidigungen wurden gebrüllt, und es konnte sich nur noch um Minuten handeln, bis der erste Gegenstand flog. Am Rand hielten sich Sanitäter bereit, aber Lively bezweifelte, dass sie viel würden tun können, wenn das Pulverfass explodierte.

»Da fließt noch Blut«, sagte er. »Wie viele Leute kriegen wir hierher?«

»Verstärkung aus Glasgow wurde angefordert, aber die ist erst in einer Stunde da. Alle, die frei haben, werden gerade herbeordert, um uns zu unterstützen, und rund um den Platz hier werden bewaffnete Einheiten in Stellung gebracht, falls die Lage völlig eskaliert«, sagte Salter. »Wenn Sie versuchen wollen, noch was zu retten, dann jetzt, Sarge.«

»Gut. Finden Sie mir die Organisatoren der Singh-Demo. Machen Sie ihnen klar, dass sie keine Probleme kriegen werden und wir ganz ihrer Meinung sind, dass der Mord dringend aufgeklärt werden muss. Wenn wir den Schwung rausnehmen, können wir die Demo hoffentlich auflösen. Und ich will Leute mit Kameras an sicheren, aber gut sichtbaren Stellen haben, die die Teilnehmer der Gegendemo aufnehmen. Die sollen sehen, dass mit uns nicht zu spaßen ist und wir alle identifizieren werden, die dazu beitragen, die Situation zu eskalieren.«

Während Salter Anweisungen gab, sah er noch einmal aus dem Fenster. In der wachsenden Menge der Rechten hatten sich die cleversten Randalierer schon Sturmhauben übergezogen; mehr Beweise brauchte Lively nicht, um zu wissen, dass in aller Eile die gesamte Szene zusammengetrommelt worden war und man sich auf Handgreiflichkeiten eingestellt hatte. Eigentlich war Edinburgh eine friedliche Stadt und stolz darauf, divers, tolerant und inklusiv zu sein, aber wie überall gab es diese Gruppierungen, die Unmut schürten, der schneller in Hass umschlug, als man seinen Schlagstock ziehen konnte.

In Stichschutzweste und Helm stieg Lively aus dem Van, wenngleich er sich gewünscht hätte, das auf die alte Art zu erledigen, nach dem Motto »Wird schon gut gehen«. Die Schutzkleidung vermittelte seiner Meinung nach den Eindruck, man sei auf Gewalt aus, anstatt sein Bestes zu tun, um sie zu vermeiden. Durch ein Spalier uniformierter Beamten näherte er sich von hinten dem Zentrum des Divya-Singh-Protests. Vor ihm ging Salter, die mit dem Blick nach jemandem suchte, mit dem man reden konnte. Gelegentlich wurde er geknufft oder gestoßen, aber immer nur aus Versehen. Ein paar Minuten später wurden eine Frau und ein Mann zu ihm gebracht. Er streckte ihnen die Hand hin. Doch die beiden starrten ihn nur an.

»Ich würde gern mit Ihnen reden, an einem ruhigeren Ort«, sagte er. »Ich kann Ihre Wut verstehen, und die Beamten hier sind zu Ihrem Schutz da. Wir wollen niemanden von Ihnen festnehmen und würden gern vermeiden, dass das hier eskaliert. Ich würde sehr gern hören, was Sie zu sagen haben. Vielleicht kann ich Ihnen hilfreiche Informationen geben, und es wäre schön, wenn Sie mir Anregungen gäben, wie wir besser auf Ihre Bedürfnisse eingehen können.«

Salter sah ihn merkwürdig an. Mit diesem warmen, leicht Übelkeit erregenden Glanz der Bewunderung. Stünde er nicht mitten in einer Verhandlung, hätte er ihr gesagt, sie solle sich verpissen, auch wenn ein seltsamer Teil seiner selbst den Moment genoss.

»Warum mussten wir erst auf die Straße gehen, damit Sie uns zuhören?«, fragte die Frau. »Und warum sollten wir Ihnen glauben, dass Sie uns nicht bloß wieder unsichtbar machen wollen? Wir haben Journalisten eingeladen und mindestens einen Fernsehsender, die werden uns gleich interviewen.«

»Das freut mich. Alles, was den Fall bekannt macht, kann uns helfen, ihn schneller zu lösen. Aber es wäre nicht fair Mrs Singhs Angehörigen gegenüber, dieses Gespräch hier in der Öffentlichkeit zu führen. Ich will nicht den Eindruck erwecken, wir würden ohne ihre Zustimmung oder gar Kenntnis über den Fall sprechen.«

»Hier geht's nicht nur um Divya. Die Polizei benachteiligt uns systematisch, und es ändert sich nichts, bis –«

Das Geschoss traf Lively zielsicher in den Hals und bohrte sich tief hinein.

Er fiel auf die Knie, gefolgt von dem dumpfen Aufprall eines Körpers auf Asphalt.

KAPITEL 17

1. Juni

Brodie Baarda folgte Connie Woolwine im Windschatten ihres nicht näher bestimmbaren Parfüms und dem Sog ihrer Zielstrebigkeit durch den Krankenhausflur. Mit ihren langen Beinen zog Woolwine die Blicke der Männer und auch einiger Frauen auf sich, ihr Pferdeschwanz schwang im Takt ihrer Schritte, und sie trug ein entwaffnendes Lächeln auf den Lippen.

Aber das war alles nur Fassade. Unter ihren abgewetzten, ausgeblichenen Lieblingsjeans und der Wildlederjacke, die nicht gerade optimal war für das wechselhafte schottische Wetter mit den plötzlichen Regenschauern aus heiterem Himmel, verbarg sich eine solche Intelligenz und Intuition, dass es ihm immer wieder den Atem verschlug. Connie war einfach ein Phänomen.

»Wenn du so hinter mir hermarschierst, glauben die Leute noch, du wärst mein Bodyguard. Ist was?«, fragte sie über die Schulter hinweg.

»Bin nur in Gedanken bei den Fällen«, schwindelte Baarda. In Wahrheit waren die Fälle, derentwegen man sie nach Edinburgh gerufen hatte, im Vergleich zu ihren üblichen Aufträgen relativ übersichtlich, und dafür war er dankbar. Seit Connie ihn vor zwei Jahren gebeten hatte, die Met zu verlassen und sich mit ihr zusammenzutun, war ihrer beider Leben die reinste Achterbahnfahrt gewesen. Nicht selten waren sie in Schwierigkeiten geraten, und mehr als einmal hatte Baarda Angst um Connies Leben gehabt. Und nicht nur das; viel mehr Angst machte ihm der unterschwellige Gedanke, dass Connie Woolwine gar keine Angst vor dem Sterben hatte.

So oft, wie sie dem Tod ins Auge geblickt hatte, schien sie diese Konfrontation zu genießen. Ihm war klar (und sie weigerte sich, das von ihm zu hören), dass es nur eine Frage der Zeit war, bevor man bei einem solchen Kräftemessen den Kürzeren zog. Connie jedoch schien die Begegnung mit dem Tod zu suchen, um sich wieder und wieder davon zu überzeugen, dass Weiterleben die bessere Option war.

Es war gut, einmal in ruhigeres Fahrwasser zu kommen. Durchzuatmen. Und er fand es herrlich, seine Kinder nicht nur per Videoanruf von einem Flughafen oder einem instabilen Hotel-WLAN aus zu sehen. Eine ganze Woche hatte er vor ihrer Abfahrt nach Edinburgh mit ihnen verbringen können, während seine Ex-Frau mit ihrem neuen Angetrauten, einem Ex-Kollegen von ihm bei der Met, in Flitterwochen war.

Diese funkelnagelneue Information hatte er mit Connie noch gar nicht geteilt. Sie hatte die beunruhigende Angewohnheit, ihm dann sofort zu erklären, wie er sich fühlte – lange bevor er überhaupt angefangen hatte, über diese Gefühle nachzudenken. Manchmal war das befreiend, manchmal nötig, und dann wieder war es einfach nur lästig. Hätte Baarda knapp beschreiben müssen, was an Connie so einzigartig war, hätte er ihre Fähigkeit genannt, auf den Punkt zu kommen. Nur war ihm lieber, wenn sie das nicht bei ihm machte. Leider scherte sie sich kein bisschen um seine Präferenzen.

»Willst du hier die Führung übernehmen?«, fragte sie ihn. »Vielleicht kommen bei Lively markige Männersprüche besser an, als meine Art zu kommunizieren.«

»Weil ich ja so gut in Stammtisch-Männergehabe bin?«, gab

er zurück und schloss zu Connie auf, die lachend auf ihn wartete. »Beamte wie Lively gibt es zuhauf. Bei denen muss man nicht taktieren. Wenn sie dich beleidigen, heißt das, sie glauben, du bist dem gewachsen. Schlimmer ist es, wenn sie dich nicht der Mühe wert befinden. Der Detective Sergeant mag dich in Wahrheit ziemlich gern, aber das ist dir ja klar.«

»Du bist schrecklich ernst heute, Brodie. Erzähl mir doch, was in deinem Old-Etonian-Schädel vor sich geht.« Sie hakte sich bei ihm unter.

Baarda schielte verstohlen zu ihr hin. Eigentlich war es nicht Connies Art, Körperkontakt zu suchen. Meist hielt sie Abstand und stellte, wenn möglich, eher psychische als körperliche Nähe her. Jetzt bemerkte er, dass unter ihren Augen ungewohnte dunkle Ringe waren, und ihr Lächeln wirkte eher aufgesetzt als natürlich. Sein Magen zog sich zu einem harten Knoten zusammen. Connie war nicht in Bestform, und das gefiel ihm nicht.

»Meine Ex-Frau hat wieder geheiratet. Sie will, dass die Kinder ihn Dad nennen. Mich nennen sie Daddy, anscheinend findet sie, das sei genug des Unterschieds.« Jetzt war es ihm doch entschlüpft, gezwungenermaßen, um zu verbergen, dass seine Besorgnis ihr galt.

»Wow. Hat sie es endlich geschafft, dass du richtig sauer bist, statt immer nur das Gefühl zu haben, du müsstest es sein, auch bei Dingen, die dir im Grunde egal sind?« Ihr Griff um seinen Arm wurde fester.

»Das ist jetzt nicht der richtige Augenblick, Connie«, sagte er.

»Doch, es ist genau der richtige Augenblick. Soll ich dir helfen, das zu verarbeiten? Du weißt ja, dass es dir gar nicht so viel ausmachte, als sie dich betrog. Weil die Liebe bei dir auch schon bröckelte. Aber bei den Kindern ziehst du die absolute Grenze.«

Baarda ließ sie gewähren. Als er sie kennengelernt hatte, waren ihm Connies Therapiegespräche altklug und latent übergriffig vorgekommen. Erst nach einer Weile hatte er erkannt, dass sie Connies Methode waren, innerlich zur Ruhe zu kommen und sich ihrer selbst zu vergewissern. Sie definierte sich über ihr psychologisches Geschick – dass sie in der Lage war, auch die tiefsten Gedanken eines Menschen zu ergründen und an den Tag zu bringen, wo sie sie in etwas verwandeln konnten, mit dem man umgehen oder sich abfinden konnte. Schon lange hatte er den Verdacht, dass Connie auf diese Weise die Zeit überstanden hatte, als sie mit achtzehn in einer psychiatrischen Klinik gewesen war, unfähig, sich verständlich zu machen aufgrund einer fehldiagnostizierten Hirnverletzung.

Wie schrecklich musste das für sie gewesen sein, in ihrem voll funktionsfähigen Gehirn eingesperrt zu sein. Sie sprach kaum darüber, und wenn, meist nur beiläufig oder als Witz. Der Preis, den sie für die chirurgische Wiederherstellung ihrer Sprachfähigkeit gezahlt hatte, bestand im Verlust des Farbensehens. Seit jenem Klinikaufenthalt lief ihr Leben komplett in Schwarz-Weiß ab, im wörtlichen wie übertragenen Sinn, dachte Baarda. Sie hatte sich der Jagd auf gefährliche Wahnsinnige verschrieben, und ihm war, als dürfte sie gar nicht mehr aufhören, um nicht wieder selbst auf so einer Station zu landen.

»Muss dich ziemlich beschäftigen, wenn du mir gar nicht sagst, ich soll mich um meinen eigenen Kram kümmern«, drängte sie ihn.

»Okay, kümmere dich um deinen eigenen Kram«, brummte er, ohne auch nur zu versuchen, sein Lächeln zu verbergen, während sie sich der gesuchten Station näherten. »Da drin müsste Lively sein.«

»Hat dich der brummige Detective mit der Glasscherbe im Hals gerade noch gerettet.« Connie hob die Augenbrauen. »Du weißt, dass wir dieses Gespräch fortführen werden, ja?«

»Ich wäre enttäuscht, wenn ich das Gefühl hätte, es wäre schon vorbei«, sagte er. »Nach dir.«

Er hielt ihr die Tür zur Notaufnahme auf und stellte fest, dass er sich mal wieder in der Grauzone zwischen guter Erziehung und Gönnerhaftigkeit befand. Unterschiedlicher, als sie beide es waren, konnte man kaum sein: Connie war ein Kolibri, ständig in Bewegung, jeden Moment woanders, zielstrebig und blitzgescheit, wunderschön und ungreifbar. Er hingegen war ein Labrador. Treu, zuverlässig, beständig, angriffslustig nur wenn nötig. Und er gehörte jetzt ihr.

Die plötzliche Erkenntnis war beunruhigend. Er würde für Connie Woolwine jederzeit durchs Feuer gehen. Durch egal was für ein Feuer. Teilweise gehörte das zu seiner Arbeit. Aber teilweise – und das war der größere Teil – stand dahinter etwas Urtümliches, Unbestimmbares. Baarda atmete tief durch und folgte ihr durch die Tür. Wäre er in der Lage gewesen, den Blick von Connie zu lösen, die nach kurzem Suchen auf ein Bett zwischen Sichtschutzvorhängen zusteuerte, dann hätte er den Mann gesehen, der ihnen bis hierher gefolgt war.

Doch die Gelegenheit verstrich ungenutzt, und eine Chance, Beth Waterfall vor dem Kommenden zu bewahren, war dahin.

KAPITEL 18

DER BEOBACHTER

1. Juni

Krankenhäuser waren ungefähr so gut gesichert wie Supermärkte, nur mit weniger Überwachungskameras wegen der Privatsphäre der Patienten. Nicht nur aus diesem Grund mochte er sie. Sie boten auch unendlich viele Möglichkeiten, sich zu verkleiden, damit man ihn nicht als regelmäßigen Besucher wahrnahm. Die weiße und grüne Arbeitskleidung der medizinischen Angestellten gab es im Internet zu kaufen, und die Ausweiskarten waren – zumindest oberflächlich – derart leicht zu fälschen, dass es schon ein Witz war. Obendrein war so eine Klinik hervorragend an den öffentlichen Nahverkehr angebunden, sodass er nicht riskieren musste, an Orten zu parken, wo sein Autokennzeichen registriert wurde. Das Sahnehäubchen waren die unzähligen Ein- und Ausgänge, und er achtete darauf, jedes Mal einen anderen zu nehmen. So ziemlich die einzigen Bereiche, in die er noch nie hineingekommen war, waren der OP-Trakt und die Entbindungs- und Kinderstation. Bei den Babys und Kindern hatte man nun doch an Kameras gedacht, damit ja kein Perverser sich ein Kind schnappte. Die größten Gefahrenstellen lagen allerdings gut sichtbar vor aller Augen.

Die Demonstration auf dem York Place hatte er unsäglich genossen. Es war immer lustig, aufgepeitschte, wutentbrannte Menschen zu beobachten. Außerdem war das mal eine nette kleine Abwechslung von zu Hause wie auch der Beobachtung von Beth gewesen. Er hatte sich dafür ein paar falsche Tattoos auf Arme und Hals geklebt, eine getönte Brille aufgesetzt, eine Mütze in die Stirn gezogen, um Haar und Augenpartie zu bedecken, und Kleidung gewählt, wie sie Rechtsextreme trugen. Vieles von dem, was passiert war, hatte er vorausgesehen, nicht aber das Auftauchen von Detective Sergeant Lively, der allmählich viel zu vertraut mit Beth Waterfall wurde. Mindestens zweimal hatten die beiden schon zusammen zu Abend gegessen, und das waren nur die Male, da er Zeit gehabt hatte, um sie zu beobachten. Schon vor der Demo hatte er darüber nachgedacht, was er dagegen unternehmen konnte, aber das Schicksal war ihm zuvorgekommen.

Er hatte mitten in der Menge gestanden und sie ein wenig mit aufgeheizt, hatte Sprechgesänge angestimmt, die dazu beitrugen, den Zorn über die vermeintliche Bevorzugung einer Bevölkerungsgruppe zu schüren, die wahrlich etwas mehr Aufmerksamkeit nötig hatte. Dass irgendein Demonstrant mit beeindruckender Wucht und Zielsicherheit Lively ein scharfes Stück Glas gegen den Hals schleudern würde, hätte er niemals herbeiführen können, egal wie sehr er sich darum bemüht hätte.

Der Vorfall hatte im ersten Moment einen inneren Konflikt in ihm ausgelöst. Er hatte den unwiderstehlichen Drang verspürt, sofort ins Krankenhaus zu gehen, aber ihm fehlte die Zeit, dieses Vorhaben ausreichend vorzubereiten. Er durfte nicht riskieren, dass Beth ihn erkannte, aber wie hätte er sich den Anblick ihres bleichen, sterbenden Geliebten entgehen lassen können? Falls er nicht schon tot war. Aus der Wunde war das Blut nur so herausgeschossen, dass Polizei und Rettungskräfte sich darin überschlagen hatten, ihm zu Hilfe zu eilen. Wie Beth wohl darauf reagieren würde, wenn sie noch einen nahen Menschen verlöre? Bei der

Vorstellung, welche Qualen sie erleiden würde, lief ihm förmlich das Wasser im Mund zusammen.

Die Tattoos, dachte er sich, würden zwar ausreichen, um ihn von seinen vielen vorherigen Verkleidungen im Krankenhaus zu unterscheiden, aber es würde Polizei dort sein, und die wollte er nicht auf sich aufmerksam machen. Um die Wirkung abzuschwächen, zog er sich eine alte Jeansjacke aus dem Kofferraum über, ließ sein Auto in einer Seitenstraße stehen, betrat die Klinik über den Eingang zur Radiologie und suchte sich durch die verschachtelten Flure seinen Weg bis zu dem Trakt, wo er Lively vermutete. Die Zugänge zur Notaufnahme waren zwar gesichert, aber er hatte sich stets problemlos Besuchern anschließen können, denen Zutritt gewährt wurde. Erfahrungsgemäß musste er nur ein angemessen bestürztes Gesicht machen, schon fragte niemand groß nach seinem Wohin und Warum.

Der offizielle Weg in die Notaufnahme führte an einer Anmeldung vorbei, durch eine elektronische Sicherheitsschleuse und einen Wartebereich voller hustender, schläfriger, stöhnender Kranker. Der Hintereingang, durch den man zur Chirurgie und der klinikinternen Apotheke kam, wurde vor allem vom Personal benutzt; Besucher kamen hier nur entlang, um Angehörige zu begleiten, die anderswohin verlegt wurden. Dass Klinikfremde die Notaufnahme auf diesem Weg betraten, kam vor, aber nur selten.

Wie der Zufall es wollte, gingen vor ihm ein Mann und eine Frau genau in die richtige Richtung. Er folgte ihnen. Der Mann hielt sich etwas hinter der Frau und starrte sie die ganze Zeit an. Hätten sie nicht gelegentlich ein paar Worte gewechselt, er hätte gedacht, der Mann stalkte sie. Die Frau sah blendend aus und war sich dessen bewusst; sie ließ ihren Pferdeschwanz schwingen und schritt weit aus, um ihre makellosen Beine zu betonen. Der von ihr völlig faszinierte Mann tat ihm leid. Sie neckte ihn sichtlich, indem sie vor ihm herstolzierte und ihre Vorzüge zur Schau stellte.

Schließlich ließ sie sich dazu herab, auf ihn zu warten und sich bei ihm unterzuhaken.

Frauen taten einfach alles, um die Aufmerksamkeit der Männer zu gewinnen und zu fesseln.

Der arme Teufel hielt ihr sogar die Tür zur Notaufnahme auf und machte ihr Platz, während sie achtlos an ihm vorbeirauschte.

Er hätte eine Bemerkung gemacht, verkniff es sich aber, weil das die perfekte Gelegenheit war, sich hinter ihnen hineinzuschmuggeln.

Die beiden waren auf dem Gang nur noch wenige Meter vor ihm und suchten rechts und links die Betten zwischen den Trennvorhängen nach der Person ab, die sie besuchen wollten.

Und wie es aussah, war das Universum ihm heute weiterhin günstig gesinnt. Der Mann und die Frau traten an eines der Betten heran, begrüßten einen Patienten und zogen dabei den Vorhang zur Gangseite hinter sich zu. Erst als er dicht davorstand, hörte er dahinter Beth Waterfalls Stimme, die Livelys Wunde detailliert beschrieb.

Instinktiv hob er die Hand ans Gesicht, tarnte die Geste mit einem Reiben der Augen und wandte sich ab.

Doch zuvor hatte er einen Blick auf Beth erhaschen können, die an Livelys Bettrand saß. Und seine Hand hielt. Und er hatte begriffen, dass der Mann und die Frau, denen er gefolgt war, mitnichten gewöhnliche Besucher waren, sondern Ermittler, die an Livelys derzeitigen Fällen beteiligt waren.

Das einzig Positive war Livelys Gesicht gewesen, das nicht mehr Farbe hatte als die weißen Plastikvorhänge zwischen den Betten, und sein dick verbundener Hals. Seine Augen waren halb geschlossen, und an dem Infusionsständer neben dem Bett hingen mehrere Beutel. Einer mit Kochsalzlösung, einer mit Schmerzmitteln, vermutete er als medizinischer Laie. Livelys überlebensgroße Präsenz war zu einem bloßen Hauch geschrumpft.

Das war gut. Das freute ihn. Er ging weiter, ohne anzuhalten oder zu beschleunigen, darauf bedacht, den Kopf gesenkt zu halten, um nicht in Kameras zu blicken, und so schnell wie möglich nach Hause zu kommen.

Seine altertümliche Digitaluhr piepte, was bedeutete, dass es Zeit war, zu seinem Vater zu fahren. Er musste seine Pflichten erledigen. Genug gespielt für heute.

KAPITEL 19

2. Juni

Sie hatten sich draußen hinter der Polizeistation versammelt, zwischen der Raucherecke und den Fahrradständern. Der Juni geizte bisher mit der Sonne, daher trugen sie Jacken und wünschten sich sehnlich, der Wind würde abflauen. Nicht nur Mitglieder des Major Incident Team waren da, sondern auch ziviles Personal, Uniformierte, die das tägliche Kleinzeug abarbeiteten, das außer den Morden so passierte, und ein paar leitende Beamte einschließlich Detective Superintendent Overbeck. Sie schien als Einzige unbeeindruckt von der Kälte. Baarda stand hinten im Pulk, und Connie war noch im Haus, um sicherzugehen, dass sie bei ihrem Erscheinen die Aufmerksamkeit aller hatte.

Dann kam sie heraus, die Ärmel ihres weißen Baumwolloberteils hochgekrempelt und mit strumpflosen Fußknöcheln, die zwischen dem Saum der Dreivierteljeans und den Tennisschuhen hervorblitzen.

»Bei allem Respekt, Ma'am, wir sind nicht in Kalifornien. Sie sollten vielleicht mal eine Fortbildung zum Thema Wetter in Schottland machen«, rief jemand.

»Möchten Sie alle gern herumstehen und zuhören, wie ich Ihre Zeit verschwende, indem ich mir einen Schlagabtausch mit Menschen liefere, die es immer noch lustig finden, Witze übers schottische Wetter zu reißen?«, fragte sie. In der Nähe der provokanten Stimme wurde »Mund halten« gemurmelt. »Gut. Sie können jetzt alle wieder reinkommen. Besprechungsraum bitte, in zwei Minuten, und Ihren Frust reagieren Sie bitte auf dem Weg ab. Alle, die mich nicht ernst nehmen, dürfen sich die nächsten vier Wochen als Detective Superintendent Overbecks persönliche Assistenz abwechseln.«

Sie wurde mit sofortiger Stille belohnt. Sämtliche Augen richteten sich auf Overbeck, die Connie mit einem leichten Nicken Achtung zollte.

Connie hielt der Meute die Tür auf, die sich halbherzig beeilte, die zwei Stockwerke zum Besprechungszimmer hinaufzusteigen. Das Whiteboard an der Stirnseite des Raums war in drei Segmente untergeteilt, jedes mit dem Foto eines Mordopfers in der Mitte.

»Gehen wir doch zusammen«, schlug Overbeck Connie beim Betreten des Gebäudes mit seidiger Stimme vor. »Ich habe gehört, Sie waren bei Lively im Krankenhaus. Laufe ich Gefahr, noch jemanden aus meiner Einheit zu verlieren, oder wird er es überstehen?«

»Das Problem ist weniger, ihn wieder arbeitsfähig zu bekommen, als ihn vom Arbeiten abzuhalten«, sagte Connie. »Er ist felsenfest entschlossen, sich gegen ärztlichen Rat selbst zu entlassen. Die Chirurgin hat starke Bedenken, weil seine Blutgefäße am Hals noch fragil sind. Er sollte mindestens die ersten vier Wochen nur Schreibtischarbeit verrichten.«

Overbeck seufzte. »Der Mann ist wirklich eine Bürde. Wäre gut, wenn Sie und Ihr Sidekick bald liefern.«

Connie bedachte sie mit einem hinreißenden Lächeln. »Sidekick. Mein Gott, das klingt, als sollte ich eigentlich auch ein Cape oder vielleicht ein fliegendes Auto haben. Hey, Ihre Nägel gefallen mir. Die sind ein ziemliches Statement.«

Instinktiv warf Overbeck einen Blick auf ihre langen, spitz zulaufenden, golden lackierten falschen Nägel. »Das nennt man persönlichen Stil. Ihr Sinn dafür scheint trotz Ihres beeindruckenden Lebenslaufs und all Ihrer bisherigen Erfolge nicht sonderlich ausgeprägt zu sein.«

»In der Tat, aber das hier ist mehr als Stil. Wir Menschen sind ja im Vergleich zu anderen Säugetieren körperlich wenig bedrohlich. Die meisten Raubtiere ziehen ihre Krallen ein, weil sie nur bestimmten Zwecken dienen. Der Mensch setzt erst seit vergleichsweise kurzer Zeit Krallen ein. Vor allem Frauen. Ob bewusst oder unbewusst senden sie damit das Signal aus, dass sie sexuell begehrenswert sind, aber auch attackieren können. Dass man sich Ihnen besser unterwirft. Oder sich in Acht nehmen muss. Das entspricht der Art, wie Sie sich beruflich geben.«

»Die Frau macht mich fertig«, murmelte Overbeck kaum hörbar vor sich hin.

»Haben Sie manchmal so ein Gefühl? Als würden andere Sie fertigmachen wollen?«, fragte Connie.

Overbeck holte auf eine Art Atem, wie es nur geschah, wenn sie jemanden abkanzeln oder feuern wollte.

»Keine Sorge, war ein Witz. Aber hat Spaß gemacht. Merke für die Zukunft: Sie sind kein Fan von Selbsterkenntnis. Gut, bringen wir's hinter uns.«

Sie trat ins Besprechungszimmer und überließ es Overbeck, die Tür hinter ihnen zu schließen. Overbeck blieb dort stehen, Connie ging zur Tafel hinüber, zog drei Blätter Papier aus der Tasche und befestigte neben den Fotos der Opfer, die aus der Zeit stammten, als sie noch lebten, jeweils eines, das sie in der Leichenhalle zeigte.

»Guten Morgen. Diese Bilder habe ich aufgehängt, damit sie uns vor Augen führen, was diesen Menschen angetan wurde. Was ihnen genommen wurde. Uns fällt es leichter, Fotos von lebenden Personen anzuschauen, aber es ist nötig, dass wir dem Tod ins Antlitz sehen.« Vereinzelt wurde gehustet oder geraschelt, aber die meisten Anwesenden blickten stumm auf die Tafel. Connie ließ ihnen Zeit, die Aufnahmen eingehend zu betrachten. »Danke, dass Sie vorhin mit nach draußen gekommen sind. Vielleicht fühlen Sie sich jetzt ein bisschen lebendiger. Dieser Raum ist überheizt, die Fenster klemmen. Solange die Suche nach den Mördern von Dale Abnay, Archie Bass und Divya Singh andauert, darf hier im Raum nichts verzehrt werden, was Fisch, Ei oder Käse enthält.« Lachen kam auf, das Connie mit einer Handbewegung dämpfte. »Das ist kein Witz. Sie alle müssen sich konzentrieren können, und eine muffige Raumluft verhindert das. Unsere Umgebung ist entscheidend für unser Wohlbefinden. Verzichten Sie nach Möglichkeit auch auf zuckerhaltige Produkte, gehen Sie in den Pausen nach draußen, um frischen Sauerstoff ins Gehirn zu bekommen und den Blutkreislauf in Schwung zu bringen.«

»Raumluft schön und gut, aber was wir wirklich brauchen, ist, dass uns die ganzen Überstunden anständig bezahlt werden«, warf eine Uniformierte ein.

»Da stimme ich Ihnen zu, und ich freue mich, Ihnen sagen zu können, dass Superintendent Overbeck versichert hat, dass Ihnen jede Stunde, die Sie bei der Arbeit verbringen, voll ausbezahlt wird. Außerdem werden Sie einige zusätzliche Urlaubstage bekommen, um die verlorene Freizeit nachholen zu können.« Connie sah zu Overbeck hinüber, deren Lippen so fest aufeinandergepresst waren, dass ihre Kiefermuskeln merklich zitterten.

DC Christie Salter stand auf. »Vielen Dank, Ma'am. Ma'ams. Ich weiß nicht genau, wie da der Plural ist.« Sie wartete das allgemeine Schmunzeln ab, und selbst Overbeck entspannte sich wieder, als wäre nichts gewesen. »Dürfte ich Ihrer Verordnung die Bitte hinzufügen, dass alle, die hier arbeiten, darauf achten, dass sie genug Deo benutzen, weil wir gerade echt viele Leute sind?«

»Dürfen Sie«, sagte Connie.

»Also, was wollen Sie als Gegenleistung?«, fragte Salter.

Connie hätte sie küssen mögen. Nicht dass sie sich davor scheute, Anweisungen zu erteilen, aber darum gebeten zu werden, machte es immer deutlich einfacher.

»DS Lively wird noch ein paar Tage krankgeschrieben sein, und wenn er zurückkommt, darf er zunächst nur Innendienst verrichten. Bis auf Weiteres wird DS Salter externe Operationen leiten, und Baarda und ich werden die Informationsbeschaffung und -analyse koordinieren. Die Gesamtleitung unterliegt natürlich nach wie vor Superintendent Overbeck, aber da die Sommersaison vor der Tür steht, wird die Stadt bald voller Touristen sein, und die Kriminalität wird ansteigen. Das heißt, um die drei Mordfälle schnell zu lösen, müssen wir unsere Ressourcen so effizient wie irgend möglich nutzen.«

Die Tür hinter Overbeck öffnete sich, und eine Frau drängte sich herein. Sie war ungekämmt und ungepflegt, hatte ein rotes Gesicht und keuchte, als wäre sie gerade die Treppen heraufgerannt.

»Wer hat hier das Sagen?«, wollte sie wissen und blieb mit dem Blick an Connie hängen, die sich als Ziel anbot, da die Aufmerksamkeit aller im Raum auf ihr lag.

»Ist alles in Ordnung, Miss?«, fragte Salter. »Können wir Ihnen helfen?«

Die Frau ignorierte sie und piekte mit dem Finger in Connies Richtung.

»Sie da, bestimmt sind Sie das.«

»Ich bin Dr. Connie Woolwine«, sagte Connie. »Sie sehen verzweifelt aus. Kann ich Ihnen helfen? Sollen wir einen –«

Die Frau marschierte zu ihr, holte aus und schlug Connie mit voller Wucht mit der flachen Hand ins Gesicht. Connie taumelte zurück, ging aber nicht zu Boden und wandte sich sofort wieder der Frau zu.

Eine Millisekunde lang herrschte allgemeine Erstarrung, dann scharrten sämtliche Stühle im Raum, und Fußgetrappel wurde laut, weil alle nach vorn stürzen wollten, um die Angreiferin zu überwältigen.

»Nein!«, rief Connie. »Zurückbleiben!«

»Nicht in meiner Polizeistation«, übertönte Overbeck sie. »Wir haben hier eine Sicherheitslücke. Wie sind Sie in diesen Trakt gekommen?«, wollte sie von der Frau wissen. Die antwortete nicht. »Halten Sie sie fest und verhaften Sie sie wegen tätlichen Angriffs.«

»War mein Fehler, Ma'am, tut mir wahnsinnig leid«, keuchte aus dem Flur Police Constable Biddlecombe. »Die Dame hat um zehn Uhr einen Termin bei Ihnen. Ich hab sie nur eine Minute in Ihrem Büro allein gelassen, weil ich dringend –«

»Biddlecombe, warum sind Sie nicht schon längst gefeuert?«, zischte Overbeck.

»Könnten bitte alle mal still sein?«, brüllte Connie. »Biddlecombe, wer ist diese Frau?«

»Das ist Jane Bass, Ma'am. Archie Bass' Schwester.« Biddlecombes Ton war kaum lauter als ein Flüstern, doch das Gewicht der Worte trug sie selbst in die entfernten Ecken.

»Lassen Sie Ms Bass los, bitte«, sagte Connie. Overbeck widersprach nicht, und die Beamten, die die Frau bereits gepackt hatten, ließen los und traten ein großes Stück zurück. Salter nahm die Handtasche auf, die Jane Bass über der Schulter getragen hatte, und reichte sie ihr behutsam, dann trat sie unauffällig hinter sie und nahm das Foto der Leiche ihres Bruders von der Tafel ab.

Jane Bass sah aus wie ein Kampfstier, der mit den Hufen scharrt: hochgezogene Schultern, die Knie leicht gebeugt, das Kinn an die Brust gezogen, förmlich schnaubend vor Zorn.

»Schlagen Sie noch mal zu«, sagte Connie so leise, dass nur diejenigen ganz vorn im Raum es hörten.

»Denken Sie nicht einmal –«

»Vielen Dank, Detective Superintendent, aber ich brauche keine Hilfe«, sagte Connie ebenso leise wie zuvor. »Ms Bass. Keine Angst, Sie werden keinen Ärger bekommen. Ich bitte Sie, haben Sie Vertrauen zu mir und lassen Sie sich von mir helfen. Schlagen Sie mich noch einmal. Tun Sie es ruhig. Sie haben über fünfzig Zeugen.«

Jane Bass hob die rechte Hand und starrte sie an, als wäre sie nicht sicher, was man damit machen konnte. Baarda war nach vorn getreten, gleich hinter Bass, und beobachtete Connie unverwandt.

»Niemand sonst bewegt sich«, sagte Connie. »Niemand«, wiederholte sie an Baarda gerichtet. »Ms Bass, ich verspreche Ihnen, wenn Sie tun, was ich sage, wird uns das sehr weiterhelfen. Ich weiß, Sie kennen mich nicht, aber ich kenne mich sehr gut mit dem aus, worum ich Sie gerade bitte. Schlagen Sie m–«

Die Frau wartete das Ende der Erklärung nicht ab. Das Klatschen hallte von den Wänden wider wie ein Pistolenschuss. Connies Kopf wurde zur Seite geworfen, aber sie wich keinen Zentimeter von der Stelle. Der ganze Raum schnappte nach Luft.

Starr und zitternd öffnete Jane Bass den Mund, um etwas zu sagen, doch nur ein ersterbender hoher Laut kam heraus. Reglos stand Connie da, während Archies Schwester vergeblich versuchte, Atem zu holen. Ihre Brust verkrampfte sich vor Schluchzen, aber aus ihrer Kehle kam nichts. Ihre Hände blieben zu Fäusten geballt, und sie hob sie zu beiden Seiten ans Gesicht wie ein Boxer zum Schutz.

Connie streckte die Arme aus, machte aber keinen Schritt auf die Frau zu. Es dauerte eine volle Minute, bis Jane Bass vorwärtstaumelte, ihr in die Arme fiel, den Kopf an ihre Schulter legte und sich ihr ein Schrei entrang, bei dem alle anderen im Raum die Augen abwandten. Niemand bewegte sich, bis Jane sich ausgeweint hatte, und das dauerte eine ganze Weile. Niemand sagte etwas. Niemand verließ den Raum. Connies Entscheidung, die Konfrontation vor der versammelten Menge zu suchen, statt Jane Bass aus dem Raum entfernen zu lassen, enthielt die klare Botschaft: Ihr alle müsst das sehen.

Als Jane sich schließlich von ihr löste, reichte Salter ihr eine Schachtel Taschentücher. Jane Bass zog eine Handvoll heraus und rieb sich das Gesicht, bis es trocken war. Die Tränen hatten erschreckende Wirkung gezeigt: Ihre Augen waren rot und geschwollen, die Wangen fleckig, ihre Lippen bluteten, weil sie daraufgebissen hatte. Jemand stellte ihr einen Stuhl hin, damit sie sich setzen konnte, weil sie schwankte. Sie keuchte wie ein Marathonläufer und musste sich vorbeugen, um mehr Luft in die Lungen zu bekommen.

»Sie haben Fragen«, sagte Connie. »Wir werden sie beantworten, so gut wir können.«

Jane schluckte und nickte. »Die Riesendemo auf dem York Place. Mit Polizei überall. Es kam sogar im Fernsehen. Ich sag nicht, dass es nicht okay ist, wenn die Frau, die da gestorben ist, so viel Aufmerksamkeit kriegt, aber für meinen Bruder demonstriert niemand. Ist er weniger wert, weil er obdachlos war?«

»Obdachlos ist nicht das, was er war, sondern wie er lebte«, sagte Connie. »Sie haben nur deshalb nichts mehr von uns gehört, weil wir im Fall Ihres Bruders leider noch nicht weitergekommen sind. Bei den meisten Fällen kommt man deshalb nicht weiter, weil man keine Spuren hat. Bei Archie ist es andersherum: Es gibt zu viele. Das kommt oft vor, wenn ein Mensch viel unterwegs ist, viel an Orten mit wechselndem Publikum schläft und gebrauchte Kleidung und Bettwäsche benutzt. Was wir hingegen nicht haben, sind eine Tatwaffe und Zeugen. Wir haben eine Befragung unter den städtischen Obdachlosen durchgeführt, ob Archie Streit mit jemand Bestimmtem hatte, aber da war nichts Auffälliges. Allen Aussagen nach war Ihr Bruder ein freundlicher Mensch, der sich eher abseits hielt und mit niemandem offensichtlich im Clinch lag.«

»Und … was machen Sie jetzt? War's das?«

»Nein. Der größte Teil kommt erst, aber ich sage Ihnen schon mal, einfach wird es nicht werden. Am wichtigsten ist es, dass wir ein Motiv finden.«

»Mir scheint, wir haben es in der Tat versäumt, Ihnen die nötige Unterstützung zu gewähren«, schaltete sich Overbeck ein – in sanftem Ton, und Connie bemerkte, dass ihre Hände und damit die langen Nägel in ihren Hosentaschen verschwunden waren. »Ich entschuldige mich im Namen der Police Scotland dafür, dass wir uns nicht öfter mit Ihnen in Verbindung gesetzt haben. Ihr Bruder hat bei uns ebensolche Priorität wie jedes andere Opfer eines Verbrechens. Unser einziges Ziel ist es, seinen Mörder so schnell wie möglich vor Gericht zu bringen. Kommen Sie doch mit in mein Büro. Ich lasse uns einen Tee und Kekse bringen, und wir unterhalten uns in Ruhe.«

Jane stand auf, wobei sie sich an einem Tisch festhalten musste. »Okay«, murmelte sie. »Tut … tut mir leid, dass ich Sie geschlagen habe. Das hatte ich gar nicht wirklich vor.«

Connie trat vor, nahm mit festem Griff ihre Hand und flüsterte ihr ins Ohr: »Entschuldigen Sie sich nicht. Das war das Einzige, was Ihnen übrig blieb. Wenn Männer zuschlagen, dann meistens aus Hass. Wenn Frauen zuschlagen, dann oft aus Liebe. Sie hatten jedes Recht, uns wach zu rütteln.«

Overbeck verließ mit Jane den Raum in Richtung ihres Büros. Solange sie noch in Hörweite waren, sprach keiner ein Wort.

Baarda kehrte an seinen Platz hinten im Raum zurück und lehnte sich mit verschränkten Armen an einen Tisch. Salter übernahm Overbecks Posten an der Tür und vergewisserte sich, dass sie fest verschlossen war. Connie seufzte und warf einen Blick an die Tafel mit den Fotos der Opfer. »Warum machen wir bei keinem der Fälle Fortschritte?«, fragte sie. »Was übersehen wir?«

»Wir haben einfach weniger verwertbare Spuren als gewohnt«, sagte Salter. »Das häuft sich in letzter Zeit. Alle kennen diese Dokumentarserien über polizeiliche Ermittlungen, deshalb lassen diejenigen, die was Unlauteres vorhaben, inzwischen ihre Handys zu Hause, was bedeutet, wir können ihr Bewegungsmuster nicht rekonstruieren. Und die Nachfrage nach Latexhandschuhen ist enorm gestiegen. Selbst jugendliche Fahrraddiebe sind inzwischen gewieft genug, um keine Spuren zu hinterlassen.«

»Wir müssen unsere Anstrengungen eben verdoppeln«, sagte Connie. »Gehen wir ganz an den Anfang zurück. Treiben Sie jemanden auf, der kurz vor Dale Abnays Tod Kontakt zu ihm hatte. Das muss möglich sein, schließlich hatte er einen Job. Und wenn Jane Bass bei Superintendent Overbeck rauskommt, würde ich darum bitten, dass jemand sie gründlich befragt, wo Archie sich regelmäßig aufhielt. Bei Divya Singh stellen Sie bitte eine Karte der möglichen Wege zusammen, die das Auto nach dem Mord genommen haben könnte. Irgendwo muss es an einer Verkehrskamera vorbeigekommen sein, und wenn nicht, muss es noch irgendwo herumstehen, oder der Killer wohnt in der Nähe. Keine Spuren gibt es nicht. Wir müssen nur etwas genauer hinschauen.«

KAPITEL 20

Zwei Jahre zuvor

Die Leinwand, auf der Mol ein Meer von Licht und Blüten hatte erschaffen wollen, war zum schlammfarbenen Chaos verkommen. Sie hatte zu viel Rot hineingemischt und den Waldrand ungeschickt platziert, wodurch der Vordergrund in Schatten getaucht wurde, und danach war das Ganze nur noch Farbverschwendung. Sie gab auf und ging daran, ihre Pinsel zu reinigen. Ihr Handy klingelte. Eigentlich hasste sie es, gestört zu werden, aber die Titelmelodie von *Grey's Anatomy* zeigte an, dass es ihre Mutter war – die nicht sonderlich subtile Zuordnung entstammte den langen Abenden mit Käse und Crackern vor dem Fernseher, an denen sie gemeinsam geseufzt hatten, wie wenige Ärzte im wahren Leben so traumhaft waren wie »McDreamy«.

Mol trocknete sich die Hände ab und nahm den Anruf an. »Hey, Mum, alles okay?«

»Ja, ich wollte dir nur sagen, dass gleich ein Paket kommt. Die brauchen eine Unterschrift. Damit du keine Angst hast, wenn es klingelt.«

»Du hast ihnen den Code gesagt?« Mol umklammerte das Handtuch so fest, dass ihre Fingerknöchel schmerzen.

»Ja, und du musst die Tür nicht aufmachen, wenn der Bote ihn dir nicht richtig sagen kann. Kein Stress, ja?«

»Schon gut, Mum. Danke, dass du mich angerufen hast. Gerade hält draußen ein Auto. Das wird er sein. Ich lege mal auf.«

»Schreib mir, ob alles okay war, ja?«

»Mache ich. Danke noch mal. Bis dann.« Mol legte auf und holte aus ihrer Handtasche einen Taschenalarm und ein Skalpell ihrer Mutter. Den Alarm steckte sie in die Hosentasche, das Skalpell behielt sie in der linken Hand, verbannte ihre Angst an einen Ort, wo sie nicht ihr Leben beeinträchtigte, und zwang sich, so zu tun, als wäre alles ganz normal.

Halb hinter der Ateliertür verborgen öffnete sie diese, jedoch ohne die beiden Türketten abzunehmen, und blieb außer Reichweite jedes Arms, der sie hätte packen wollen. Draußen stand ein junger Mann mit Flaumbärtchen auf der Oberlippe und spähte irritiert zu ihr herein.

»Haben Sie den Code?«, fragte Mol.

»Shit, ähm, ja, hier in der Tasche, sofort.« Er wühlte in seinem Arbeitsanzug und förderte schließlich einen Fetzen Papier zutage. »Ich koste nie – sorry, Miss, was soll das heißen?« Er hielt ihr den zerknitterten Zettel hin.

»Gebrauten Trunk.«

»Oh ja. Ich koste nie gebrauten Trunk. So was Abgefahrenes.«

Mols Puls verlangsamte sich ein wenig. »Ist gut. Stellen Sie das Paket dorthin. Wenn Sie mir Ihr Tablet geben, unterschreibe ich.«

»Tut mir leid, geht nicht. Seit Neuestem dürfen wir es nicht mehr aus der Hand geben. Könnten Sie aufmachen? Ist ja nur für einen Moment.«

Dass ihr das Herz in den Magen rutschte, war inzwischen ein vertrautes Gefühl, aber das Kribbeln des Adrenalins war jedes Mal wieder unangenehm. Er hatte den Code. Der Zettel musste aus seiner Zentrale kommen. Und sie nahmen jede Woche ein anderes Gedicht von Emily Dickinson. Es war absolut narrensicher.

»Okay. Moment.« Sie schob die Tür zu und legte das Skalpell beiseite, um die Ketten auszuhängen.

Ihre Finger wollten ihr nicht gehorchen. Zuerst bekamen sie die Kette nicht zu fassen, dann wollten sie sie nicht mehr loslassen. Lächerlich, solche Angst zu haben – und unmöglich, keine zu haben.

»Hallo, ich muss weiter«, rief der Paketbote.

Mol war wieder ein Kind, saß oben auf der Rutsche, unten stand ungeduldig ihr Vater. Sagte ihr, sie solle endlich rutschen. Es könne gar nichts passieren.

»Verdammt«, murmelte sie. »Ich muss doch mein Leben leben.« Als sie die Tür öffnete, sah sie erleichtert, dass er einen Schritt zurückgetreten war und ihr nur die Hand mit dem Tablet hinstreckte. Nachdem sie mit dem digitalen Stift ihren Namen daraufgekritzelt hatte, schoss er ein Foto von dem Paket zu ihren Füßen und ging.

Mol holte das Paket ins Atelier und versuchte, nicht darauf zu achten, dass ihre Hände zitterten, als sie beide Ketten wieder vorlegte und die Tür verriegelte. Sie sah auf die Uhr. Noch fünf Stunden, bis ihre Mutter Feierabend hatte und sie abholen konnte. Bis dahin war sie in ihrem eigenen Atelier gefangen, und ihr war klar, dass sie an diesem Tag nichts Brauchbares mehr zustande bringen würde. Noch vor einem Jahr hätte sie stattdessen tausend andere Dinge erledigen können. Damals war ihr Leben ein herrliches Chaos gewesen, in dem nie genug Zeit zum Aufräumen, Nachbestellen von Materialien, E-Mail-Beantworten oder Aktualisieren ihres Terminkalenders blieb.

Jetzt war Zeit so ziemlich das Einzige, was sie noch hatte. Nirgends im Atelier war Unordnung, stattdessen gab es mehrere leere Borde, wo einst Gemälde getrocknet, auf den letzten Schliff gewartet oder bereitgestanden hatten, um verpackt und verschickt zu werden. Seit Kurzem war das Atelier eine leere, jeder Kreativität beraubte Hülle.

Genau wie sie.

Mechanisch ging Mol zu ihrem kleinen farbbekleckssten Wasserkocher hinüber und schaltete ihn ein. Dann wandte sie sich dem Paket zu. Der Inhalt bestätigte, wie sehr sich ihr Leben verändert hatte.

In dem Pappkarton lag ein Briefkasten, den ihre Mutter bestellt hatte, damit sie den Briefschlitz in der Eingangstür für immer versiegeln konnten. Es gab Sachen, die wollte man nicht im Hausflur liegen haben. Selbst wenn es die Lage nur insofern besserte, dass man sie wegwerfen konnte, bevor sie ins Hausinnere eindrangen, eine Verbesserung war es allemal.

Mols Stalker (seinen Namen weigerte sie sich inzwischen auch nur zu denken) war jemand, der im Leben unwahrscheinlich erfolgreich hätte sein können, hätte er all seine Energie und seinen Eifer etwas anderem gewidmet, als anderen Menschen das Leben schwer zu machen.

Sie ließ das Wasser ungenutzt kochen, statt sich den Kamillentee zu machen, von dem sie überlegt hatte, er würde sie vielleicht beruhigen, und sank auf die Knie. Da wollte ihr Stalker sie schließlich haben. Immer mal wieder hatte sie gedacht, vielleicht wäre es leichter, ihm einfach zu geben, was er wollte, und hätte es vielleicht sogar getan, wäre nicht ihre Mutter gewesen, die ihren Kampfgeist aufrechterhielt.

Karl Smith, Carl Smith, Carl Smyth, Carlos Smit und in jüngster Zeit auch Cal Smee hätte eine Armee sein können statt einer einzigen Person. Diese Armee hatte eine Hasskampagne gegen sie geführt, auf die jede New Yorker PR-Agentur stolz gewesen wäre. Auf mehreren, höchst unterschiedlichen Social-Media-Kanälen wurden Geschichten über sie verbreitet, angefangen damit, sie hätte mit den Männern ungenannter Freundinnen geschlafen, bis hin zu angeblich erschummelten

Examen. Da waren getürkte Fotos von ihr, die beweisen sollten, dass sie seit Langem illegale Drogen nahm, um ihre Kreativität zu steigern, und andeuteten, dass ihre Einnahmen letztlich alle in den Taschen von Dealern landen würden. Namen, Daten oder Einzelheiten lieferte keiner der Posts, und ihre Freunde und Bekannten gingen gegen die Anschuldigungen an, so gut sie konnten, aber es war, als versuchte man, mit einem Spielzeugkescher eine Flut aufzuhalten: Außer dem einen oder anderen Strohhalm rauschte alles durch.

Am Anfang hatte Zorn gestanden. Mol tobte, als könnte sie allein durch Willenskraft den Beschuss abwehren, der ihr Leben unerbittlich in ein Trümmerfeld verwandelte. Dann kam ruhige Entschlossenheit. Am Ende siegte doch immer das Gute, oder? Sie war ein intelligenter, wohlangesehener, liebenswürdiger Mensch. Solche skurrilen Gerüchte würde doch niemand glauben und schon gar nicht weiterverbreiten?

Die ersten paar Monate gelang es ihr, die Sache vor ihrer Mutter geheim zu halten, wenn auch nicht zu verbergen. Immer wieder fragte ihre Mutter sie, was los war. Ging es ihr nicht gut? War etwas passiert? Stand Molly wegen ihrer vielen Aufträge zu sehr unter Druck? Erst als eine Bekannte ihre Mutter anrief, um zu fragen, was an der Behauptung dran sei, Mol wäre in einer Entzugsklinik, flog die Blase auf.

Beth Waterfall, herausragende Chirurgin, hochintelligent, hatte angenommen, es gäbe eine Möglichkeit, der Sache beizukommen. Die sozialen Medien waren doch für so was haftbar, oder? Sie mussten die Fake-Nachrichten nur den Betreibern der Websites melden, das würde das Problem schon lösen. Mol hatte ihr zunächst geduldig, dann zunehmend ungeduldiger erklärt, wie es lief. Beths ungläubige Empörung war der Sache nicht gerade förderlich. Nachdem sie sich mit der entsetzlichen Wirklichkeit des Social-Media-Betriebs abgefunden hatte, hatte Beth vorgeschlagen, Mol solle sich einen Anwalt nehmen. Besagter Rechtsexperte hatte sich den Fall zu nicht eben geringen Kosten genau angeschaut und den Schluss gezogen, dass man nicht viel machen konnte. Die Website-Betreiber zu kontaktieren war sinnlos, außerdem hatte Mol das selbst schon versucht. Die diffamierenden Posts zurückzuverfolgen, konnte man ebenfalls vergessen: Alle Accounts wurden sofort wieder gelöscht, nachdem sie den beabsichtigten Schaden angerichtet hatten, und auf die Spur kommen würde man ihnen nur durch internationale Gerichtsbeschlüsse, für die man jahrelang würde kämpfen müssen. Schlussendlich war Beth Waterfall ebenso frustriert, verzweifelt und wütend geworden wie Mol, und das hatte ihnen beiden nicht gutgetan.

Bald versiegten die Anfragen nach Interviews und Reportagen. Es gab keine Nominierungen für Preise mehr. Mol musste zugeben, dass das eher daran lag, dass die Qualität ihrer Arbeit nachgelassen hatte, als an eventuellen Vorurteilen der Nominierungskomitees. Und mit der schwindenden Bekanntheit (also von der positiven Sorte) sank die Zahl der Aufträge. Noch immer verkauften sich ihre Bilder, blieben aber tendenziell länger in den Galerien hängen als zuvor.

Mol hatte sich aus den sozialen Medien zurückgezogen, um sich zu ersparen, was über sie geschrieben wurde. Ihre echten, treuen Freunde standen zu ihr, aber Mol fiel es zunehmend schwerer, Kontakt mit ihnen zu halten; sie sehnte sich nach ihrer Unterstützung, hasste es aber, bemitleidet zu werden. Nur ihre Website behielt sie bei, als einzige Kontaktmöglichkeit für Galerien und gewöhnliche Leute, sofern sie ihr nicht einen Postbrief schreiben wollten.

Ihr Atelier war ihre Zuflucht. Hierher fuhr sie mit voll aufgedrehter Countrymusik aus dem Radio, in der Gewissheit, dass es wieder besser werden würde, und schüttelte auf dem Weg alle negativen Gedanken ab.

Ihr war durchaus klar, dass hinter der Schmutzkampagne

ein einziger Mann stand. Sicher, er hatte viele Formen angenommen, hatte sich unterschiedliche Hautfarben und andere Namen zugelegt, immer neue Mailadressen verwendet, um die ziemlich dürftigen Sicherheitsmaßnahmen der sozialen Medien zu umgehen, aber sie ließ sich nicht täuschen. Mol war ins Visier eines Soziopathen geraten, noch dazu eines obsessiven, und jetzt konnte sie nur abwarten, bis es ihm so langweilig wurde, dass er sich neuen Ufern zuwandte.

Dann kam das erste Päckchen.

Es stand an einem heißen Sommertag vor ihrer Ateliertür und war eigentlich nur eine harmlose Schachtel Obst, abgesehen von den Fliegen. Sie hörte sie schon, bevor sie sie sah, ein wildes Summen in der Luft, kaum dass sie aus dem alten Datsun 240Z stieg, der ihr ganzer Stolz war. Sie hatte ihn sich vom Erlös ihres ersten großen Verkaufs angeschafft und den Wagen seither jede Woche gewaschen und poliert. Die erste Fliege war mit Schmackes an der Windschutzscheibe zerplatzt, und blöd wie sie war, hatte sie gedacht, das wäre das Unangenehmste, was der Tag ihr bringen würde.

Das Päckchen stand direkt vor der kleinen Eingangstür, man konnte es unmöglich umgehen, wenn man hineinwollte. Es mit dem Fuß zu öffnen, ging auch nicht wegen der Unmengen Klebeband darum. Sie schob es zur Seite, um aufzuschließen. Ihr Instinkt plädierte bereits dafür, das einzig Vernünftige zu tun: sich Putzhandschuhe überzuziehen, es in einen Müllsack zu stopfen und in den Müllcontainer des Gewerbegebäudes zu werfen, in dem sie sich eingemietet hatte. Aber obenauf stand sauber ausgedruckt ihr Name, und daneben war ein Poststempel. Vielleicht, ganz vielleicht hatte jemand ihr eine Freude machen wollen, und wenn sie es nicht öffnete, würde sie der Person nicht danken können. Vielleicht war einfach nur irgendwas schiefgegangen.

Ausgestattet mit Handschuhen und Mundschutz rückte Mol

dem Päckchen mit einem Teppichmesser zu Leibe und zog den Deckel auf. Darin waren Leckereien wie aus einem Horrorfilm. Auf einer Seite lag ein Haufen ehemals saftiger Trauben, auf der anderen mehrere Pfirsiche, die zu einer schmierigen gelben Masse verkommen waren. Dazwischen prangte eine graugrüne Orange, umgeben von Pflaumen, in denen es von neuem Leben in Form von Maden wimmelte. Das Ganze war ein Nest von Fliegen, die sich überhaupt nicht durch Mol gestört fühlten. Sie presste die Hand auf den Magen und erbrach sich zur Seite hin, wobei sie nur knapp das Päckchen verfehlte und sich schmerzhaft die Hüfte stieß. Sie stand auf, entschlossen, nicht zu weinen oder zu schreien oder überhaupt irgendetwas zu fühlen, wischte sich den Mund an ihrem alten Malhemd ab, zerrte es sich dann über den Kopf und warf es auf die stinkende Bescherung zu ihren Füßen.

Sie stürmte in ihr Atelier, schnappte sich einen Müllbeutel und eine alte Schaufel und marschierte mit zusammengebissenen Zähnen wieder hinaus.

»Fick dich«, murmelte sie, während sie den Müll und das Erbrochene zusammenkratzte, die ein so passendes Sinnbild für ihr Leben waren. »Fick dich.« Noch eine Schaufel voll. Und noch eine. Ihr war egal, wie sie aussah. In dem Gewerbekomplex würde sich niemand darum scheren.

»Fick dich.« Schleimig flutschten die letzten ekligen Überreste in den Beutel. Sie pfefferte die Schaufel zu Boden, dass sie nur so aufs Pflaster schepperte. Dann nahm sie den Müllbeutel, knotete ihn zu, stapfte zu den Containern und warf ihn hinein. Beim Schließen des Deckels fletschte sie die Zähne.

Es reichte.

Die nächsten achtundvierzig Stunden verbrachte Mol hyperventilierend in ihrem Atelier, ohne ein Auge zuzutun.

Als ihre Mutter sie mit Gewalt herauszerrte, war sie dehydriert, schlotterte am ganzen Leib und gab wirres Zeug von sich.

Auf ihrer Staffelei prangte das Bild eines Kartons voller verfaultem, fliegenverseuchtem Obst, so lebensecht, dass Beth vor Ekel nach Luft schnappte, ehe sie die Finger nach der Leinwand ausstreckte.

»Wie grausig und wie schön«, murmelte sie.

Es war nicht das letzte vergammelte Präsent, das vor Mols Tür landete.

KAPITEL 21

5. Juni

»Ich komme mir ziemlich dämlich vor«, brummte Lively. »Ich hätte problemlos zu mir nach Hause gehen können.«

Beth Waterfall stellte seine Tasche in ihrem Flur ab und zog sich die Jacke aus. »Nenn mich spitzfindig, aber ich habe deine Wohnung gesehen, als ich dir Sachen fürs Krankenhaus geholt habe, und ich bin mir nicht sicher, ob du deine Küche nicht an ein Labor vermietet hast, das neue Bakterienstämme züchtet. Würdest du dich hinsetzen, Sam? Du machst mich ganz nervös.«

Lively ließ sich auf dem Sofa nieder und lehnte sich vorsichtig zurück. Er war sich seines Halses permanent bewusst. In seiner Vorstellung war die Haut über der Wunde nicht fester als die Haut auf einem erkalteten Vanillepudding.

»Das ist lächerlich. Du musst zur Arbeit, dich um Leute kümmern, die es nötiger haben als ich.«

»Ich habe sowieso noch Urlaubstage, die Ende des Monats verfallen würden, und ich opfere mich schon genug für die Klinik auf, da muss ich die nicht auch noch herschenken, sosehr ich meinen Job liebe. Tee oder Kaffee?«

»Ach, Kaffee. Schwarz und stark. Tee ist was für Weiber.«

Sie streckte den Kopf aus der Küche und schenkte ihm einen

Blick, bei dem er am liebsten im Boden versunken wäre. »Na gut, Kaffee. Aber das ist das erste und letzte Mal, dass du unter meinem Dach etwas Diskriminierendes über Frauen sagst. Das hier ist nicht die Polizeistation, hier ist niemand, dem du beweisen musst, dass du ein harter Kerl bist.«

Lively wurde knallrot. Hätte jemand aus seinem Team ihn so gesehen, wäre seine Glaubwürdigkeit dort für immer dahin gewesen. »Tut mir leid. Das war absolut daneben. Noch ein Beweis dafür, dass ich besser bei mir zu Hause wäre, statt dir meine schlechten Manieren ins Haus zu bringen. Fahr mich bitte heim. Ich sollte ...« Er versuchte aufzustehen und sank erfolglos zurück.

»Du meine Güte, erträgst du es nicht mal, Kritik anzuhören, ohne dass du gleich wegrennen musst? Samuel Lively, ich bin eine erwachsene Frau, die seit Jahren allein zurechtkommt, ich leite eine Unfallchirurgie, lebe ansonsten momentan ziemlich für mich und bin hier in meinem Reich alles vom Chefkoch bis zum Tellerwäscher. Ich habe dich nur gebeten, ein bisschen aufzupassen, was du sagst, nicht mehr. Übrigens, abgesehen von allem anderen backe ich auch ganz gut, finde ich zumindest. Also, bleib sitzen und verkneif dir deinen Stolz, in ein paar Minuten kommen ein Kaffee und ein Stück Victoria Sponge Cake. Ist das für dich auszuhalten?«

Sie lächelte ihn an, und Lively dachte sich, dass es sich schon um den Anblick dieses Lächelns willen gelohnt hatte, am Leben zu bleiben. Und all die Angst auszustehen. Das war nicht wenig gewesen. Vielleicht lag es daran, dass er nicht mehr der Jüngste war. Schon früher hatte er Verletzungen erlitten und so einige höchst bedrohliche Situationen erlebt. Doch als ihm vor ein paar Tagen das warme Lebensblut in den Kragen rann, sein Hemd tränkte und träge auf seinen stattlichen Bauch tropfte, war ihm plötzlich klar geworden, dass er sterblich war. Die Schwelle zur Ewigkeit war keine ferne Vorstellung mehr, sondern drastisch in den Vordergrund gerückt. Dieses Gefühl hatte ihm gar nicht behagt. Kein bisschen.

Er nickte. »Kuchen. Gern. Danke.«

Beth zog sich in die Küche zurück, und er sah sich um. Er war zum ersten Mal bei ihr zu Hause – ihre bisherigen vorsichtigen Treffen hatten auf neutralem Boden stattgefunden, wo sie sich zwischen Smalltalk und ungeschickten Versuchen des Händchenhaltens hindurchlaviert hatten wie zwei Vierzehnjährige. All ihre gemeinsamen Unternehmungen waren Neuland gewesen und ebenso wundersam wie peinlich … Wie beim Versuch, sich zu küssen, ihre Nasen aneinandergestoßen waren. Wie sie sich darüber gestritten hatten, wer von beiden die Restaurantrechnung übernehmen sollte. Die Verwirrung, als er ihr die Tür aufhalten wollte – im einundzwanzigsten Jahrhundert! –, bis Lively entschied, dass es einige Dinge gab, die Männer nun mal tun dürfen sollten, weil sie schlicht höflich waren und selbstsichere, intelligente Frauen keinesfalls herabwürdigten.

Das Sofa war bequem, viel bequemer als das alte zerschlissene Ding bei ihm zu Hause mit den Polstern, die so durchgesessen waren, dass man fast auf den Boden sank. Und es gab einen Fernseher. Das erleichterte ihn. Beth Waterfall war ein Mensch, von dem er sich hätte vorstellen können, dass sie die Abende mit hochliterarischen Wälzern verbrachte oder damit, Freunden im Ausland von Hand Briefe zu schreiben. In einer Nische stand ein Bücherregal, in dessen oberen Fächern Romane und medizinische Fachbücher standen, der untere Teil war mit Puzzles und Gesellschaftsspielen in klebebandgeflickten Kartons gefüllt.

»Hier bitte.« Sie stellte ein Tablett auf den Couchtisch, auf dem eine Marmorplatte mit Kuchen und zwei Tellern angerichtet waren.

»Für mich nur ein ganz kleines Stückchen«, sagte er. »Ich will ein paar Pfunde loswerden. Hab tatsächlich wieder angefangen zu joggen. Muss mich fit halten, wenn ich mit den Jungspunden in meiner Einheit mithalten will.«

»Sam.« Beth stellte ihm ein mehr als großzügiges Stück hin. »Wenn du fitter werden willst, kann ich als Ärztin nur sagen: wunderbar. Uns allen geht es besser, wenn wir uns um unseren Körper kümmern. Aber als deine … ich weiß gar nicht, wie man das in unserem Alter nennen soll … sage ich dir, dass ich dich wegen deines Lächelns, deines Humors und der Tatsache mag, dass ich mich bei dir so geborgen fühle wie schon lange nicht mehr. Ich brauche kein Sixpack. Jetzt iss deinen Kuchen und genieße ihn. Die Marmelade ist selbst gemacht, mit Erdbeeren aus meinem Garten.«

»Wo nimmst du bloß die Zeit her?«, fragte er, hin- und hergerissen zwischen der Lust auf den Kuchen und dem Drang, mehr über sie zu erfahren.

Sie zuckte mit den Schultern und piekte an ihrem Kuchen herum. »Ich muss mich ja irgendwie beschäftigen, wenn ich nicht arbeite. Außerdem schlafe ich nicht gut. Sei also nicht überrascht, wenn du mich bei Nacht herumlaufen hörst, aber ich werde versuchen, dich nicht zu wecken. Du schläfst im hintersten Zimmer des Hauses, da ist es am ruhigsten.«

Plötzlich verspürte Lively das Bedürfnis, sich sehr eingehend mit seinem Kuchen zu beschäftigen. »Okay, ja, verstehe.«

Eine lange Pause entstand.

Beth schloss die Augen. »Oh.« Jetzt war sie es, die rot wurde. »Dachtest du …«

»Nein, ganz und gar nicht. Das hätte ich mir nie angemaßt zu denken. Nur hatten wir darüber noch gar nicht geredet, und ich fand's peinlich, das Thema anzuschneiden. Das hinterste Zimmer klingt perfekt. Und ich schlafe auch nicht so viel, also störst du mich bestimmt nicht.«

Beth lachte dermaßen los, dass sie den Teller absetzen musste. »Was sind wir doch für zwei unbeholfene Trottel! Schämen uns in unserem Alter, über so was zu sprechen. Ich dachte mir halt, es wäre noch zu früh für mehr Intimität, wo wir noch nicht mal das Küssen perfekt draufhaben, und dein Hals sollte noch mindestens vier Wochen nicht zu stark beansprucht werden.« Sanft nahm sie seine Hand. »Ich würde mich gern um dich kümmern, Sam, wenn du aufhörst, ein so sturer alter Bock zu sein, und es zulässt.«

»Mache ich, Beth. Tatsächlich würde mich das sehr freuen.« Er streichelte mit dem Daumen ihren Handrücken. »Ich habe mir vorhin deine Fotos angeschaut. Ist das deine Tochter? Sie ist dir wie aus dem Gesicht geschnitten.«

Ebenso sacht zog sie ihre Hand zurück und schlang sich die Arme um den Körper. »Ist sie.«

»Wohnt sie in der Nähe? Ich würde sie wahnsinnig gern kennenlernen. Wie heißt sie?«

Beth holte durch die Nase Luft und ließ sie langsam durch den Mund entweichen. »Molly. Mol für ihre Freunde. Aber ich fürchte, das geht nicht. Ich habe sie verloren.«

Lively stellte seinen eigenen Teller ab. Das Stück Sponge Cake in seinem Mund verwandelte sich in einen unmöglich zu schluckenden Klumpen. »Wie lange ist es her?«

»Über ein Jahr jetzt. Ich hätte es dir schon längst sagen sollen, aber irgendwie gibt es nie einen guten Zeitpunkt für so was.«

»War es ein Unfall, oder war sie krank?«, fragte er leise.

»Es waren Tabletten im Spiel. Eine Menge. Ich hoffe, das schockiert dich jetzt nicht, aber in meinem Schlafzimmer steht eine Urne mit ihrem Namen darauf. Nun, wenigstens ist es vorbei. Also, siehst du, ich habe dich ebenso um meinetwillen eingeladen wie um deinetwillen. Vielleicht wird uns beiden die Gesellschaft guttun, während du dich erholst.«

Sam Lively, der notorisch mürrische und reizbarste Detective der Police Scotland, stellte fest, dass er wegschauen und die Augen fest zukneifen musste, um wieder klar sehen zu können.

Er wusste nicht, womit er Dr. Beth Waterfall verdient hatte; sie war die Art Frau, die er immer schon hatte treffen wollen. Doch die Hoffnung, dass das eines Tages der Fall sein könnte, hatte er schon vor langer Zeit aufgegeben. Und hier saß sie und schenkte ihm all ihr Vertrauen, einem Mann, der durchweg jede enge Beziehung, die er je eingegangen war, kaputt gemacht hatte. Sie verdiente jemanden, der beständiger und offener war. Sie verdiente einen Mann, mit dem sie sich sehen lassen konnte, einen, mit dem sie kluge Gespräche über der Sonntagszeitung führen konnte. So jemand war er nicht und würde es nie sein.

Er öffnete den Mund, um von sich zu stoßen, was sich ihm bot. Um stehenden Fußes zu verschwinden, in seine eigene Wohnung, nur weg von ihr. Es war bewundernswert, dass sie sich nach ihrem verheerenden Verlust wieder nach vorn orientierte; gut, dass sie nicht völlig resigniert hatte. Und dann er, dessen einzige Fähigkeiten darin bestanden, Verbrecher zu fangen und sarkastisch zu sein.

»Ich will mich auch um dich kümmern, Beth«, sagte er.

Es waren nicht die Worte, die sein Gehirn vorbereitet hatte. Nicht der Rückzieher, den er hatte machen wollen. Er hatte keine Ahnung, woher sie kamen.

Langsam und vorsichtig – wegen der Wunde – sank Beth Waterfall an seine gesunde Schulter, während Lively begriff, dass es ihm dieses eine Mal, als es darauf ankam, gelungen war, sein Herz sprechen zu lassen statt seinen Kopf.

Er schloss die Augen und nahm sie in den Arm.

Der Mann, der aus dem auf der anderen Straßenseite geparkten Auto heraus das Haus beobachtete, schloss ebenfalls die Augen und ließ sich die wildesten Gedanken durch den Kopf gehen.

KAPITEL 22

6. Juni

Connie betrat das private Kellerlokal als Erste, gefolgt von Baarda, Salter und ein paar robusten Leuten in Zivil. Draußen auf der Craigentinny Road hielt sich ein Trupp Uniformierter bereit, die zur Not einschreiten konnten. Vor allem aber waren sie mit Videokameras bewaffnet, um Gesichter zum Zweck der Identifizierung aufzunehmen. Es war höchste Zeit, herauszufinden, wer Dale Abnays Freunde waren. Die Online-Ermittlungseinheit der Police Scotland hatte herausgefunden, dass WATFOR anders als andere Incel-Gruppen aus einem harten Kern bestand, der sich einmal im Monat persönlich traf, und zwar in Edinburgh.

Im Hintergrund dudelte amerikanische Rockmusik, an der Bar gab es nur Bier, Whisky oder Irn-Bru. Hinten im Raum wurde Pool gespielt, aber die meisten Gäste saßen an den Tischen, tranken etwas und unterhielten sich. An einer Wand hingen drei Dartboards, über die Poster nackter Frauen gepinnt waren, damit die Männer sich mächtig vorkommen konnten, indem sie sie aus ein paar Metern Entfernung mit spitzen Pfeilen bewarfen. Connie wusste nicht, ob sie lachen oder gähnen sollte.

In der Mitte war ein Stück freier Fläche für den Sprecher des Abends reserviert, einen Mann, der dafür kämpfte, dass Vergewaltigung in der Ehe nicht mehr als Straftat gelten sollte. Der Raum war gerammelt voll. Connie marschierte in die Mitte, während Baarda darum bat, die Musik auszuschalten.

Bei ihrem Anblick standen sämtliche Anwesenden auf, das Scharren der Stühle hörte sich an, als stimmte sich das schlechteste Orchester der Welt ein. Connie hielt sich betont die Ohren zu.

»Jungs!«, sagte sie grinsend. »Das ist aber höflich von Ihnen. Sie hätten auch sitzen bleiben können, aber vielen Dank, das freut mich.« Ihr gedehnter, sarkastischer Ton erreichte die Männer gar nicht. Einige Hände tasteten nach Taschen, in denen nur verborgene Waffen sein konnten. Connie grinste noch breiter. »Oh, das würde ich Ihnen nicht raten. Wir haben nicht vor, jemanden von Ihnen einzusacken, außer Sie machen uns das Leben schwer. Tatsächlich brauchen wir Ihre Hilfe.«

Einige der Männer setzten sich wieder hin. Andere blieben stehen, aber die meisten waren so klug, ihre Hände von den Taschen zu nehmen.

»Haben Sie eine Durchsuchungsgenehmigung oder wie das heißt, dass Sie hier einfach reinschneien können?«, rief eine Frau hinter der Bar zu ihnen herüber. Connie drehte sich zu Baarda um und nickte ihm zu. Er trat ruhig an die Bar und flüsterte der Frau etwas ins Ohr. Sie errötete, schnaubte, erklärte dann: »Na gut«, und verschwand hastig ins Hinterzimmer. Baarda sah ihr nach und dann zu Connie. Sie hob flüchtig die Augenbraue. Baarda wurde ständig unterschätzt. Sie wusste schon lange, dass die Old-Etonian-Zurückhaltung und diese Korrektheit nur eine sorgsam polierte Fassade waren, unter der sich etwas viel Gefährlicheres verbarg, als sie zu Anfang erkannt hatte. Wenn Baarda beschloss, dass etwas zu passieren hatte, dann passierte das auch.

»Alles, was wir brauchen, sind ein paar Informationen über einen Ihrer … Genossen.«

»Verpissen Sie sich gefälligst«, rief einer der Männer, der mit verschränkten Armen am Pooltisch lehnte.

»Je schneller ich habe, was ich will, desto schneller verpisse ich mich«, gab Connie fröhlich zurück.

Ein paar der Gäste wollten das Lokal verlassen. Salter stellte sich ihnen in den Weg.

»Aus dem Weg, du Fotze. Meinst du, nur weil du Polente bist, kann ich dir keine verpassen?«, sagte der Größte.

Salter gab keine Antwort, rührte sich aber keinen Zoll.

»Oh, ich sollte vielleicht erwähnen«, rief Connie, »dass draußen noch einige Polizeikräfte stehen. Die hab ich nicht mit reingebracht, so plump muss man ja nicht sein, nicht wahr? Sie haben Videokameras dabei. Was sie aufnehmen, wird bei uns durch die Gesichtserkennung gehen. Und falls das auf dem Parkplatz Ihre Autos sind, die Kennzeichen sind schon erfasst. Sollte jemand von Ihnen noch irgendwas mit dem Gesetz zu regeln zu haben – dass er auf Kaution oder Bewährung draußen ist, Bußgelder, Unterhaltszahlungen –, dann setzen Sie sich besser wieder hin. Wenn ich kriege, was ich will, werden wir diese Aufnahmen nicht verwerten. Darauf gebe ich Ihnen mein Wort.«

Sie schielte zu Salter hinüber und hoffte, der Plan würde aufgehen. Da sie nicht bei der Polizei war, war ihr Wort überhaupt nichts wert, aber sofern sich nicht jemand nach ihrer beruflichen Funktion erkundigte, war das das Problem der Typen hier. Christie Salter hingegen würde die Identitäten und Hintergründe jedes einzelnen »unfreiwilligen Junggesellen« von WATFOR recherchieren und dafür sorgen, dass für jeden eine Polizeiakte angelegt wurde.

»Du hast garantiert 'ne total enge Möse«, schrie ihr ein Mann zu, der so breit wie hoch war, fast würfelförmig.

»Trotzdem würde dein Penis sogar voll erigiert dreimal reinpassen«, konterte Connie.

Der Würfel machte eine Bewegung, als wollte er sich auf sie stürzen, aber ein besonnenerer Nachbar riss ihn zurück auf seinen Platz, was Connie die Mühe ersparte, ihn weiter zu demütigen.

Sie brauchte Baarda nicht anzuschauen, um zu wissen, dass dieser den Kopf schüttelte. Er hatte sie gewarnt, sich ja nicht auf diese Leute einzulassen, sie nicht zu provozieren, sich keinen Schlagabtausch mit ihnen zu liefern, und doch – mitten in diesem Raum voller Männer, die keinesfalls ohne Beziehung bleiben müssten, wenn sie kapieren würden, wie man sich als anständiger Mensch benahm – bekam Connie ihr Mundwerk irgendwie nicht in den Griff. Sie wagte einen kurzen Blick auf Baarda und zuckte mit den Schultern, woraufhin er nur die Augenbrauen hob.

»Dale Abnay«, sagte Connie. »Er gehörte zu Ihrem Kreis und steht als Teilnehmer auf Ihren erstaunlich wohlorganisierten Listen für diese netten Treffen zur Feier Ihrer unerfüllten sexuellen Wünsche.«

Vereinzeltes Husten und Rascheln, ansonsten unbehagliche Stille.

»Was soll mit ihm sein?«, fragte der Mann, der den Würfel zurückgehalten hatte.

»Nun, erstens ist er tot«, sagte Connie. Das brachte ihr einige geweitete Augen und etwas scharfes Luftholen ein. »Deshalb will ich wissen, wer von Ihnen ihn persönlich kannte. Mit wem er sich unterhielt, wenn er hierherkam. Ob er Feinde hatte, ob er in Schwierigkeiten war, irgendwas, was uns helfen könnte, seinen Mörder zu finden.«

Vorausgesetzt, es war nicht einer von euch, enthielt sie sich zu sagen. Nicht dass es sehr wahrscheinlich war. Hier stank es nur nach spätpubertärem Trotz, nicht nach etwas Zielgerichtetem, Organisiertem.

Baarda lenkte ihre Aufmerksamkeit auf sich, indem er das

Kinn hob und damit auf zwei Männer an der Bar deutete, die leise miteinander flüsterten. Salter hatte den Blick auf einen anderen in der Nähe der Tür zu den Toiletten gerichtet, der bereits auf seinem Handy herumtippte.

»Sie haben sich doch offenbar schon in seinen Computer gehackt, was brauchen Sie uns dann noch, Schnucki? Verschwinden Sie, und nehmen Sie Ihre dressierten Affen gleich mit.«

Bevor Connie etwas erwidern konnte, nahm ein tapferer Recke mit nur rudimentärem Hals und noch kümmerlicherem Urteilsvermögen das als Aufforderung, zu beweisen, was für ein toller Hecht er war. Er holte aus und klatschte Salter aus dem Sitzen heraus schwungvoll auf den Hintern.

Noch während im Raum kollektiv nach Luft geschnappt wurde, machte Salter eine Drehung, packte die ausgestreckte Hand des Idioten, zog ihn nach vorn, hob das linke Knie und rammte es ihm auf den Unterarm, sodass er vom Stuhl gezogen wurde und auf die Knie fiel. Sofort drückte sie mit der linken Hand seinen Nacken nach unten, drehte ihm in einer fließenden Bewegung den rechten Arm auf dem Rücken, wobei sie seine Hand im Neunzig-Grad-Winkel nach unten knickte, und setzte ihm den rechten Fuß auf den Nacken, sodass sein Hinterteil in die Luft ragte.

So lustig der Anblick unter anderen Umständen gewesen wäre, nicht eine Menschenseele lachte.

»DS Salter, möchten Sie Anklage erheben? Wenn Sie wollen, lasse ich einen der Leute draußen rufen, damit er ihn übernimmt«, bot Connie an.

»Oh nein, mit dem Wichskeks da müssen wir uns keine Umstände machen.«

Connie öffnete den Mund, doch Baarda schritt dazwischen. »Sie beiden an der Bar, Sie da neben den Toiletten und der Herr mit den Cowboystiefeln, kommen Sie mit raus. Wenn alle einverstanden sind, werden wir diese vier jetzt nach draußen eskortieren, und Sie Übrigen können hierbleiben und weiter Ihren Abend genießen. DS Salter, lassen Sie sich Zeit.«

Salter nickte, hob den Fuß vom Nacken des Mannes und ließ dann seinen Arm los. Er brauchte einen Moment, um sich aufzusetzen. Seine Würde blieb da unten im Staub liegen.

»Miststück«, murmelte er.

»Für Sie Detective Sergeant Miststück«, sagte Connie zu ihm, während sie den widerstandslos gehorchenden Aufgerufenen zum Ausgang folgte.

»Hey, was ist denn mit Dale passiert?«, rief jemand, als sie schon fast draußen war.

Sie dachte darüber nach, dass die Einzelheiten eigentlich vertraulich waren, dass sie nicht zu viel preisgeben durfte, dann warf sie einen letzten Blick auf die von Darts durchlöcherten Pin-up-Girls. »Er wurde von hinten niedergeknüppelt, bewusstlos in den Wald gezerrt und dort lebendig begraben. Was soll ich sagen? Als Incel lebt es sich momentan anscheinend gefährlich.«

Niemand sagte mehr ein Wort, bis sie draußen waren, und niemand versuchte, ihnen zu folgen. Die vier Männer, die sie mitgenommen hatten, wurden sofort von den Uniformierten abgefangen und nach ihren persönlichen Daten befragt.

»Hey, Brodie«, rief Connie quer über den Parkplatz hinweg. »Was ist ein Wichs–«

»Nein«, sagte er fest. »Kein Kommentar.«

Salter gesellte sich zu ihr.

»Tut mir leid, Ma'am. Das hätte ich nicht sagen sollen. So was gehört eigentlich nicht zu meinem Vokabular. Anscheinend war ich schon viel zu oft mit DS Lively unterwegs.«

»Irgendwann darf mir das jemand von Ihnen erklären. Aber Ihre kleine Vorführung war spannend, Salter. Sind Sie Kampfsportlerin?«

»Vor einer Weile wurde ich schwer verwundet. Sobald es

wieder ging, hab ich noch während der Krankschreibung damit angefangen, Selbstverteidigungskurse zu belegen. Eine Menge. Inzwischen reagiere ich ganz automatisch. Aber ich wünschte, ich hätte Ihre Schlagfertigkeit. Mir fallen nie so freche Kommentare ein.«

»Versuchen Sie, das nicht auch noch zu lernen«, bemerkte Baarda. »Zur Deeskalierung taugt das nicht gerade.«

Connie grinste. »Ich hab das Gefühl, ich werde gleich zum Schulpsychologen geschleppt, um den Ursprung meines unverschämten Verhaltens ergründen zu lassen. Komm schon, Brodie, den Vorlagen konnte ich unmöglich widerstehen.«

Der junge Mann mit den Cowboystiefeln trat auf sie zu. Er hatte Tränen in den Augen.

»Wurde er wirklich lebendig begraben?«, fragte er.

Connies Lächeln schwand sofort. »Ich fürchte ja.«

»Wo?«

»Jupiter Artland.«

»Das passt. Da war er gern. Ist oft dort spazieren gegangen.«

»War Dale ein Freund von Ihnen, Mr ...?«

»Wolfe. Leslie Wolfe. Meine Kumpels nennen mich Wolfie. Und Dale war mehr als ein Freund. Er –« Ihm versagte die Stimme. Zitternd holte er Luft und setzte neu an: »Dale hatte sich bereit erklärt, mir eine Niere zu spenden. Ich hatte schon über ein Jahr auf einen passenden Spender gewartet. Ich dachte, er wäre deshalb untergetaucht, weil er es sich anders überlegt hatte und nicht wusste, wie er mir das beibringen sollte. Ich war so sauer, deshalb hab ich ...«, er begann zu schluchzen, »... ihn nicht als vermisst gemeldet. Ich dachte, er wäre einfach feige und traute sich nicht, es mir ins Gesicht zu sagen. Über seine Angehörigen weiß ich nichts. Ich hab ihn bei WATFOR kennengelernt. So ein elender Mist!«

Connie war sich nicht sicher, ob er damit Abnays Tod oder

den Verlust der Spenderniere meinte, aber jetzt war eindeutig nicht der rechte Moment, um das zu fragen.

»Wann sollte die Transplantation stattfinden?«, fragte sie.

»Sie war vor drei Monaten angesetzt. Jetzt stehe ich wieder auf der Warteliste. Kann sein, dass Dale meine letzte Hoffnung war.«

KAPITEL 23

7. Juni

»Das ergibt keinen Sinn«, sagte Connie. Sie lag auf dem Boden ihrer Hotelsuite, um sie herum ein Haufen Papier. In einer Hand hielt sie einen Stängel Staudensellerie, den sie immer wieder in einen Becher Hummus tunkte.

»Meinst du eine spezifische Einzelheit oder das ganze verdammte Chaos?« Baarda schenkte sich ein Glas Fonseca Vintage Port ein und lockerte seine Krawatte.

»Hör auf, mich vom Sofa aus anzustarren wie ein missbilligender Professor. Komm hier runter zu mir«, forderte sie ihn auf.

Baarda seufzte, gab jedoch nach. Es war schon ein Uhr nachts, und er wusste, Connie würde nicht zu Bett gehen, bevor sie nicht eine Art Durchbruch erzielt hatten. Die Nacht konnte noch lang werden. Er hatte schon einige solcher Nächte mit ihr erlebt und war sich sicher, dass noch viele auf ihn zukommen würden. Er setzte sich neben sie, streckte die Beine aus und versuchte sich nicht von der Masse an Zetteln auf dem Boden entmutigen zu lassen.

Das Balmoral Hotel neben Edinburgh Waverley Station glich einer riesigen versteinerten Hochzeitstorte und war Connies Stammadresse, wenn sie sich in Schottland aufhielt, wegen der großzügigen Suiten und des Swimmingpools, in dem sie fast ausnahmslos um fünf Uhr morgens zu finden war. Wer von einer Insel kommt, dem steckt sie im Blut, war ihr Motto. Baarda zog eine Stunde mehr Schlaf und einen morgendlichen Work-out im Fitnessraum vor. Seit seine Sprösslinge aus dem Kleinkindalter heraus waren, hatte er sich geschworen, nie wieder um fünf Uhr aufzustehen. Wenn er sie heute für mehrere Tage sah, war es schon ein Wunder, wenn sie überhaupt aus ihren Zimmern kamen.

»Hey!« Connie knuffte ihn mit dem Ellbogen ins Bein. »Wo bist du? Willst du mir helfen, ein, zwei Morde aufzuklären?«

»Warum machst du nicht dein Ding?«, fragte er.

»Mein Ding? Da habe ich eine jahrelange Ausbildung hinter mir, jage weltweit pausenlos Verbrecher, rassle immer mal mit gestörten Serienkillern aneinander, und du nennst das einfach ›mein Ding‹?« Sie rollte sich auf den Rücken und pfefferte das Ende des Selleriestängels mit einem Volltreffer in den Mülleimer. Baarda wusste genau, dass es jetzt nicht angebracht war, zu viel zu reden. Connie wollte nachdenken. Nur konnte sie das besser, wenn er neben ihr war. »Okay.« Sie lockerte die Halsmuskeln und machte es sich bequem. »Fangen wir mit Jupiter Artland an. Hat mir gefallen dort. Kommst du an den Lichtschalter? Im Dunkeln kann ich mir alles besser vorstellen.«

Er reckte sich und betätigte den Schalter. Die Deckenlampe wurde schwarz. Vorsichtig, um nicht Connies Beine zu berühren, setzte Baarda sich wieder hin, sich dessen nur zu bewusst, wie nahe sie ihm war und wie dringend er es vermeiden wollte, je etwas zu tun, was sie missverstehen konnte. Dass Connie ihm so sehr vertraute, war ein strahlendes Licht in seinem Leben, und er würde es durch nichts verdüstern wollen, nicht einmal unabsichtlich.

»Leg dich neben mich«, sagte sie. »Du bist jetzt meine toten Leute.«

Baarda verdrehte die Augen und wusste, dass Connie sich das denken konnte, auch wenn sie es nicht sah.

»Lass mich ich selbst sein. Sei offen dafür. Das ist Psychologie, kein Voodoo. So stellt mein Gehirn Zusammenhänge her.«

»Meine Güte, ja, von mir aus.« Er legte sich auf die Seite, einen Unterarm angewinkelt.

Im schwachen Licht, das die roten Blitze des Rauchmelders an der Decke alle dreißig Sekunden von sich gaben, sah er Connie neben sich das Gleiche tun.

»Bereit?«, fragte sie.

Er hörte ihrer Stimme an, dass sie trotz des bitteren Ernstes hinter ihrem Vorhaben lächelte. Das hier ließ sie aufblühen: sich in den Geist von Mördern hineinzuversetzen, sie mit ihrem unwahrscheinlich hoch entwickelten Einfühlungsvermögen zu erreichen; es war, als schaute man einem Mathematikgenie dabei zu, wie es im Kopf eine scheinbar unmögliche Rechenaufgabe löste.

»Sei Dale Abnay für mich«, sagte sie.

Baarda ließ seine Zurückhaltung fahren – wer A sagt, muss auch B sagen – und ließ sich in Abnay hineinsinken. Dreiunddreißig Jahre alt, unfähig, Beziehungen zu Frauen aufzubauen, allein in quasi prekären Umständen lebend, und doch hatte dieser Mann bei all seinen Fehlern einem Freund in Not angeboten, ihm eine Niere zu spenden.

»Ich bin uneins mit mir selbst«, sagte er. »Ich rede mir ein, ich würde das hassen, was ich mir mehr als alles andere wünsche, weil es sich mit Hass so viel leichter leben lässt als in Einsamkeit. Außerdem kann man anderen Männern nicht gestehen, dass man sich einsam fühlt, weil Männer es nicht mögen, wenn andere Männer Schwächen zeigen. Weil es sie daran erinnert, dass auch sie welche haben. Also tauschen wir uns online und im Pub darüber aus, wie sehr wir Frauen hassen. Aber eigentlich stimmt das gar nicht. Wir hassen uns selbst für unsere Unfähigkeit, eine abzukriegen oder zu behalten. Wir hassen uns dafür, dass wir zu feige sind, um unsere wahren Gefühle auszusprechen. Dann, nach einer Weile, hassen wir einfach nur noch, weil wir faul geworden sind und es aufgegeben haben, auch nur zu überlegen, ob wir vielleicht unser Leben ändern könnten. Und dann wacht man eines Tages auf und ist eine leere Hülle. Man existiert nur noch. Man könnte ebenso gut tot sein.«

Seinen Worten folgte erst einmal eine lange Stille.

Baarda fragte sich, ob Connie eingeschlafen war, da fragte sie: »Hast du deshalb beschlossen, Wolfie eine Niere zu spenden? Aus dem Wunsch heraus, endlich mal wieder etwas Gutes in dir zu spüren?«

Wieder Stille, diesmal von Baarda aus.

»Ja?«

Es dauerte noch einen Moment. »Ja. Es war eine Verbindung zu jemandem. Vielleicht sogar ein Rettungsanker. Dass mich jemand brauchte. Mir dankbar war. Es war etwas Edelmütiges, und irgendwie wusste ich, wenn ich es nicht machen würde, wenn ich nicht wenigstens versuchen würde, eine Verbindung zu einem anderen menschlichen Wesen aufzubauen, wäre es aus.«

»Aber du hast nicht alles gehasst«, bohrte Connie. »Jupiter Artland hast du gemocht. Du bist oft dorthin gegangen. Was daran hat dich angezogen?«

In der Dunkelheit zuckte Baarda mit den Schultern, ein kurzes Kratzen auf dem Teppichboden. »Das brachte mich immer wieder runter. In der Stadt wimmelte es von Mädchen, die ich nicht haben konnte – Mädchen beim Shoppen, in kurzen Röcken, Mädchen, die sich betranken, die mich ansahen wie ein Nichts. Am Strand rennen kreischende Kinder herum, Pärchen gehen Hand in Hand spazieren, das ist wie ein Werbespot für ein Leben, wie ich es nicht haben kann. In Artland kann man dem entfliehen. Ich mag die Ordnung, die Symmetrie, die Einfachheit, die Muster. Und man kann anderen Leuten meistens aus dem Weg gehen. Das war wie meine Niere anzubieten, etwas Gutes, an das ich mich klammern konnte.«

»Und die ›Weeping Girls‹?«, fragte Connie. »Hast du je dort gestanden und dir vorgestellt, du hättest sie zum Weinen gebracht?«

Plötzlich war Baardas Mund trocken. »Ich … ich weiß nicht.«

»Denk nach«, drängte sie.

»Vielleicht«, sagte er. »Aber sie waren ziemlich klein dafür.«

»So klein wie Lucy Ogunode, als du sie kennenlerntest?«

»Das ging aber unter die Gürtellinie«, sagte er ohne nachzudenken.

»Ah. Also warst du nicht ganz leer. In deiner Seele passierte doch noch etwas, trotz all der Pornos und Poster.«

»Mmmm«, murmelte Baarda unbestimmt.

»Dale, was meinst du, wer hat dich umgebracht?«

Baarda spürte, dass sie ihm näher gerückt war, ihr Atem an seiner Wange, der Hauch Chanel Nr. 5, das sie morgens aufgetragen hatte und dessen Duft inzwischen fast verblasst war.

»Ich habe keine Ahnung«, sagte er. »Ich bin einfach nur spazieren gegangen. Ich kenne Artland so gut, dass ich nie auf den Plan oder die Wegweiser schauen muss. Der Schlag kam aus dem Nichts. Ohne Sinn und Zweck.«

»Wollte dich jemand tot sehen?«

»Ich glaube nicht, dass ich jemandem so wichtig war, dass er mir den Tod gewünscht hätte«, sagte Baarda langsam. »Ich glaube, ich als Person habe gar keine Rolle gespielt.«

Connie seufzte.

»Hat es dir etwas ausgemacht, zu sterben?«, flüsterte sie.

»Es hat mir die Chance genommen, etwas Besseres aus mir zu machen. Ich wollte Wolfie diese Niere geben. Ich dachte, das könnte ein Neuanfang sein. Und ich habe nie erlebt, wie es ist, eine Frau an meiner Seite zu haben. So zu sterben, ist bitter, also, wenn man weiß, dass keine Frau oder Freundin einen vermissen oder um einen weinen wird. Egal wie verkorkst mein Leben war, es wäre schön gewesen, wenn mich jemand vermisst hätte. Außer Wolfie natürlich, aber der hätte mich wohl auch nie beachtet, wenn ich nicht ein passender Spender gewesen wäre.«

Connie gab einen kleinen Laut von sich, den Baarda nicht so recht einordnen konnte.

»Es tut mir leid«, sagte sie. »Ich werde alles daransetzen, dir Gerechtigkeit widerfahren zu lassen.«

Und ehe Baarda reagieren konnte, spürte er den leichten, sachten Hauch eines Kusses ganz am Rand seiner Lippen und war plötzlich unfähig, sich zu bewegen oder zu sprechen. Als wäre er ganz zu Dale in seinen letzten Momenten geworden.

»Wir sollten eine Pause machen«, sagte Connie. »Ich brauche einen Kaffee. Willst du auch was?«

Bevor Baarda bemerkt hatte, dass sie sich bewegte, ging das Licht an.

»Tee, bitte«, krächzte er. »Und stilles Wasser. Connie –«

Sie wählte bereits den Zimmerservice an und fing sofort an, ihre Bestellung aufzugeben. Baarda stand auf, ging zum Schreibtisch, schenkte sich einen Schuss Balvenie Whisky ein und kippte ihn herunter, während Connie den Hörer wieder einhängte.

Er sah zu, wie sie sich streckte, und wusste nicht, wie er anfangen sollte.

»Connie«, sagte er, seine Stimme so leise wie das ferne Grollen eines Erdbebens hinter einer Bergkette. »Was war das?«

»Ein Rollenspiel. Und du, meine viel zu gezähmte englische Eiche, warst geradezu eine Erleuchtung. Ich kann es kaum erwarten, was du als Archie Bass sagen wirst.«

»Nein«, sagte er. »Nicht noch mal. Das war nicht …« Er verstummte.

Sie grinste. »Nicht angenehm? Nicht normal? Oder vielleicht nicht geistig gesund?«

»Nicht angebracht, war mein Gedanke.« Er schenkte sich noch einen Whisky ein.

»Oh, verstehe. Du kriegst gerade die Krise. Na komm, frag schon.«

»Das ist nicht witzig, Connie. Wir haben ein reines Arbeitsverhältnis. Okay, du bist völlig unberechenbar, und ja, manchmal bist du wirklich ziemlich abnormal. Aber das war jenseits von, also, eigentlich von allem.«

Sie setzte sich auf ihre Bettkante, beugte sich vor, die Ellbogen auf den Knien, das Kinn in die Hände gestützt. »Stell die Frage, Brodie«, wiederholte sie leise.

Baarda setzte das Whiskyglas ab und verschränkte die Arme. »Wen hast du geküsst, und warum?«

Connie zog das Band aus ihrem üblichen Pferdeschwanz.

»Oh, okay, du meinst, ob es du warst oder Dale?« Sie hob die Schultern. »Ist das wichtig?«

»Es wirkt sich definitiv darauf aus, was für ein Gespräch wir führen sollten.«

»Und wenn es keiner von beiden war? Wenn es einfach die Summe all dessen war, was ich heute gesehen und gehört habe, vielleicht vor allem heute Nacht? Vielleicht war es Trauer um Abnay oder Bewunderung für dich oder ein Ventil für all den Zorn und Frust, der gerade in mir ist. Vielleicht war es ein Augenblick der Menschlichkeit inmitten dieser drei verdammten Mordermittlungen. Das sind viele Vielleicht, Brodie. Müssen wir nicht schon genug Antworten finden, ohne dass du noch eine Frage aufwirfst?«

Müde fuhr Baarda sich mit der Hand durch das wirre, lockige braune Haar, bei dem er in der letzten Zeit nur zu deutlich bemerkt hatte, dass es mehr und mehr Salzsprenkel bekam. Bei Connie kam er sich stets zugleich älter und jünger vor als in

Wirklichkeit, und als hätte er keine Ahnung. Sie war unmöglich.

»Gewisse Grenzen muss es geben«, sagte er.

»Gesetzliche? Müssen wir das von der Personalabteilung klären lassen?« Sie lachte, aber das Lächeln in ihren Augen war schwächer geworden, und er hätte sich deshalb verfluchen können.

»Grenzen für uns. Grenzen unserer Arbeit. Ich weiß, deine Art, dich auszudrücken, ist absolut einzigartig, und ich weiß auch, dass dein Gehirn anders tickt als das jedes anderen Menschen, den ich je getroffen habe. Aber mich mitten in der Nacht auf dem Boden zu einem toten Mann werden zu lassen … das ist mehr als nur ein bisschen durchgeknallt. Und da ist noch nicht eingerechnet, dass ich glaube, du hast die Verkörperung eines ermordeten Incel geküsst, weil es dir leidtat, dass er nie geliebt worden war.«

»Glaubst du, das war es, was ich getan habe?«

Es klopfte an die Tür. »Zimmerservice.«

Connie stand auf. »Du warst atemberaubend gerade eben. Ich weiß jetzt Dinge über Abnay, die ich bisher nicht klar erkennen konnte. Und ich habe einiges über seinen Mörder erfahren. Was da auf meinem Boden auch passiert ist, es war ein Durchbruch und nichts, was problematisiert werden müsste.«

Sie öffnete die Tür und hielt sie der erschöpft aussehenden Frau auf, die mit einem Tablett hereinkam.

»Ich denke, das nehme ich als Stichwort. Ich verzichte auf den Tee«, sagte Baarda. »Wir sehen uns beim Frühstück.« Er schlüpfte durch die Tür und in sein eigenes Zimmer nebenan im überscharfen Bewusstsein, wie nahe sie sich räumlich gesehen waren. Er wusste mit absoluter Sicherheit, dass keiner von ihnen in den wenigen Stunden bis zum Morgen noch Schlaf finden würde.

KAPITEL 24

DER BEOBACHTER

7. Juni

Karl schaltete die Lieblingsmusik seines Vaters ein, füllte dann warmes Wasser in eine Schüssel und holte einen weichen, sauberen Waschlappen. Die Pflegerin war vormittags zwar da gewesen, und es gehörte zu ihren Pflichten, dem Vater Gesicht und Brust zu waschen, aber er hatte sie schon öfter dabei ertappt, wie sie auf dem Handy herumtippte. Wie könnte er also je darauf vertrauen, dass sie ihre To-do-Liste abarbeitete?

Andererseits waren ihm schon zu viele Pflegekräfte abgesprungen, und er wollte diese hier nicht auch noch verlieren. Also hütete er seine Zunge und räumte ihr hinterher, wenn er nach Hause kam, wobei er sich im Stillen über die kleinsten Nachlässigkeiten aufregte: wenn die Jalousien nicht ganz hochgezogen waren, um so viel Sonne wie möglich hereinzulassen; wenn Teller und Besteck zwar abgewaschen, aber noch halb nass wieder im Schrank verstaut wurden; wenn die neue Klopapierrolle nicht richtig herum in den Halter gesteckt worden war. Die Frau trieb ihn zur Weißglut. Lieber wäre ihm ein männlicher Pfleger gewesen, aber die waren rar gesät, und der einzige, den er gefunden hatte, hatte so gut wie kein Englisch gesprochen. Das hätte seinen Vater in dessen wenigen klaren Momenten erschreckt und verwirrt, hätte also überhaupt nichts gebracht.

Zu Lee Marvins ›Wand'rin Star‹ wusch Karl seinem Vater das Gesicht, so sanft, als hielte er ein Neugeborenes.

»Bitte schön, Dad. Hoffe, es ist nicht zu heiß?« Noch einmal ins Wasser tauchen, Lappen auswringen, weiterwaschen. »Mein Vormittag war gut. War Sandra heute nett zu dir? Ich hoffe, sie hat dir deine Musik angemacht. Tut mir leid, dass ich so lange weg war.«

Die Reaktion seines Vaters war ein Ruck mit dem Kopf in Richtung Fenster, eher ein Zucken als eine willkürliche Bewegung, aber Karl stand auf und zog die Jalousie herunter.

»Zu hell? Schon verstanden. Vorhin wäre ich fast bei Rot über eine Ampel gefahren, weil die Sonne so grell darauf schien. Hey, lass dich ein bisschen verwöhnen.« Er trocknete seinem Vater das Gesicht mit einem Handtuch ab, das weicher war als ein Plüschteddy, und strich die wenigen auf seinem Schädel verbliebenen Haare zurecht. »Ist dir warm genug, Dad? Ich kann die Heizung ein bisschen aufdrehen. Ich will nicht, dass du frierst.«

Er zog die Decke höher ans Kinn seines Vaters und zupfte sie glatt. Das Thermostat befand sich oben, gegenüber von Karls Zimmer, am Ende des Flurs. Den Vater hatte er schon lange im ehemaligen Esszimmer im Erdgeschoss einquartiert; als der noch ein bisschen laufen konnte, war der Gedanke, er könnte die Treppe herunterfallen, einfach zu beängstigend gewesen. Diese Entscheidung hatte alles viel leichter gemacht, und überhaupt, wozu noch ein Esszimmer? Wenn Karl aß, setzte er sich in den Lehnsessel neben dem Bett seines Vaters und nahm den Teller auf den Schoß, und sein Vater bekam ohnehin nur noch pürierte Kost.

Durch den Umzug war das Obergeschoss des Hauses noch einsamer und unheimlicher geworden, aber seinen Vater in Sicherheit zu wissen, war ihm wichtiger als seine eigenen Unsicherheiten. Er ging in den Flur, atmete tief durch und packte das Treppengeländer so fest, dass seine Fingerknöchel weiß wurden, zumindest die Stellen, wo er die Haut nicht abgezupft hatte. Seine Mutter hatte ihm immer auf die Finger geschlagen, wenn sie bemerkte, wie er mit der einen Hand an der anderen herumkratzte, während er vor dem Fernseher saß oder ein Comic las.

»Aufhören, Karl«, sagte ihre Stimme in seinem Kopf. »Sonst kommt noch Blut auf dein Schulhemd, und an mir bleibt die Scheißarbeit hängen, es wieder rauszukriegen.«

»Aufhören, Karl«, sagte Karl laut. Mit Falsettstimme ahmte er ihren Tonfall unbehaglich lebensecht nach. »Geh rauf und stell das Thermostat richtig ein.«

»Okay, Ma«, sagte er mit gesenktem Kopf, sodass sein Kinn beinahe auf seiner Brust auflag.

Und er ging rauf.

»Die Treppe rauf nach Bedfordshire!«, trällerte Karl/Ma beim Hinaufsteigen, wie sie es immer getan hatte. Damals war Bedfordshire in seiner Vorstellung ein wundervoller, fantastischer Ort gewesen, bis er sie mit zehn gefragt hatte, was es damit auf sich hatte. Nach ihrer Antwort verlor der Name jede Magie für ihn.

Oben blieb er stehen, lockerte kurz die Schultern, blickte den Flur entlang zu dem Thermostat an der vergilbten, einst cremefarbenen Wand hinüber und rief sich ins Gedächtnis, dass seine Mutter tot war, tot und begraben. Nachdem sie gestorben war, war er bei ihr im Krankenhaus gewesen. Das Weiße in ihren Augen hatte eine ganz ähnliche Farbe gehabt wie die Wand dort vorn. Sie hatten ein Bestattungsinstitut beauftragt. Nachdem ihr Leichnam dorthin überführt worden war, hatten sein Vater und er einen letzten langen Blick auf sie geworfen und ihr auf Wiedersehen gesagt. Der Sarg war hellblau gefüttert gewesen, ihre Lieblingsfarbe.

Deshalb konnte sie unmöglich jetzt in dem Zimmer am Ende des Flurs auf ihrem Bettrand sitzen und sich die Haare kämmen. Nein, unmöglich; er hatte gesehen, wie ihr Sarg ins Grab hinabgelassen worden war. Und das Grab war unangetastet, er besuchte es seither jeden Sonntagnachmittag, egal ob es regnete oder schneite. Und das bedeutete, die Frau in dem Zimmer am Ende des Flurs war entweder der Geist seiner Mutter oder Einbildung.

»Das ist nur Einbildung«, sagte er, wieder mit seiner eigenen Stimme, tief und rau, wie die seines Vaters gewesen war, als er noch gesprochen hatte. Bevor der Schlaganfall den Menschen, der er gewesen war, aufgelöst und nur eine zitternde, dadförmige Hülle zurückgelassen hatte. Karl zwang sich, einen Fuß vor den anderen zu setzen. Das Thermostat war eine Million Kilometer weit entfernt, und dazwischen lag ein klebriger brauner Teppich, der seine Füße mit aller Macht festhalten zu wollen schien.

»Jetzt beeil dich mal, Karl!«, rief seine Mutter aus ihrem Zimmer. »Was bist du doch immer für eine Trantüte.«

»Ich komme schon, Ma«, murmelte er. »Ich bessere mich.«

Er zwang sich, schneller zu gehen, und fragte sich, ob er selbst die Tür zu ihrem Zimmer offen gelassen oder ob die dumme, faule, neugierige Sandra geglaubt hatte, sie müsste an Orten herumschnüffeln, wo sie nicht erwünscht war.

Endlich erreichte Karl das Thermostat und räusperte sich. Er sollte einfach klar Schiff machen und die Sachen seiner Mutter entsorgen. Sie würde nicht zurückkommen, und niemand sonst konnte etwas davon gebrauchen. Ihre gemusterten Kleider im Schrank zu lassen und ihre Strumpfhosen in den Schubladen, wo sie langsam zu Staub zerfielen, war nichts anderes als ein Akt der Verleugnung.

Karl nahm das Einstellrad zwischen die Finger und drehte die Solltemperatur etwas höher auf einundzwanzig Grad.

»Und mich beachtest du gar nicht?«, rief seine Mutter in zutiefst enttäuschtem Ton. Enttäuscht von ihm zu sein, das war ihr Standardmodus als Mutter gewesen.

»Ich hab zu tun«, murmelte er. »Ich muss mich um Dad kümmern.«

»Du gehst hier nicht weg, bis ich's dir sage, Junge. Komm rein, setz dich zu mir. Du kommst gar nicht mehr in mein Zimmer.«

»Jetzt nicht. Später. Ich muss waschen.«

»Schau mich an, Karl«, beharrte seine Mutter.

Gegen Karls Willen wandte sein Kopf sich ihr zu.

Da saß sie, den Hals gereckt, um ihn anzuschauen, ihre Haut so trocken und schuppig, dass im Sonnenlicht ein Dunst um sie war. Mochten andere Frauen ihren Lieben als Engel erscheinen – seine Ma nicht. Sie war die personifizierte Forderung und Anweisung.

»Hör nicht auf sie. Sie kann fürchterlich herumkommandieren, aber sie meint es nicht so. Ihre Familie ist halt genauso mit ihr umgegangen«, hatte Karls Vater ihm einmal zugeflüstert, als seine Mutter ihn gescholten hatte, aus ihm würde nie etwas werden, wenn er nicht mehr im Haushalt half. Da war er sieben Jahre alt.

Irgendwie hatten seine Füße ihn an die Schwelle des Zimmers seiner Mutter gebracht. Mit gesenktem Blick stand er da und kämpfte gegen den Drang an, ihr zerfallendes Gesicht anzustarren.

»Hast du schon erledigt, was ich von dir wollte?«, fragte sie. »Nein, hm?« Ohne es zu sehen, wusste er, dass sie anklagend die rechte Hand auf ihn gerichtet hatte, knotig, mit zu langen Nägeln, die Fingerspitzen sepiafarben wie ein altes Foto.

»Ich bin dabei, Ma. Ich beobachte sie. Ich warte auf den richtigen Augenblick. Aber jetzt wohnt ein Polizist bei ihr, das macht es schwerer.« Niedergeschlagen hob er die Schultern und steckte die Hände tief in die Taschen. »Und sie hat mich ja schon mal erwischt und so fertiggemacht, dass ich fast gestorben wäre.«

»Ooh, es ist so schwer«, spottete seine Ma in hohem, weinerlichem Ton. »Es ist so schwer, und ich kann's nicht. Ich bin fast gestorben. Ich hab solche Angst. Ich bin zu schwach.« Sie zog eine Grimasse, und weitere Hautpartikel schwebten als staubiger Regen zu Boden.

»Ich bemühe mich doch«, beharrte er. »Ich darf kein Risiko eingehen. Wenn ich erwischt werde, was wird dann aus Dad?«

»Du wirst schon nicht erwischt, wenn du schlau und vorsichtig bist, aber das ist wohl zu viel verlangt.« Wie von unsichtbaren Fäden gezogen stand seine Mutter auf. Er hörte ihre Knie knacken, als sie sie streckte, und versuchte, die Tränen vor ihr zu verbergen, die ihm in die Augen stiegen. »Du dummer, fauler, gedankenloser Kerl.«

»Nicht schimpfen, Ma«, wimmerte er. »Ich tue mein Bestes.«

»Für deinen Vater tust du dein Bestes«, zischte sie. »Den hast du immer geliebt, ja? Hast ihm am Rockzipfel gehangen. Und immer nach ihm geschrien, wenn du Angst oder dir wehgetan hattest, du jämmerlicher kleiner Scheißer!«

»Ich hab euch beide geliebt«, schrie er. Jetzt waren die Tränen nicht mehr zurückzuhalten, und er wusste, das würde es nur schlimmer machen, aber sie waren nicht aufzuhalten.

Er hörte ihre Füße über den Teppich schlurfen und wusste, später würde er eine Spur aus Asche aufsaugen müssen.

»Hast du jetzt Angst, Heulsuse? Recht so. Weißt du, was ich mache, wenn du diese Drecksau Beth Waterfall nicht bald abmurkst? Ich komme zu dir ins Bett, wenn du tief und fest schläfst, und –«

Er schrie auf und ergriff die Flucht, ehe sie die Hand nach ihm ausstrecken konnte, stolperte, kam auf einem Knie auf und fing sich sofort wieder, polterte ungelenk wie eine Riesenspinne, der ein paar Beine fehlen, die Treppe hinunter, ohne Rücksicht darauf, ob er stürzen könnte. Er musste nur weg von ihr. Von dem Ding da oben.

Im sicheren Hafen des ehemaligen Esszimmers angekommen, warf er sich neben seinen Vater, zog sich einen von dessen Armen um die Schultern und barg das Gesicht an seiner Brust. »Sie kommt«, schluchzte er. »Sie hasst mich. Egal was ich tue, es ist nie gut genug. Bei Molly hab ich alles getan, was sie verlangte, aber nicht mal das hat ihr gereicht.«

Sein Vater sagte nichts.

Karl weinte, bis seine Augen rot und geschwollen waren.

»Du passt auf, dass sie mir nichts tut, ja? Ab jetzt schlafe ich hier unten bei dir. Der Sessel reicht mir. Das wird schön gemütlich, wir beide zusammen. Dann muss ich mir auch nicht so viele Sorgen um dich machen. Bisher schafft sie es noch nicht die Treppe runter, also sind wir hier sicher.« Er zog den Arm seines Vaters noch enger um sich. »Und wenn es Beth Waterfall nicht mehr gibt, geht auch Ma weg. Das hat sie mir versprochen.«

Sein Vater stöhnte und gab dann einen langen, rasselnden Seufzer von sich.

»Du und ich, Dad, wie immer. Wir sind das beste Team.« Karl setzte sich auf. »Ich hab nicht geahnt, wie sehr sie es hasste, dass wir so viel zusammen waren.«

Aus dem Zimmer seiner Mutter oben war nichts zu hören. Er hoffte, dass es damit für diesen Tag vorbei war. Später würde er rasch nach oben sausen und sich seine Zahnbürste und eine Garnitur frischer Kleidung für den nächsten Morgen schnappen müssen, aber abends rief sie fast nie nach ihm.

Abends hatte sie sich immer von ihnen zurückgezogen. Wenn sein Vater um fünf von der Arbeit kam, stellte seine Mutter ihnen beiden einen Tee auf den Tisch und verschwand mit einer Flasche billigen Fusel und einer Zwanzigerpackung Zigaretten in ihrem Zimmer. Dann hörten sie sie den Fernseher einschalten und die Vorhänge vorziehen, und bis zum nächsten Morgen sahen sie nichts mehr von ihr. Ein Arrangement, über das sich keiner von ihnen je beschwerte.

Bis zu jenem Tag mit dem Rettungswagen und der Fahrt zum Klinikum, wo sie auf den kalten, harten Stühlen gewartet hatten, während Karls Mutter operiert wurde. Seither war alles anders.

KAPITEL 25

8. Juni

Seite an Seite gingen Christie Salter und Connie Woolwine die Treppe zum Gewahrsamstrakt hinunter, wohin der diensthabende Beamte sie gebeten hatte.

»Wissen Sie, worum es geht?«, fragte Connie.

»Hat er nicht gesagt. Die Beamten hier sind alle ziemlich wortkarg und ungerührt. Der Job ist schon hart, ständig haben sie mit Betrunkenen, Drogis, Verbrechern und falsch Beschuldigten zu tun – nicht die Art von Leuten, mit denen ich länger auf engem Raum sein wollte.« Salter zuckte plötzlich zusammen und drückte die Hand auf den Bauch.

»Alles in Ordnung?«

»Nur eine alte Wunde. Tut immer mal unerwartet weh, das Narbengewebe ist ziemlich straff. Ansonsten geht's mir wieder gut, aber damals stand es auf Messers Schneide.«

Connie entging nicht, dass Salters Gesicht sich kurz verdüsterte.

»Was war da noch?«

Salter schüttelte andeutungsweise den Kopf; die Bewegung setzte sich als Schauder über ihren ganzen Körper fort. »Können wir das Thema ruhen lassen? Ist sehr persönlich und immer noch schmerzhaft.«

»Waren Sie nicht in psychologischer Behandlung?«

»In Therapie? Nein. Ich hab nicht eingesehen, warum ich stundenlang darüber reden sollte. Die Zeit heilt alle Wunden, oder?«

»Ganz und gar nicht. Im Gegenteil, manche Dinge werden mit der Zeit immer schlimmer. Und der Sinn einer Therapie besteht nicht darin, dass Sie darüber reden, sondern dass Ihnen jemand zuhört. Sonst könnten Sie es auch einfach Ihrem Spiegelbild erzählen.« Connie blieb auf dem Treppenabsatz stehen und trat in eine Nische in der Betonwand zurück. »Was ist passiert?«

Salter ließ einen langen Atemzug entweichen und starrte sie an. »Was man über Sie sagt, stimmt wirklich. Sie sind übergriffig und lassen sich durch nichts aufhalten.«

»Trotzdem scheint Sie das gar nicht so sehr zu stören. Sie sind vollkommen entspannt, Ihre Gesichtsmuskulatur ist unverkrampft. Sie lassen Ihren Schmerz überhaupt nicht an sich heran. Wie schaffen Sie das?«

»Ich habe ein Baby adoptiert, das tröstet mich darüber hinweg, dass ich meines verloren habe«, sagte Salter leise.

»Aber so ganz funktioniert das nicht. Die Trauer ist noch in Ihnen drin, und dazu haben Sie jetzt das ganze Chaos, die Erschöpfung und die Freude. Ich staune, dass Sie morgens überhaupt aus dem Bett kommen.« Salter gab keine Antwort. »Ich habe noch eine Eigenschaft, die viele Leute abschreckt, aber mir scheint, als wäre das inzwischen sowieso Standard bei mir. Könnte ich die Narbe vielleicht sehen? Und es wäre hilfreich, wenn ich sie auch berühren könnte.«

Salter runzelte die Stirn. »Wir stehen mitten im Gang.«

»Manchmal ist es das Beste, sich völlig schutzlos zu machen. Oft ist es der einzige Weg zur möglichen Heilung.«

Salter fluchte leise vor sich hin, zog sich aber schon das T-Shirt aus der Jeans und trat näher an Connie heran.

Schweigend standen sie da, während Connie die Narbe begutachtete.

»Jemand hat mir die Scherbe eines Katzennapfs in den Bauch gerammt. Sie wundern sich gar nicht, wie rot sie ist. Mein Mann sagt mir mindestens einmal pro Woche, dass sie aussieht, als würde sie noch bluten.«

»Ich kann nur schwarz-weiß sehen, genauer gesagt Grauschattierungen«, sagte Connie.

Es entstand eine Pause, dann räusperte Salter sich. »Wie das?«

»Auch eine Narbe. Meine ist im Gehirn.« Ihre kühlen, festen Fingerspitzen tasteten nach Salters Narbe, strichen darüber, erkundeten das Relief der ausgefransten Ränder, der Zacken und Verästelungen des Gewebes.

»Sie hätten das chirurgisch behandeln lassen können. Das hätte viel geholfen. Aber der Schmerz lindert Ihr schlechtes Gewissen, nicht wahr? Sie haben das Gefühl, Sie hätten kein Recht, glücklich zu sein, wo doch Ihr Baby tot ist. Ihre Narbe ist für Sie eine Art Opfer an die Götter. Solange Sie Tag für Tag den Schmerz spüren, wird dem Kind, das Sie adoptiert haben, nichts zustoßen.«

Salter trat zurück und zog ihr T-Shirt wieder herunter. »Ich hätte auf Lively hören sollen. Er hat mich gewarnt, mich ja nicht auf Sie einzulassen.«

»Wollen Sie wissen, was Sie da eigentlich tun, oder wollen Sie weiterhin gegen eine emotionale Mauer anrennen?« Sachte rieb Connie die Finger aneinander, als wollte sie sich die Narbe einprägen.

»Wenn Sie es mir gesagt haben, lassen Sie das Thema dann sein?« Salter wandte sich schon wieder der Treppe zu.

Connie folgte ihr. »Ja. Diese Narbe und der Schmerz erinnern Sie nicht nur daran, Ihr verlorenes Kind zu betrauern. Sie verhindern auch, dass Sie Ihr adoptiertes Kind wirklich als Ihres annehmen. Sie fühlen sich verpflichtet, einen Teil von sich zurückzuhalten, damit der Verrat, von dem Sie sich einreden, Sie hätten ihn begangen, nicht vollkommen ist. Das Monster, das bei Erwachsenen unter dem Bett lauert, nennt sich Schuldgefühle, und bei Frauen hat es meist mehr Zähne als bei Männern. Also, meine Verordnung wäre: Lassen Sie die Narbe behandeln. Betrauern Sie Ihren Verlust nicht, indem Sie weniger lieben, sondern mehr. Suchen Sie Heilung nicht im Schmerz, sondern in der Freude. Mutter zu sein, ist anspruchsvoll genug, auch ohne sich für etwas zu bestrafen, an dem man keine Schuld trägt.«

Sie hatten den Eingang zum Gewahrsamstrakt erreicht. Salter drehte sich um und sah Connie an. »Warum machen Sie das, so in andere Menschen einzudringen? Ist Ihnen dabei nicht unbehaglich?«

»Für meinen Job benötige ich möglichst umfassende psychologische Kenntnisse, und auf diese Weise lerne ich ständig dazu. Menschen zu begreifen, hilft mir zu verstehen, wie ihr Leben aus dem Gleis geraten kann. Nebenbei hoffe ich, dass ich den Leuten helfen kann. Eigentlich weiß jeder selbst, was mit ihm nicht stimmt, nur wehren sich viele dagegen, sich die Wahrheit einzugestehen. Wenn man aber mit ihr konfrontiert wird, ist das meist ein Augenöffner, von dem zu hoffen ist, dass er zu einem Fortschritt führt. Sollen wir?«

Sie ging an Salter vorbei und öffnete die Tür zu den Zellen. Der Gewahrsamsbeamte sah betont auf die überdimensionierte Uhr an der Wand. »Das hat ja gedauert. Sie können sich freuen: Madame in Zelle zwei hat in den letzten fünfzehn Minuten zweimal gekotzt – wenn Sie Glück haben, ist in ihrem Magen nichts mehr drin. Trotzdem würde ich an Ihrer Stelle Abstand halten und sofort flüchten, wenn sie anfängt zu stöhnen.«

»Warum wurde sie festgesetzt?«, fragte Salter.

»Ladendiebstahl. Sie war ein paar Wochen lang nicht mehr hier, aber normalerweise ist sie Stammgast bei uns. Und diesmal besteht der Spirituosenladen darauf, Anklage zu erheben, weil sie beim Verlassen des Ladens einige Flaschen teuren Weins umgeworfen hat; der Schaden beläuft sich auf etwa dreihundert Pfund. Mandy scheint aber zu glauben, sie hätte ein Ass im Ärmel. Sie wollte mit der Person reden, die in Archie Bass' Tod ermittelt. Soweit ich weiß, sind Sie das.«

»In der Tat«, sagte Connie. »Dann reden wir mal mit Mandy.«

Mandy MacGill roch schlimmer als die Toiletten eines studentischen Nachtclubs um vier Uhr morgens. Sie hatte ein Tattoo auf der Stirn, das wohl einst »Fuck you« gelautet hatte, aber darüber zog sich eine so tiefe Furche, dass es aussah, als hätte die Natur es zu zensieren versucht. Ihr Alter war unmöglich zu schätzen. Entweder war sie viel älter, als sie aussah, und der Alkohol hatte sie konserviert, oder die Sauferei hatte sie unverhältnismäßig altern lassen. Connie verspürte einen Anflug von Traurigkeit angesichts Mandys Schutzlosigkeit und überließ Salter die Vorstellung, ehe sie zum Thema überging. »Sie wollten uns etwas sagen, Mandy?«

»Zuerst hab ich ein paar Forderungen, ja? Und die will ich zugesichert haben, vorher sag ich nicht einen Piep. Ich hab wichtige In-for-ma-tio-nen!« Betont piekte sie bei jeder Silbe mit dem Zeigefinger in die Luft.

Salter seufzte und verschränkte die Arme. »Was sind denn Ihre Forderungen?«

»'ne Flasche Wodka, kein Billigscheiß. Fish and Chips, 'nen Mars-Eisriegel, ein Viererpack Irn-Bru, und ich will schriftlich versichert haben, dass die keine Anklage beheben werden.«

Salter rieb sich die Augen. »Das Essen können Sie kriegen, den Schnaps nicht. Ich kann mich auch dafür einsetzen, dass keine Anklage *erhoben* wird, aber zuerst müssen Sie uns glaubhaft versichern, dass Sie wirklich etwas Brauchbares für uns haben. Ansonsten gehen wir gleich wieder, und Sie kriegen nicht mal einen Hauch von Frittierfett.«

»Ha, darauf falle ich nicht rein! Sie wollen mich nur abzocken und verschwinden, und ich guck in die Röhre«, brüllte sie. »Ich will sofort einen verdammten Anwalt!«

»Mandy«, sagte Salter. »Seien Sie still, verdammt! Sie brauchen keinen Anwalt, weil Dr. Woolwine und ich nicht hier sind, um Sie wegen irgendwas zu beschuldigen. Ich kann und werde Ihnen das Essen holen. Dass Alkohol hier drin nicht geht, wissen Sie genau, und Sie konnten nicht erwarten, dass ich dazu Ja sage. Aber wenn Sie nicht sofort reden, gehe ich auf der Stelle wieder, weil ich nicht in der Stimmung bin, mich für dumm verkaufen zu lassen. Sie haben genau eine Chance, und die ist jetzt.«

Mandy schnaubte und stampfte frustriert auf dem verdreckten, klebrigen Boden auf. Dann nickte sie. »Okay, okay. Aber zu den Chips will ich Currysoße. Also, ich war nämlich dabei in der Nacht, als Archie umgebracht wurde. Ich hab alles gesehen.«

»Erzählen Sie es uns«, sagte Salter.

»Wir waren beide dahinten auf der Straße hinter den großen Läden, dem Elektromarkt und so. Da stehen solche riesigen Container, in denen immer viel Pappe ist, und man kassiert keine Fußtritte wie in der Stadtmitte. Klar, Geld wirft einem da fast nie jemand zu, aber dafür wird man auch weniger blöd angemacht, ja? Ich war zuerst da und hab Archie kommen sehen, aber ich war schon in meinen Kartons, und ich wollte nicht, dass er sich meine Flasche schnappt, also bin ich still geblieben.«

»Um welche Uhrzeit war das?«

»Seh ich aus, als hätte ich 'ne verdammte Uhr an? Also, jedenfalls legt er sich auf der anderen Straßenseite hin, in seinen Schlafsack oder was er hatte, und ich bin still, schaue noch mal, dass ich gut zugedeckt bin, und schlafe ein. Dann bin ich aufgewacht, weil er stöhnte. Geschrien hat er nicht. Vielleicht ging's so schnell, dass er das gar nicht mehr geschafft hat.«

»Haben Sie gesehen, wer auf ihn eingestochen hat, Mandy? Denken Sie scharf nach, sagen Sie nicht einfach irgendwas, weil Sie glauben, wir wollten es hören. Dazu ist das hier zu wichtig«, sagte Salter.

»Es war nur einer. Dicke Jacke mit Kapuze. Ich hab ihn nur von hinten gesehen. Zuerst hat er vor Archie gestanden, und als er weggegangen ist, hat Archie gestöhnt. Der andere hat kein Wort gesagt. Ich dachte mir, es wär 'n Streit oder so.« Sie senkte den Kopf. »Ich wusste ja nicht, dass der mit 'nem Messer auf ihn eingestochen hatte, ja? Dann hätte ich was gemacht. Hilfe geholt oder so. Aber er saß nur da, und ich dachte, er wäre wieder eingeschlafen.«

»War es ein Mann? Oder vielleicht doch eine Frau? Was trug die Person an den Beinen? Und ist Ihnen noch was aufgefallen, Hautfarbe oder Alter?«

»Nich wirklich. Hab sie nur von hinten gesehen mit der dicken Jacke an. Darunter waren Hosen, würde ich sagen, was anderes hätte ich bemerkt. Und weggegangen ist sie ganz normal. Nicht gerannt. Manchmal hab ich schon gesehen, wie Kids so was machen. Die rennen immer weg. Als hätten sie sich kurz bewiesen, was für mutige Arschlöcher sie sind, und dann geht ihnen die Muffe.«

»Verstehe. Sie sind dann aber nicht zu Archie rüber und haben nach ihm geschaut?«, fragte Salter.

»Ganz ehrlich, ich war müde. Hatte bisschen was getrunken, ja? Und auf der Straße geht's immer mal hart zu. Archie war ganz in Ordnung, aber wir waren nicht eng. Ich dachte, er hätte einfach Schulden bei jemandem oder so und der hätte ihn daran erinnert. Erst ein paar Tage später hab ich gehört, dass er tot ist. Als ich am Morgen ging, hab ich gar nicht mehr auf ihn geachtet.«

»Gut«, sagte Salter. »Wir holen Ihnen das Essen, und ich rede mit den Betreibern des Spirituosenladens und versuche, sie dazu zu bringen, die Anklage fallenzulassen. Und während Sie hier sind, würde ich Ihnen raten, sich ärztlich untersuchen zu lassen. Können wir sonst noch etwas für Sie tun?«

»Nö, alles gut. Nur das Essen. Aber wenn Sie 'n Paar Socken übrig haben, ich könnte neue gebrauchen. Meine hat mir jemand gemopst.«

Salter und Connie machten sich auf den Weg zurück nach oben. »Na, das war ja Zeitverschwendung«, sagte Salter. »Ich dachte, es könnte uns endlich weiterbringen.«

»Es hat uns vielleicht nicht viel weitergebracht, aber Zeitverschwendung war es auf keinen Fall. Wir wissen jetzt, dass Archie nicht spontan in einem Streit zwischen Betrunkenen getötet wurde, wir wissen, dass die Person allein agiert hat, wir wissen, dass es eine kalkulierte, vorsätzliche Tat war, und wir wissen, dass es kein Jugendlicher war, der beweisen wollte, wie hart er drauf ist. Das ist eine Menge neuer Erkenntnisse. Darf ich fragen, was in aller Welt ein Mars-Eisriegel ist?«

»Die tiefgefrorene Verkörperung sämtlicher Ursachen für Herz-Kreislauf-Erkrankungen. So sieht er aus, und so schmeckt er auch.«

KAPITEL 26

Anderthalb Jahre zuvor

Die Schmerzmittel waren alles, auf das sie zum Frühstück Lust hatte. Nicht einmal nach der Tasse Pfefferminztee oder dem Glas Orangensaft, womit sie sie normalerweise herunterspülte, war ihr zumute. Nur die beiden extra starken Kopfschmerztabletten und dann den Mund unter den Wasserhahn halten. Eigentlich wusste Molly gar nicht so recht, warum sie sie nahm. Sie gaben ihr einfach das Gefühl, etwas mehr Herrin der Lage zu sein.

Zwar verursachten sie ihr auch chronische Magenschmerzen, aber das war nicht so schlimm, weil sie dagegen, nun ja, andere Pillen nahm. Da die Frau in ihrer Stammapotheke sie irgendwann komisch angeschaut und ihr geraten hatte, bei anhaltenden Schmerzen doch besser zum Arzt zu gehen, holte sie sich die Tabletten inzwischen im Supermarkt. Nie zweimal hintereinander an derselben Kasse.

Das Gute daran war, dass sie völlig den Appetit verloren hatte, also sparte sie viel Geld für Essen und nahm außerdem ab. Der Traum jeder Mittzwanzigerin: mehr Geld in der Tasche, weniger Speck auf den Hüften. Nicht dass sie an der Stelle je zu viel gehabt hatte.

Mol starrte das halbfertige Gemälde vor sich an. Sie konnte

sich kaum erinnern, es begonnen zu haben. Ihre Nächte vergingen in Schlaflosigkeit, daher hatte sie am Abend beschlossen, die Stunden bis zum Morgen mit einem neuen Gemälde zu überbrücken. Nun prangte vor ihr ein totes Kaninchen in einem winzigen Sarg, umringt von einer Trauergesellschaft trübseliger Waldtiere. Noch war viel zu tun, aber das große Ganze hatte Gestalt angenommen, als hätte ein Dämon Besitz von ihrem Pinsel ergriffen. Bei dem Gedanken musste sie lachen. In ihrem Atelier gab es keine Dämonen. Aber gut möglich, dass draußen einer war, der Tag und Nacht ihre Tür beobachtete, ihr Kommen und Gehen registrierte und ihr kleine Grüße hinterließ, die ihr Stiche ins Herz versetzten und ihr friedliches Dasein erschütterten.

Zuerst war die Polizei sehr eifrig gewesen, hatte alles genau zu Protokoll genommen, ihr das Gefühl gegeben, man nähme sie ernst. Aber Karl Smith war ein geläufiger Name. Alle Beiträge, die er schrieb, verschwanden, sobald sie sie gesehen hatte. Die Mailadressen, die er verwendete, führten ins Nichts. Und die »Geschenke« konnten nicht als Belästigung betrachtet werden, solange sie nicht beweisen konnte, dass alle von derselben Person stammten. Bei dem verfaulenden Obst war vielleicht etwas schiefgelaufen. Das tote Kaninchen auf ihrer Windschutzscheibe hatte womöglich ein Raubvogel im Flug fallen lassen. Die anonymen Anrufe auf ihrem Geschäftshandy kamen alle von verschiedenen Nummern, daraus ließ sich kein Muster ableiten. Und eindeutig bedroht worden war sie ja nie, oder? Er hatte sich ihr nie persönlich genähert. Sie hatte keine Angst um ihr Leben.

Mol verlor den Überblick darüber, wie oft sie auf ihre Nachfrage hin gehört hatte: »Tut uns leid, aber wir können im Moment wirklich nichts tun. Rufen Sie uns an, wenn es neue Entwicklungen gibt.«

»Neue Entwicklungen«, brummte sie den traurigen Tieren

in leuchtenden Ölfarben zu. »Und was soll damit gemeint sein?«

Es gab eine ganze Website, gehostet von einem russischen Server, deren einziger Zweck war, detailliert zu erläutern, warum ihr künstlerisches Werk von minderer Qualität war. Rückschlüsse auf den Betreiber gab es nicht, außerdem fiel eine solche Diffamierung offenbar unter das Recht auf freie Meinungsäußerung.

Sämtliche mit Kunst befassten Plattformen und Medien hatten ihr Werk ebenfalls verrissen, was zur Folge hatte, dass die wenigen treuen Kunden abgewandert und ihre Arbeiten inzwischen nicht mehr wert waren als Kunstdrucke für Krankenhausflure.

Der Stalker belästigte sie in Form unzähliger Kleinigkeiten, die weder von Überwachungskameras noch durch forensische Beweissicherung hätten erfasst werden können. Die Onlinewelt, musste Mol feststellen, war eine Schlangengrube, aber sich aus ihr zurückzuziehen, führte zu seelentötender Isolation.

Dass ihre Mutter so besorgt um sie war, machte die Sache nicht besser. Die prüfenden Blicke über den Esstisch hinweg, ob sie auch genug zu sich nahm. Die manchmal stündlichen Nachfragen per Textnachricht: ob Mol etwas brauchte, ihr etwas fehlte, es wieder einen »Vorfall«, gegeben hätte, wie sie solche Dinge inzwischen nannten, ob sie schlafen konnte, ob sie umziehen sollten. Sie hatten zu Hause und im Atelier überall Kameras montiert, Mol hätte sich eigentlich sicher fühlen können. Stattdessen erinnerte sie die Technik ständig daran, dass sie beobachtet wurde.

Aus einem Wutanfall heraus hatte sie sich bei einer Dating-App angemeldet – wie um ihn zu provozieren, ja, geradezu einzuladen, sie dort aufzuspüren und sich mit ihr zu treffen. Sie wollte ihm in die Augen schauen und ihre Qual darüber ins Gesicht schreien, dass er ihr Leben zerstört hatte. Stattdessen war sie mit einem sehr netten, gut aussehenden Mann in Kontakt gekommen, der sich bemühte, Schulkindern, die lieber Fußball spielen oder TikTok-Videos schauen würden, englische Literatur nahezubringen. Zuerst telefonierten sie, dann beschlossen sie, sich zu treffen, und obwohl Mol in Panik war und sich am liebsten in Luft aufgelöst hätte, war sie aus purem Starrsinn hingegangen und redete sich ein, das würde der Beginn einer besseren Zeit sein, in der sie sich neu erfinden und wieder zu leben anfangen würde.

Er war erschienen, hatte ihr aber kaum in die Augen sehen können und war höflich und formell geblieben. Als sie vorgeschlagen hatte, im Anschluss an den Bar-Besuch in ein Restaurant zu gehen, hatte er sich ein paarmal geräuspert, den Blick auf den Boden gerichtet und endlich hervorgebracht, was ihm auf dem Herzen lag.

»Es tut mir so leid«, hatte er gesagt. »Also, wirklich, weil du mir total gut gefällst. Aber die Sache ist, ich hab dich mal gegoogelt. Und als ich gesehen habe, dass du Malerin bist ... das ist vielleicht oberflächlich, aber ich wollte mir deine Sachen anschauen. Nicht mehr, nichts Persönliches, das schwöre ich dir.« Noch einmal räusperte er sich etwa ein Dutzend Male. »Also, da waren ein paar Videos. Ziemlich private, von denen du damals wahrscheinlich nie gedacht hättest, dass sie mal im Netz landen.«

»Oh«, sagte Mol. »Oh nein. Das sind Deepfakes. Ich dachte, die wären alle gelöscht worden. Ich hätte nie – ich meine, ich habe nie ...«

»Das Problem dabei ist ...«, fuhr er fort, als hätte sie überhaupt nichts gesagt. Offenbar nur so, dachte Mol, konnte er seine sichtlich vorbereitete Ansprache durchziehen – Lehrer durch und durch eben. »Ich bin an einer Privatschule. Das ist keine Entschuldigung, und ich weiß nicht so recht, wie ich es ausdrücken soll. Aber ich darf keine Beziehung zu jemandem mit solchen Sachen im Netz eingehen. Das würde dort nicht toleriert. Die Eltern, weißt du.« Als wäre das ein ganzer Satz.

Mol sank das Herz so tief, dass sie das Gefühl hatte, es befände sich in ihren Schuhen. Was sollte sie dazu sagen? Es war sinnlos, sich zu verteidigen oder diesem sehr netten, gut aussehenden Mann etwas zu erklären, wenn er vor ihr zurückwich, als könnte die Zerrüttung ihres Lebens ansteckend sein.

Sie nahm ihre Handtasche, schob den Stuhl so zurück, dass er nicht über den Boden scharrte, legte fünf Pfund auf den Tisch für den Drink, den er ihr spendiert hatte, und ging ohne ein Wort. Zumindest hatte er den Anstand besessen, zu kommen und es ihr ins Gesicht zu sagen. Als sie draußen am Fenster vorbeiging, sah sie, wie er traurig auf die Banknote starrte.

Und das war's.

Ihr Handy klingelte zweimal, dann ertönte viermaliges Klopfen an die Tür, eins, zwei – Pause – drei, vier. Ihre Mutter.

Mit fröhlicher Miene hielt Beth Waterfall eine Tüte Baguettes und eine Flasche Limonade in die Höhe.

»Überraschung!«

»Mum.« In Mols Tonfall schwang eine kaum merkliche Warnung. Sie wollte niemanden hierhaben. Das Atelier war ihre persönliche Zuflucht, der einzige Ort, wo sie nicht so tun musste, als ginge es ihr gut. »Darüber haben wir doch geredet.«

»Das ist das Mittagessen. Im Krankenhaus herrscht Norovirus-Alarm, deshalb sind die meisten Operationen abgesagt worden, und ich hab diesen Monat schon mehr Überstunden als erlaubt. Also haben sie mich vom Plan genommen und heimgeschickt.«

Und du bist gestern Abend nicht nach Hause gekommen, hing unausgesprochen in der Luft. *Ich bin fast krank vor Sorge um dich, Kind. Warum nimmst du nicht meine Hand, wenn ich sie dir hinhalte, und ziehst dich daran hoch?*

Mol bat sie zwar nicht herein, aber es war klar, dass ihre

Mutter sich nicht aufhalten lassen würde. Beth umarmte sie mit der freien Hand, küsste sie auf die Wange und betrat den Raum. »Meine Güte, wie ordentlich es hier ist. Und du warst ja produktiv! So viele neue Bilder. Sind sie alle fertig? Warum sind sie verhüllt? Das hast du doch früher nie gemacht.«

Ehe Mol sie aufhalten konnte, ging Beth auf eines der Bilder zu und zog das Leintuch weg. Sie schnappte nach Luft, runzelte die Stirn, sah Molly an, dann wieder das Bild.

»Was ist das?«, fragte sie entsetzt.

Molly zuckte mit den Schultern.

Beth ging zum nächsten Bild und deckte es auf. Und zum nächsten und wieder nächsten. Insgesamt waren es neunzehn, die meisten davon fertig. Wären die Motive nicht so abschreckend gewesen, hätte man sie direkt einer Galerie anbieten können.

»Molly«, flüsterte Beth. »Darüber müssen wir reden.«

»Du übertreibst.« Molly machte sich daran, die Tücher vom Boden aufzulesen und die Bilder wieder zu verhängen.

»Halt«, befahl ihre Mutter und zog ihr den Stoff aus den Händen. »Liebes, diese Bilder sind … sie sind …«

»Sag's nur.«

»Verstörend. Besorgniserregend.« Beth trat vor ein Bild, das offensichtlich gerade in Arbeit war, ein düsterer Trauerzug von Tieren. »Aber gut. Unwahrscheinlich gut. So gut wie Adriaen Coortes Stachelbeeren, nur die Albtraumversion davon. Und dieser beeindruckende Hyperrealismus, wie bei Christiane Vleugels. Mol, ich weiß, du hast eine schreckliche Zeit hinter dir. Ich weiß, dir ist, als könnte das Leben nie wieder besser werden, aber das hier geht über trübe Stimmung hinaus. Alles an diesen Bildern scheint zu verrotten, in Auflösung begriffen zu sein. Und die toten Tiere, die Vögel und Fische …«

»Das ist meine Art, die Dinge zu verarbeiten. Ich glaube, es tut mir gut.«

»Aber so viele Bilder! Ölgemälde in dieser Größe und mit dieser Detailtreue – das könnte das Lebenswerk eines einzigen Malers sein. Schläfst du überhaupt noch?«

»Es ist besser, ich beschäftige mich«, sagte Mol, aber es klang eher wie eine Frage als eine Feststellung.

»Ach, Liebes, lass uns einfach von hier wegziehen. Das hab ich schon so oft vorgeschlagen. Wir verkaufen das Haus. Ich bekomme überall im Vereinigten Königreich eine Stelle. An der Südküste soll es schön sein. Vielleicht im New Forest oder in Cornwall? Sobald ich eine Stelle gefunden habe, können wir gehen. Wir mieten uns irgendwo ein, bis das Haus verkauft ist, und ...«

»Vor dem Internet kann man nicht fliehen, Mum. Das ist überall. Der Typ hat meinen Ruf, meine Arbeit, mein Privatleben zerstört, dagegen hilft Cornwall kein bisschen.«

»Dann gehen wir noch mal zur Polizei und drängen so lange, bis sie diesen Bastard gefunden hat.«

»Mein Gott, Mum, wach endlich auf. Ich weiß, du meinst es gut, aber es ist nicht dein Leben, das er zerstört hat. Ich kann schon gar nicht mehr unterscheiden, was echt ist und was nicht. Wenn in unserer Einfahrt eine tote Taube liegt, denke ich sofort, er hat sie dorthin geworfen. Wenn ein Brief einen angerissenen Umschlag hat, denke ich, er hat sich unsere Post angeschaut. Wenn ich auf die Straße gehe, richte ich die Handykamera immer so aus, dass ich erkennen kann, wer hinter mir geht. Ich kann nichts Schönes mehr sehen, deshalb sind diese Gemälde entstanden. Bevor das mit dem Stalking anfing, wusste ich gar nicht, dass es so etwas überhaupt gibt. Mein Leben ist vorbei!«

»Es ist nicht –«

Molly schrie: »Doch! Ist es! Ich kann niemanden kennenlernen, ich kann nicht ins Internet oder in Galerien gehen, ich kann meine Bilder nicht verkaufen, ich kann nicht schlafen und nichts mehr essen. Ich hab versucht, Feuer mit Feuer zu bekämpfen, und online bekannt gegeben, dass ich schikaniert werde, aber der Ruf ist ins Leere verhallt. Diese Person führt eine totale Hasskampagne gegen mich und macht das sehr, sehr gut. Niemand kann mir helfen. Nicht einmal du.« Sie griff sich an den Magen und sank zu Boden. Beth stürzte auf sie zu, aber Molly hob warnend die Hand. »Nein.«

Beth dachte an die Leinwände voller Tod und Verderbnis, so extravagant und dekadent in Szene gesetzt und so realistisch, dass man die Hand hätte ausstrecken und jede einzelne Szene berühren wollen. Ihre Tochter, ihre wundervolle, talentierte erwachsene Tochter lag zusammengerollt auf dem Boden, die Stirn auf dem kalten Beton des Ateliers, ein gebrochener Mensch. Absolut, vollkommen gebrochen. Zum ersten Mal, seit Beth Mutter geworden war, war sie machtlos und hatte furchtbare Angst. Und tief in ihrem Innern wusste sie, dass das Schlimmste noch bevorstand.

KAPITEL 27

9. Juni

Connie und Baarda saßen in ihrem provisorischen Büro auf der Polizeistation und führten ein Videotelefonat. Auf dem Bildschirm war eine junge Frau zu sehen. Hinter ihr öffnete sich eine Terrassentür zum Garten, und in der Ferne liefen zwei Gestalten umher und pflückten gelegentlich etwas von einem Baum oder Strauch.

»Ich weiß nicht, wie lange wir hier noch brauchen, Midnight«, sagte Connie. »Also nimm bitte keine neuen Aufträge an. Das hier gestaltet sich komplizierter, als ich dachte. Der Mangel an Spuren ist höchst verwunderlich.«

Midnight lachte. »Höchst verwunderlich? Entweder bist du schon zu lange in Großbritannien, oder Baarda hat dir eine Gehirnwäsche verpasst. Hast du die Anfrage wegen der Lehrgänge für das FBI im Oktober bekommen, die ich dir weitergeleitet habe?«

»Ja, die können wir halten, solange nichts Ernstes dazwischenkommt. Könntest du mit diesem Vorbehalt zusagen?«

»Klar.« Während des Sprechens machte Midnight sich schon Notizen.

Midnight Jones war ihre personifizierte Zentrale; sie erledigte all die unerlässlichen Verwaltungsaufgaben, die Connie hasste und von denen sie nicht wollte, dass Baarda sich durch sie ablenken ließ. Sie war strukturiert, scharfsinnig, vierundzwanzig Stunden am Tag erreichbar und selbst eine hervorragende Profilerin, wobei ihr Schwerpunkt auf von Technologie unterstützten Herangehensweisen lag.

»Und Brodie, für dich ist ein Brief von einer Anwaltskanzlei gekommen.« Midnights Miene hatte sich verdüstert, man sah ihr an, dass gleich nichts Gutes kommen würde. »Ich habe ihn geöffnet, für den Fall, dass es etwas Dringendes ist. Er ist vom Anwalt deiner Ex-Frau.«

»Red weiter«, sagte Baarda.

»Jetzt, wo sie den Namen ihres neuen Mannes angenommen hat, bittet sie dich um dein Einverständnis, auch den Nachnamen der Kinder ändern zu lassen. Von wegen Einheit der Familie wahren und Verwirrung reduzieren.«

Connie öffnete den Mund, aber Baarda hob die Hand. »Danke, Midnight. Könntest du den Brief bitte einscannen und mir zumailen? Ich kümmere mich darum.«

»Brodie, sie kann nicht einfach –«

»Ich sagte, ich kümmere mich darum, Connie«, unterbrach er sie. »Können wir jetzt über die Morde hier in Edinburgh reden?« Seine Stimme verriet nichts, aber seine angespannten Kiefermuskeln und leicht verengten Augen waren nicht zu übersehen.

»Natürlich«, sagte Midnight. »Als ersten Fall habe ich mir Dale Abnay vorgenommen. Keine der im Umkreis von Edinburgh vermissten Personen hatte Kontakte zur Incel-Szene, also scheint Abnays Ermordung nicht Teil eines größeren Plans und auch keine Bestrafungsaktion einer Organisation gewesen zu sein. Dann habe ich mir von DS Salter seine Handynachrichten und Mails geben lassen. Nichts darin weist auf eine akute Bedrohung hin, es gab keine geplanten Treffen mit polizeibekannten Leuten und keine Schulden. Immerhin hatte Abnay auf dem

Handy eine Wander-App, die gespeicherten Routen bestätigen, dass das ein Hobby von ihm war. Es sieht also aus, als wäre er wirklich zur Entspannung in Jupiter Artland gewesen.«

»Breit gefächerte Interessen, der Gute. ›Meine Hobbys sind Wandern und Mir-vorstellen-wie-ich-Frauen-gewaltsam-unterdrücke‹. Mr Abnay steckt voller Überraschungen. Ließ sich die geplante Nierenspende bestätigen?«

»Ja. Es gab Mails von der zuständigen Stelle, eine Liste von Terminvorschlägen für die Operation, Hinweise zum Leben nach der Spende und eine Aufforderung, sich vor dem Unterzeichnen der Unterlagen unabhängig medizinisch und rechtlich beraten zu lassen. So weit kam es dann aber nicht mehr.«

In diesem Moment trat das exakte Ebenbild von Midnight durch die Terrassentür in den Raum, Hand in Hand mit einer deutlich älteren Dame. Die Frau grinste von einem Ohr zum anderen und winkte in die Videokamera.

»Wooly!«, schrie sie. »Schau!« Sie hielt ihnen eine Handvoll Frühsommerobst entgegen und steckte sich eine Himbeere in den Mund.

»Dawn«, sagte Connie. »Das sieht lecker aus. Und: Hallo, Doris. Sie beide sehen aus, als wäre das Leben gerade richtig schön.«

»So ist es, meine Liebe«, sagte Doris. »Wir wissen schon gar nicht mehr, wohin mit all dem Obst und Gemüse, das der Garten uns schenkt. Mir kommt die Marmelade fast aus den Ohren! Sie müssen dringend hier runterkommen. Haben Sie Zeit für einen Besuch, bevor Sie wieder auf die Walz gehen?«

»Wooly!«, rief Dawn noch einmal. Das war der Spitzname, den sie Connie gegeben hatte, und sie war der einzige Mensch auf der Welt, der sich das erlauben durfte. Auch wenn ihr das Schicksal bei der Geburt übel mitgespielt und schwere Behinderungen mitgegeben hatte, war Midnights Zwillingsschwester einfach nur liebenswert. Die Mittsiebzigerin Doris mit ihrem violett gefärbten Haar und den riesigen bunten Ohrringen und Ketten war mit den Schwestern zusammen aus London aufs Land gezogen und zu so etwas wie der ersehnten Mutterfigur für sie geworden. Gemeinsam hatten die drei sich ein glückliches Zuhause geschaffen, wie Connie es kaum je gekannt hatte.

»Wir machen definitiv einen Abstecher zu euch ins wunderschöne West Country, bevor wir Großbritannien wieder verlassen«, sagte sie. »Und diesmal einen richtigen Besuch, nicht nur eine Stunde.«

»Nehmen Sie sich in Acht, Dr. Woolwine, wir kriegen Sie noch dazu, häuslich zu werden, wenn Sie nicht aufpassen. Sie werden gar nicht mehr wegwollen«, sagte Doris. »Ich muss Sie dringend ein paar Tage lang bekochen. Damit Sie ein bisschen Fleisch auf die Knochen kriegen. Sie sehen dünn aus, meine Liebe.«

»Danke, Doris. Ich werde brav alles essen, was Sie mir vorsetzen.«

»Gut, genug geplaudert, zurück an die Arbeit«, sagte Midnight und gab ihrer Schwester einen Kuss auf die Wange.

»Jawoll, wir müssen noch den Teekuchen backen. Komm, Dawn, lassen wir die drei in Ruhe!«

In einer Wolke aus Reden und Lachen verschwanden sie.

»Wie gesagt«, kam Midnight aufs Thema zurück. »Dale Abnays Angebot, eine Niere zu spenden, ist offiziell bestätigt. Ich konnte auch keinen Hinweis darauf finden, dass Geld im Spiel gewesen wäre, allerdings hätten sie das wenn, dann mit Sicherheit nicht schriftlich festgehalten.«

»Okay. Was ist mit Archie Bass? Wissen wir inzwischen mehr über ihn?«, fragte Baarda.

»Nein. Vor ein paar Jahren gab es in Edinburgh eine Serie von Morden an Obdachlosen, aber in letzter Zeit ist nichts dergleichen vorgefallen. Allerdings gibt es hier viel mehr Optionen als bei Dale Abnay. Obdachlose geben ein leichtes Ziel ab und werden deshalb oft von Drogensüchtigen, psychisch Kranken oder Menschen angegriffen, die einfach ihre Wut abreagieren wollen. Da es keine Kameraaufnahmen gibt – die einzigen Überwachungskameras am Tatort sind zur Diebstahl- und Einbruchsicherung auf die Hintertüren des Elektromarkts gerichtet –, kann es schwer werden, einen konkreten Verdächtigen zu finden. Interessanterweise hatten weder Abnay noch Bass in ihrem Umfeld engere, beständige Beziehungen, abgesehen von Bass' Schwester Jane, die er aber nur sporadisch traf, und Leslie Wolfe, der die Niere wollte. Sowohl Abnay als auch Bass wären verlockende Opfer gewesen für einen Mörder, der möglichst wenig öffentliches Aufsehen erregen wollte.«

»Guter Punkt«, sagte Connie. »Jetzt zu Divya Singh.«

»Ganz andere Verhältnisse«, bemerkte Baarda. »Völlig unpersönlicher Modus Operandi. Wer sie getötet hat, wollte sich definitiv nicht die Hände schmutzig machen. Wie wenn man eine Schusswaffe benutzt, nur ohne das Risiko, dem Opfer in die Augen sehen zu müssen. Und es gibt viel mehr mögliche Motive. Man kann nicht ausschließen, dass es jemand war, den sie kannte. Sie hatte eine Lebensversicherung, es könnte persönliche Rache gewesen sein, möglich wäre auch ein rassistisches Motiv. Vielleicht hat man sie verwechselt, oder es war ein Mord aus reiner Lust am Töten.«

»Der Täter handelte nicht triebgesteuert«, sagte Connie. »Auf den ersten Blick erscheint das vielleicht so, aber tatsächlich war der Mord sehr durchdacht. Er geschah fern von Überwachungskameras oder Zeugen, nicht mal aus einem Fenster heraus hätte man etwas beobachten können. Die Mordmethode garantierte einen schnellen, sicheren Tod, außerdem wurden keine forensisch verwertbaren Spuren hinterlassen. Also eher ein professioneller Täter.«

»Ein Auftragsmord?«, fragte Midnight.

»Das wäre möglich, aber ein Profi hätte sich in dem Fall wohl für eine Methode entschieden, die nach Selbstmord aussieht. Brodie, wie viel war die Lebensversicherung wert?«

»Hundertfünfzigtausend, das ist nicht gerade wenig, aber verglichen mit anderen Fällen, mit denen ich schon zu tun hatte, auch nicht sehr viel.«

»Ein Auftragsmord kostet um die dreißigtausend, je nachdem, wie prominent das Opfer ist. Angesichts der Risiken wäre unterm Strich also nicht sehr viel dabei herausgesprungen«, sagte Connie.

»Tja. Wir haben also drei verschiedene Fälle: ein Incel, ein Obdachloser und eine Frau mit Migrationshintergrund«, bemerkte Midnight. »Wenn es Hinweise auf einen Zusammenhang gäbe, würde ich nach ultrarechten, ultrareligiösen Verdächtigen suchen, die glauben, sie hätten das Recht, die Welt von allen zu befreien, die nicht zu ihrer bevorzugten gesellschaftlichen Gruppe gehören.«

Connie spielte mit. »Wenn ich ein ultrarechter, ultrareligiöser Psychopath wäre, könnte ich mir Dale Abnay sogar wegen seiner geplanten Nierenspende ausgesucht haben. Angeblich widerspricht die Organspende dem Willen Gottes.«

Baarda rückte auf seinem Stuhl nach vorn. »Das wäre denkbar.«

»Brodie, das war ein Scherz. Zwischen diesen Morden gibt es keine Verbindung.«

»Nicht alle Verbindungen müssen sich aus vorhandenen Anhaltspunkten ergeben«, wandte Baarda ein. »Manchmal liegt das Gemeinsame in dem, was fehlt. Wir haben nirgends ein Ritual, nirgends Folter, jeder Tatort wurde sofort wieder verlassen, es gibt keine Sachbeweise, keine aufgefundenen Tatwaffen, und nirgends waren Überwachungskameras.«

»Archie Bass' Tod hat sich aber schon qualvoll lange hingezogen«, bemerkte Midnight.

»Nicht weil der Mörder sich keine Mühe gegeben hätte, es war Archies dicke Kleidung, die ihn gerettet hat«, sagte Baarda. »Vielleicht wollte der Mörder ihn nicht genauer untersuchen, um keine DNA-Spuren zu hinterlassen. Das wäre also kein Beweis für Nachlässigkeit, sondern wiederum für Besonnenheit und Erfahrung.«

»Bei Mordserien wird in der Regel durchgehend eine bestimmte Methode verwendet. Das sehe ich im Moment nicht. Außerdem weisen die Opfer normalerweise gemeinsame Charakteristika auf«, sagte Connie. »Und die Motivation? Wenn es um das Gefühl der Befriedigung geht, haben wir es vielleicht mit einer Art Allmachtsfantasie oder einem Machtspiel zu tun. Auf jeden Fall würde sich ein Serienmörder Aufmerksamkeit wünschen, und ich gehe davon aus, dass er zumindest eine Trophäe für sich behalten hat.«

»Vielleicht ein Foto«, schlug Baarda vor. »Das ist leicht zu vernichten und hinterlässt garantiert keine DNA-Spuren.«

»Aber wenn das fragliche Handy je in andere Hände käme, würden die Fotos ihn eindeutig mit den Morden in Verbindung bringen. Und dafür hat der Täter in allen drei Fällen gesorgt: dass er nicht aufzuspüren ist. Ein Foto endgültig zu löschen, ist viel komplizierter, als einfach auf ›Delete‹ zu tippen. Das wissen schon Teenager«, sagte Connie.

»Schauen wir doch mal, was die Statistik sagt.« Midnight tippte etwas ein. »Die Mordrate in Schottland war bis vor Kurzem so niedrig wie noch nie. Im letzten Jahr gab es nur einen einzigen Fall, wo ein und dieselbe Person mehr als einen Menschen getötet hat. Zu Divya Singh ist zu sagen, dass Frauen, die nicht von Angehörigen oder Bekannten getötet werden, in Schottland nur einen verschwindend geringen Anteil an allen Morden ausmachen. Und letztes Jahr sind siebenundsechzig Prozent der Morde in Schottland in Wohngebäuden passiert. Falls es bei Divya Singh also wirklich keine verwandte oder bekannte Person war, ist jeder dieser Morde für sich ein enormer statistischer Ausreißer.«

Connie schnaubte durch die Nase.

»Dir ist schon klar, dass dass das dafür spricht, dass es ein einziger Täter war, oder?«

Schweigend ließen Midnight und Baarda ihre Worte auf sich wirken.

»Wenn wir uns an Profiling-Begriffen orientieren, dann müsste es sich also um eine zweckorientierte, sorgfältige und lernfähige Person handeln«, sagte Midnight schließlich. »Intelligent, aber von etwas getrieben und ganz auf dieses Ziel ausgerichtet.«

»Und flexibel«, fügte Connie hinzu. »In der Lage, den Mord so zu arrangieren, wie es am besten zum Augenblick oder zum Opfer passt. Immerhin, es wäre eine Erklärung dafür, warum es scheinbar keinen Zusammenhang zwischen den Morden gibt.« Sie seufzte. »Na gut. Wir haben weder konkrete Hinweise, dass es sich um unterschiedliche Täter handelt, noch, dass wir es mit einem einzigen Täter zu tun haben. Aber wir haben unsere langjährige Erfahrung. Sind wir uns einig, dass wir deshalb erst mal von einem Einzeltäter ausgehen?«

Baarda und Midnight nickten.

»Dann müssen wir das MIT darüber in Kenntnis setzen. Und zwar so schnell wie möglich. Brodie, ruf die Leute zusammen. Ich setze es ihnen auseinander, und du überbringst die Neuigkeit der Superintendentin.«

»Irgendwie habe ich das Gefühl, ich hätte den Kürzeren gezogen«, sagte Baarda. »Gibt's einen besonderen Grund, warum diese Ehre mich trifft?«

Connie zwinkerte ihm zu. »Dein Old-Etonian-Charme. Wenn du den einsetzt, kann man dir kaum widerstehen. Und aus unerfindlichen Gründen glaube ich, dir gegenüber wird sie weniger sarkastisch sein.«

»Weil ich sie nicht provoziere.«

»Und deshalb bist du meine perfekte Geheimwaffe. Außerdem gebe ich dir ein Abendessen aus, wenn du's machst.«

»Ein Abendessen ist viel zu wenig«, konterte Baarda, aber er wusste schon, er würde es übernehmen. Connie Woolwine etwas abzuschlagen, war unmöglich.

KAPITEL 28

10. Juni

Connie rannte schneller.

Um halb fünf Uhr morgens zu joggen, barg immer Risiken, aber eigentlich nahm sie an, dass der größte Teil des Abschaums der Gesellschaft um diese Zeit schlief. Sie liebte die leeren Straßen und das Gefühl, dass die Welt sauber aufgeräumt war; das gab ihr den Raum, um den vielen Theorien nachzugehen, die in ihrem Kopf nur so sprudelten.

Ihr Elternhaus auf Martha's Vineyard hatte südlich von Oak Bluffs gelegen, draußen an der Seaview Avenue, die sich über einige Meilen bis nach Edgartown erstreckte. Dort gab es nicht ganz so viele Touristen wie in Edgartown mit den vielen Drehorten von *Der weiße Hai* und den exklusiven Kunstgalerien, dennoch waren die Quartiere die ganze Sommersaison über ausgebucht. Man gewöhnte sich daran, dass Touristen die Insel an üblicherweise unbewohnten Orten bevölkerten, am Strand ihre Zelte aufschlugen oder in ihren Bullis schliefen. Das bedeutete aber auch, dass man immer aufpassen musste, was man tat, wohin man ging und wer in der Nähe war. Die Verbrechensrate auf Martha's Vineyard war niedrig, aber nicht gleich null, und Mädchen, die frühmorgens und spätabends am Strand joggten, erregten nun mal die Aufmerksamkeit unguter Typen.

Was Connies Umfeld endgültig wachgerüttelt hatte, war die Vergewaltigung einer fünfzehnjährigen Touristin gewesen. Mit sechzehn war Connie zwar schon ziemlich vernünftig, und ihre Eltern hatten von Natur aus ein Auge auf sie, aber dass Mädchen in ihrem Heimatort nicht sicher sein konnten, erschütterte die Gemeinde zutiefst. Der Vater ihrer besten Freundin, ein gelernter Ingenieur, hatte daraufhin eine Waffe entwickelt, die seine Tochter und alle ihre Freundinnen bei Bedarf auch ohne Handtasche vollkommen unbemerkt mit sich führen konnten. Schneller Vorlauf, fast zwei Jahrzehnte später: Noch immer nahm Connie ebenjene Waffe mit, wenn sie joggte oder sich auf der Suche nach Antworten an Orten umsah, wo man eigentlich gar keine finden wollte.

Um diese Uhrzeit war es in Edinburgh dunkler als auf Martha's Vineyard, dafür besaß die Stadt den Vorteil, dass es hier viel mehr Gelegenheiten gab, sich abseits des Weges zu verstecken. Genau das beabsichtigte sie zu tun, sobald sie eine geeignete Stelle gefunden hatte.

Es hatte angefangen, kaum dass sie aus dem Hotel getreten war. Connie hatte bereits eine Stunde lang wach gelegen und gewusst, dass sie nicht wieder einschlafen würde. Baarda zu wecken und an die Arbeit zu gehen, war verlockend, wäre aber unfair gewesen, also war sie joggen gegangen. Bei vorherigen Besuchen war ihr die Stadt stets freundlich begegnet – die Einheimischen waren herzlich und gastfreundlich, und die Besucher wirkten im Großen und Ganzen offen und entspannt. Als sie vorhin bei ihren Dehnübungen vor dem Hotel das Gefühl bekam, beobachtet zu werden, hatte sie das zunächst als lächerlich abgetan.

Ein paar Minuten später war sie unterwegs auf ihrer üblichen Runde in Edinburgh: vom Balmoral aus über die North Bridge, dann nach links auf die High Street. Wer ihr Schatten auch war, er musste ausnehmend weiche Turnschuhe tragen und sehr fit sein, da er sich nicht abhängen ließ. Sie fragte sich weniger, um wen es sich handelte, sondern warum die Person ihr folgte.

Ihre Karriere ließ sich auf einer Weltkarte nachvollziehen, von einem Verbrechen hier zum nächsten Verbrechen dort. Meist hatte es sich um Serienkiller oder -vergewaltiger gehandelt, gelegentlich auch um Entführer oder Folterer, also nur schlimmste Gewalttäter. Die meisten waren gefasst worden, saßen jetzt hinter Gittern oder waren tot. Allerdings gab es auch welche, die ihr entwischt waren. Connie lebte mit dem Wissen, dass sie auf der ganzen Welt Feinde hatte. Deshalb war sie vorsichtig.

In Edinburgh gab es aktuell jemanden, der Menschen umbrachte, aber sie hatte immer noch kein Bild von der Person. Die Auswahl der Mordopfer erschien so beliebig, und das Fehlen von Ritualen oder Folter sprach gegen einen »gewöhnlichen« Serienmörder, es sei denn, es ging ihm nicht um die Methode an sich. Vielleicht, grübelte sie, war das Motiv einfach nur Energieabfuhr, so eine Art Sonneneruption. Oder es handelte sich bei den Morden um Fingerübungen eines Berufskillers.

So oder so, die meisten Mörder waren Experten darin, unter dem Radar zu bleiben. Die Person, die ihr jetzt folgte, war nicht schlecht, aber definitiv nicht professionell. Connie war sich nicht sicher, ob es ein Mann oder eine Frau war, aber sie hatte erkannt, dass die Person ein paar Zentimeter größer war als sie, schlank gebaut, sie trug ein dunkles Hoodie, eine dunkle Jogginghose und drehte die Füße beim Laufen leicht auswärts.

Connie bog nach rechts auf die St. Mary's Street ab, dann nach links in Boyd's Entry und schlüpfte hinter die hohe Mauer des Privatparkplatzes jenseits der quer verlaufenden Gullan's Close.

Sich zu verstecken, war die vernünftige Option. Sie war weder dumm noch leichtfertig. Zwar hatte sie unter Stress und Druck schon manche unkluge Aktion unternommen, aber absichtlich hatte sie ihr Leben noch nie aufs Spiel gesetzt, und das würde sie auch jetzt nicht tun. Wiederum wäre es eine verpasste Chance, wenn sie ihren Verfolger ungesehen davonkommen ließ. War die Person vielleicht jemand, der sich beliebige Opfer suchte, aus schierer Lust am Morden? Möglich war es. Connie blieben nur wenige Sekunden, um sich zu entscheiden. Sie fühlte sich nicht besonders mutig – ihre Pulsfrequenz war alarmierend hoch –, aber gefährliche Menschen von schrecklichen Vorhaben abzubringen, war nun mal ihr Spezialgebiet. Außerdem trug sie ihre Geheimwaffe, und sie hatte bereits den Druckknopf des Lederbands gelöst, mit dem sie fixiert war, wenn sie nicht gebraucht wurde.

Sie trat zur Seite, rempelte dabei nicht unabsichtlich eine Mülltonne an und sog bei dem Lärm scharf die Luft ein. Die Person, die ihr gefolgt war, lugte um die Mauerecke und sah sich Auge in Auge mit einer Frau, die sich den Anschein gab, stählerne Nerven zu haben.

Connie zielte geradewegs auf die Kehle, wie sie es beim FBI gelernt hatte, rammte dem Mann den Ellbogen in den Adamsapfel, dann drängte sie ihn mit dem Unterarm gegen die Mauer, riss das rechte Handgelenk hoch und drückte ihm ihr Armband seitlich an den Hals.

»Keine Bewegung«, sagte sie. »Bevor Sie etwas sagen und egal was Sie mir jetzt antun wollen, ich warne Sie: In Ihrem Hals stecken in diesem Moment Hunderte winziger Widerhaken aus Edelstahl, ein bisschen wie Insektenstacheln. Sie spüren momentan nur ein Kribbeln, aber wenn ich zu Boden gehe oder verletzt werde oder mich verteidigen muss, werden diese Haken herausgerissen, zusammen mit einem großen Stück Haut, und das ist nicht schön, da am Hals. Tatsächlich sogar ziemlich gefährlich.«

»Sie … Sie sind echt wahnsinnig! Scheiße, ich hab ja gehört, Sie wären komisch, aber Sie sind ein verdammter Psycho!«

Er war der Aussprache nach Schotte, europäisches Aussehen, Ende zwanzig bis Anfang dreißig, ein Meter achtzig groß, hatte sorgfältig gezupfte Augenbrauen und einen sauber getrimmten Bart. Außerdem fing er jetzt an zu weinen. Falls er also kein Weltklasseschauspieler war, der seine Rolle auch unter extremem Druck durchziehen konnte, war er ganz sicher kein Killer, schloss Connie.

»Machen Sie das von meinem Hals weg!«, jammerte er. »Das ist ein tätlicher Angriff!«

»Wollen Sie mich verarschen? Sie haben vor meinem Hotel auf mich gewartet und mich verfolgt. Ich habe Sie als Bedrohung wahrgenommen und mich vor Ihnen versteckt. Statt abzuhauen, sind Sie mir in mein Versteck gefolgt. Ich bin zwar keine Juristin, aber ich glaube, da könnte ich auf Notwehr plädieren.«

»Das tut weh!« Ihm rannen nun wahrhaftig Tränen über die Wangen, und die Nase begann ihm zu laufen.

Connie verdrehte die Augen. »Nur weil Sie sich bewegen. Wenn Sie ganz still bleiben, passiert Ihnen nichts. Ich mache die Widerhaken raus, sobald Sie mir meine Fragen beantwortet haben. Fangen wir mal mit den offensichtlichen an: Wer sind Sie, und warum folgen Sie mir?«

»Ich bin Journalist. Für *The Daily Essay*.«

»Nie gehört. Bisschen Tempo, bitte.«

»Wir publizieren fast nur online, wegen der Papierkosten. Mein Chef hat mir gesagt, ich soll mich an Ihre Fersen heften und schauen, was Sie so machen. Es war seine Idee, nicht meine, ich schwör's. Ich hatte keine Wahl, ich muss tun, was er mir sagt. Sonst werde ich gefeuert.«

»Name?«, forderte Connie.

»Kev.« Das Weinen war zu einem leisen Wimmern geworden.

»Passen Sie auf, Kev. Ich nehme jetzt meinen Arm von Ihrer

Kehle weg. Sie müssen ganz still halten, damit ich Sie dabei so wenig wie möglich verletze. Und für den Rest unserer Unterhaltung bleiben Sie da stehen, wo Sie sind.«

Er kniff die Augen fest zu, während sie den gezähnten Armreifen löste. Selbst Connie hatte etwas Sorge, wie schwer sie ihn womöglich verletzt hatte – sie hatte das Ding zuvor noch nie benutzt. Sie musste dem Vater ihrer Freundin alle Achtung zollen; das juristisch vollkommen legale Schmuckstück war tatsächlich eine valide Waffe. Sie war beeindruckt.

Kev blutete aus mehreren winzigen Wunden, aber nicht so schlimm, dass er zum Arzt gemusst hätte, das ging also in Ordnung.

»Lassen Sie uns weitergehen«, sagte sie. »Wir müssen reden.«

Sie kehrten auf die große Straße zurück, Kev mit der Hand am Hals, als hätte er Angst, auszubluten. »Sieht es schlimm aus? Es tut echt weh. Sollen wir nicht einen Rettungswagen rufen?«

»Normalerweise versuche ich, nett zu Leuten zu sein, die ich gerade erst kennengelernt habe, aber Kev, könnten Sie mal die Arschbacken zusammenkneifen? Und jetzt erzählen Sie mir, warum Ihr Chef mich so interessant findet, dass er mir jemanden auf die Fersen setzt.«

»Wegen der Fälle, in denen Sie ermitteln.« Er blieb kurz stehen und sah sie auf eine Art an, die nahelegte, dass er es vor dem Spiegel geübt hatte. »Wir wissen Bescheid.«

Connie musste den Drang niederkämpfen, ihm eine zu scheuern. »Sie *wissen Bescheid*? Himmel, das nervt. Ich rufe jetzt einfach die Polizei. Mit der arbeite ich schließlich zusammen. Ich bin mir sicher, ich kann Sie wegen Belästigung oder Einschüchterung oder so hinter Gitter bringen, oder die schmuggeln Ihnen einfach ein bisschen Rauschgift in die Klamotten. Sie ärgern mich nämlich kolossal.«

»Sie können mich nicht bedrohen!«, beklagte er sich.

»Stimmt, das wäre viel zu einfach, das wäre unter meiner Würde. Okay, ich bin lieb. Also, was wissen Sie?«

»Dass Sie glauben, in Edinburgh wäre ein Serienmörder am Werk. Dass das ganze MIT keinerlei Spuren oder Hinweise hat und dass absolut jeder und jede das nächste Opfer sein könnte, weil Sie, egal als was für 'ne Megaprofilerin Sie gelten, nicht das geringste Verhaltensmuster aus den Verbrechen ableiten können.« Gegen Ende war seine Stimme so hoch geworden, dass es wehtat, ihm zuzuhören.

Mitten auf der North Bridge blieb Connie stehen und starrte ihn an. »Und wie, bei allem, was Ihnen heilig ist, kommen Sie zu diesen Erkenntnissen, Kev?«, fragte sie leise.

Wäre Kev eine Schnecke gewesen, er hätte sämtliche Weichteile in sein Haus zurückgezogen. Stattdessen schien er sich so klein wie möglich machen zu wollen. »Wir geben unsere Quellen niemals preis.«

»Und wenn ich Ihnen nun sagen würde, dass Sie komplett falschliegen und ich Sie verklagen werde, wenn Sie das veröffentlichen?«

Kev schüttelte panisch den Kopf. »Die Quelle ist verlässlich. Anonym, aber wir haben Einzelheiten.«

»Raus damit, und zwar schnell.«

»Drei Morde, keine Verdächtigen, keine Folter, keine unglücklichen Zufälle, die Tatorte sind sauber, es ist kein Motiv erkennbar, wirkt wie Auftragsmorde. Gestern wurde er im MIT als ›Mordsgaudi-Mörder‹ bezeichnet, weil es aussieht, als würde er's aus Spaß an der Freude machen.«

Das stimmte. Diesen Namen hatte gestern im Besprechungsraum jemand gerufen, als sie ihre jüngste Theorie erläutert hatte; wer, hatte sie nicht gesehen. Sie hatte zwei Möglichkeiten: entweder alles abzustreiten oder die Situation zu ihrem Vorteil zu nutzen.

»Aha, ein Mitglied des Ermittlungsteams hat Ihnen also

eine Theorie aus der gestrigen Besprechung als Tatsache dargestellt«, sagte sie. »Das ist nicht gut. Jetzt werde ich dafür sorgen müssen, dass sämtliche Telefonate, Mails, Textnachrichten und Social-Media-Beiträge sämtlicher Mitarbeiter überprüft werden …«

»Also streiten Sie es nicht ab«, sagte er, kühner geworden.

»Dass im MIT demnächst jemand abgestraft, gefeuert und vielleicht vor Gericht gestellt wird? Nö, das ist ganz richtig so. Weitergehen. Ich will Sie jemandem vorstellen.«

Dem Frühdienst an der Rezeption warf Connie ein heiteres »Guten Morgen« zu; Kev trottete hinter ihr her, die blutfleckige Hand weiter an seinem Hals. Falls das Personal sich wunderte, was los war, war es gut genug geschult, um nur zu lächeln und ihnen einen guten Tag zu wünschen.

Baarda öffnete nach dem zweiten Klopfen; er sah aus, als wäre er auch schon länger wach und gerade mitten im Krafttraining.

Nachdem er Connie, dann Kev, dann wieder Connie gemustert hatte, seufzte er. »Kommt rein. Ich weiß gar nicht, ob ich überhaupt wissen will, was los ist.«

Connie schaltete den Wasserkocher ein und setzte Baarda über alles in Kenntnis. Kev nahmen sie das Handy ab und erlaubten ihm, sich im Bad zu säubern.

»Dir ist bewusst, dass wir diesen Journalisten nicht länger zwangsweise festhalten dürfen?«, flüsterte Baarda.

»Na ja, was er gesagt hat, stimmt, daher müssen wir überlegen, was wir daraus machen, bevor wir ihn wieder auf freien Fuß setzen können.«

»All das beunruhigt mich viel weniger als die Tatsache, dass du die ganze Zeit mit einer gefährlichen Waffe herumläufst und sie sogar gegen ihn eingesetzt hast. Mir war überhaupt nicht klar, was das Ding ist!«

»Genau das ist der Sinn des Ganzen.«

Aus dem Badezimmer kam Kev, einen improvisierten Verband aus Toilettenpapier um den Hals.

»Kaffee?«, fragte Connie ihn fröhlich.

»Ich vertrage Koffein nicht so gut. Gibt's so was wie heiße Schokolade?«

Baarda trat Connie auf die Zehen, bevor sie aussprechen konnte, was ihr in den Sinn kam. Ein paar Minuten später saßen sie zu dritt da, um sich zu beraten.

»Also, passen Sie auf«, sagte Connie. »Sie dürfen Ihre Story bringen, aber nur in Form eines Interviews mit mir. Ich will das in meinen Worten formulieren, nicht über drei Ecken, bei denen alle Nuancen und logischen Grundlagen verloren gehen. Sie kriegen es exklusiv.«

»Wir würden auch gern ein Fotoshooting mit Ihnen machen«, sagte er. »Natürlich ein richtiges mit Frisur, Make-up und allem Pipapo.«

»Auf keinen Fall«, sagte Baarda. »Zu gefährlich. Da kann man sich genauso gut eine Zielscheibe auf den Rücken malen.«

»Im Internet kursieren sowieso schon genug Fotos von Ihnen«, sagte Kev. »Sie haben so einige Fans. Vor allem Verschwörungstheoretiker und Irre natürlich. Hey, vielleicht ist der Mörder ja so einer – jemand, der schauen will, ob er Sie im Profiling-Spiel schlagen kann. Da muss er natürlich vor allem darauf achten, dass keine Muster erkennbar werden«, fügte er mit beunruhigender Begeisterung hinzu.

»Ein Muster ist immer zu erkennen«, gab Connie zurück, »selbst wenn es nur darin besteht, dass scheinbar kein Muster existiert. Brodie, könntest du Kev hinausbegleiten, bitte? Gib ihm Midnights Kontaktdaten, damit sie das arrangiert.«

»Midnight?«, fragte Kev.

»Unsere Rechercheassistentin und Koordinatorin«, sagte Baarda. »Und das hört sich an, als hätte Dr. Woolwine genug von Ihnen, also verschwinden Sie jetzt besser.«

Connie streckte sich auf Baardas Bett aus und schloss die Augen. Entweder sie war doch zu früh aufgestanden, oder sie bekam eine Migräne.

»Ich mache dir einen Pfefferminztee«, sagte Baarda, als er wieder hereinkam. »Du siehst blass aus.«

»Ich mag das nicht«, sagte sie. »Also, nicht den Tee. Die Publicity.«

»Den Gedanken, dass deine Bekanntheit zunimmt? Das war irgendwann unvermeidlich. Du bist zu einer globalen Expertin für Serienmörder geworden. Darauf stürzen sich die Leute heutzutage. Die würden gern wissen, was das Geheimnis deiner Menschenkenntnis ist.«

»Ich will aber keinen Rummel um mich. Das ist respektlos den Opfern und ihren Angehörigen gegenüber.«

Er stellte ihr den Tee neben das Bett.

»Die Entscheidung liegt leider nicht bei dir. Aber das Problem mit dem Interview ist, es würde dich in der akuten unsicheren Situation noch mehr ins Rampenlicht stellen. Wir wollen nicht, dass der Killer plötzlich hinter dir her ist, Connie.«

»Wir müssen aber etwas tun. Die Leichen häufen sich … Mmh, der Tee ist wunderbar, danke dir.«

Er setzte sich auf den Bettrand.

»Du meinst, ein Interview könnte den Täter aus der Reserve locken? Vielleicht an sein Ego appellieren? Damit er an die Zeitung schreibt oder uns womöglich direkt kontaktiert?«

»So was hat schon oft funktioniert; die meisten Psychopathen stolpern irgendwann über ihre eigene Vorhersehbarkeit. Die Mehrzahl der Serienkiller hat den Wunsch, irgendwann ihren Profiler zu treffen. Es ist, als wünschten sie sich, dass jemand in ihre Seele schaut und ihnen erklärt, was sie antreibt. So wie manche Leute sich Bücher über Traumdeutung kaufen, weil sie glauben, ihre Träume wären eine Art Schlüssel zu ihrem Selbst.«

»Und? Sind sie das?«

»Nein. Durch Träume sortiert unser Gehirn nur die jüngsten Eindrücke in Schubladen ein, und wenn das Stressoren sind, sind die Träume tendenziell schlecht. Meinst du, das Interview ist ein Fehler?«

»Ich weiß es nicht. Aber ich glaube nicht, dass Overbeck es absegnet, und bin mir ziemlich sicher, dass auch sie mit dem Argument kommen wird, du solltest dich nicht zur Story machen.«

»Da könntest du recht haben.« Connie stellte die Tasse ab und legte sich bequem zurück. »Hab ich noch Zeit für ein Nickerchen? Ich bin viel zu früh aufgestanden.«

»Hast du«, sagte er. »Ich gehe so lange runter zum Pool. Und nachher frühstücken wir zusammen. Wie hört sich das an?«

»Wundervoll. Ich hab vorhin daran denken müssen, wie ich frühmorgens immer an der Seaview Avenue gejoggt bin. Du magst das Meer, oder? Dir würde es dort total gefallen.«

Baarda nahm seine Schwimmsachen und sein Handy und ging zur Tür.

»Kommst du mit mir nach Martha's Vineyard, Brodie, wenn wir hier fertig sind? Ich war schon viel zu lange nicht mehr dort. Ich würde gern mal wieder nach Hause gehen, aber lieber nicht allein.«

»Natürlich komme ich mit, wenn du dir das wünschst.«

Connie lächelte und schloss die Augen.

»Dann gehen wir jeden Abend an den Strand. Und machen Feuer und wärmen Steine, die man dann in der Hand halten kann, damit einem nicht kalt wird, wenn die Sonne untergegangen ist. Und wenn es tagsüber richtig heiß war, sind die flachen Stellen wie warme Badewannen. Wir können nackt baden, wenn du das mit deinem adeligen Britentum vereinbaren kannst.« Ihre Stimme wurde zu einem Murmeln. »Wir essen Hummer und holen uns um Mitternacht frisch frittierte heiße

Donuts. Und ich kann dir zeigen, wer ich wirklich bin, Brodie, wenn ich nicht gerade das hier …«

Sie glitt hinüber in die Welt des Schlafs. Baarda betrachtete sie noch ein paar Sekunden lang, dann ging er, wobei er sich gründlich vergewisserte, dass die Tür hinter ihm abgeschlossen und Connie Woolwine in absoluter Sicherheit war.

KAPITEL 29

DER BEOBACHTER

10. Juni

Karl saß am Bettrand seines Vaters und bemühte sich, ihm etwas Suppe einzuflößen. Der alte Mann wurde zunehmend schwächer, es war nicht zu leugnen. Vor seinem Schlaganfall hatte er Suppe gehasst; jetzt war es so ziemlich alles, was er noch herunterbekam. Karl rührte die Rinderbrühe um und fragte sich, ob diese Ironie des Schicksals jeden traf oder nur die, die Pech hatten. Er löffelte seinem Vater noch ein paar Schlucke in den Mund und wischte ihm die Tropfen vom Kinn. Ihm entging nicht, dass seine Mutter die Treppe herunterkam. Das Rascheln ihres Nachthemds brachte einen Schwall Zigarettenrauch mit sich. Er konzentrierte sich wieder auf seinen Vater. Zwar konnte er sich nicht mehr vormachen, sie wäre nicht da, aber wenn er sich sehr anstrengte, konnte er sie ignorieren … nur fing sie jetzt an zu summen, und das ging ihm immer durch Mark und Bein. Heute war es der verdammte Ententanz, ausgerechnet. Nicht weil sie den so gemocht hatte, sondern weil sie wusste, dass er ihn hasste, und genau diese Melodie – sicher kein Zufall – hatte sie auch damals gesummt, als sie sich plötzlich an die Brust gegriffen hatte und auf die Knie gefallen war.

An jenem Tag waren sie alle zu Hause gewesen. Seine Eltern waren vergleichsweise spät dran gewesen mit dem Kinderkriegen, daher waren beide schon in Rente, aber Karl hatte damals eine Stelle bei der Investment-Abteilung eines Pensionsfonds. Es war kein Traumjob, doch Karl lernte schnell, und sich damit auszukennen, wie man Geld vermehrte, war eine unterschätzte Fertigkeit.

Es war, meinte Karl, sich zu erinnern, ein Sonntag gewesen, vielleicht auch ein Samstag, egal. Sein Vater hatte ferngesehen, Karl auf dem Handy ein Spiel gespielt, und seine Mutter hatte vom Wohnzimmerfenster aus die neuen Nachbarn beobachtet. Sie waren einen Monat zuvor eingezogen, mit einem Kleinkind, das sie vom ersten Moment an hasste. Für sie stand fest, dass das Kleine Tag und Nacht schreien würde, dass alle gezwungen sein würden, es süß zu finden, und wenn diese Eltern glaubten, sie wären in eine Straße gezogen, wo alle sich darum rissen, ihre Rotzgöre zu sitten, während sie sich im Pub einen hinter die Binde gossen, hatten sie sich schwer geirrt.

Weder Karl noch sein Vater sagten etwas während der nicht enden wollenden, grundlosen Hasstirade seiner Mutter. Sie wussten beide nur zu genau, dass das keinen Sinn hatte. Wenn sie ihr zustimmten, beachtete sie sie gar nicht, und wenn sie widersprachen, würde sie ihnen die nächsten paar Tage das Leben schwer machen. Sein Vater hatte die Kunst entwickelt, gelegentlich an den richtigen Stellen zu nicken und ansonsten einfach mit dem weiterzumachen, was er gerade tat. Karl war noch nicht perfekt darin, wurde aber immer besser.

»Und schaut euch die billige Plastikschaukel und Rutsche an, die sie jetzt im Vorgarten haben«, sagte seine Mutter gerade. »Knallrot und gelb, als gäbe es in der Straße nicht schon genug Schrott. Verboten gehört so was.«

Karls Vater gab ein vage zustimmendes, keinen Anknüpfungspunkt bietendes »Mmm« von sich.

»Da sollte man Rasierklingen darauf verteilen. Ha, da wären die aber ganz schnell weg.«

Sie lachte, und in Karl zog sich alles zusammen. Er brachte es nicht fertig, auch nur einen Laut von sich zu geben, und sein Vater sah ohne ersichtlichen Grund in die andere Richtung an die blanke Wand.

»Jaja, ihr zwei kriegt mal wieder das Maul nicht auf. Haltet ihr euch für was Besseres als mich, hm? Findet ihr mich gemein? Dass ich dem armen kleinen Fratz Unrecht tue?« Sie legte das Gesicht in Falten und krümmte die Finger zu Klauen. »Wollt ihr sehen, wie die böse alte Hexe das Kleine beißt, hm? Was macht ihr dann, mich auf dem Scheiterhaufen verbrennen, oder was?«

»Hör auf«, sagte Karl.

Das kam völlig unverhofft aus seinem Mund. Seinem Vater standen Schrecken und Unglauben ins Gesicht geschrieben.

Sofort gab seine Mutter die Hexenpose auf. Das Fenster war vergessen, sie stand auf und richtete sich zu voller Höhe auf. »Was … hast … du … da … gesagt?«

»Ich meinte nur –«

»Ja, sag, was du gemeint hast. Das wäre besser«, sagte sie leise.

Karl, größer, schwerer, schneller und stärker als sie, hatte das Gefühl, unter ihrem wutentbrannten Blick innerlich zu Gelee zu werden. »Ich meinte, die sollen aufhören. Nicht du. Ich würde nie …« Es war eine jämmerliche Ausrede, das war jedem von ihnen klar. Sein Vater drehte sich wieder zur Wand und starrte ins Nichts.

Karls Mutter kam einen Schritt auf ihn zu. War schon fast so nahe, dass sie ihn hätte schlagen können, und Karl musste plötzlich sehr, sehr dringend aufs Klo, aber wenn er jetzt flüchtete, ihr seine Verzweiflung zeigte, wäre das fatal.

»Willst du einen Tee?«, stieß er hervor. »Ich kann einen Schuss Whisky reinmachen, wenn du willst. Einen doppelten. Ich mach das gern für dich.«

Seine Mutter blieb wie angewurzelt stehen. Aus ihrem Gesicht war jede Regung gewichen, die Hände hingen schlaff herunter. So würde sie aussehen, dachte Karl, wenn sie sich je in einen Zombie verwandeln würde, wie in diesen Fernsehserien. Nach außen hin wie ein Mensch, aber innen drin ohne Seele.

»So, du denkst, das brauche ich jetzt, hm?«

Es gelang Karl, den Mund zu halten.

»Für so jemanden hältst du mich, ja? Dass ich nur was zu trinken brauche, damit ich still bin. Bisschen Whisky in den Tee, und sie ist brav. Los, sprich's schon aus.«

Ihre Stimme war so leise, dass er sich fast anstrengen musste, um sie zu hören, aber ein uralter Selbsterhaltungsreflex hielt ihn davon ab, den Kopf in ihre Richtung zu recken. Er sagte kein Wort. Sein Vater duckte sich richtiggehend in seinen Sessel.

»Na komm, Junge. Nicht mundfaul werden. Einen Tee mit einem doppelten Whisky um elf Uhr morgens, ja? Bin ich 'ne Säuferin, oder was?«

Karls Gedanken fuhren Karussell: kämpfen oder fliehen, kämpfen oder fliehen, kämpfen oder fliehen. Er hätte jetzt kein Wort mehr herausgebracht, selbst wenn er gewollt hätte.

»Komm, sag mir, für was du mich hältst, wenn du schon so schlau bist, Karl.«

Dass sie ihn bei seinem Namen nannte, nicht Junge, Kleiner oder Idiot, bewirkte, dass sich seine Hoden schmerzhaft zusammenzogen. Karl hielt es für durchaus möglich, dass er gleich sterben würde.

»Ich hab dich lieb, Ma«, murmelte er. Es war das Einzige, was er fähig war zu denken.

Seine Mutter lachte, und Karl wünschte, sie würde aufhören. Er wünschte, sie würde tot umfallen, jetzt und auf der Stelle. Er wollte sie nie wieder sehen müssen. Und noch mehr wollte er, dass sein Vater nie wieder Angst vor ihr haben musste. Er wollte ein bisschen Freude am Leben haben. Dass seine Mutter sie nie wieder belästigte oder bedrohte oder ihren Hass auf Menschen über jeden ergoss, der ihr vor die Augen kam. Und wenn sie dafür tot umfallen musste, so sei es denn, dachte er. Bitte stirb. Bitte stirb einfach. Lass sie ausrutschen, flehte er das Universum an, oder einen Schlaganfall oder Herzinfarkt kriegen, mir egal, aber tu der Welt einen Gefallen und mach ein Ende mit ihr. Ich tue auch, was du willst, egal was. Nur bring sie um!

»Hast du mich wirklich lieb, Karl? Ich weiß nicht so recht. Ich glaube, dein Vater hat mich nicht mehr lieb. Früher vielleicht, als er nichts anderes im Kopf hatte, als seinen Schwanz irgendwo reinzustecken, aber je älter der Schwanz, desto weniger wird gewedelt. Und du? Zeig mir, wie lieb du mich hast. Nimm mich in den Arm, Kleiner. Komm, kuschel mit mir.«

Sie breitete die Arme aus und kam noch einen Schritt näher. Er roch den Schweiß in ihrem ungewaschenen Kleid, darüber den schweren Dunst von scharfem Alkohol und Zigarettenstummeln, und erblickte das Grauenhafte in ihren Zügen. Nicht nur eine geistesgestörte Alkoholikerin, die schon längst ihre Menschlichkeit verloren hatte, sondern etwas viel Finstereres. Etwas Bösartiges. Eine vielarmige, unersättliche Bestie, die wirklich Rasierklingen auf diese Rutsche streuen würde, wenn man sie ließe.

Was würde sie tun, wenn er sie umarmte? Würde sie irgendwoher die Kraft nehmen und ihm den Hals umdrehen? Würde sie ihn auf eine Art und Weise betatschen, dass er am liebsten schreien und weinen und sich Schmerzen zufügen würde? Würde sie ihn beißen? Das schien ihm das Wahrscheinlichste.

»Lass mich in Ruhe«, flüsterte er.

Sie grinste und trat noch näher. »Oooh, mein kleiner Karliwarli. Mama will geknuddelt werden.«

»Fass mich nicht an«, sagte er, lauter jetzt, kühner. Sein Atem ging heftig, seine Hände waren zu Fäusten geballt.

»Du heulst ja, Baby«, spottete seine Mutter. »Willst du an meinen Titten nuckeln wie damals, als du klein warst?«

Sie schmiegte die Hände um seine Wangen und summte dabei den Ententanz.

Karl explodierte. Er riss die Arme hoch und stieß die Hände seiner Mutter von sich weg. »Fick dich, du verdammte Schlampe!«, schrie er. »Du abartige, bösartige Fotze!«

Sie begann wieder zu lachen, über und über, aus vollem Halse.

»Ich wollte, du wärst tot! Dann wäre alles besser. Wir wollen dich nicht!«

Sie hielt sich vor Lachen die Brust, das Gesicht verzerrt vor grausamer Befriedigung, die ihr seine Qual verschaffte.

»Ja, du bist eine Säuferin. Eine Alkoholikerin. Und du stinkst! Jeden verdammten Tag hoffe ich nur, dass du mich nicht anfasst, weil ich deinen Gestank nicht an mir haben will!«

Seine Mutter lachte jetzt nicht mehr. Sie schwankte und streckte eine Hand nach ihm aus.

»Wage es nicht«, warnte er sie. »Fass mich nicht an. Ich gehe. Dad kann mitkommen, wenn er will, aber ich gehe jetzt.«

Seine Mutter gab ein seltsames ersticktes Geräusch von sich, wie eine Ente, die ein zu großes Stück Brot verschluckt hat. Er sah sie auf die Knie sinken, und eine Woge der Schadenfreude überkam ihn. Er hatte sie kleingekriegt! Endlich hatte er es ausgesprochen, und das fühlte sich verdammt gut an.

»Genau!«, kreischte er. »Runter mit dir. Und steh nie wieder auf. Ich hoffe, du –«

»Karl«, sagte sein Vater.

Er sah sich um. Sein Vater war aufgestanden und zeigte mit zitterndem Finger auf seine Mutter.

Sie war ganz zu Boden gesunken und lag jetzt auf der Seite, die Hände in die Brust gekrallt, und wenn Karl nicht irrte, waren ihre Lippen bläulich, als hätte sie billigen Rotwein getrunken.

Ihre Atemzüge waren ein schnelles Hecheln. Karl runzelte die Stirn. Was genau war da los?

»Sollten wir nicht den Notarzt rufen?«, fragte sein Vater.

Es hörte sich an wie viele Meilen entfernt. »Notarzt?«, flüsterte Karl.

»Ich glaube, wir sollten«, beantwortete sein Vater die Frage selbst und stapfte in den Flur.

Karl sah auf seine Mutter hinab. Die Hand, die sie in die Brust gekrallt hatte, lag jetzt lose daneben, ihr ganzes Gesicht war eine bleiche Blaubeere.

Es war, als rammte ihn ein Güterzug.

Im nächsten Moment war er auf den Knien, tastete verzweifelt nach einem Puls, rollte sie auf den Rücken, um zu begreifen, was los war. Im Flur gab sein Vater ihre Adresse an und nein, sie hätten keinen Hund, und ja, die Haustür würde offen sein.

Und jetzt atmete seine Mutter gar nicht mehr. Das war seine Schuld. Er hatte es sich so gewünscht, hatte ihr sogar ins Gesicht gesagt, dass er sich wünschte, sie wäre tot. Ja, er war kurz davor gewesen, einen Pakt mit dem Teufel einzugehen, damit das geschah.

In der Tür erschien sein Vater.

»Die Dame sagt, wenn sie nicht atmet, müssen wir Mund-zu-Mund-Beatmung machen, bis der Rettungswagen da ist. Ich kann nicht, mein Asthma meldet sich gerade. Du musst!«

»Ich will nicht«, wimmerte Karl. »Dad, ich kann nicht.«

Sein Vater zuckte nicht sehr hilfreich mit den Schultern und senkte den Blick auf seine Hausschuhe. Karl wusste, die Entscheidung lag ganz allein bei ihm.

Er hatte keine Ahnung, wie das mit der Beatmung ging; einen Erste-Hilfe-Kurs hatte er nie gemacht. Nur im Fernsehen hatte er es schon gesehen. Das musste reichen.

Mit einer Hand hob er den Kopf der Mutter etwas an, hielt ihr mit der anderen die Nase zu, schloss die Augen, damit er sie nicht aus dieser Nähe sehen musste, und blies mit Kraft Luft in ihren Mund. Es schmeckte faulig, und die Luft, die ihm entgegenströmte, war ekelhaft, aber er machte weiter.

Sie durfte nicht auf seinen Wunsch hin sterben. Er wollte dafür nicht mit seiner Seele, oder was immer in ihm war, bezahlen. Sie musste leben, damit er auf korrekte Weise ausziehen konnte, wie er es vorgehabt hatte. Sie musste leben, damit nicht er es war, der sie getötet hatte. Immer weiter blies er ihr Stauerstoff in die Lunge, hielt dann inne, verschränkte die Finger und drückte ihr die Handballen mehrere Male auf die Brust.

Er hätte nicht sagen können, wie viel Zeit verstrichen war, als endlich die Sanitäter kamen und sie übernahmen. Sie sagten, er habe seine Sache gut gemacht, er sei sehr tapfer gewesen und hätte seiner Mutter vielleicht das Leben gerettet. Sie hatten ja keine Ahnung.

Ein Herzinfarkt, sagten sie. Keine Zeit verlieren. Schon war sie im Rettungswagen, mit Tatütata ging es los, sein Vater und er hinterher, zu der neuen Klinik St. Columba's.

Dort mussten sie in einem Parkhaus parken, das viel zu eng und geschäftig war. Er half seinem Vater aus dem Auto und stützte ihn auf der Treppe zum Hauptgeschoss, wo sie den Schildern zur Notaufnahme folgten. Noch eine kurze Verzögerung, um die Daten der Mutter aufzunehmen, dann brachte man sie zu einem Wartebereich, wo sie bleiben sollten.

Seine Mutter war sofort in den OP gekommen, sagte man ihnen. Womöglich müssten sie lange warten. Wenn sie nach Hause gehen wollten, würde man sie anrufen. Nein, sagten sie, besser, sie blieben hier. Sie bekamen erklärt, wo die Cafeteria und der religionsübergreifende Andachtsraum waren, als ob ihnen das viel brächte. Die Operateurin, hieß es, sei die beste Chirurgin im Haus, Dr. Beth Waterfall. Sie sei unglaublich. Wenn jemand seiner Mutter das Leben retten konnte, dann sie.

Zwei Stunden später sagte Karl zu seinem Vater, er würde gehen und ihnen Kaffee und Sandwiches aus der Cafeteria holen. Er wäre gleich wieder da. Keine Nachrichten seien gute Nachrichten. Er solle sich keine Sorgen machen.

Karl ging nach draußen in den Regen, damit der die Eindrücke des heutigen Tages wegspülte, den Geschmack ihres Mundes und seine klebrige Schuld. Aber wie sich herausstellte, nützte der Regen auch nichts.

Zu dem Zeitpunkt, als er das Gebäude wieder betrat, war Barbara Smith tot.

Karl nahm seine Schuld, wickelte sie in so viele Schichten der Schuldzuweisung an andere ein, dass das ursprüngliche Gefühl nicht mehr zu existieren schien, überzog das Ganze mit gnadenlosem Zorn und polierte es auf Hochglanz.

KAPITEL 30

12. Juni

Vic »The Belt« Campbell hatte ein halbes Doppelzimmer auf der Intensivstation im St. Columba Hospital belegt. Er war drei Wochen zuvor vor dem Eingang des Krankenhauses buchstäblich aus dem fahrenden Auto gestoßen worden, von einem Kumpel, mit dem er am Abend gefeiert hatte. Dabei waren eine Dosis Crystal Meth und etwas Kokain im Spiel gewesen, das sie mit einer Flasche selbst gebrannten Wodkas hinunterspülten.

Als ihm Blasen aus dem Mund zu kommen begannen, hatte sein Freund noch ein Video davon gemacht. Dann hatte Vic angefangen, zu zucken und zu krampfen, das war weniger lustig gewesen. Der Freund hatte sich ans Telefon gehängt und ein paar Mitglieder ihrer Gang angerufen. Konsens war, dass er ihn ins Krankenhaus bringen sollte, aber ohne sich aufzuhalten und unnötiges Aufsehen zu erregen.

Vic hatte immer wieder das Bewusstsein verloren, war etwas wacher geworden, als ihm Ohrfeigen verpasst wurden, hatte vage mitbekommen, dass ein Mitglied der Gang draußen vom Straßenrand eine Handvoll Erde nahm und damit beide Nummernschilder bekleisterte, dann hatten sie ihn auf dem Rücksitz verstaut und waren, um es mit den Worten des Beifahrers auszurücken, losgedüst wie eine gesengte Sau.

Mit den Kapuzen ihrer Hoodies über dem Kopf, wegen der Überwachungskameras, hatten sie ihn aus dem Wagen geworfen. Da war Vic schon so hinüber, dass er nicht mehr gehört hatte, wie das Auto mit kreischenden Reifen davongebraust war. Die meisten seiner neuen Brüder wurden wegen des einen oder anderen Delikts gesucht – Körperverletzung, Drogenbesitz, Diebstahl, Einbruch oder ein nicht bezahltes Bußgeld. Ihre Wohnadresse war so anonym, wie es nur ging, mit einem Vermieter, der nur Bargeld nahm, bloß nichts Schriftliches, und der seine eigenen unangenehmen Methoden hatte, mit Leuten umzugehen, die nicht beizeiten bezahlten.

Vic war voll in die Gang eingestiegen. Sie war die Familie, die er nie gehabt hatte. Er war unter den Fittichen des unzulänglichen staatlichen Pflegesystems aufgewachsen, und er sehnte sich nach Leuten, auf die er sich verlassen konnte. Dass er gelegentlich irgendwelche miesen Sachen machen musste, um seine Schulden zu bezahlen, gehörte nun mal dazu. Er hatte ja auch nie Gutes erfahren.

Vor dem Klinikum hatte man ihn sehr schnell entdeckt, auf eine Trage geladen, und von diesem Moment an setzte seine Erinnerung aus. Später sagte man ihm, er sei zwischendrin klinisch tot gewesen, aber dank der Wundertaten des Reanimationsteams zurückgeholt worden. Man hatte ihm diverse Opioid-Antagonisten verabreicht, eine Blutreinigung durchgeführt und ihn dann fürs Erste in sediertem Zustand belassen, um zu sehen, ob er sich erholen oder endgültig den Geist aufgeben würde.

Nach einer Woche war er zu Bewusstsein gekommen. Er hatte Besuch von der Polizei, dem Sozialdienst und der Drogenberatung bekommen. Am ersten Tag war er noch zu schwach, um auch nur aufs Klo zu gehen. Zu erleben, wie eine junge, hübsche Schwester ihm mit abgewandtem Kopf den Po abwischte, nachdem er in eine Pappschale gekackt hatte, war ein verdammt starkes Argument dafür, mit den Drogen aufzuhören.

Dieselbe Schwester hatte ihm einen Spiegel vorgehalten, nachdem sie ihm die Zähne geputzt und das Gesicht gewaschen hatte, und endlich war ihm bewusst geworden, welchen Tribut sein Leben bereits von ihm gefordert hatte. Seine Haut war hinüber, aber das war eigentlich egal, weil man wegen des über und über tätowierten Gesichts sowieso nicht viel davon sah. Sein normalerweise komplett abrasiertes Haar wuchs an manchen Stellen schneller nach als an anderen, und ein paar seiner Ohrpiercings waren bei der Landung auf dem Asphalt eingerissen und hatten sich entzündet. Zudem war er nur noch Haut und Knochen. In schottischen Gangs, dachte er im Stillen, wurde nicht gerade Wert auf den Nährstoffgehalt des Essens gelegt. Dazu musste man wahrscheinlich nach Italien oder Mexiko gehen.

Die Polizei hatte angesichts der Umstände von einer Anzeige abgesehen, und niemand konnte ihn zwingen, einen Entzug zu machen. So hatte er sich für den Tag, an dem er endlich entlassen wurde, wenn auch mit Krücken, mit seinen Kumpels in einem Pub ein paar Straßen weiter verabredet. Den Anruf hatte er von der Pforte aus tätigen dürfen, da er im wahrsten Sinne des Wortes mit leeren Taschen eingeliefert worden war.

Die Kleider, die er damals getragen hatte, Jeans und ein ärmelloses Oberteil, waren längst der klinikeigenen Müllverbrennungsanlage übereignet worden. Stattdessen hatte man ihm ein Set der mattgrauen Arbeitskleidung der Klinikhilfskräfte überlassen. Sie war bemerkenswert bequem an den Stellen, wo er so lange mit Schläuchen, Kanülen und anderem traktiert worden war. Auch ein Paar Plastikslipper hatte man ihm gespendet – kein Mensch schien zu wissen, wo seine Turnschuhe abgeblieben waren, aber alles in allem sah Vic keinen Grund, sich darüber zu beklagen.

Seine Lieblingsschwester, die er voll süß fand, auch wenn er gesehen hatte, wie sie diesen Assistenzarzt anschaute, brachte ihm seine Entlassungspapiere.

»Mittwochabends gibt es hier immer Drogenberatungstreffen«, sagte sie. »Die Teilnahme ist kostenlos. Da gehen alle möglichen Leute hin, und keiner stellt Fragen. Wollen Sie nicht mal reinschauen?«

»Ich bin nicht süchtig«, sagte er, während er drei verschiedene Formulare unterschrieb und die Tüte mit den Medikamenten entgegennahm, die er während der nächsten vier Wochen einnehmen musste, um seine ramponierte Magenschleimhaut wieder auf Vordermann zu bringen.

»Sie müssen Ihrem Zustand keinen Namen geben, um diese Art Hilfe in Anspruch zu nehmen. Nächstes Mal können wir Sie womöglich nicht mehr retten, und wenn doch, werden Sie vielleicht nicht sehr begeistert vom Zustand Ihres Körpers sein.«

»Weil ich jetzt so umwerfend aussehe?« Er grinste im schmerzlichen Wissen, dass ihm zwei Zähne fehlten.

»Weil wir alle nur einen Körper und ein Leben haben, und die Menschen, die sich hier um Sie gekümmert haben, würden sich sehr freuen, wenn Sie es nicht wegwerfen. Würden Sie bitte wenigstens darüber nachdenken? Wenn nicht jetzt, dann vielleicht in ein paar Monaten?«

Vic wollte etwas Spitzes oder Lockeres erwidern, aber alles, was er herausbrachte, war: »Ja, mach ich. Danke.«

Die Schwester wandte sich zum Gehen. »Sie kommen zurecht? Hoffentlich haben Sie jemanden, der sich um Sie kümmert? Die nächste Zeit wird nicht leicht für Sie werden.«

Ihre Freundlichkeit war aufrichtig, und in seiner Kehle saß plötzlich ein Kloß. Er hätte gedacht, so was könnte er schon gar nicht mehr spüren. Er nickte, weil er nicht wusste, wie seine Stimme klingen würde, wenn er etwas zu sagen versuchte.

»Also dann, machen Sie's gut. Denken Sie daran: Wenn Sie Fragen oder Probleme haben, können Sie jederzeit auf der Station anrufen. Und in vierzehn Tagen haben Sie eine Nachuntersuchung, die müssen Sie dringend wahrnehmen. Schauen Sie dann doch am Stationszimmer vorbei, wir würden uns freuen zu hören, wie es Ihnen geht, ja?«

Sie ging, und er wünschte, er wäre in der Lage gewesen, wenigstens irgendwas zu erwidern.

Er schlurfte aus dem Zimmer, noch nicht so recht an die Slipper gewöhnt, und mit den Krücken ging er es erst recht langsam an. Gleich draußen auf dem Flur blieb er stehen. Eines konnte er zumindest tun: mit hoch erhobenem Kopf von hier weggehen, wie ein Mann und nicht wie eine Memme. Vielleicht lag es an der Arbeitskleidung, in der er aussah wie jemand mit einer gewissen Verantwortung, oder auch an den drei Wochen ohne Drogen und mit regelmäßigen Mahlzeiten, aber er fühlte sich wie ein ganz anderer Mensch oder zumindest so, als könnte er zu einem werden.

Er verließ die Station, holte tief Atem, stellte die Krücken in eine Ecke, wo sie irgendwann gefunden und wieder ins Lager gebracht werden konnten, und ging langsam zu den Aufzügen.

»Entschuldigen Sie, junger Mann, könnten Sie mir sagen, wo die Cafeteria ist?«, sprach ihn eine ältere Dame an.

Sie dachte, er arbeitete hier, begriff er. Er lächelte und deutete den Flur entlang. »Da hinten, durch die Doppeltür und über den Hof.«

»Vielen Dank, mein Lieber.«

Er sah ihr nach und verspürte einen seltsamen Druck unter dem Zwerchfell, eine Art Kribbeln. Ein Glücksgefühl, wurde ihm klar, und zwar eines, das nicht durch Drogen hervorgerufen worden war, sondern durch die Tatsache, dass er gerade von jemandem als zuständig und hilfreich erachtet worden war. Als menschlich. Jemand hatte ihn gebraucht, selbst wenn es sich nur um die Beantwortung einer kleinen Frage gehandelt hatte. Die Frau war nicht einmal davor zurückgeschreckt, wie er aussah. Diese Uniform hatte irgendwie all den anderen Scheiß in den Hintergrund treten lassen – seine früheren Verfehlungen, seine Drogenkarriere, seine Selbstvernachlässigung.

Ihm kam ein Gedanke, ein total alberner, wahrscheinlich ein bloßer Wunschtraum. Aber vielleicht gab es doch eine Chance, dass er aus den Trümmern seiner nutzlosen Existenz noch etwas machen konnte.

Mit dem Hauch eines Lächelns auf den Lippen trat er in den leeren Aufzug, ohne die Person hinter sich zu bemerken, die ihm, ehe er reagieren konnte, eine Spritze in den Nacken jagte und wieder aus der Kabine trat.

Als der Aufzug im Erdgeschoss ankam, war Vic Campbells soeben entstandener Wunsch, sein Leben zu ändern und Klinikhilfskraft zu werden, schon nicht mehr realisierbar.

KAPITEL 31

Dreizehn Monate zuvor

Es waren nicht Geräusche, die Beth mitten in der Nacht weckten, sondern im Gegenteil ihr Fehlen. Sie war inzwischen so an die schlaflose Aktivität ihrer Tochter gewöhnt, dass sie zu einer Art weißem Hintergrundrauschen für sie geworden war. Molly, wie sie in der Küche im Kühlschrank herumsuchte oder sich nachts um drei ein Bad einließ oder kurz vor Morgengrauen in ihrem Zimmer herumtigerte.

Längere Zeit war die Lage gewissermaßen festgefahren gewesen: An Tagen, an denen Beth sie nicht abholen konnte, kam Molly gegen neun Uhr abends vom Atelier nach Hause, damit sichergestellt war, dass sie wenigstens eine anständige Mahlzeit aß, sich umzog, die Augen für eine Weile nicht auf eine Leinwand heftete und sich generell etwas entspannte. Beth wusste sehr gut, dass sie das nicht nur um Mollys willen von ihr verlangte, sondern ebenso um ihrer eigenen geistigen Gesundheit willen, aber das war egal. Das Wichtigste war, einen gewissen Rahmen zu schaffen, eine Routine, aus der heraus sich eine neue Normalität entwickeln konnte.

Dann, es war jetzt zwei Tage her, hatte Molly einen Anruf von einer Schulfreundin bekommen, die ihr sagte, in den sozialen Medien kursiere ein Foto von ihr, wie sie ein Tier quälte.

Als Beth nach Hause gekommen war, hatte Molly im Dunkeln in ihrem Kleiderschrank gekauert und geweint. Die achtundvierzig Stunden seither hatten einige große Entscheidungen forciert. Beth hatte einen Makler angerufen, das Haus zum Kauf angeboten, sich im Bekanntenkreis nach Stellen weit weg von Schottland erkundigt und das WLAN im Haus abgeschaltet, damit Molly keine Chance hatte, nach dem Foto zu suchen.

Wäre ihr Team nicht so schlecht besetzt gewesen, hätte sie sich die Tage freigenommen. Stattdessen hatte sie zwölf Stunden im OP gestanden im Bemühen, das Leben eines Motorradfahrers zu retten, der auf einer Ölspur ausgerutscht war. Als sie nach Hause kam, schien es Mol besser zu gehen. Zumindest war es ruhig im Haus. Das war gut, dachte Beth, während sie in die Dunkelheit lauschte. Vielleicht konnte ihre Tochter endlich einmal schlafen, und sei es nur vor Erschöpfung statt aus einem natürlichen Schlafbedürfnis heraus. Das war immer noch besser als die entsetzliche halbwache, halb albtraumhafte Existenz, die sie das vergangene Jahr über geführt hatte. Leise, um ihre Tochter nicht zu wecken, stand sie auf, tappte durch den Flur, öffnete Mols Tür ein paar Zentimeter und spähte hinein.

Ihr stockte der Atem.

Sie stürzte ins Zimmer, packte Molly bei den Schultern und schüttelte sie, wobei die Tablettenfläschchen, die ihre Tochter geleert hatte, über den Boden rollten.

»Oh mein Gott, mein Gott, was ist das alles?« Sie schnappte sich wahllos ein paar von den Gläschen, las die Aufschriften. »Schmerzmittel, Schlaftabletten, noch mehr Schlaftabletten …«

»'s gut«, stöhnte Molly. »Lass mich.«

»Wage es nicht!«, schrie Beth. Sie rannte in ihr eigenes Zimmer zurück, riss ihr Handy vom Ladekabel, eilte zu Molly, fühlte ihr mit einer Hand den Puls, wählte mit der anderen den Notruf, versuchte zugleich, Pulsschläge zu zählen und bei der Leitstelle ihre Adresse für den Rettungswagen anzugeben.

Mols Puls war kaum wahrnehmbar, unregelmäßig und stark verlangsamt. Die Frau, die ihren Anruf entgegengenommen hatte, gab ihr Ratschläge, die Beth nicht brauchte, aber sie fand nicht die nötigen Worte, um ihr zu sagen, dass sie selbst Notärztin war. Sie legte das Handy auf den Boden, ohne aufzulegen.

»Bleib wach, Molly«, befahl sie und gab ihrer Tochter ein paar leichte Ohrfeigen. »Denk nicht einmal daran, mir das anzutun.«

Der Rettungswagen würde mindestens eine Viertelstunde brauchen. Molly stöhnte jetzt nicht mehr, ihr Kopf war zur Seite gefallen, die Zunge hing ihr aus dem Mund.

»Nein, nein, nein«, beschwor Beth sie. »Nein, das machst du nicht.«

Angesichts dieses halb bewusstlosen Zustands konnte sie es nicht riskieren, Mol die Tabletten erbrechen zu lassen, aber sie konnte sie wenn nötig reanimieren. Und zwar besser auf dem Boden als auf dem weichen Bett.

»Komm«, sagte sie, zerrte die schlaffe Molly aus dem Bett und wälzte sie in die stabile Seitenlage. »Wie lange noch?«, rief sie ins Telefon.

»Der Wagen ist auf dem Weg. Versuchen Sie, sie wach zu halten, und bleiben Sie bei ihr, außer um die Tür aufzumachen.«

»Verdammt, die Tür ist abgeschlossen und verriegelt«, murmelte Beth. »Molly, halt durch. Nur ein paar Minuten. Gleich kommt Hilfe.«

Sie rannte ins Erdgeschoss, darauf bedacht, nicht zu stolpern und dadurch alles noch schlimmer zu machen, brauchte drei Anläufe, um Türschloss und Riegel zu öffnen und die Tür anzulehnen, damit die Rettungskräfte gleich hineinkonnten. Dann sprang sie wieder die Treppe hinauf, schon nach Molly rufend, als könnte sie sie durch bloße Willenskraft wach bekommen. In Mollys Zimmer angekommen sah sie, dass Mollys Augen nach oben verdreht waren. Ihr Atem hatte sich auf wenige Male pro Minute verlangsamt.

»Molly, erinnerst du dich noch, als du vier warst und mich im Supermarkt verloren hattest? Da bist du einfach still stehen geblieben und hast nach mir gerufen, und ich habe dich gefunden, und alles war wieder gut. Mach das jetzt bitte auch, meine Süße. Konzentriere dich auf mich. Molly, glaub einfach fest daran, dass wir uns wiederfinden, ja? Dann sorge ich dafür, dass alles gut wird. Ich mache das Leben wieder schön für dich, Mol, das verspreche ich dir. Ich bin deine Mum, dafür bin ich da.« Sie nahm Mollys Kopf auf den Schoß und streichelte ihr das Haar. »Ich weiß, du bist da drin, ich weiß, du kannst mich noch hören. Bitte komm zurück, ich will dich beschützen, Kind. Lass es mich versuchen. Bitte geh nicht weg.« Tränen fielen aus ihren Augen auf das Gesicht ihrer Tochter.

Als die Rettungssanitäter das Zimmer betraten, war Mollys Puls nicht mehr zu spüren.

»Helfen Sie ihr, bitte!«, sagte Beth. »Bitte? Bitte! Bringen Sie mein Kind zurück.«

»Defi«, sagte die eine Sanitäterin zu ihrem Kollegen. »Und schau, dass die Atemwege frei sind.«

Molly wurden Elektroden auf die Brust gedrückt. Beth ließ ihre Tochter los.

»Jetzt.«

Der Stromstoß ließ Molly zucken.

»Immer noch kein Puls. Noch mal.«

Noch ein Stromstoß.

Beth betrachtete die junge Frau auf dem Boden und sah vor sich, wie ihre Kleine zum ersten Mal gekrabbelt war. Wie sie geweint hatte, weil sie ihr Lieblingsstofftier, Lambie, in einem Geschäft verloren und jemand es in den Müll geworfen hatte, jemand, der nicht begriff, dass jedes Spielzeug, egal wie alt und abgenutzt, kostbar war. Sie sah das kleine Mädchen am ersten Schultag, das in der Schuluniform so wahnsinnig winzig wirkte, und dann die junge Frau, die längst aus allen Uniformen herausgewachsen war. Und über allem sah sie dieses junge Mädchen, diese Frau, die im Laufe der vielen zu zweit verbrachten Jahre zu ihrer besten Freundin, ihrer Vertrauten und Gefährtin geworden war.

Und schließlich sah sie das aschfarbene Gesicht, aus dem jedes Leben gewichen war, und erkannte, dass sie als Mutter versagt hatte. Sie hatte nicht gesehen, vor welchem Abgrund ihre Tochter stand, hatte unterschätzt, wie sehnlich Molly sich wünschte, es wäre alles vorbei. Sie sah, wie dünn, ja hager ihre Tochter geworden war, und durchschaute die Lügen, die sie bisher blind hatte glauben wollen: dass es Mol ganz gut ging, dass es besser wurde, dass sie lernte, damit umzugehen.

Und ehe man ihr irgendetwas sagen konnte, sank Beth neben ihre Tochter auf den Boden und verlor das Bewusstsein.

KAPITEL 32

14. Juni

»Und Sie sind sicher, dass sein Tod nichts mit dem Drogenmissbrauch zu tun hat?«, fragte Connie. »Hundertprozentig?«

Dr. Nate Carlisle hatte den Anstand, noch einmal in sich zu gehen, bevor er antwortete.

»Hundertprozentig«, sagte er. »Mr Campbell ist an einer Luftembolie im Herzen gestorben. Das ist nicht leicht zu erkennen, wir haben Glück, dass man ihm in der Klinik nicht einfach eine natürliche Todesursache bescheinigt hat.«

»Ich nehme an, die wollten nicht verantwortlich gemacht werden für den Tod eines Mannes, den sie fünf Minuten zuvor entlassen hatten. Das hätte etliche erhobene Augenbrauen zur Folge gehabt«, sagte Baarda. »Wie lange hat es gedauert, bis man Sie nach seinem Tod hinzugerufen hat?«

»Das war am Abend. Zuerst wussten sie nicht, was los war. Sie haben die Leiche in den klinikeigenen Leichenschauraum gebracht und sich, da die Todesursache erst einmal nicht ersichtlich war, seine Unterlagen angeschaut. Die Schwester, die ihn entlassen hatte, sagte aus, er wäre besser drauf gewesen als die ganze Zeit zuvor. Anscheinend hat er sogar auf die Krücken verzichtet, die sie ihm mitgegeben hatten. Das einzig Auffällige, was man fand, war ein Einstich am Hals, den das Stationspersonal ihm nicht beigebracht und den vorher niemand bemerkt hatte.«

»Sie glauben, das war die Mordmethode?«, fragte Connie.

»Ich glaube, die Luft muss irgendwie in seinen Körper gelangt sein. Das konnte nur mittels einer Spritze geschehen, und da bietet sich der Hals für einen Einstich besonders gut an. Wollen Sie es sich anschauen?«

»Ja, gern. Brodie, bleibst du dabei?« Sie sah Carlisle an und sagte in gespieltem Flüsterton: »Er mag das nicht, was ich mit Toten mache. Sehr altmodisch.«

Baarda räusperte sich und verschränkte die Arme. »Ich bleibe. Und nur fürs Protokoll, niemand mag das, was du mit Toten machst. Das hat nichts mit altmodisch zu tun.«

Nate Carlisle hob die Augenbrauen, winkte Connie und Baarda in den Vorraum, wo sie sich Schutzanzüge überziehen konnten, und bereitete Vic Campbells Leiche vor.

»Ich muss noch kurz meinen Assistenten eine Anweisung geben«, sagte er dann. »Währenddessen können Sie gern Fotos machen, aber bitte berühren Sie die Leiche nicht, solange ich nicht dabei bin. Ich komme gleich zurück.«

Connie schlüpfte in den Schutzanzug, trat an Campbells Leiche heran und versuchte, sich ein Bild von dem Menschen zu machen, der er einst gewesen war. Sie betrachtete sein Gesicht genau.

»Du magst ihn«, sagte Baarda.

Connie runzelte theatralisch die Stirn und schnalzte missbilligend mit der Zunge. »Also, das wäre dann doch ein bisschen unpassend. Meine Güte, er ist tot. Das ist gar nicht erlaubt!«

»Ich meinte Nate Carlisle.«

Sie lachte. »Ja, schon kapiert. Magst du ihn nicht?«

»Nun ja, er hat einen guten Ruf als Rechtsmediziner, und es gibt nichts an ihm auszusetzen. Ich hätte nichts sagen sollen. Ich … ich hab nicht gut geschlafen. Sollen wir?«

Connie salutierte scherzhaft und ließ die Arme kreisen, um sich zu lockern. »Willst du mal?«

Baarda hob die Augenbrauen. »Das ist dein Fachgebiet, nicht meines. Ich habe nur Sidekick-Aufgaben.«

Ihr Lächeln verschwand. Sie legte den Kopf schief. »So kommt es dir aber nicht wirklich vor, oder?«

»War ein Witz. Unsere Kommunikation funktioniert heute nicht besonders. Es ist frustrierend, dass wir bei diesem Fall einfach nicht weiterkommen. Als müsste man versuchen, ein Puzzle aus Teilen mehrerer verschiedener Puzzles zu machen. Nichts passt zusammen.«

»*Wir* passen zusammen.« Connie ging wieder zu der Leiche hinüber und brach sofort Carlisles Regeln, indem sie eine von Vics Händen in ihre behandschuhte Hand nahm. »Hat sich daran was geändert?«

»Nein«, sagte Baarda leise. »Also, erzähl mir was von dem Jungen.«

Sie seufzte. Es waren keine besonderen Fähigkeiten nötig, um in dem Opfer zu lesen wie in einer Landkarte. »Bei den Tattoos handelt es sich um die üblichen Gang-Symbole. Zugehörigkeiten, Kampfansagen, das da könnte eine Art Rangabzeichen sein. Ich denke, sie sollen fies und finster wirken, aber lustigerweise haben solche Gang-Tattoos genauso viel von Uniform und Konformitätsbekundung, wie wenn jemand einen Sticker von einer politischen Partei oder ein Pfadfinderhalstuch trägt. Sie sind nicht sehr gut gemacht, ich würde sagen, die meisten stammen von Amateuren. Die meisten Gangs haben heutzutage ihren Stammtätowierer.«

»Um welche Gang es sich handelt, kann das MIT sicher herausfinden«, bemerkte Baarda. »Die haben ja viele Informanten. Der Junge hat übrigens einige Vorstrafen.«

»Was Interessantes dabei?« Connie faltete das Laken, das Vics Leichnam bedeckte, nach unten.

»Vor allem Bagatelldiebstähle, aber auch eine Anklage wegen Körperverletzung, die fallen gelassen wurde, weil das Opfer nicht zur Aussage vor Gericht erschien. Anscheinend hat er es mit einer Kette gewürgt, bis es ohnmächtig wurde.«

»Das macht mich traurig«, sage Connie zu Vics Leiche. »Warum um alles in der Welt hast du das einem anderen Menschen angetan?«

Baarda blätterte in der Akte. »So wie's aussieht, hat er schon lange Drogen genommen. Mag sein, dass er im Drogenrausch gewalttätig wurde. Wenn die Gang gedealt hat, handelte es sich vielleicht um einen Konkurrenten. Es könnte eine Art Initiationsritual anlässlich der Aufnahme in die Gang gewesen sein. Oder er war einfach sadistisch.«

»Ja, kann sein«, sagte Connie. »Aber mit vierundzwanzig? Da hat man noch kaum genug vom Leben gesehen, um absichtlich böse zu sein. Da muss einem schon einiges widerfahren sein.«

Carlisle kam zurück und schloss die Tür hinter sich. »Er hat mehrere auffällige Male an den Pobacken. Ich drehe ihn um und zeige sie Ihnen.« Er entfernte das Laken ganz und drehte Vic vorsichtig um. »Hier, hier, und hier.« Er deutete auf drei kleine, schwache runde Narben, in der Mitte rötlich, die Ränder aufgeworfen. »Wissen Sie, was das ist?«, fragte er Connie.

»Leider ja. Das sind Brandmale von Zigaretten, nicht wahr?«

»Genau. Dass so viel Narbengewebe darum ist, deutet darauf hin, dass sie längere Zeit entzündet waren, also keine medizinische Versorgung stattfand, aber so blass, wie sie sind, würde ich sagen, es ist schon lange her, wahrscheinlich wurden ihm die Wunden in der Kindheit beigebracht.«

Connie senkte kurz den Kopf. »Brodie, was weiß man über seine frühe Kindheit?«

»Wurde mit neun aus einer gewalttätigen Familie genommen. Die Eltern haben die Maßnahme nicht angefochten. Danach lebte er in Heimen und Pflegefamilien, bis er mit sechzehn abgehauen ist.«

»Also war das hier entweder eines seiner Elternteile oder eine Person, in deren Obhut er gegeben wurde, um ihn vor seinen Eltern zu bewahren.« Connie schüttelte den Kopf. »Ich weiß nicht, welche der Optionen schlimmer ist. Du Armer.« Sie streichelte Vic die Wange. »Nate, was können Sie mir über den Einstich am Hals sagen?«

»Tatsächlich sieht man ihn von hier aus am besten.« Er drehte Vics Kopf auf die rechte Seite. »Im Zuge der Obduktion habe ich daneben einen kleinen Schnitt gemacht. Die Nadel muss sehr dünn gewesen sein; die Wunde ist kaum noch zu erkennen, und das Gewebe war nicht blutunterlaufen. Was ich Ihnen sagen kann, ist, dass die Nadel nach vorn in Richtung Brust gestochen wurde.«

Connie strich mit den Fingern über den kleinen Schnitt. »Also kam die Person von hinten. Wie viel Luft ist nötig, um so eine tödliche Embolie zu verursachen?«

»Nicht viel, nur ein bis zwei Milliliter, aber je mehr injiziert wird, desto schneller wirkt es und desto sicherer kann man sein, dass das Opfer stirbt. In diesem Fall würde ich sagen, es war deutlich mehr. Da wurde nichts dem Zufall überlassen.«

»Weder vom Zeitpunkt noch von der Dosis her«, sagte Baarda.

»Und es gibt keine Hinweise darauf, dass er sich gewehrt oder verteidigt hätte?«, fragte Connie.

»Nein, nichts. Aber er hatte schon Glück, dass er die Überdosis überlebt hat, sein Organismus war gewiss noch geschwächt. Wenn jemand ihn umbringen wollte, hat er sich genau den richtigen Moment ausgesucht.«

»Oh Vic.« Sie verschränkte die Arme. »Wer wollte dich so dringend tot sehen, dass er es im Krankenhaus erledigt hat? Falls du die Person kanntest, hast du sie nicht bemerkt, sonst hättest du ihr sicher nicht den Rücken zugekehrt. Grundkurs Gang-Wissen für Einsteiger.«

»Er wurde in einem Aufzug gefunden«, sagte Baarda. »Es muss passiert sein, während er ihn betrat. Niemand hätte riskiert, ihn den Korridor entlangzuschleifen, das wäre weithin zu hören gewesen.«

»Okay. Du wurdest also entlassen, nachdem du gerade dem Tod entronnen warst. Du bekamst die nötige Hilfe, wurdest aufgepäppelt, kamst wieder auf die Beine. So etwas ist ein einschneidendes Erlebnis. Wer das mitmacht, liegt in seinem Krankenhausbett und denkt unweigerlich darüber nach, wo er steht und was er beinahe verloren hätte. Könnten Sie ihn wieder umdrehen, bitte?«

Carlisle tat wie gebeten. Währenddessen überflog Connie die Krankenhausakte. »Da steht, er hätte neue Kleidung bekommen, weil seine alte entsorgt werden musste. Haben wir die?«

»Ja, dort in der Tüte auf der Arbeitsfläche, sie soll zur Spurensicherung. Bitte berühren Sie sie nicht, Connie, nicht einmal mit Handschuhen, nachdem Sie schon die Leiche berührt haben.«

»Ich mach's.« Baarda streifte seine Gummihandschuhe ab und zog sich ein frisches Paar an, öffnete die Tüte und sah hinein. »Das ist Arbeitskleidung. Wer im Krankenhaus trägt graue Kittel?«

»Die Stationshelfer«, sagte Carlisle. »Alles wundervolle Leute.«

Connies Blick flog zurück zu Vics Gesicht. »Hm, spannend. Vielleicht hatte das gar nichts mit deiner Gangkarriere zu tun. Wer bringt denn einen Stationshelfer um? Da müsste schon ein äußerst gestörter Mensch im Krankenhaus herumlaufen, der einfach den Nächstbesten ermordet.«

»Der sich aber vorbereitet und eine möglichst schnelle und

effektive Methode gewählt hat«, sagte Baarda. »Das wäre doch durchaus möglich, Connie, oder?«

Connie schwieg. Sie war wieder dazu übergegangen, Vic intensiv ins Gesicht zu blicken. »Könnte ich eine Minute allein mit ihm haben?«

»Klar.« Baarda wandte sich sofort zur Tür.

Carlisle blieb noch stehen. »Sie berühren ihn aber nicht? Also, mehr als sowieso schon. Und nur mit behandschuhten Händen?«

Connie lächelte bedächtig. »Dr. Carlisle, mir ist bewusst, dass mein Verhalten auf manche Leute seltsam, ja exzentrisch wirkt, und dass ich gewöhnungsbedürftig bin. Aber womit denken Sie, könnte ich seinen Leichnam berühren, außer mit meinen Händen?«

Carlisle stemmte die Hände in die Hüften und schüttelte den Kopf. »Um ehrlich zu sein, Dr. Woolwine, ich weiß es nicht. Ich habe noch nie jemanden wie Sie getroffen.«

»In Ordnung. Ich verspreche, den Leichnam weder in irgendeiner Weise zu kontaminieren noch mich unziemlich zu benehmen.«

Er blickte zur Tür, bewegte sich aber noch immer nicht.

»Würde es Ihnen helfen, wenn ich es hoch und heilig verspreche?«

»Hmm. Können Sie mir vielleicht erklären, was Sie vorhaben und nur tun können, während ich nicht mit im Raum bin?«

»Ich muss mich mit ihm unterhalten, genau wie mit Divya Singh. Aber diesmal ist es sehr persönlich.«

Carlisle zuckte mit den Schultern. »Damit kann ich leben. Nehmen Sie sich alle Zeit, die Sie brauchen.«

Connie wartete, bis die schwere Tür ins Schloss gefallen war, dann zog sie einen Stuhl neben Vic Campbells Kopf, drehte sein Gesicht behutsam zu sich, setzte sich und nahm eine seiner Hände.

»Das hättest du dir nicht träumen lassen, was? Die Drogen, die Gewalt, die Rivalität, die Existenz am Abgrund, und dann wird dein Leben ausgerechnet an dem Ort beendet, wo man es dir zuvor gerettet hat. Kein Messer, keine Knarre, nur ein heimtückisches Arschloch mit einer Spritze, das nicht mal den Mumm hatte, dir dabei in die Augen zu schauen.« Connie drückte seine Hand und schloss die Augen. »Es tut mir so leid. Ich hab schon Leute wie dich kennengelernt, in meinem vorigen Leben. Da war ich auch eine Weile in einer Klinik, nur dass die Türen verschlossen waren und wir nur Plastikbesteck benutzen durften. Ich nehme an, deine Erfahrung war ein bisschen netter. Aber damals war ich dort zusammen mit Leuten, die kaputtgegangen waren aufgrund von Drogen und anderen Süchten. Und an ihren Eltern. Weiß der Himmel, wo deine Brandnarben herkommen, aber ich vermute, du warst bei dieser Gang einfach nur froh und glücklich, dass dir jemand den Rücken freihielt.«

Sie ließ seine Hand los, stand auf und legte ihm die Hände um die Schultern. »Du hattest nie eine Chance, der Welt zu zeigen, was du aus dir hättest machen können. Ich nehme an, wenn du vor dem Tod noch ein paar Sekunden bei Bewusstsein warst, ging dir genau das durch den Kopf. Ich jedenfalls hätte mich gefragt, wie mein Leben vielleicht verlaufen wäre, wen ich noch alles kennengelernt hätte, und hätte mir gedacht, wie viele andere, bessere Arten zu sterben es doch gegeben hätte.«

Sie beugte sich über ihn, ohne ihn zu berühren. Zwar war sie etwas verärgert über Carlisles Warnung, aber sie wusste sehr wohl, dass es ein absolutes No-Go war, eine Leiche während einer laufenden Mordermittlung zu kontaminieren.

»Ich werde die Person finden, die dich getötet hat. Ich weiß, du hast im Leben ein paar blöde Sachen angestellt. Ich auch. Du hättest wenigstens die Chance bekommen sollen, das wiedergutzumachen. Beobachte mich dabei, ja? Bleib in meiner Nähe. Wenn ich es nicht schaffe, dir vor Gericht zu deinem Recht zu verhelfen, schauen wir doch mal, ob sich nicht auf natürliche Weise Gerechtigkeit herstellen lässt. Schlaf gut.«

Connie hätte ihn zum Abschied gern auf die Stirn geküsst, widerstand dem Drang jedoch und gab sich damit zufrieden, es sich vorzustellen.

Und Vic Campbell, für immer vierundzwanzig Jahre alt, blieb nichts anderes übrig, als an dem Ort, wo man sich in Edinburgh am allerwenigsten dauerhaft aufhalten mochte, auf den Ausgang seiner Geschichte zu warten.

KAPITEL 33

15. Juni

»Ich hätte nicht so lange von der Arbeit wegbleiben sollen«, murrte Lively. »Jedes Mal, wenn ich die Nachrichten einschalte, gab's wieder einen neuen Mord. Und Sie wollen mir ernsthaft sagen, dass es in den Fällen, die wir sowieso schon auf dem Tisch haben, immer noch keine Hinweise gibt?«

»Nicht Hinweise. Es gibt keine Spuren, weil der Mörder keine hinterlässt«, sagte Connie. »Etwas, was nicht existiert, kann man nicht finden.«

»Ah, aye, Ihre Serienkiller-Theorie. Davon hab ich in der Zeitung gelesen. Wie zum Teufel haben Sie die Evil Overlady dazu bekommen, das Interview abzusegnen?«

»Superintendent Overbeck hat mir freie Hand gegeben, diese Ermittlung so zu führen, wie ich es für angemessen halte, daher habe ich sie gar nicht gefragt. Aber sie wird meinetwegen nicht so schnell in Jubelgeschrei ausbrechen. Also, was sagen Sie zu der Sache hier?«

Sie standen im Krankenhausflur vor der Aufzugtür, die Vic Campbell vor seinem Tod durchschritten hatte.

»Man muss ganz schön Eier haben, um jemanden, von dem man glaubt, er würde in der Klinik arbeiten, am Arbeitsplatz umzubringen«, sagte Lively.

»Eine Spritze zu finden, ist hier wiederum ziemlich leicht. Man muss nur in ein leeres Behandlungszimmer gehen und im Kanülenbehälter nachschauen.«

»Möglich. Aber auch Drogengangs haben Zugang zu Spritzen. Jemand muss gewusst haben, dass er entlassen wird. Vielleicht war's ein Mitglied einer rivalisierenden Gang, das er nicht kannte, und er hat deshalb keinen Verdacht geschöpft. Es wäre sogar möglich, dass jemand in seiner eigenen Gang ihn tot sehen wollte und einen Fremden dafür angeheuert hat. Wer überprüft die Kameraaufnahmen?«

»Es sind vier Leute dran, aber die meisten Kameras sind im Erdgeschoss bei den Ein- und Ausgängen installiert. Die Notaufnahme ist auch gut abgedeckt, weil da öfter Patienten gewalttätig werden, und auf den Parkplätzen gibt es Kameras. Aber hier oben sind wegen der Patientenprivatsphäre keine, und die in den Aufzügen sind nur aktiv, wenn der Notknopf gedrückt wird. Natürlich werden alle Aufnahmen um den Todeszeitpunkt herum geprüft, aber es gibt keinen Anhaltspunkt, wonach wir suchen müssen.«

»Hey, dahinten«, rief Beth Waterfall vom Ende des Flurs her. »Muss diese Diskussion in aller Öffentlichkeit geführt werden?«

»Sie sollten sich verdrücken«, sagte Lively zu Connie. »Sie ist sauer auf Sie, und ich kann's ihr nicht verdenken.«

»Wie bitte – sie ist sauer auf mich? Was habe ich denn angestellt?«

»Da rein, bitte.« Im Näherkommen wies Beth auf eine Tür. Ihr Ton war untypisch knapp.

Connie und Lively betraten das Untersuchungszimmer. Beth bedeutete Lively, sich auf einen Stuhl zu setzen. Er nahm Platz.

Connie pfiff anerkennend. »Wow. Sie sollten es mal als Trainerin für Männer versuchen, da könnten Sie ein Vermögen verdienen.«

»Wer unter meinem Dach wohnt, hat meinem medizinischen Rat zu folgen. Er sollte eigentlich noch im Bett liegen, aber er hat darauf bestanden, herzukommen und mit Ihnen zu sprechen. Ich habe Ihren Artikel gelesen, Dr. Woolwine. Wäre nett gewesen, wenn Sie uns vorgewarnt hätten.«

»Ich hatte der Zeitung ein Exklusivinterview versprochen«, sagte Connie leise. »Gibt es ein Problem damit?«

»In diesem Krankenhaus wurde ein Mann ermordet. Und fast zeitgleich geben Sie der Presse ein Interview und sagen, in dieser Gegend sei ein Serienkiller am Werk. Natürlich denkt jetzt jeder, auch dieser jüngste Mord könnte auf sein Konto gehen. Glauben Sie das auch?«

»Ich halte es für sehr wahrscheinlich. Wenn man sich die Morde in ihrer Gesamtheit anschaut, liegt dieser Schluss jedenfalls am nächsten.«

»Nun gut. Sie sind offensichtlich jemand, die sich über dergleichen eingehende Gedanken macht. Aber wir haben hier bettlägerige Patienten, Senioren, Todkranke, Krebspatienten, die nach der Behandlung noch zu schwach sind, um sich groß zu bewegen. Diese Menschen sind seelisch schon genug belastet, und jetzt müssen sie sich auch noch fragen, ob sie womöglich aus dem Nichts heraus angefallen werden. Wir haben kein Budget für Sicherheitspersonal innerhalb des Klinikums. Und unser reguläres Personal ist knapp, überarbeitet und unterbezahlt. Der Ermordete trug einen Arbeitskittel. Es ist ein Wunder, dass überhaupt noch jemand von den Stationshelfern zur Arbeit kommt.«

»Oje«, sagte Connie. »Sie haben recht. Ich verstehe, was das für die Klinik bedeutet. Der Artikel war ein taktischer Zug, um zu sehen, ob der Killer darauf reagiert und Kontakt mit uns aufnimmt. Es tut mir leid, dass er solche Auswirkungen hat.«

»Entschuldigung angenommen«, sagte Beth. »Aber darf ich fragen, woher Sie so sicher sind, dass Mr Campbells Tod mit den anderen zu tun hat? Archie Bass habe ich ja selbst behandelt, das war ein Messerangriff im Freien mitten in der Nacht. Bitte glauben Sie nicht, ich wollte Ihre Kompetenz anzweifeln. Ich will nur alles in meiner Macht Stehende tun, um für die Sicherheit unserer Patienten und unseres Personals zu sorgen.«

»Es ist weniger, dass da ein Zusammenhang bestünde, der Zusammenhang besteht vielmehr darin, dass kein –«

»Es gibt einen Zusammenhang.« Lively stand auf, zog sein Handy heraus und begann zu tippen. »Salter, ich bin's. Ja, ich bin wieder im Dienst … Himmel, Arsch und Zwirn, mir sagen schon genug Frauen, was ich tun und lassen sollte, da müssen Sie nicht auch noch ins selbe Horn stoßen! Schauen Sie eine Sache nach, ja? In welchem Krankenhaus wollte Dale Abnay seine Niere spenden? Nein, legen Sie nicht auf, ich warte.«

Beth Waterfall stand der Mund offen. »Ich glaub's nicht. Du machst es ja noch schlimmer. Bitte sag mir nicht, dass du noch einen Mord mit St. Columba's in Zusammenhang bringst?«

Er lächelte beschwichtigend. »Ich will nichts schlimmer machen, sondern diese Morde aufklären, aber mir ist klar, dass das momentan wahrscheinlich nicht gerade hilfreich erscheint.«

»Archie Bass kam erst hierher, *nachdem* er niedergestochen wurde«, gab Connie zu bedenken. »Das kann also kein Kriterium für die Opferauswahl sein.«

»Es war aber die nächste Notaufnahme«, sagte Lively. »Diese Klinik könnte grob gesehen der geografische Mittelpunkt sein. Wir müssen in seiner Akte nachsehen, ob er früher schon mal hier behandelt wurde.« Hoffnungsvoll sah er Beth an.

Sie seufzte. »Ich vermute, das ist die Aufforderung an mich. Gib mir fünf Minuten, und geht bitte nicht wieder raus auf den Flur und redet über Morde. Unser Gesundheitssystem hat schon genug Probleme.«

»Danke dir. Und entschuldige nochmals«, rief Lively ihr nach.

Connie musterte ihn und verschränkte die Arme. »Detective Sergeant Lively, ich habe das Gefühl, Sie sind bis über beide Ohren verliebt. Wer hätte das gedacht?«

»Würden Sie sich um Ihren eigenen Scheiß kümmern? Beth und ich kennen uns kaum. Ich bin mir sicher, irgendwann kommt sie zur Vernunft und schmeißt mich hochkant aus dem Haus. Wahrscheinlich tue ich ihr nur leid.«

»Tun Sie das nicht«, sagte Connie. »Ich denke, trotz Ihres unerschöpflichen Sarkasmus, Ihres fragwürdigen Sinns für Humor und Ihrer massiven Aversion gegen Neuerungen sieht sie in Ihnen etwas, was für sie genau passt. Wissen Sie, auch Sie haben ein Anrecht darauf, glücklich zu sein.«

Lively starrte sie an und begann langsam den Kopf zu schütteln. »Hab ich recht gehört? Sie haben mich gerade … aufgemuntert? Ich glaube, lieber lass ich mir einen Einlauf verpassen, als mit Ihnen über meine Gefühle zu reden.«

»Sie sind einfach süß«, sagte Connie. »Ihr Handy blökt.«

Er hielt es ans Ohr. »Ja, Salter? Ja, bin so weit.« Er hörte kurz zu. »Alles klar. Verstanden. Suchen Sie raus, wann Dale Abnay hier war, welcher Arzt die Transplantation vornehmen sollte, wo im Haus Abnay sich aufgehalten hat, schauen Sie, ob es von diesem Zeitraum Kameraaufnahmen gibt, und wenn ja, lassen Sie jede Sekunde davon überprüfen. Ich will wissen, wer ihn gesehen hat, mit ihm geredet hat, wer mit ihm im Wartezimmer saß. Alles. Und dann vergleichen Sie das mit Vic Campbells Aufenthalt hier. Ja, ich weiß, es ist weit hergeholt, aber besser als der Supersumpf, in dem wir momentan rühren. Ich komme später aufs Revier.«

»Nein, wirst du nicht, Sam«, sagte Beth, die wieder hereinkam. »Die Wunde ist noch lange nicht verheilt. Warum dieses Risiko eingehen?«

»Weil«, er trat zu ihr und küsste sie sanft auf die Wange, »diese Mordermittlungen während meiner Abwesenheit anscheinend von einem Haufen Vollidioten geführt wurden. Als hättest du eine Herz-OP deiner Putzcrew überlassen. Die brauchen mich, damit ich die Sache in den Griff bekomme.«

»Größenwahn. Heldenkomplex«, sagte Connie. »Kommt nach Nahtoderfahrungen vor.«

Lively wedelte mit der Hand in ihre Richtung, als wollte er eine Fliege verscheuchen, dann fragte er Beth: »Hast du in Archie Bass' Unterlagen was gefunden?«

»Ich fürchte ja. Mr Bass hat hier einige Impfungen machen lassen – Covid, Grippe und Tetanus –, aber einmal kam er in die Notaufnahme, weil er ein paar Stufen heruntergefallen war und sich den Knöchel übel verrenkt hatte, ein andermal, weil er bewusstlos in einer öffentlichen Toilette gefunden wurde. Scheint eine Alkoholvergiftung gewesen zu sein, und es gab Hinweise darauf, dass er auch irgendwas Chemisches getrunken hatte. Alles in allem kann man also sagen, er war öfter hier.«

»Aber Divya Singh nicht«, wandte Connie ein. »Ihre Krankenakte habe ich eingesehen. Sie war seit Jahren nicht im Krankenhaus gewesen, auch nicht, bevor St. Columba eröffnet wurde. Ich glaube, die letzten drei Jahre war sie noch nicht einmal beim Hausarzt.«

»Sie könnte hier aber jemanden besucht haben«, räumte Beth ein. »Und manchmal bieten wir anonyme Beratungen an, bei denen die Patienten nicht registriert werden.«

»Kommt schon.« Lively sah ungeduldig aus. »Ihr müsst doch zugeben, das ist bisher das, was einem Zusammenhang am nächsten kommt.«

»Oh, das gestehe ich Ihnen gern zu«, sagte Connie. »Die Frage ist nur, wie wir das verwenden können. Hier gehen Tausende Menschen ein und aus, und es sind jeden Tag andere. Wie sollen wir da den Mörder finden?«

»Noch wichtiger, wie kann man ihn finden, bevor wieder ein Patient oder vielleicht jemand vom Personal getötet wird?«, fragte Beth. »Wir können das Haus nicht schließen, und wir dürfen die Patienten nicht so verschrecken, dass sie nicht zur Behandlung kommen. Also flehe ich euch an, dass diese Sache schnell zum Abschluss kommt, denn für uns gibt es momentan keine gute Lösung.«

»Ich sehe zu, dass wir ein paar Uniformierte unten in den öffentlich zugänglichen Bereichen postieren«, sagte Connie. »Wir tun so, als wäre es eine Kampagne für mehr Bürgernähe. Und inzwischen informieren wir die Klinikleitung und das Sicherheitspersonal. Aber ich gebe Ihnen recht, eine allgemeine Panik würde uns die Arbeit erschweren. Wenn alle Angestellten und Besucher nervös sind, wird es schwieriger, eine Person zu finden, die sich ungewöhnlich verhält. Daher sollten wir nur diejenigen ins Bild setzen, die unbedingt Bescheid wissen müssen.«

»Wir können auch ein paar Undercover-Leute herschicken, die patrouillieren sollen«, sagte Lively. »Je mehr Augen, desto besser.«

Beths Augen waren plötzlich voller Tränen. »Ich wünschte, du müsstest nicht zurück zur Arbeit«, sagte sie. »Ich werde mir furchtbare Sorgen machen.«

»Ich bin nicht derjenige, der in einer Klinik arbeitet, die offenbar im Fokus eines Serienkillers steht. Ich vermute, du kannst dir die nächste Zeit nicht freinehmen?«

Sie schüttelte den Kopf. »Nein. Wir sind knapp besetzt, und wäre es nicht schrecklich, wenn ich weglaufen würde, weil ich etwas weiß, das niemand sonst weiß?«

Er breitete die Arme aus, und sie schmiegte sich hinein. »Dann sei einfach vorsichtig«, sagte er. »Ich hab dich gerade erst gefunden, und wir haben uns schon einmal fast wieder verloren.«

Connie lächelte und senkte den Blick.

»Du bleibst aber bei mir wohnen, auch wenn du jetzt wieder arbeitest?«, fragte Beth.

»Versuch du nur, mich loszuwerden. Ich gehe gar nirgends hin.«

Karl Smith, der in genau diesem Moment in Beths Haus in den Kühlschrank schaute und sich fragte, was er mit dem Inhalt anfangen könnte, hatte da andere Vorstellungen.

KAPITEL 34

Der Beobachter

15. Juni

An diesem Vormittag hatte Beth Waterfall das Haus verlassen und den offenbar krank spielenden Detective Sergeant Lively mitgenommen. Das bedeutete, dass Karl endlich Gelegenheit hatte, bei ihr zu Hause ein wenig Unheil zu stiften. Nicht dass er den Mumm besessen hätte, tatsächlich Schaden anzurichten. Er war bis in die Küche gekommen, hatte den Inhalt ihres Kühlschranks begutachtet und entschieden, dass dies wieder nur ein Testlauf sein sollte. Daraufhin hatte er sich in sein Auto zurückgezogen. In der Zeit vor Lively hatte er sich eine gewisse Routine angeeignet, mithilfe seiner Dietriche nach Belieben in ihrem Haus ein und aus zu gehen. Womit er nicht gerechnet hatte, war, dass dieser verdammte Bulle bei ihr eingezogen war.

Lively mochte verletzt sein, aber er hatte einen ziemlichen Namen bei der Polizei. Je mehr Karl über ihn recherchierte, desto weniger gefiel ihm, was er herausfand. Lively war einer vom alten Schlag, der sich nicht scheute, es mit den großen Gangstern Schottlands aufzunehmen, nicht davor zurückschreckte, sich in Gefahr zu bringen, und – was zwischen den Zeilen herauslesbar war – keine Skrupel hatte, notfalls etwas dreckigere Methoden anzuwenden. Es gab wahre Lobeshymnen in Edinburgher Zeitungen, in denen seine Heldentaten bei der Festnahme einiger Schwerverbrecher besungen wurden. Die meisten wirkten heillos aufgebauscht. Trotzdem konnte Karl nicht ausschließen, dass Lively nun, da er sich in der Wohnung häuslich einzurichten schien, Maßnahmen ergriffen hatte, um das Haus besser vor Einbrüchen zu schützen.

»Verdirbt mir den ganzen Spaß, der blöde Kerl«, murmelte Karl.

»Spaß?!«, kreischte vom Rücksitz seine Ma und versetzte Karl einen harten Schlag auf den Hinterkopf. Dabei erwischte sie die Narbe, über der sein Haar nicht mehr richtig nachgewachsen war.

Karl schrie auf und presste die Hand auf die Brust. »Ma!«, rief er klagend, geistesgegenwärtig genug, um selbst in Schrecksekunden wie diesen nicht wütend zu reagieren. »Was ist los, warum bist du nicht zu Hause?« Bisher hatte sie fast nie ihr Zimmer verlassen und war nur wenige Male bis ins Erdgeschoss vorgestoßen. Jetzt hatte sie es geschafft, zu ihm ins Auto zu dringen. Würde er nirgends mehr Ruhe vor ihr haben?

»Da drin ist niemand, also warum sitzt du noch hier? Du feiger, fauler Sack. Auch nicht besser als dein Vater, der den ganzen Tag im Bett herumliegt.«

»Ma, er hatte einen Schlaganfall! Du weißt doch, er kann nicht aufstehen.«

»Ha! Wenn du nicht da bist, geht's ihm viel besser, vor allem wenn diese dumme Trine, die nach ihm schaut, mal draußen eine rauchen geht. Dann nimmt er sich die Fernbedienung, wechselt das Fernsehprogramm, schüttelt sein Kissen auf. Oh, der kann ganz schön viel, wenn er wirklich will.«

»Das ist nicht wahr«, maulte Karl … aber hatte er nicht schon selbst bemerkt, dass Dinge ohne sein Zutun anders standen oder lagen? Und der Whisky in der Flasche neben dem Bett verdunstete auch schneller, als physikalisch möglich war. Aber nein, sein Vater würde ihn doch niemals täuschen; nicht in seinem Zustand, wo Karl ihm die Windeln wechseln und ihn jeden Abend im Bett waschen musste. »Du lügst«, wagte er zu sagen und krümmte sich innerlich, kaum dass die Worte seinem verkrampften Mund entschlüpft waren.

Er rechnete mit einem weiteren Schlag auf den Hinterkopf, aber was kam, war schlimmer: zuerst Stille, dann das Knarren des Kunstlederbezugs der Rückbank, dann ein Minzgeruch in seinem Nacken, der nur unzureichend etwas Fauliges, Uraltes überdeckte. »Ist das so?«, knurrte sie.

Karl spürte bei jedem Wort ihren Unterkiefer auf seiner Schulter und stellte sich vor, wie aus ihrem Mund etwas Zähes, Ekliges daraufropfte, konnte sich aber nicht überwinden, nachzuschauen. Besser, er kniff die Augen fest zu. Besser, er redete sich ein, sie wäre gar nicht da.

»Jaja, mir vorwerfen, ich würde lügen, dabei hast du erst letzte Nacht mit einem Kissen in der Hand dagestanden und dich gefragt, ob jemand genauer hinschauen würde, wenn dein Vater plötzlich stirbt, so wie er da hängt.« Ihre Stimme klang wie Kieselsteine und Rasierklingen.

»Hab ich nicht«, quiekte Karl, wieder vierzehn Jahre alt und beschämend unfähig, seine Stimmbänder unter Kontrolle zu halten.

»Da, genau so klingt eine Lüge. Du weißt genau, dass es stimmt, Sohn, und ich auch. Ich war dabei. Ich hab dein Gesicht gesehen. Und du wolltest nachschauen, ob bei so einem Fall eine Obdi...« Sie fand das Wort nicht.

»Obduktion«, half er ihr und hasste sich für sein stummes Eingeständnis. »Ich wollte es nicht wirklich! Ich dachte, es wäre vielleicht eine Gnade. Ich liebe meinen Dad, das weißt du doch.« Er weinte jetzt und rieb sich den Kopf, weil er den Anflug einer Migräne spürte.

»Oh, tut's immer noch weh, Baby?«, spottete sie. »Warst du nicht stark genug, um dich zu verteidigen?«

»Ich hab getan, was du gesagt hast!«, schrie er.

»Ach ja? Du sitzt aber immer noch heulend vor ihrem Haus, und sie hat immer noch ihren wichtigen Job und schneidet Leute auf und kriegt ein Heidengeld dafür, und wenn sie nach Hause kommt, fickt sie diesen nichtsnutzigen Schnüffler. Und, was machst du dagegen, Kleiner?«

Er kämpfte dagegen an, sich auf seinen Schoß zu erbrechen, ihr Mund war jetzt dicht neben seiner Wange, er konnte ihren nach Aas stinkenden Atem riechen.

»Ich muss hier weg«, sagte er. »Sonst sieht mich noch jemand.«

Er ließ den Motor an und brauste so schnell davon, dass seine Mutter auf den Sitz zurückfiel. Fünfundzwanzig Minuten später war er zu Hause, rief der Pflegerin, die noch eine Stunde lang da sein würde, ein flüchtiges Hallo zu, stürzte die Treppe hinauf ins Bad, verriegelte die Tür hinter sich und ließ sich eine Badewanne ein.

Er hatte seit Jahren nicht gebadet, und er hätte nicht sagen können, warum er genau jetzt ein Bad brauchte, aber alles, wonach er sich sehnte, war, mit dem ganzen Körper in so heißes Wasser wie möglich einzutauchen. Karl kniete sich vor den Waschbeckenunterschrank und kramte darin. »Da ist welcher drin, das weiß ich genau«, murmelte er. »Ja. Hier.« Von ganz hinten holte er eine vergilbte Plastikflasche hervor, schraubte den Deckel ab, goss von dem Badezusatz in das fließende Wasser, hielt den Kopf in den aufsteigenden Dampf und atmete tief ein. »Sehr gut. Viel besser.«

Er riss sich die Kleider vom Leib, stieg hinein, hüpfte von einem Fuß auf den anderen, bis er Kalt- und Warmwasser richtig eingestellt hatte und der kalte Zustrom dazu führte, dass er sich nicht mehr die Knöchel verbrannte. Als er sich hingesetzt hatte und tiefer ins Wasser rutschte, war das einfach nur erleichternd. Jetzt konnte er den Gestank seiner Mutter loswerden.

Erst als er auch mit dem Kopf unter Wasser tauchte, entspannte er sich. Das Lavendelschaumbad wirkte Wunder. Er war wieder sauber. Sein Kopf hatte aufgehört zu schmerzen. Er war zu Hause und in Sicherheit, und seine Mutter war tot. Er setzte sich auf und holte tief Luft.

»Tot, töter, tötörötötö«, sagte er und kicherte. »Aus die Maus. Alles nur Einbildung. Ich muss mich einkriegen.« Er schlug sich mit dem Handballen gegen die Stirn, bis am Rand seines Blickfelds grelle Lichtblitze zu sehen waren. »Muss mich reindiegen, duss mich deinmieben.« Weiter und weiter schlug er sich gegen den Kopf, verlor sich im Rhythmus, froh, als erst der Schmerz und dann die Taubheit über ihn kamen.

Die Finger, die sich um sein Fußgelenk schlossen, waren nicht glitschig vom Wasser oder dem Schaumbad. Sie waren so trocken wie die Erdkrume bei Dürre und ebenso nahe daran, zu zerfallen.

Sofort tauchte er unter, dass das Wasser nur so spritzte, hielt sich an den Seitenwänden der Wanne fest, schnappte nach Luft, bekam seifigen Lavendelgeschmack in den Mund. Er schlug um sich, und seine Beine berührten seine Mutter, die ihm gegenüber am Fußende der Wanne saß. Er schrak zurück, zog die Knie an die Brust, um seine Nacktheit zu verbergen, und drehte den Kopf zur Seite, um seine Mutter nicht direkt ansehen zu müssen.

»Als kleiner Stöpsel hattest du kein Problem damit, mit mir zu baden. Du bist auf mir rumgeklettert und hast mich gekitzelt, bis wir beide vor Lachen nicht mehr konnten. Bis du gepinkelt hast natürlich, dann mussten wir beide raus und unter die Dusche.«

Karl würgte und schluckte die Galle hinunter, die ihm in die Kehle stieg, hielt sich den krampfenden Magen und streifte mit dem Blick ungewollt seine Mutter.

»Ach, komm schon, du hast doch schon Titten gesehen, oder? Nicht sehr oft wahrscheinlich und nicht die, die du dir gewünscht hättest. Diese Molly Waterfall, für die hattest du was übrig, oder?« Karl spürte, wie er rot wurde. »Trotzdem warst du mir treu, obwohl du sie wolltest, das vergesse ich dir nicht, Kleiner. Jetzt fehlt nicht mehr viel. Beth Waterfall kriegst du auch noch aus der Welt geschafft. Du musst nur überlegen, wie, und du musst dafür sorgen, dass sie allein ist.«

»Aber dieser Polizist … er ist jetzt ständig bei ihr.«

»Mit dem wirst du fertig. Er ist nicht mehr jung. Du bist stärker und fitter, und er ist verletzt. Wetten, seine Haut würde ganz schnell aufplatzen, wenn du auf die Stelle drückst, wo das Glas ihn erwischt hat!«

Karl seufzte.

»Und wenn er aus dem Weg ist, kannst du dir Zeit mit ihr nehmen. Stell dir ihr Gesicht vor, wenn sie sieht, dass du es bist. Mach's am besten mitten in der Nacht, wenn sie am schutzlosesten sind. Verwirrt und im Halbschlaf.« Sie bleckte die braunen, scharfen Zähne.

»In ihrem Haus ist es zu riskant, Ma. Am besten tötet man jemanden draußen. Da hinterlässt man weniger Spuren, man kann leichter verschwinden und man ist sicher vor möglicherweise versteckten Kameras oder stillen Alarmanlagen.«

Er war schon dabei, es sich vorzustellen. Mochte seine Mutter denken, was sie wollte, er fand zügig vollbrachte Morde am besten. Die waren sauberer und professioneller. Vermittelten einen Eindruck der Nichtigkeit, der Verächtlichkeit. Ja, das war Macht.

Unwillkürlich machte sich seine Erregung bemerkbar, und seine Mutter kicherte. »Ha, das ist mein Junge!«, rief sie und streckte die knochig-schlaffen Arme in der Luft, die gespreizten Hände gruselig an Jazz Hands erinnernd. Karl stand auf. Seine Erektion war ihm jetzt egal, ebenso die Angst vor den Konsequenzen, die es haben würde, wenn er Beth Waterfall das antun würde, was er vorhatte.

Denn wenn die Chirurgin tot war, würde es ein Ende haben.

Wenn Karl tat, was seine tote, verwesende Mutter von ihm wollte, würde sie endlich aus seinem Leben verschwinden. Und diesmal nie wieder zurückkommen.

KAPITEL 35

16. Juni

Brodie Baarda saß in einem zivilen Polizeiwagen in einer Seitenstraße, von der aus er die Einfahrt des mehrstöckigen Parkhauses von St. Colomba's im Auge behalten konnte. Auch einen der Eingänge zum Hauptgebäude hatte man von hier aus im Blick, allerdings erstreckte sich der weitläufige Klinikkomplex über ein riesiges Areal mit mehreren Nebengebäuden für bestimmte Fachgebiete.

Es herrschte ein unbeschreiblicher Publikumsverkehr, und zwar nicht nur von Menschen, die dort arbeiteten, zur Behandlung oder zu Besuch kamen. Es gab Lieferungen, Essensbestellungen, ja, sogar eine Anwaltskanzlei hatte irgendwo im Haus ihre Räume. Dann kam ein Kleinbus voller Nonnen in komplettem Habit angefahren, und Baarda wurde klar, dass das eine ideale Verkleidung für einen Serienkiller wäre. Schließlich hielt ein Schulbus, aus dem mindestens vierzig Jugendliche und fünf Lehrkräfte stiegen, vielleicht zu einer Einführungsveranstaltung für Schülerpraktika. Brodie ließ den Eingang Eingang sein und überlegte stattdessen, von wo aus man die Klinik am besten im Auge behalten und dabei selbst ungesehen bleiben konnte.

Die Straße, in der er stand, war nicht kameraüberwacht. Auch gab es keine kameraüberwachte Verkehrsampel in der

Nähe, ebenso wenig Geschäfte oder Betriebe mit eigenen Kameras. Ein perfekter Platz zum Parken. Allerdings waren die Stellplätze begrenzt und garantiert schon früh am Tag alle besetzt, da das Parkhaus kostenpflichtig war. In weiter entfernten Seitenstraßen war die Parkplatzsituation sicher besser, aber dann musste man ein paar Minuten zu Fuß gehen und hatte nicht die Möglichkeit, die Klinik aus dem Auto heraus zu beobachten.

Ohne den Blick von der Umgebung zu wenden, nahm er seine Erkenntnisse mit dem Handy auf. »Wir müssen Zivilbeamte Haustürbefragungen in Nebenstraßen durchführen lassen, ob wiederholt eine Person zu Fuß gesehen wurde, die das Krankenhaus beobachtete oder ohne ersichtlichen Grund dort herumlungerte.«

Er stieg aus und ging auf die Klinik zu, wobei er nach sichtbaren Kameras auf dem Gelände Ausschau hielt. Manche waren auf Masten oder über Eingängen montiert und sprangen sofort ins Auge, aber er wusste bereits, dass es auch welche gab, die als Straßenlaternen und Alarmsirenen getarnt waren. Alles in allem war einiges an Sicherheitstechnik vorhanden, genug, um die meisten intelligenten Kriminellen davon abzubringen, hier nach Opfern Ausschau zu halten.

Außer natürlich, sie hatten Grund, sich ganz legal in der Klinik aufzuhalten. Das ergab sehr viel mehr Sinn. Baarda trat durch den Haupteingang und sah sich um. Auch Serienkiller wurden krank. Sie hatten kranke Angehörige. Oder arbeiteten im Gesundheitswesen.

Psychopathen lebten nicht im Verborgenen und waren in allen Lebensbereichen anzutreffen. Seiner Erfahrung zufolge handelte es sich oftmals um ganz unscheinbare Leute.

»Unmöglich«, murmelte er. »Viel zu viele Variablen.«

Eine Schwester, die an ihm vorbeikam, lächelte ihm freundlich zu. »Geht es Ihnen gut? Sie sehen schrecklich besorgt aus.«

Baarda schüttelte leicht den Kopf und lachte. »Ach, ich habe gerade viel im Kopf. Eine Freundin von mir leidet an schwerer Agoraphobie. Jetzt ist sie zu einer Behandlung einbestellt, und ich frage mich, wie sie ins Haus kommen könnte, ohne allzu vielen Leuten zu begegnen. Sonst bekommt sie Panik.«

Die Schwester strahlte ihn an. »Na, da kann ich Ihnen helfen. Mein Dienst fängt erst in einer halben Stunde an, ich zeige Ihnen gerne, welches der beste Weg wäre. Kommen Sie mit.«

Sie gingen durch den Haupteingang wieder nach draußen und um das Gebäude herum. »Wohnen Sie in Edinburgh, oder besuchen Sie Ihre Freundin nur?«

»Ich bin nur zu Besuch. Wobei ich Schottland liebe. Als Kind wurde ich oft hierher in Ferien geschickt, das vergisst man nicht.«

»Oh ja«, sagte sie. »Ich könnte nie woanders leben. Was machen Sie denn, wenn Sie nicht gerade den guten Samariter für Ihre Freunde spielen?«

»Ich bin im Personenschutz tätig«, gab er wie auf Knopfdruck zurück. »Also, Bodyguard für Politiker und Prominente und so.« Das war sein Standardspruch.

»Wow, das ist ja aufregend! Haben Sie schon Leute beschützt, die man kennt? Hier, diesen Weg entlang und dann die Tür rechts.« Sie zeigte darauf.

»Elton John, Kate Moss, Gordon Ramsay. Aber ehrlich gesagt ist es gar nicht so spannend. Man steht oft bis spät in die Nacht in Hotelfoyers und vor Restaurants herum.«

»Für mich hört es sich spannend an, ich würde liebend gern mehr darüber hören. Dieser Eingang führt direkt auf unsere geriatrische Reha-Station, damit die Patienten dort nicht durch den Haupteingang müssen, wo alle möglichen Keime und Bakterien herumfliegen. Die meisten sind schon länger in Behandlung, und wir versuchen, sie wieder fit für ein eigenständiges Leben zu bekommen. Die Doppeltür rechts führt in den Aufenthaltsraum, geradeaus geht es am Stationszimmer vorbei zu den Zimmern und Physiotherapieräumen, aber wenn Sie hier links abbiegen, kommen Sie durch die Radiologie in die Notaufnahme. So sind die Patienten hier ein bisschen geschützter, können aber schnell zum Röntgen und zu anderen Untersuchungen und Therapien gelangen.«

»Das ist aber gut durchdacht«, sagte Baarda. »Sehr klug. Und ja, das scheint mir der ideale Eingang für meine Freundin zu sein.«

»Schön, wenn man einen so fürsorglichen Freund hat. So einen Vorbesuch würden nicht viele Leute für jemand anderen machen.« Sie errötete leicht, und Baarda wurde plötzlich bewusst, dass in ihrem Blick mehr lag als nur Hilfsbereitschaft. Er wünschte, er müsste sie nicht anlügen. Das war ein Aspekt seines Jobs, mit dem er immer wieder haderte. »Also, wenn Sie noch einen Kaffee wollten, ich hätte Zeit für einen. Dann kann ich Ihnen auch den Weg zurück durchs Haus zum Haupteingang zeigen.«

»Vielen Dank, das ist sehr nett von Ihnen, aber ich habe nachher noch was Dringendes vor.« Sie wirkte enttäuscht. »Außerdem weiß ich nicht, was meine Partnerin dazu sagen würde, wenn ich mit einer so hübschen Dame Kaffee trinke. Also, danke vielmals, normalerweise hätte ich gern zugesagt.«

Sie lächelte. »Da muss ich Ihnen wohl vergeben. Ich hoffe, Ihre Freundin schafft es ohne Panik zu ihrer Behandlung. Nur falls sich bei Ihnen mal was ändert, ich arbeite auf der Kinderstation.« Sie zuckte mit den Schultern. »Ein bisschen träumen kann man ja.«

Baarda sah ihr nach und fragte sich, wie sein Leben wohl aussähe, wenn er Connie nie kennengelernt hätte. Einfacher, auf jeden Fall. Und weniger aufregend. Und definitiv weniger verwirrend.

Im Kopf erstellte er einen ungefähren Lageplan des Klinikgeländes und überlegte, was für einen Blick man von dieser

Station aus nach vorne zum Haupteingang hin hatte. Um das nachzuprüfen, schien ihm der Aufenthaltsraum am geeignetsten. Die Tür war nicht verschlossen. Baarda ging hinein.

Die Wand gegenüber war voll verglast, davor standen mehrere Sofas und Sessel. Man sah die Rasenfläche mit einzelnen Blumenbeeten darin, dahinter das Parkhaus und die Straße, in der er geparkt hatte. Aus Lautsprechern dudelte blecherne Beruhigungsmusik; die wenigen Patienten, die hier saßen, wirkten unbeeindruckt. Abgesehen davon war die Beleuchtung gut, an einer Seitenwand hing ein riesiger Fernsehbildschirm, auf einem Beistelltisch waren Gesellschaftsspiele gestapelt, und es gab ein Regal voller Bücher.

Baarda ging zu der Ecke, aus der man die beste Aussicht hatte, und schaute hinaus.

»Sie sind von der Polizei«, sagte jemand. »Ich weiß nicht wie, aber man erkennt euch immer.«

Baarda sah zu dem Mann hinüber, der ihn angesprochen hatte. »Hört sich an, als hätten Sie da Erfahrung.«

»Ich war vierzig Jahre lang bei der Feuerwehr. Manche meiner besten Freunde waren Polizisten. Es war immer schön, mit Leuten zusammen zu sein, die wussten, wie's in unserem Job zugeht. Ich bin Charlie Stott.« Er hielt Baarda die Hand hin und versuchte aufzustehen, hatte aber sichtlich Mühe dabei.

Baarda ging zu ihm hin. »Brodie Baarda. Freut mich, Charlie. Wie sind Sie hier gelandet?«

»Zu viel auf Leitern geklettert und achtzig Jahre alte Hüften. Schlechte Kombination. Ich nehme nicht an, dass Sie die Kabel aus den Lautsprechern reißen können, oder? Wäre viel netter hier, wenn man nicht den ganzen Tag dieses trübselige Zeug in den Ohren hätte.«

»Das wäre vermutlich Sachbeschädigung und strafbar. Aber ich kann im Stationszimmer anfragen, ob die was anderes auflegen könnten, wenn Ihnen das hilft?«

Charlie war sichtlich einmal ein Hüne gewesen. Noch immer besaß er einen beeindruckenden weißen Haarschopf, eine tiefe, volltönende Stimme und einen entschlossenen Zug um den Mund, der ahnen ließ, dass es ihm nicht leichtfallen dürfte, von anderen abhängig zu sein. Zu altern war eine Art Langzeitfolter – vorausgesetzt, man kam überhaupt so weit.

»Ach, sparen Sie sich die Mühe«, sagte Charlie. »Dann kommt eine halbe Stunde lang was anderes, und irgendwann wechseln sie wieder zu diesem Schrott. Wahrscheinlich soll uns das anspornen, möglichst schnell wieder gesund zu werden.« Er zwinkerte Baarda zu. »Sie sind bestimmt wegen des Mordes hier, was?«

Baarda setzte sich auf den Sessel neben ihm, der erstaunlich bequem war. »Sie wissen davon? Wir haben versucht, das Thema so weit wie möglich aus der Öffentlichkeit rauszuhalten.«

»Ich hab Ohren. Wenn Sie den Menschen zuhören, brauchen Sie fast keine Zeitung mehr. Gestern bei der Medikamentengabe haben sich die Schwestern darüber unterhalten. Anscheinend glauben sie, wir wären alle taub oder halb dement. Eine sagte, zuerst hätte man gedacht, der Junge wäre an was Natürlichem gestorben, aber dann hätte sich die Polizei auf den Fall gestürzt, und auf einmal wären die Sicherheitsmaßnahmen verstärkt worden. Und, stimmt das?«

»Hier unten scheinen die Sicherheitsmaßnahmen nicht verstärkt worden zu sein«, merkte Baarda an. »Ich konnte einfach reinmarschieren.«

Charlie grinste. »Na ja, was gibt's hier schon groß zu ermorden? Ein paar Alte, die sowieso schon klapprig sind. Soll der Killer doch kommen, wenn er will. Dem werde ich meine Krücken aber um die Ohren hauen.«

Baarda grinste zurück. »Nun, wir haben noch keinen Verdächtigen, also kann ich Ihnen nicht sagen, ob es sich um einen Mann oder eine Frau handelt, aber es war definitiv Tod durch

Fremdeinwirkung, und er fand definitiv hier in der Klinik statt. Ich werde veranlassen, dass die Sicherheit auch hier unten verstärkt wird. Auch Sie sollten keinem Risiko ausgesetzt sein.«

»Wetten, es ist ein Mann? Ich hab den Schwestern schon gesagt, dass ich ein paarmal so einen komischen Typen hier gesehen hab. Aber auf mich hört ja keiner. Die sehen nur meine klapprigen Hüften und denken gleich, mein Hirn wäre auch verrottet.«

»Was ist Ihnen aufgefallen, Charlie? Und nur fürs Protokoll, ich kann Ihnen schon jetzt sagen, mit Ihrem Gehirn ist alles in Ordnung.«

Charlie beugte sich vor und senkte die Stimme. »Die glauben alle, ich bilde mir das nur ein, aber ich schwöre, hier kommt mindestens einmal pro Woche, manchmal auch öfter, ein Mann rein, der jedes Mal anders aussieht. Manchmal ist er normal angezogen, aber immer mit Mütze. Und manchmal ist er in Klinikkleidung.«

»Glauben Sie, er arbeitet hier und zieht sich vielleicht erst auf Station um?«

»Das ist die Sache«, sagte Charlie. »Er trägt immer wieder andere Kittel. Mal so einen wie die Pfleger. Dann wieder einen für Stationshelfer. Einmal hab ich ihn schon in Putzuniform gesehen. Und es kommt vor, dass er hier rausgeht, aber nicht hier reingekommen ist. Und selbst in Uniform hat er immer eine Mütze oder Kapuze auf.«

Charlie lehnte sich zurück. Baarda betrachtete ihn ein paar Sekunden lang. »Sie wissen, dass ich diese Frage stellen muss: Warum sind Sie sich sicher, dass es immer derselbe Mann ist?«

»Gute Frage. Ich hab ihn schon mit rasiertem Kopf gesehen, mit gefärbten Haaren, eine Weile hatte er einen Schnurrbart, dann war er wieder glattrasiert. Seine Klamotten sind immer total unauffällig, nichts mit Statement oder persönlichem Stil. Aber es ist er. Inzwischen halte ich schon Ausschau nach ihm.

Ich dachte, vielleicht ist er hier in Therapie wegen multipler Persönlichkeitsstörung oder so, dann wieder hab ich mich gefragt, ob nicht *ich* langsam irre werde. Bis das hier passiert ist.«

Baarda zog sein Handy aus der Tasche. »Charlie, geben Sie Ihre Zustimmung, dass ich die nächsten Fragen aufzeichne, nur damit ich den genauen Wortlaut habe?«

»Klar doch. Wollen Sie wissen, an welche Einzelheiten ich mich erinnere?« Baarda nickte. »Also, erstens ist er dünn, Körpergröße etwa eins achtzig, vielleicht minimal mehr. Das ist für mich im Moment schwerer zu schätzen, weil ich meistens sitze. Er ist weiß, und ich schätze, ungefähr dreißig Jahre alt, aber wegen des wechselnden Aussehens ist das auch schwer zu sagen.«

»Wie war seine Frisur, als Sie ihn das letzte Mal sahen?«

»Ich glaube, er lässt die Haare gerade wieder wachsen. Aber den oberen Teil seines Kopfs hab ich nie gesehen.«

»Irgendwas Besonderes an der Art, wie er sich bewegt? Haben Sie ihn je sprechen gehört? Hat er Tattoos? Hatte er jemals so etwas wie eine Tasche oder einen Fahrradhelm dabei?«

Charlie dachte nach. »Keine Tattoos. Ein-, zweimal hatte er einen Rucksack über der Schulter. Ich hab ihn meistens durch dieses Fenster hier oder durch das Glas der Tür gesehen, aber beides ist schalldicht, deshalb nein, gehört hab ich ihn nie. Wie er sich bewegt … Ich würde sagen, er versucht, sich so unsichtbar wie möglich zu machen. Er zieht nicht den Kopf ein, aber er schaut immer nach unten, hat die Hände in den Taschen, als wollte er sagen: Ich bin ganz unwichtig, beachtet mich gar nicht. Verstehen Sie?«

»Oh ja«, sagte Baarda. »Sie beschreiben sehr gut. Wissen Sie vielleicht noch, wann Sie ihn zuletzt gesehen haben?«

»Das kann ich Ihnen ganz genau sagen. Am zwölften Juni. Da hatte ich eine Untersuchung, ob ich schon fit genug bin, um nach Hause zu gehen. Aber die haben mich noch mal für einen Monat verknackt, trotz guter Führung und so.«

»Das tut mir leid, Charlie, aber dann wieder auch nicht – seien Sie mir nicht böse, aber wenn Sie schon weg wären, hätte ich jetzt nicht mit Ihnen sprechen können.«

»Ist für meine Informationen eine reingeschmuggelte Flasche anständiger Single Malt für mich drin, was meinen Sie?«

»Auf jeden Fall. Und wenn Sie rauskommen, lade ich Sie außerdem zu einem Steak ein. Wir werden Ihnen jemanden vorbeischicken, der ein Phantombild nach Ihrer Beschreibung zeichnet, und wir müssen Ihre Aussage formell aufnehmen. Sind Sie damit einverstanden?«

»Mehr als einverstanden. Das ist das Spannendste, was ich seit acht Monaten erlebe, sosehr ich wünschte, es hätte niemand sterben müssen.«

»Machen Sie sich keine Gedanken.« Baarda stand auf und legte ihm die Hand auf die Schulter. »Wir alle müssen das Beste aus dem machen, was uns widerfährt. Passen Sie erst mal auf sich auf.«

»Und wenn ich ihn wieder sehe?«

»Ich werde gleich jemanden in Zivil hierherschicken. Wenn Sie den Mann sehen, verkneifen Sie es sich bitte, ihm Ihre Krücken um die Ohren zu hauen, und geben Sie stattdessen dem Kollegen oder der Kollegin Bescheid. Ab jetzt kümmern wir uns darum.« Baarda sagte es in halb scherzhaftem Ton, war sich aber nicht sicher, ob die Mahnung zur Zurückhaltung bei Charlie nicht berechtigt war.

»Schön wär's. Der hat Glück, dass meine Hüfte immer noch angeschlagen ist. Sonst wäre der Kerl Hackfleisch, das sage ich Ihnen!«

KAPITEL 36

Zwölf Monate zuvor

»Wir werden Molly als Tochter, Freundin und talentierte Künstlerin in Erinnerung behalten. Sie ist viel zu früh von uns gegangen, ohne eine Chance, ihre außergewöhnliche Begabung ganz zu entfalten. Dennoch sind wir dankbar für ihr Leben, und jeder Tag, den sie mit uns verbracht hat, war ein kostbares Geschenk.« Der Pastor streckte die Hand vage über der Urne aus, neben der ein großes Foto von Mol stand, wie sie mit achtzehn einen Strand entlang auf Beth zurannte, die ihr ungezwungenes Grinsen und ihre leuchtenden Augen mit der Kamera für die Ewigkeit festgehalten hatte.

Der Trauergottesdienst war nur spärlich besucht. Wegen Mollys geschädigtem Ruf hatte Beth nicht mit großem Andrang gerechnet und fand es auch besser so. Als Nächstes würde die Lesung kommen, etwas angemessen Düsteres mit positiver Note. *Molly ist jetzt an einem besseren Ort. Mollys Leid hat ein Ende. Molly würde nicht wollen, dass man lange um sie trauert.* All die wahren, aber nutzlosen Phrasen, die bei solchen Gelegenheiten gesagt wurden. Der Trauergottesdienst war als Abschluss für die Öffentlichkeit gedacht. Bei allem anderen war nur Beth zugegen gewesen.

Ihr selbst half der Gottesdienst nicht. Ihre Tochter war nicht mehr da. Beth war allein. Da war niemand, der zu Hause auf sie wartete, niemand, mit dem sie den Tag beginnen konnte. Mollys Zimmer sah noch fast genauso aus wie in der Nacht, als Molly vom Rettungsdienst abtransportiert worden war, nur das, worauf es ankam, hatte Beth in Ordnung gebracht. Die Tablettenfläschchen waren weggeräumt, das Bett abgezogen. Die Fotos von ihr und Molly, die auf dem Nachttisch gestanden hatten, hatte sie entfernt und für jedermann sichtbar in der Wohnung platziert. Einmal am Tag betrat sie das Zimmer und versprühte darin einen Hauch von Mollys Lieblingsparfüm, um sich einen glückseligen Moment lang einzubilden, das Zimmer wäre nicht unbewohnt und ihre Tochter könnte jeden Moment daraus hervorstürmen, einen Haufen farbbekleckerter Klamotten im Arm und den allgegenwärtigen Pinsel hinter dem Ohr, weil sie so an ihn gewöhnt war, dass sie es vermisste, wenn da keiner war.

Mols Atelier hatte Beth gekündigt und sich an die langwierige, qualvolle Arbeit gemacht, alles darin zu verpacken und an seine Bestimmungsorte zu verschicken. Für die fertigen Gemälde hatte Mol genaue Anweisungen hinterlassen.

Zwei Wochen lang blieb Beth zu Hause, um alles zu arrangieren und Nachrufe für die örtlichen Zeitungen zu schreiben. Dann, als sie die Stille und Leere nicht mehr ertrug, stürzte sie sich wieder in die Arbeit, um sich ganz der Konzentration hinzugeben, die das Aufschneiden, Behandeln und Zunähen von Menschen erforderten.

Die Kondolenzkarten und Blumen, die sie bekam, machten sie nur noch wütender. Einstige Freunde, die sich verdächtig rar gemacht hatten, als es darauf angekommen wäre, wollten nun ihr Gewissen beruhigen. Leute aus der Kunstszene, die sich hübsch fern von Molly gehalten hatten, während ihr Ruf Beulen und Schrammen bekam, ergingen sich jetzt bei allen, die ihnen zuhörten, in Lobeshymnen über ihre Begabung und ihr Potenzial. Es war zum Kotzen.

Aber die Extreme von Beths Hass, der Mount Everest und der Marianengraben ihrer Abscheu, waren für einen einzigen Mann reserviert. Karl Smith war nicht mehr nur irgendein vermutlich impotenter, sexuell frustrierter, jämmerlicher kleiner Scheißer, der sich daran aufgeilte, mit dem Leben ihrer Tochter zu spielen. Sie hatte ihn jetzt in jeder freien Sekunde vor Augen, er atmete ihr schwer ins Ohr, wenn sie sich den Verlust draußen in den Straßen von der Seele joggte, sah ihr dabei zu, wie sie die Mengenangaben in Kochrezepten an eine Person anpasste, und beobachtete sie aus der Ecke ihres Zimmers heraus, wie sie Nacht für Nacht versuchte, in dem viel zu leeren und einsamen Haus Schlaf zu finden. Der Gedanke an ihn verzehrte sie förmlich, alle paar Tage zeigte ihre Waage ein Pfund weniger an, weil sie mehr Sport trieb und weniger aß denn je.

Seinetwegen konnte sie ihre Tochter nicht mehr jeden Morgen mit einer Umarmung begrüßen. Seinetwegen konnte sie sich nicht mehr abends eine Tüte Popcorn mit ihr teilen. Seinetwegen hörte sie Mol nicht mehr in der Küche, im Garten oder im Bad singen. Beths neues Leben war brüchig und instabil, und auch wenn nicht alles hoffnungslos düster war, hatte sie so viel verloren, dass sie sich kaum im Spiegel wiedererkannte.

Sie war nie ein rachsüchtiger oder gewalttätiger Mensch gewesen, hatte nie jemandem Böses gewünscht oder sich ausgemalt, wie sie jemandes Leben ruinieren könnte, aber nun wünschte sie sich brennend, sie könnte Karl Smith vor Gericht bringen. Oder dafür sorgen, dass ihn ein Unglück ereilte. Doch alles, was ihr blieb, war darauf zu hoffen.

KAPITEL 37

17. Juni

Lively saß, einen Rollator vor sich, auf einer Bank in der Nähe des Eingangs der geriatrischen Reha-Abteilung, in einem Ensemble aus Pyjama, Morgenmantel und Hausschuhen, das er nur unter massivem Protest angezogen hatte. Salter hatte ihm das Outfit persönlich gekauft und jede Minute davon genossen.

Andere, ähnlich getarnte Beamte waren strategisch um jeden möglichen Eingang herum verteilt, einschließlich der Tore für Rettungs- und Leichenwagen; dort trugen die Posten Personalkleidung. Lively als ältestes Mitglied des Major Investigation Team war der Einzige gewesen, der für den Posten vor der Geriatrie infrage kam. Tatsächlich hatte er immer noch einen Verband um den Hals, dieser Teil seiner Verkleidung war also authentisch.

Lively hatte Charlie kennengelernt und mit ihm über den verdächtigen Besucher gesprochen. Dabei hatten sie festgestellt, dass sie sich in Livelys ersten Dienstjahren schon einmal begegnet sein mussten. Was nicht dazu beigetragen hatte, dass Lively sich jünger fühlte, obwohl er Charlie sofort sympathisch fand. Allerdings hatte er darauf bestanden, dass Charlie für die Dauer der Ermittlung auf eine andere Station verlegt wurde.

Sicher, es war unwahrscheinlich, dass Charlie den Verdächtigen durch die Fenster des Aufenthaltsraums entdeckte und dieser im selben Augenblick bemerkte, dass Charlie ihn komisch musterte. Aber wenn es doch geschah, bestand das Risiko, dass der Gesuchte die Flucht ergriff oder, schlimmer noch, Charlie ins Visier nahm, und das wäre unverzeihlich.

Dem Klinikpersonal hatte man die Phantombilder aus denselben Gründen nicht gezeigt. Aufgrund der wechselnden Kittel war klar, dass der Verdächtige kein echter Mitarbeiter war, also war es ohnehin unwahrscheinlich, dass jemand ihm im Arbeitsalltag begegnet war. Außerdem hatte Superintendent Overbeck beschlossen, so wenig wie möglich in den Klinikbetrieb einzugreifen. Nur die Polizei und das Sicherheitspersonal des Klinikums hatten die Bilder zu Gesicht bekommen, um die Überwachung zu ermöglichen.

Wenn alles nichts fruchtete, würde der Police Scotland nichts anderes übrig bleiben, als die Phantombilder zu veröffentlichen, verbunden mit der Ansage, es handle sich um eine »Person, mit der wir gerne sprechen würden« oder einen »potenziell wichtigen Zeugen«. Aber lieber wäre allen, wenn die Undercover-Operation erfolgreich wäre.

Connie hielt sich nach ihrem Zeitungsinterview vom Schauplatz fern, und auch Baarda blieb abseits für den Fall, dass jemand über Connie Woolwine recherchiert und Fotos gefunden hatte, auf denen sie beide zu sehen waren. Ansonsten befanden sich alle verfügbaren Kräfte des MIT im Klinikum – auf den Stationen, in der Cafeteria, im Geschenkladen, auf den Fluren oder in parkenden Autos.

Seufzend schlug Lively seine Zeitung auf und hoffte, irgendeine gute Seele würde ihm in absehbarer Zeit einen Kaffee und ein Gebäck aus der Cafeteria bringen. Das Frühstück war Stunden her, und er konnte nicht einfach seinen Posten aufgeben und sich selbst etwas holen. Da trat wie ein Engel Beth aus der Eingangstür zur geriatrischen Station, in den Händen eine Thermosflasche und eine Frischhaltedose.

»Ich habe gerade Mittagspause und würde mich gern gemütlich irgendwo hinsetzen und die Sonne genießen«, sagte sie. »Haben Sie etwas dagegen, wenn ich mich bei Ihnen niederlasse?«

Er fand es toll, dass sie selbst jetzt, wo weit und breit niemand zu sehen war, die Fassade aufrechterhielt und so tat, als würden sie sich nicht kennen. Beth Waterfall war schon eine ganz besondere Frau.

»Wie Sie wollen. Ist aber bisschen hart, die Bank.«

»Sie Armer!«, sagte sie bedauernd. »Soll ich Ihnen ein Kissen holen? Alt zu sein, ist schon schlimm, was?«

»Okay, es reicht mit dem Amüsieren. Wenn in dieser Flasche kein Kaffee ist, lassen Sie mir gefälligst einfach das Essen da und verschwinden gleich wieder, Lady«, knurrte er, bemüht, nicht zu lächeln.

»Ach, hätten Sie gern etwas von meinem Kaffee? Ich habe mehr als genug für zwei. Nur Zucker ist keiner drin, fürchte ich. Wir versuchen, unsere Patienten dazu zu bringen, sich möglichst gesund zu ernähren.« Sie schenkte ihm eine Tasse ein und reichte sie ihm.

Es gelang Lively, sich einer Antwort zu enthalten.

»Herrlicher Tag, so schön sonnig. Sie sind auf dem Weg der Genesung, wie mir scheint?«

»Am Verhungern bin ich«, murmelte er. »Zwing mich nicht, aus der Rolle zu fallen und diese Dose mit Gewalt an mich zu bringen. Was ist da drin?«

»Selbstgebackene Würstchen im Schlafrock mit Käse im Teig, ein paar Kirschtomaten und als Dessert ein paar Jaffa Cakes. Ich weiß, die liebst du, aber zu viele wären nicht gut für dich.« Sie öffnete die Dose.

Lively konnte nicht umhin zu grinsen. »Verdammt, riecht

das gut.« Er nahm ein Würstchen und vernichtete es mit einem einzigen Bissen. »Du weißt aber, dass du hier nicht lange sitzen bleiben kannst?« Am liebsten hätte er ihre Hand genommen.

»Ich weiß«, sagte sie. »Aber ich musste wenigstens kurz nach dir schauen. Im Prinzip bist du ja noch Patient hier, und ich habe meinen Arztkittel an, also haben wir beide jedes Recht, hier zu sitzen. Übrigens, um sechs habe ich Feierabend. Ist deine Schicht dann auch zu Ende?«

»Bei solchen Aktionen gibt's keine geregelten Schichten.« Um Beth glücklich zu machen und die Jaffa Cakes zu rechtfertigen, auf die er sich gleich stürzen würde, steckte er sich eine Kirschtomate in den Mund. »Vielleicht wird es hier in einer halben Stunde aufregend, vielleicht passiert auch eine Woche lang gar nichts. Früher oder später machen wir Schicht, aber das entscheidet die Superintendentin, die in der Sicherheitszentrale sitzt. Sie ist persönlich hier, weil Connie sich ja nicht blicken lassen kann. Ich staune – an vorderster Front war sie schätzungsweise zuletzt im zwanzigsten Jahrhundert.«

»Das klingt so gemein«, sagte Beth leise. »Wenn ihr alle ein bisschen netter zu ihr wärt, würde sie bestimmt milder werden.« Sie nahm sich selbst eine Kirschtomate.

»Ich glaube, sie sieht das sportlich. Wahrscheinlich wüsste sie gar nicht, was sie mit sich anfangen soll, wenn wir nicht wären, wie wir sind. Ihren Job macht sie übrigens gut. So lange wie sie hält man sich im Dienst nur, wenn man Verbrechern beizukommen weiß. Aber so schön das hier gerade ist, du solltest dich jetzt verdrücken. Wenn was passiert, will ich dich nicht in der Nähe wissen.« Er nahm sich zwei Jaffa Cakes aus der Dose und gratulierte sich innerlich dazu, nicht gleich alle vier genommen zu haben.

»Bist du wirklich sicher, dass ich das Phantombild nicht sehen soll? Es wäre so schrecklich, wenn ich auf dem Flur an diesem Mann vorbeiliefe und er wieder etwas anstellen würde, was ich hätte verhindern können.« Sie stand auf und schraubte den Deckel auf die Thermosflasche.

»Ich weiß, gerade wegen unserer Beziehung ist es schwer zu ertragen, dass ich mehr weiß als du, aber ich halte es für besser. Wenn du ihn sehen und unwillkürlich reagieren würdest, könnte er das bemerken und dir etwas antun. Ich schwöre, wir haben das unter Kontrolle. St. Columba's war noch nie so sicher wie im Moment. Meine Leute würden euch und eure Patienten im Notfall mit ihrem Leben beschützen.«

»Hoffen wir, dass es dazu nicht kommt. Versuch bitte, heute Abend nach Hause zu kommen. Du bist noch nicht ganz wiederhergestellt. Ein paar Stunden Schlaf würden dir wahnsinnig guttun.« Ihre Wangen röteten sich. »Und mir würde es auch guttun, dich im Haus zu haben. Es ist ganz anders, wenn jemand da ist. Viel schöner.«

»Dann schaue ich, dass ich komme. Kann aber spät werden, also mach dir keine Sorgen. Wenn du nicht schon schläfst, könnten wir noch Karten spielen oder gemeinsam fernsehen, wie hört sich das an?«

»Mehr als gut. Pass auf dich auf, Sam. Mir gefällt das alles nicht.« Sie ging zurück nach drinnen.

Lively schloss die Augen und wandte das Gesicht der Sonne zu. Er gab sich der Freude hin, jemanden zu haben, der abends auf ihn wartete. Ja, er wagte zu glauben, dass Beth möglicherweise jemand war, der noch an vielen, vielen Abenden zu Hause auf ihn warten würde. Er hatte gar keine Lust mehr auf die beiden Jaffa Cakes, die in seiner Hand schmolzen, weil er besser aussehen, fitter sein und länger leben wollte, solange Beth Waterfall in seinem Leben war.

Er war so vertieft in seine Gedanken und Tagträume, dass er das Auto nicht bemerkte, das langsam auf der Straße vorbeifuhr. Er wusste nicht, dass Beth und er von genau dem Mann gesehen worden waren, auf den er wartete. Lively konnte nicht ahnen, was für ein absoluter Fehlgriff es gewesen war, ausgerechnet ihn als Patienten verkleidet vor dem Eingang zu postieren, den der Verdächtige bevorzugt benutzte. Und er würde nie erfahren, wie nah seine Einheit dran gewesen war, den Mann, von dem sich später herausstellen würde, dass es Karl Smith war, ohne Einsatz von Gewalt, ohne seelischen Stress und ohne weitere Verluste an Menschenleben zu fassen.

Karl, bekleidet mit dem Fußballtrikot eines Clubs, von dem er nie Fan gewesen war, und einer Beanie-Mütze, die jemand auf dem Stuhl in einem Fish-and-Chips-Laden vergessen hatte, fuhr einfach weiter. Offenbar wurde das Klinikum jetzt überwacht, aber ihm selbst war nichts passiert, die Welt war also noch in Ordnung. Doch er wusste, ewig würde sein Glück nicht anhalten. Früher oder später musste seine Bespitzelung von Beth Waterfall zu einem Ende kommen. Das war in Ordnung. Er war erfinderisch und entschlossen. Und es gab schließlich viele Wege nach Rom.

KAPITEL 38

Der Beobachter

17. Juni

Nach der Autofahrt vor zwei Tagen hatte Karl sich eingestehen müssen, dass die Lage sich entscheidend verändert hatte. Seine Mutter war nun fast immer zugegen, die Pflegerin seines Vaters begann ihn komisch anzuschauen, als wäre er ein Freak, und seinen Börsengeschäften hatte er nicht annähernd die nötige Beachtung geschenkt, weshalb das Geld nur so dahinschmolz. Obendrein war er so viel außer Haus, dass die Kosten für den Pflegedienst in die Höhe schossen; außerdem war sein Vater kaum noch ansprechbar. Irgendetwas musste passieren.

Gleich nach seiner Rückkehr hatte er den Hausarzt gerufen und ihm berichtet, sein Dad verweigere immer öfter das Essen, bekomme häufig Suppe in den falschen Hals oder verschlucke sich an kleinen Stückchen Brot. Mehrmals schon habe er das Gefühl gehabt, sein Vater atme nicht mehr. Während er dies sagte, hatte Karl beflissen neben dem Bett gesessen und die Hand seines Vaters gehalten. Er hatte angemessen düster dreingeschaut und hoffentlich auch so, als hoffte er, der Arzt könne ihm etwas raten. Dieser hatte ihm schonend, aber in aller Deutlichkeit erklärt, dass sich sein Vater offenbar dem letzten Stadium des Lebens nähere,

Schlaganfälle forderten nun mal auf lange Sicht ihren Tribut. Karl solle sich nicht scheuen, sich nach einem Platz in einem Hospiz umzusehen, wenn ihm alles zu viel werde. Karl hatte eine tapfere Miene aufgesetzt (und sich kurz abgewandt, um sich demonstrativ die Augen zu wischen) und beteuert, er wolle sich weiter zu Hause um seinen Vater kümmern, wo sie als Familie so glücklich gewesen wären. Beim Gehen betonte der Arzt, was für ein guter Sohn er doch sei und wie schön es wäre, wenn all seine Patienten so hingebungsvolle erwachsene Kinder hätten. Karl hatte den guten Onkel Doktor hinausbegleitet, sich dann Stift und Notizblock genommen und eine Liste erstellt. Er hatte viel vor, und die Reihenfolge musste stimmen.

Als er an diesem Tag nach Hause kam, waren immerhin die beiden ersten Punkte abgehakt: *Arzt klarmachen, dass es auf der Kippe steht* (Häkchen), *Pflegedienst kündigen* (Häkchen). Jetzt war die Suppe dran. Er schüttete Hühner-Gemüse-Brühe aus der Dose in einen Topf und erhitzte sie – nicht zu stark, er wollte seinem Vater ja nicht die Zunge verbrennen. Dann schnitt er eine Scheibe Weißbrot ab und entfernte sorgfältig die Kruste. Beides stellte er auf ein Tablett, zusammen mit einem Glas Wasser, einer Serviette und einem Metallstrohhalm (umweltfreundlicher), und trug es ins Wohnzimmer, wo sein Vater mit wässrigen Augen vage auf den Fernseher starrte, aber eigentlich eher an die Wand.

»Mittagessen, Dad«, sagte er. »Komm, du sollst mir ja nicht zu schwach werden.«

Karl stellte das Tablett auf den Beistelltisch neben dem Bett und strich seinem Vater ein paar verirrte Haare aus dem Gesicht. Er setzte ihn nicht auf, das wäre kontraproduktiv. Stattdessen vergewisserte er sich, dass die Vorhänge ganz vorgezogen waren, verschloss die Haustür gründlich und drehte die Lautstärke des Fernsehers hoch, aber nicht so sehr, dass womöglich Nachbarn kommen würden, um sich zu beschweren.

Den ersten Löffel Suppe schluckte sein Vater ohne Probleme, was ärgerlich war, wo der alte Mann doch auf dem Rücken lag. Den nächsten Löffel füllte Karl bis zum Rand. Ein bisschen von der Suppe rann seinem Vater die Wange hinunter aufs Kissen, und diesmal hustete und spuckte er, schaffte es aber, den Kopf zur Seite zu drehen und den Anfall unter Kontrolle zu bekommen.

Dann sah sein Vater ihn an. Das kam inzwischen so selten vor, dass Karl manchmal fast vergaß, dass sein Vater am Leben war. Er war eher so, als kümmerte er sich um eine große, sperrige Zimmerpflanze.

»Alles gut, Dad?«, fragte Karl. »Schmeckt die Suppe? Ich hab gut aufgepasst, dass sie nicht zu heiß wird. Entspann dich einfach und lass mich machen.«

Wie schon die ganze Zeit, seit Ma tot ist, dachte er, behielt aber das Lächeln im Gesicht und füllte wieder den Löffel. Als er ihn ihm an den Mund führte, hätte er schwören können, dass sein Vater etwas zu sagen versuchte, aber es war mindestens ein Jahr her, seit er zuletzt gesprochen hatte, daher würden ihm seine Stimmbänder jetzt auch nicht viel nutzen.

»Hier, Dad, ein Löffelchen für Karl.«

Der Vater presste die Lippen zusammen, aber lange konnte er das nicht durchhalten. Schon war die Suppe drin, Karl wischte die übergelaufenen Tropfen ab, und wie bestellt begann sein Vater zu würgen. Sanft, aber fest hielt Karl ihm mit einer Hand die Nase zu und drückte ihm die andere gegen das Kinn, damit sein Mund weitgehend geschlossen blieb. Nicht ganz, damit das bisschen eingesogene Luft dazu beitrug, die Suppe tiefer hinunterzubekommen; nur sollte er sie nicht ausspucken können.

Im Fernsehen bekam ein junges Pärchen, das auf der Suche nach einem Zweitwohnsitz in Spanien war, eine Wohnung gezeigt, die eher als Hundehütte taugte, aber die beiden ließen sich nichts anmerken und gaben angemessene Laute von sich. Sein Vater auch.

»Oh«, sagte Karl bekümmert. »Hast du Mühe beim Schlucken? Versuch, dich nicht zu verkrampfen, das macht es nur schlimmer.«

Von seinem Vater kam eine Art bellendes Prusten, dann sog er Luft in den Bauch und schluckte. Karl ließ seine Nase los. »Davon ist jetzt was in den richtigen Hals gekommen, was? Sehr gut. Aber satt bist du bestimmt noch nicht.«

Karl nahm wieder einen Löffel voll Suppe, zog die Lippen seines Vaters auseinander und ließ die Flüssigkeit in den Mund laufen.

»Würden Sie sich gerne unseren Geheimtipp anschauen?«, fragte der Makler im Fernsehen.

»Ja, gern!«, antwortete Karl. Er ließ den Löffel aufs Tablett fallen, legte eine Hand über Mund und Wangen seines Vaters, hielt mit der anderen wieder seine Nase zu und wartete, bis die lebensbedrohlichen Karottenfitzelchen eingeatmet waren. »Das will ich sehen. Was meinst du, wie es aussieht, Dad? Ich rate mal: Mitbenutzung eines leicht ekligen Swimmingpools, eine Küche, in der man sich kaum umdrehen kann, und das Schlafzimmer muss nur ein ganz kleines bisschen renoviert werden, schon ist es die absolute Traumwohnung!«

Auf dem Bett begann sein Vater, zu zucken und wieder zu würgen, und während Karl ihm weiter den Mund verschloss, kam ein merkwürdiges Gurgeln aus seiner Kehle. Wie bei dieser Kaffeewerbung, die seine Mutter leidenschaftlich gehasst hatte, in der Leute in einer Küche so getan hatten, als brühten sie supertollen Kaffee in so einer elitären automatischen Kaffeemaschine auf, aber in Wahrheit erzeugten sie alle Geräusche selbst. Genau, das war's – sein Vater war eine automatische Kaffeemaschine.

»Sekündchen noch!«, rief Karl mit Falsettstimme und passendem Snob-Akzent. »Der Kaffee kommt sofortissimo!«

Sein Vater wand sich und bäumte sich auf, kräftiger und agiler, als er sich seit Monaten bewegt hatte. Unglaublich, welche Kraft

Menschen in der Not aufbieten konnten. Es hatte eine Zeit gegeben, da hätte Karl das hier nicht ausgehalten, hätte es viel zu entsetzlich und grausam gefunden, aber inzwischen hatte er keine Angst mehr vor Leichen.

»Willst du nicht kommen und zuschauen, Ma?«, rief er in Richtung Flur. »Es war doch deine Idee! Zierst du dich etwa? Sag bloß, du fieses altes Aas schwächelst heute!«

Ihm war gar nicht aufgefallen, dass sein Vater sich nicht mehr bewegte. Sanft ließ Karl ihn los, darauf bedacht, ihm keine blauen Flecken oder, Gott bewahre, Kratzer zuzufügen. Die Rettungsleute durften auf keinen Fall Verdacht schöpfen.

»Das hast du super gemacht«, versicherte Karl ihm. »Nur noch eine winzige Kleinigkeit, dann schaue ich, dass du in gute Hände kommst. Nicht zu dieser widerlichen Dr. Waterfall. Du wirst mir nicht aufgeschnitten, keine Sorge. So, hier ist die Kirsche auf dem Sahnehäubchen.«

Karl biss ein kleines Stück Brot ab, kaute es so lange, bis es gut eingespeichelt und klebrig war, dann steckte er es in die untere Öffnung des Strohhalms. Er öffnete seinem Vater den Mund, führte ihm den Strohhalm unendlich vorsichtig in den Rachen ein, holte so tief Luft wie möglich und pustete mit aller Kraft. Unmöglich zu sagen, wo das Brotklümpchen gelandet war, aber es war eine nette Ergänzung.

»Oh mein Gott, ist das hübsch! Genau so was haben wir uns vorgestellt!«, erging sich das Pärchen in Begeisterung über den kakerlakenverseuchten Geheimtipp. »Ich weiß nur nicht, ob wir uns das leisten können.«

»Könnt ihr nicht und werdet ihr auch nicht«, sagte Karl. »So, jetzt müssen wir dich aufsetzen. Soll ja niemand denken, ich hätte dich im Liegen mit Suppe gefüttert, nicht?«

Er brachte seinen Vater in eine angemessenere Position, fegte Suppe und Brot zu Boden, als wären sie in der Panik des Augenblicks heruntergefallen, zog die Vorhänge auf und entriegelte die

Haustür. Schließlich stellte er den Fernseher leise und tätigte den Anruf.

»Bitte, mein Vater, er musste würgen, und jetzt atmet er nicht mehr«, schluchzte er als Antwort auf die Frage nach der Art des Notfalls. »Schicken Sie schnell einen Rettungswagen. Ich bin ganz allein.« Als er die Adresse angab, kamen ihm tatsächlich die Tränen, womit er gar nicht gerechnet hatte. Dann wurde ihm gesagt, der Rettungsdienst sei unterwegs, und er müsste am Telefon bleiben, weil jetzt Anweisungen kamen, was er tun solle, seinen Vater auf die Seite drehen und so weiter.

Gerade noch fiel Karl ein, dass er den Strohhalm verschwinden lassen musste; als er ihn in die Spülmaschine steckte, klingelte es auch schon an der Tür. Die Rettungskräfte hatten wirklich keine Zeit verloren, er war froh, dass er nicht früher angerufen hatte. Was, wenn sie den Alten nun noch gerettet hätten?

Während die Sanitäter ins Haus kamen und sich alle Mühe gaben, seinen Vater wiederzubeleben, sah Karl seine Mutter die Treppe herunterkommen und ins Wohnzimmer spähen, verstohlen wie ein Teenager, der sich an die Pornosammlung des großen Bruders heranmachen will.

Da wurde ihm klar, dass wirklich nur er sie sah. Niemand sonst. Ihr Morgenmantel stand offen, darunter war ein Nachthemd zu sehen, das aussah, als hätte sie damit im Grab gelegen, dreckverkrustet und wimmelnd von Ungeziefer. Hätten die Sanitäter das gesehen, hätten sie bestimmt die Nerven verloren.

»Es tut mir so leid«, sagte der eine jetzt. »Wir können leider nichts mehr für Ihren Vater tun. Die Reanimation hat keine Wirkung, er muss schon zu lange tot sein. So wie es aussieht, war er schon eine Weile bettlägerig, stimmt das?«

Karl nickte, eine zitternde Hand auf den Mund gepresst. »Können Sie wirklich nichts mehr tun?«

»Ich fürchte nein. Haben Sie einen Hausarzt?«

Karl nickte und sank langsam auf einen Stuhl. »Der war erst vor ein paar Tagen da. Er hat mich gewarnt, dass es nicht gut aussieht, aber ich – ich hab ihm wohl nicht so recht glauben wollen …«

»Verstehe. Mr Smith, wir können die nötigen Schritte einleiten, damit Ihr Vater gut versorgt wird. Und wir können mit Ihrem Hausarzt sprechen und ihm sagen, was passiert ist. Gibt es jemanden, der jetzt zu Ihnen kommen könnte? Wir müssen Ihnen ein paar Dinge erklären, die vielleicht ein bisschen viel auf einmal sind.«

»Nein. Da gibt's niemanden. Nur meinen Vater und mich. Er war mein Ein und Alles.« Mitten in seiner oscarverdächtigen Vorstellung fiel ihm ein, dass er seine To-do-Liste offen in der Küche hatte liegen lassen. »Kann ich Sie einen Moment allein lassen? Ich muss Wasser aufsetzen, ich brauche jetzt einen Tee.«

»Machen Sie das nur. Wir bereiten hier schon mal alles vor. Das überlassen Sie sowieso am besten uns.«

Karl nickte niedergeschlagen, mit hängendem Kopf und Schultern. Respektvoll schlossen die Sanitäter die Küchentür hinter ihm, um die unvermeidlichen Formalitäten zu erledigen. In der Küche drehte Karl den Gasherd auf und verbrannte die Liste. Er hatte sie im Kopf.

Dad auf unverdächtige Art und Weise loswerden (Häkchen). *Endgültig Beth Waterfall in Angriff nehmen, damit Ma mich in Ruhe lässt* (Häkchen). *Haus zum Verkauf anbieten, wegziehen, all die Qual und Wut hinter mir lassen. Neu anfangen, weit weg von dem vielen Tod hier.*

Und im schlimmsten Fall, wenn aus irgendeinem Grund doch alles schiefgehen und er gefasst werden würde, hatte er zumindest den Trost, dass sein Vater nicht in ein Heim kommen würde, wo man ihn vernachlässigte oder misshandelte. Was er getan hatte, war im Grunde eine Gnade gewesen.

Spanien wäre vielleicht eine Idee, dachte Karl. Da gab es immerhin preiswerte Wohnungen. Aber vorerst musste er sich aufs Schlimmste vorbereiten und das Beste hoffen.

Nachdem der Rettungswagen weg war, ging er nach oben, um ein paar Kleider, seinen Laptop und seinen Reisepass einzupacken. Gut möglich, dass er, genau wie sein Vater, sehr bald von hier verschwinden und nie zurückkommen würde.

KAPITEL 39

Elf Monate zuvor

Es begann mit einem Sperling.

Sieben Wochen nachdem die Rettungskräfte hereingestürmt und Molly an der Schwelle des Todes vorgefunden hatten, und drei Wochen nach dem Trauergottesdienst wurde Beth bewusst, dass die Dinge, die Molly gequält hatten, noch immer geschahen.

Der kleine Vogel lag auf der Fußmatte vor Beths Hintertür. Ein Flügel war schwer beschädigt, und sein Hals war gebrochen. Beth fand ihn, als sie eine Schale voller Kaffeesatz, Teeblätter und Gemüsereste zum Komposthaufen hinten im Garten bringen wollte. Der Vogel war schon kalt, zog aber noch keine Fliegen an, und am vorigen Morgen war er ihr nicht aufgefallen. Sie hob ihn mithilfe eines Zeitungsblatts auf und nahm ihn mit zum Komposthaufen, um ihn der Natur zurückzugeben, in der Hoffnung, dass er nicht hatte leiden müssen. Dann ging sie zurück in die Küche und holte den Glasreiniger unter der Spüle hervor, um die Spuren, die der Vogel an der Scheibe in der Tür hinterlassen hatte, wegzuwischen.

Doch sosehr sie auch suchte, sie fand keine Anzeichen dafür, dass der Vogel gegen die Tür geflogen war, und die oberen Fenster lagen zurückgesetzt über dem flachen Dach der Küche, sodass der Vogel, um dort zu landen, wo er gelegen hatte, buchstäblich tot vom Himmel gefallen sein musste.

»Das hat nichts zu bedeuten«, sagte sie zum Garten gewandt. »Er hat erreicht, was er wollte. Er hat Molly vernichtet.«

Noch entschlossener als sonst zog sie sich um und lief zu ihrem Auto, das in der Einfahrt stand. Kaum ließ sie den Motor an, da leuchtete die Anzeige auf, der Reifendruck vorne auf der Beifahrerseite sei niedrig.

»Was ist denn jetzt los?« Ungeduldig stieg Beth aus und inspizierte den Reifen. Er war merklich platter als die drei übrigen. Die Pannenhilfe kam erst nach einer Stunde, was alles in allem gar nicht so viel war, aber es war eine Stunde mehr, in der sie herumsaß und sich all die Gründe vergegenwärtigen konnte, warum sie es hasste, allein zu leben.

»Ah, ich habe das Problem gefunden. Es steckt ein Nagel drin. Ein dicker, und er ist senkrecht reingegangen. Da hatten Sie aber Pech, Sie müssen genau drübergefahren sein, dazu braucht es einige Kraft.«

Beth musste an den Sperling denken. Eine Kleinigkeit mit großer Wirkung.

»Könnte ihn jemand absichtlich hineingetrieben haben?«, fragte sie.

»Schon, aber das würde kein normaler Mensch machen. Bei so einem dicken Nagel braucht man schon einen Hammer oder so. Außerdem ist das lebensgefährlich. Der Reifen hätte auf der Autobahn platzen können, wer weiß, was dann passiert wäre. Gut, dass ihr Bordcomputer Sie rechtzeitig gewarnt hat. Teuer ist es leider auch, die hier kosten hundert Pfund das Stück. Aber ich kann ihn immerhin sofort wechseln, dauert nur zwanzig Minuten, keine Sorge.«

Keine Sorge.

Beth war sich absolut sicher, dass sie dasselbe auch zu Molly gesagt hatte, als es angefangen hatte.

»Dem wird bestimmt bald langweilig, keine Sorge.«

»Wir finden ihn, keine Sorge.«

»Keine Sorge, die Polizei wird uns helfen.«

Und doch hatte Molly sich gesorgt. Bis die Sorge zu groß für sie geworden war.

Auf der Fahrt zur Arbeit schaute Beth immer wieder in den Rückspiegel und versuchte, sich einzureden, es läge nicht daran, dass sie Angst hatte, verfolgt zu werden.

Hinter ihr fuhr ein Taxi, allerdings konnte sie nicht erkennen, ob ein Fahrgast darin saß. Es folgte ihr fast fünf Kilometer weit, dann bog es ab. Weil der Fahrgast gemerkt hatte, dass sie Lunte gerochen hatte? Sie fragte sich, ob sie die Wendung »Lunte riechen« schon jemals bewusst gedacht hatte. Sie seufzte. Es waren zwei Kleinigkeiten, ganze zwei. Ein toter Vogel und ein platter Reifen. Sie benahm sich einfach lächerlich. Sie hatte wirklich genug anderes zu tun, als krampfhaft nach Gründen für Paranoia zu suchen.

Du brauchst nur etwas zum Grübeln, um dich von Mollys Fehlen abzulenken, sagte ihr ihre innere Stimme.

»Scher dich zum Teufel«, gab sie zurück, parkte rückwärts ein und stieg schwungvoll aus dem Auto.

Auf dem Weg zu ihrem Büro begegnete ihr zum Glück niemand, mit dem sie so vertraut war, dass sie ein paar Worte hätte wechseln müssen. Sie stellte ihre Tasche ab und sah sich die Liste der dringenden Operationen an, die seit gestern aufgelaufen waren. Ehe sie die erste Akte aufschlagen konnte, klopfte es an der Tür, und ihre liebste Anästhesistin, Sharon, steckte den Kopf herein.

»Hey«, sagte sie. »Wie geht es dir?«

Diese Frage wurde ihr, seit Molly nicht mehr da war, unweigerlich immer gestellt, bevor ein ernstes Thema angeschlagen wurde.

»Gut. Wie sieht's heute aus, ist viel los?«

Sharon runzelte kurz die Stirn und atmete dann tief durch. »Bist du gerade erst gekommen?«

»Ja. Hatte einen platten Reifen. Eigentlich hätte ich schon lange da sein sollen. Steht was Kompliziertes an?«

»Äh, Beth … also, da ist was aufgetaucht. Du stehst heute nicht auf dem Dienstplan. Die Geschäftsführerin will mit dir reden.« Leiser fügte Sharon hinzu: »Es tut mir leid. Wenn ich helfen kann …«

Instinktiv stand Beth auf. »Du kannst mir sagen, was los ist, das wäre mal ein Anfang.«

Sharon machte ein Gesicht wie eine Schülerin, die im Sport in eine Mannschaft gewählt wird, die sie nicht ausstehen kann. »Du hast keine Ahnung? Ich wollte, es wäre nicht ich, die es dir sagen muss. Im Netz ist ein Video von dir viral gegangen.«

Beths Magen vollführte Kapriolen, auf die eine olympische Turnerin stolz gewesen wäre, und sie erkannte, dass sie es hätte ahnen können. Sie war nicht blöd oder paranoid. Der Mann, der das Leben ihrer Tochter zerstört hatte, hatte es jetzt auf sie abgesehen, und er fackelte nicht lange.

»Was für ein Video?«, fragte sie.

Sharon sah ihr direkt in die Augen. »Du scheinst in einem Biergarten oder so was zu sein, und du sagst, dass Menschen, die zu viel rauchen oder trinken oder sich ungesund ernähren, aus dem Gesundheitssystem fliegen sollten und man sich nur um diejenigen bemühen sollte, die auf ihren Körper achtgeben. Dabei verwendest du teilweise, sagen wir mal, eine unglückliche Ausdrucksweise. Und einige Kraftausdrücke. Das Ganze endet mit einem Trinkspruch, irgendwas von wegen das Gesundheitssystem soll Geld sparen und du die Gehaltserhöhung kriegen, die du verdient hast. Du kannst es dir sicher vorstellen.«

»Ist es meine Stimme?«

Sharon hob die Schultern.

»Komm schon, du kennst mich länger als alle anderen hier. Wenn es dich täuschen konnte, kann es jeden täuschen. Ist es meine Stimme?«

Sharon dachte eine halbe Sekunde lang nach. »Es klingt genau wie du. Ich wünschte, ich könnte dir etwas anderes sagen.«

»Aber ich bin es nicht«, sagte Beth. »Das ist dir doch klar, oder?«

»Schon«, sagte Sharon. »Aber du weißt, wie es jetzt weitergeht. Sie müssen der Sache nachgehen und werden dich suspendieren, bis die Angelegenheit gründlich überprüft wurde. Schließlich darf die Klinik nicht in Verruf kommen, und es wäre schlimm, wenn die Patienten sich von uns abwenden.«

»Ja, ich weiß.« Beth nahm ihre Handtasche und Jacke, aber die Tür öffnete sich schon wieder, diesmal ohne warnendes Klopfen.

Herein kam die Geschäftsführerin, gefolgt von zwei Männern.

»Beth«, begann sie. »Wir werden in dieser Sache noch Ihre offizielle, protokollierte Aussage brauchen, und Sie werden sich einen Rechtsbeistand nehmen müssen, aber eigentlich wollte ich die Erste sein, die mit Ihnen darüber spricht. Offenbar komme ich zu spät. Das hier ist unser klinikeigener Anwalt und das der Leiter unserer Personalabteilung.« Sie deutete nacheinander auf die beiden.

»Ich gehe wohl besser«, sagte Sharon.

»Nicht nötig«, sagte Beth. »Das Video ist ein Deepfake. Das bin nicht ich. Ich habe mich nicht gefilmt, ich habe diese Sachen nie gesagt, ich bin absolut nicht dieser Meinung und war es auch nie. Jeder, der auf meinem Tisch landet, wird von mir so versorgt, wie es die Situation erfordert. Andere Faktoren spielen keine Rolle, ich werte nicht.«

»Wir sollten jetzt keine tiefgehende Diskussion führen«, sagte der Personalchef höflich.

»Beth, Sie wissen, wie sehr ich Sie schätze. Aber die Person in dem Video scheinen ohne Zweifel Sie zu sein. Auf dem Tisch stehen Dinge, die andeuten, dass Alkohol im Spiel war, und ich weiß natürlich, dass Sie vor Kurzem den schlimmsten Verlust erlitten haben, den man sich als Mutter vorstellen kann. Niemand würde Ihnen einen Vorwurf machen.« Der Rest blieb ungesagt.

»Das Video ist ein Deepfake. Derjenige, der es hochgeladen hat, will mich fertigmachen. Ich habe mir nie etwas zuschulden kommen lassen.« Beths Ton war lauter geworden; ihre Kehle war eng, weil sie Mühe hatte, ihre Wut im Zaum zu halten.

»Ich weiß ja nicht, ob die Technologie schon so ausgereift ist …? Und warum sollte Ihnen jemand so etwas antun wollen?«, fragte die Geschäftsführerin.

Beth seufzte. »Wir sind heute in der Lage, Operationen ferngesteuert aus einem Nebenraum durchzuführen. In ein paar Jahren wird es Software geben, mit der wir das mittels WiFi von überall auf der Welt aus tun können. Es werden schon lange Videos gefakt, in denen die mächtigsten Politiker der Welt scheinbar Blödsinn erzählen oder machen. Leben Sie hinterm Mond?«

Sharon legte ihr die Hand auf den Arm. Beth schüttelte sie ab.

»Wir geben Ihnen eine Woche Zeit, während wir selbst uns auf eine vorläufige Anhörung vorbereiten. Sie sollten einen Anwalt hinzuziehen und auch sonst überlegen, was Sie zu Ihrer Entlastung vorbringen können. Es wird erst einmal nur um die Erhebung der Fakten gehen. Bitte setzen Sie sich auch mit Ihrer Gewerkschaft in Verbindung. Danach werden wir die Sache in professionelle Hände geben und das Ergebnis abwarten.«

Beth war um ihren Schreibtisch herumgegangen und stand schon an der Tür. »Das bin nicht ich«, sagte sie. »Egal wie viele Anhörungen Sie ansetzen, etwas anderes habe ich nicht zu sagen.«

»Wir werden leider ein Gerichtsverfahren einleiten müssen«, sagte die Geschäftsführerin. »Wir alle bedauern das sehr. Keiner hätte sich das gewünscht.«

»Das stimmt nicht ganz.« Beth öffnete die Tür und verließ das Zimmer. »Eine Person gibt es, die sich das hier eindeutig gewünscht hat.«

KAPITEL 40

Zehneinhalb Monate zuvor

Seit sie das Klinikum zuletzt verlassen hatte, hatte Beth nur einen Gedanken im Kopf: die Flucht zu ergreifen. Wieder und wieder hatte sie sich das entsetzliche Video angesehen, in dem sie so grausam über Menschen sprach, deren einziges Vergehen darin bestand, süchtig nach Produkten geworden zu sein, die gezielt so entwickelt und vermarktet wurden, dass man mehr davon wollte. Nachdem sie eine Woche damit verbracht hatte, erkannte sie, dass sie aktiv werden musste, sonst würde sie im Sumpf der sozialen Medien versinken.

In Fernseh- und Radiointerviews war über sie diskutiert worden, sie hatte Morddrohungen erhalten, und mitten in der Nacht hatte jemand ihr unwahrscheinliche Mengen an Hundescheiße vor die Haustür gekippt. Selbst wenn bei dem Prozess herauskäme, dass es sich in der Tat um ein Deepfake handelte und sie nicht für das Video verantwortlich war, wäre ihr Verhältnis zu den Patienten erheblich gestört. Dieses Vertrauen wieder aufzubauen, schien ihr fast unmöglich.

In ihrer Verzweiflung hatte sie im Internet nach Ferienhäusern gesucht und sich für ein paar Tage im Queen Elizabeth Forest Park bei Balquhidder eingemietet. Sie hatte alles zusammengepackt, was ihr sinnvoll erschien – ihr Verstand war nicht fähig, sonderlich effektiv zu planen –, und war losgefahren, mit nur einer Kaffeepause in Stirling, um Streichhölzer und Milch zu kaufen. Insgesamt brauchte sie zwei Stunden bis Balquhidder, dann noch einmal eine halbe Stunde, um das Häuschen zu finden, das einen kurzen Spaziergang von Loch Voil entfernt lag, und eine weitere Viertelstunde für die Suche nach dem Ablageort des Schlüssels. Die schlaffen, feuchten Vorhänge und der leicht modrige Geruch in der Hütte sagten ihr, dass hier schon länger niemand Urlaub gemacht hatte.

Wie sich herausstellte, war der Holzschuppen trockener als die Hütte selbst; zum Glück, denn der offene Kamin würde ihre einzige Wärmequelle sein. Er war sowohl vom Wohnzimmer als auch vom Schlafzimmer aus bedienbar, und kaum hatte sie das Streichholz angerissen und das Anfeuerholz entzündet, da erfüllte der Duft nach Apfel- und Kiefernholz und Heidekraut den Raum. Sie ging dicht vor den Kamin in die Hocke und starrte in die flackernden Flammen.

Wie lange hätte Beth nicht sagen können. Irgendwann wollte sie ihre Knie strecken, aber sie protestierten heftig. Sie gab es auf, aufzustehen. Viel zu anstrengend. Das Feuer brannte langsam nieder, aber sie hatte nicht einmal die Energie, die Hand auszustrecken und einen frischen Scheit aufzulegen. Ihre Lippen waren von der Hitze ausgetrocknet, aber selbst der Durst vermochte sie nicht zum Aufstehen zu bewegen.

Ihrem Inneren entrang sich ein Schluchzer, als hätte ein unsichtbarer Kraftprotz den Erste-Hilfe-Griff gegen das Ersticken bei ihr angewendet. Ihr ganzer Körper wurde durchgeschüttelt, und selbst die Flammen schienen zu ersterben. Ihre Einsamkeit war eine riesige Spinne, der sie in jedem Raum begegnete. Sie hatte gedacht, ihr Beruf würde sie retten können, doch jetzt wusste sie, dass sie sich geirrt hatte. Dass sie sich der Illusion hingegeben hatte, mit der Zeit würde sie sich besser fühlen, aber leere Zimmer waren Geister, und allein zu essen, war ein Virus.

Sie musste sich bewegen, das würde helfen, beschloss sie. Genau deshalb hatte sie sich dieses abgelegene Domizil schließlich gesucht. Um Loch Voil herum und im Wald gab es endlose Wanderwege, und die Gegend war kaum besiedelt, sodass sie stundenlang laufen konnte, ohne jemandem zu begegnen. Alles, was sie brauchte, waren Turnschuhe und ein Haarband. Nur diese beiden Sachen, dann würde sie die nächste Stunde überleben, und wenn ihr das gelang, schaffte sie es wahrscheinlich auch bis zum nächsten Tag. Weiter vermochte sie nicht zu denken.

In ihrer Jackentasche fand sie ein Haargummi, fasste damit ihr Haar zusammen und fuhr mit den Füßen ungeduldig in die Turnschuhe. Und raus aus der Hütte. Unnötig, die Tür abzuschließen. Wer diese Hütte mitten im Nirgendwo fand, durfte sich gern an den paar Lebensmitteln und alten Klamotten bedienen, die sie mitgebracht hatte.

Beth knallte die Tür hinter sich zu, atmete ein paarmal tief durch und begann durch den dichten Wald bergauf zu joggen auf der Suche nach einem Aussichtspunkt, von dem aus sie den Loch überblicken konnte. Sie war allerdings nicht auf die Steigung vorbereitet, und schon nach wenigen Minuten taten ihr die Oberschenkel weh. Dann bekam sie Seitenstechen, lief aber mit der Hand an der Seite weiter.

Oben auf der Bergkuppe angelangt hielt sie Ausschau nach einem Platz zum Sitzen, entdeckte einen umgestürzten Baum und ließ sich auf den Stamm sinken, ohne auf Käfer und Spinnen zu achten. Der Blick über Loch Voil half ihr, die gedankliche Perspektive zu weiten, sich bewusst zu werden, wie belanglos ihre Existenz in der Welt war. Beth sog den Duft nach Erde und Rinde ein, füllte die Lunge mit Sauerstoff und ließ die Stadt mit ihren Abgasen und all die Menschen, die sie bei ihrer Arbeit gerettet oder verloren hatte, aus sich herausströmen. Mit dem natürlichen Kreislauf des Lebens war sie absolut einverstanden. Der gehörte fest zu ihrem Beruf. Womit sie nicht einverstanden war – was sie widerlich und abscheulich fand, flüsterte ihre innere Stimme –, war, wenn der Mensch in diesen Kreislauf eingriff.

Beth schloss die Augen und zwang sich, ganz im Hier und Jetzt zu bleiben. Ihr Hass fraß sie langsam auf, schwärte wie eine Wunde. Sie stand auf, warf einen letzten Blick auf den Loch, der von hier oben so herrlich still erschien. Aber sie wusste, dass die Strömung in der Tiefe eines jeden Lochs tödlich sein konnte. Die Analogie zu ihrer eigenen Stimmung entging ihr nicht.

Den Rückweg ging sie langsamer an, da das Gefälle die Knie strapazierte. Zweimal rutschte sie aus, das erste Mal landete sie auf dem Steißbein, beim zweiten Mal versuchte sie, das zu vermeiden, und knallte stattdessen auf die linke Hüfte. Doch dann sah sie unter sich das Dach ihrer Hütte auf der kleinen Lichtung zwischen den Bäumen. Drinnen warteten das Feuer, eine heiße Tasse Tee und eine Badewanne auf sie. Geborgenheit.

Beständig stieg sie abwärts, bremste an jedem Baumstamm ab, um nicht wieder hinzufallen, während der Himmel im Sonnenuntergang erst bitterorange- und dann granatapfelrot wurde.

Der Schlag kam von hinten, als sie noch einmal stehen blieb und das Gesicht der sinkenden Sonne zuwandte.

»Wa–« Mehr gelang ihr nicht zu sagen, während sie zur Seite taumelte, sich die rechte Schläfe an einem Ast stieß, in die Knie sackte und bäuchlings im Dreck liegen blieb.

»Du mieses Aas!«, schrie der Mann, der hinter einem Baum hervorgesprungen war. »Du Scheißschlampe, du hast sie umgebracht!«

Er holte mit einem Bein Schwung, verlor dabei das Gleichgewicht, und als er ihr einen Tritt in den Brustkorb versetzte und sie den Steilhang hinunterzurollen begann, stürzte er hinterher.

Sie schützte den Kopf mit den Armen. Nicht nur auf einen

Baum zu prallen war gefährlich, es gab auch Dornen, Wurzeln und Felsen. Sie wagte es, flüchtig die Augen zu öffnen. Die Welt raste an ihr vorbei, aber er war immer noch hinter ihr, schrie genau wie sie immer wieder auf, wenn er gegen ein Hindernis prallte.

Sie fragte sich, wer zum Teufel ihr Verfolger war, versuchte, sich daran zu erinnern, was er ihr zugebrüllt hatte, und wie in Zeitlupe – welch Ironie angesichts der Geschwindigkeit, mit der sie den Hang hinuntersauste – begriff sie endlich, wer sie offenbar umbringen wollte.

Beths Sturz endete damit, dass sie mit der Körpermitte gegen einen Baum prallte. Ich bin eine Lumpenpuppe, dachte sie, während sie mit den Händen umhertastete und nichts als Luft zu greifen bekam. Ihr wurde klar, dass der Baum direkt oberhalb eines Steilabfalls stand.

Sie drehte den Kopf, wobei ihre Halswirbel knackten, und sah den Mann als Knäuel aus Kleiderfetzen und Gliedmaßen von oben herankollern. Hastig schloss sie wieder die Augen. So schnell, wie er war, würde er es nicht überleben, wenn er mit dem Kopf voran an einen Baum knallte.

»Stirb«, flüsterte Beth und wartete auf den Aufprall.

Ein Bersten war zu hören.

Er brüllte auf, eher wie ein Tier als ein Mensch. So klang purer Schmerz, das hatte sie schon oft genug gehört. Dann noch mehr Knacken und Krachen, kein Aufprall, sondern Geräusche, wenn Unterholz glattgebügelt wird. Und plötzlich Beinahe-Stille. Ein Schwirren in der Luft.

Beth riss die Augen auf und sah ihn gerade noch wie eine menschliche Kanonenkugel über den Rand des Steilhangs hinweg in ein Dickicht junger Bäume fliegen.

Etwas rann ihr ins rechte Auge, und sie fragte sich, wie es bei wolkenlosem Himmel regnen konnte, bis sich die Welt rötlich färbte und der Schmerz in ihrem Kopf zu einem Monster anschwoll, das ihr den Schädel zu spalten drohte. Sie erbrach sich.

Aufstehen, sagte sie sich. Du musst aufstehen und etwas gegen ihn tun, falls er noch lebt. Sonst kommt er wieder.

Sie schälte sich von dem Baumstamm ab und spürte dabei in jeden Körperteil hinein. Der Schmerz in ihrer linken Seite kam zweifellos von einer gebrochenen Rippe; zu atmen war die reinste Qual. Sie hoffte nur, dass sie keine innere Blutung hatte. Mindestens einen Zahn hatte sie verloren, und ihr Puls raste, ihr Kopf pochte – ziemlich sicher eine Gehirnerschütterung. Aber den Armen und Beinen war, abgesehen davon, dass sie völlig zerkratzt waren, nichts passiert.

Sitzend rutschte sie auf dem Hosenboden den Rest des Abhangs hinunter, ohne klaren Plan, wie es anschließend weitergehen sollte.

Unten angekommen fand sie nur ein paar schwarze Stofffetzen, die an Zweigen hingen, und eine aufgeworfene Spur im Waldboden in Richtung ihrer Hütte.

»Verflucht, er lebt noch.«

Beth betrachtete die Spur genauer. Sie war zwar keine Wildnisexpertin, aber den Unterschied zwischen Fußspuren und Schleifspuren erkannte selbst sie. Diese Spur bestand aus langen, breiten Furchen. Ihr Angreifer war auf Händen und Füßen gekrabbelt.

»Also ziemlich verletzt. Schlimmer als ich.«

Sie hatte zwei Möglichkeiten. Die eine war, so schnell wie möglich in die entgegengesetzte Richtung zu laufen, damit er sie nicht einholte, und Hilfe zu suchen. Dabei war nicht ausgeschlossen, dass er ihr folgte und zu ihr aufschloss. Vielleicht war sie schwerer verletzt, als sie glaubte – der menschliche Körper verfügte über ein wundervolles System, das den Schmerz stillte und dafür sorgte, dass man noch eine Weile funktionsfähig war, bevor man merkte, wie schlimm es um einen stand.

Und womöglich verirrte sie sich. Ziemlich wahrscheinlich sogar. Ihr war jetzt schon ganz schwummrig im Kopf. Aber noch schlimmer als dieses Szenario war das Risiko, dass der Kerl entkam. Er musste irgendwo ein Auto oder Motorrad stehen haben, ohne Fahrzeug kam man nicht so leicht hierher.

Also blieb ihr nur die zweite Option, nämlich genau wie er in Richtung Hütte und ihres Autos zu gehen. Sie brauchte nur ihre Schlüssel, ihre Geldbörse und ihr Handy. Wenn er wirklich so schwer verletzt war, wie sie vermutete, würde er ihr hoffentlich keine Schwierigkeiten machen.

Sie ging parallel zu seinen Spuren so leise wie möglich weiter, eine Hand an die schmerzenden Rippen gepresst. Zwischendurch hielt sie inne und prüfte nach, ob in ihrem Speichel Blut war. Er war klar. Das war gut. Und es rasselte auch nicht beim Atmen.

Der Mann, dem sie sich näherte, war der Sohn einer Frau, die ihr unterm Messer gestorben war. Beth hatte ihn erkannt, wenngleich sie sein Gesicht nur flüchtig gesehen hatte. Und was er ihr zugeschrien hatte, war die Bestätigung. Genau das hatte er ihr schon einmal ins Gesicht geschrien.

Seine Mutter war damals mit Verdacht auf Herzinfarkt eingeliefert worden. Auf dem Weg hatte man sie mit Elektroschocks und Medikamenten am Leben erhalten, aber kaum hatte Beth ihren Brustkorb geöffnet, wurde klar, wie schlecht es um ihr Herz stand. Das waren die Gefahren, wenn man jahrzehntelang rauchte und obendrein übermäßig Alkohol trank. Die Frau war dünn, fast ausgemergelt, man sah deutlich, dass ihre Kalorienzufuhr hauptsächlich durch Hochprozentiges gedeckt worden war und dass sie, selbst wenn sie nicht aktiv geraucht hatte, rauchgeschwängerte Raumluft eingeatmet hatte.

Bei der Obduktion hatte sich bestätigt, dass massive kardiovaskuläre Schädigungen vorlagen, dazu kamen ein großes Blutgerinnsel im Herzen und mehrere kleine Tumore in der Lunge.

Hätte der Herzinfarkt sie nicht dahingerafft, wäre sie über kurz oder lang dem Krebs erlegen. Ihr Körper hatte nur noch auf Abruf funktioniert. Den Angehörigen so etwas beizubringen, dafür gab es keine schönen Worte. Es war immer schwer, Angehörigen mitzuteilen, dass eine Person, die sie liebten, für ihren Tod selbst verantwortlich war und es medizinisch gesehen keine Möglichkeit gegeben hatte, sie zu retten.

Jetzt erinnerte sich Beth, dass da zunächst nur ein älterer Mann gewesen war. Er hatte gefühlskalt gewirkt, wie allem entrückt. Der erwachsene Sohn war nicht im Raum gewesen. Er war erst aufgetaucht, als sie sich bereits zum Gehen gewandt hatte, zusammen mit den beiden anderen Ärzten, die sie beim Überbringen der Todesnachricht unterstützt hatten.

»Sie haben sie umgebracht!«, hatte er ihr nachgebrüllt.

Beth wollte sich zu ihm umdrehen, bereit, ihm die Situation zu erläutern, aber einer der Kollegen warnte sie: »Weitergehen. Ich sage der Security Bescheid.«

»Aber –«

»Du kennst doch die Vorschriften. Mit Angehörigen zu reden, die derart erregt sind, ist gefährlich. Besser, wir gehen erst mal weg und lassen ihn sich beruhigen.«

Er brüllte immer noch, als sie um die Ecke bogen, aber er kam ihnen nicht nachgerannt. Sie hatte noch das Bild des Mannes im Kopf – irgendwo zwischen zwanzig und vierzig, mittelbraunes Haar, einige Muttermale im Gesicht, tiefliegende braune Augen und eckige Schultern, die im Neunzig-Grad-Winkel aus seinem Hals zu ragen schienen. Aber was ihr vor allem im Gedächtnis geblieben war, war seine verzweifelt kreischende Stimme. Das Gefühl, dass er sich mit seinen Beschuldigungen Luft machen, dass er unbedingt jemandem die Verantwortung zuschieben musste. Trauer war ein Parasit und Schuldbewusstsein seine bevorzugte Nahrung.

Doch der Name der Frau fiel ihr nicht ein. In der Notfallchirurgie gab es so viele Verluste, dass es reine Selbsterhaltung war, sie schnell zu vergessen. Die Onkologen, die sie kannte, konnten das bestätigen. Wenn man all die Tode mit sich herumschleppte, wenn man all die Namen aufzählen und die Gesichter vor sich sehen konnte, rutschte man schnell in eine Depression und am Ende ins Burn-out. Und wie unangenehm das Rutschen sein konnte, hatte Beth soeben am eigenen Leib erfahren.

Je näher sie der Hütte kam, desto langsamer wurde sie und desto schneller raste im Gegenzug ihr Puls. Durch die Bäume war jetzt ihr Auto zu sehen. Die Tür zur Hütte war zu, aber natürlich unverschlossen, weil sie in ihrem Drang, allem zu entfliehen, so dumm gewesen war, den gesunden Menschenverstand auszublenden. Beth blieb stehen und lauschte. Nahebei sang ein Vogel, Insekten summten. Und weit in der Ferne, war das eine Kettensäge? Womöglich schallte es sogar vom anderen Ende des langgestreckten Lochs herüber. Doch in der Nähe? Nichts. Die Luft war totenstill. Lag das an ihrer Anwesenheit oder an seiner?

Ein Teil von ihr hätte gern geschrien: *Hier bin ich! Bringen wir's hinter uns!*, damit er zwischen den Bäumen, hinter dem Auto, aus der Hütte oder wo immer der Bastard auch war, hervorkam. Seine Spur führte auf die Lichtung, aber mehr konnte sie nicht erkennen, ohne ihre Deckung zu verlassen.

Jetzt oder nie, dachte sie. Von Minute zu Minute schien die Welt sich schneller zu drehen.

Sie atmete ein paarmal tief durch, nahm die Hand von ihren Rippen, um nicht schwach zu wirken, falls er sie beobachtete, und trat auf die Lichtung hinaus.

Die Zeit schien stillzustehen.

Selbst ihr hämmerndes Herz hielt inne.

Sie hätte schreien mögen vor Anspannung und dem Wunsch, es möge endlich vorbei sein – das Warten, die Angst, die Gefahr.

Immer noch nichts.

In das Vakuum strömte langsam ein Hauch Hoffnung ein.

Noch ein Schritt auf die Hütte zu. Beth zwang sich auszuatmen. Noch ein Schritt, einatmen, wobei sie ein Zusammenzucken nicht unterdrücken konnte, als ihr Brustkorb sich dehnte.

Die Stille und Reglosigkeit hielten an.

Jetzt war die Tür der Hütte nur noch wenige Schritte entfernt. Ihr Autoschlüssel lag auf einem kleinen Tischchen, das sie von der Schwelle aus mit ausgestrecktem Arm erreichen konnte. Ihr Handy hätte sie zwar auch gern gehabt, aber darauf konnte sie verzichten; wichtiger war, dass sie wegkam.

Noch ein Schritt. Beth stolperte, konnte sich an ihrem Auto abstützen und ging weiter. Schon meinte sie die Türklinke in der Hand zu spüren und erinnerte sich, dass sie beim Herunterdrücken quietschte, aber das war nicht zu ändern. Wenn er drinnen auf sie wartete, war sie ohnehin verloren.

Noch ein Schritt vorwärts, immer noch am Auto entlang, die Hüttentür nur noch einen Meter vor ihr. Sie griff nach der Klinke, biss sich auf die Unterlippe im verzweifelten Wunsch, dass das nicht das Falsche war, dass sie damit nicht ihr Todesurteil unterzeichnete.

Brüllend stürmte er von der Seite auf sie zu, einen dicken Knüppel in der Hand wie ein Krieger aus einem Actionfilm – und taumelte. Beth warf sich nach vorn, packte die Türklinke und drückte sie. Drinnen war Sicherheit.

Kurz bevor er sie erreichte, stürzte sie hinein, knallte mit aller Macht die Tür hinter sich zu, darauf gefasst, dass er sich dagegenwerfen würde, und schob den Riegel vor.

Nichts.

Beth nahm einen Stuhl vom Esstisch und zog ihn unter die Türklinke; er passte zwar nicht so perfekt darunter, wie man es im Fernsehen immer sah, aber es war besser als nichts. Wieder mit der Hand an die Seite gedrückt, hinkte sie leise zum Fenster und nahm allen Mut zusammen, um den Vorhang zur Seite zu schieben. Stand er vielleicht gerade davor, im Begriff, die Scheibe einzuschlagen? Oder war er auf dem Weg zur Rückseite der Hütte, um auf andere Weise einzudringen? Und wo zum Teufel hatte sie ihr Handy hingelegt?

Sie spähte hinaus.

Er lag, alle viere von sich gestreckt, auf dem Bauch vor ihrem Auto. Eines seiner Beine war auf eine Art verdreht, die ihm Höllenqualen verursachen musste, und seine Haare waren blutverklebt. Der Prügel, den er geschwungen hatte, war ihm aus der Hand gerollt. Beth zog den Vorhang ganz auf und sah genauer hin, wie sein Brustkorb sich hob und senkte. Er atmete schwer und unregelmäßig. Sie konnte sich genau vorstellen, wie es klingen würde, wenn sie ihm ein Stethoskop an die Brust legte. Die Finger seiner linken Hand krampften sich immer wieder zusammen. Es ging ihm schlecht, schlechter als ihr.

Sie seufzte. Anzusehen, wie jemand litt, war schwer zu ertragen, gerade als Ärztin. Nur ein einziger Anruf, und sie konnte Hilfe holen, für sich selbst und für ihn – physisch und psychisch.

Dann fiel es ihr aus heiterem Himmel ein. »Barbara Smith. So hieß deine Mutter.«

Und ein Abgrund schien sie zu verschlingen.

Barbara Smith. Der Ehemann namen- und konturlos. Doch es war ihr Sohn gewesen, der sie im Krankenhausflur angebrüllt hatte. Ihr Sohn, dessen Nachname vermutlich auch Smith lautete.

Ihr Gehirn stellte eine Verbindung her.

»Mein Gott. Es war alles meine Schuld.«

Der Mann, der sich erst Karl Smith genannt hatte, dann Carl Smith, Carl Smyth, Carlos Smit und gegen Ende seiner direkten Kommunikation Cal Smee, hatte ihre Tochter nur aus einem einzigen Grund tyrannisiert. Weil seine Mutter auf Beths Operationstisch gestorben war.

Nie hatte er diesen Zusammenhang auch nur angedeutet oder Beths Namen jemals erwähnt. Deshalb war sie nie darauf gekommen. Wie hatte sie die Möglichkeit nur außer Acht lassen können, dass sie der Grund für die Stalking-Attacken auf Molly war? Nicht ein einziges Mal war ihr dieser Gedanke gekommen, so sicher war sie sich gewesen, dass sie in ihrem Beruf stets nur Gutes tat.

Beth ahnte, dass dieser Mann sich mit nichts zufriedengeben würde. Egal wie entsetzlich die Trauer, der Schmerz und die Angst auch waren, in die er sie stürzte. Er würde sie für immer hassen und ihr bis ans Ende der Welt folgen, um Rache zu nehmen. Niemand, den sie liebte, ob nah oder fern, war vor ihm sicher. Und Beth musste ihre Lieben schützen. Alles war so zerbrechlich und konnte so leicht zu Ende sein.

»Er ist hierhergekommen, um mich umzubringen«, sagte sie zu ihrem Ebenbild, das sich in der Scheibe spiegelte. »Wenn er mich gerade eben gekriegt hätte, wäre ich jetzt tot.«

Sie ging zur Tür, schluckte die Nervosität, die wie ein Kloß in ihrer Kehle saß, herunter, zog den Stuhl beiseite, entriegelte die Tür und öffnete sie.

Er hatte sich nicht bewegt.

Beths Lunge brannte, und sie spürte, dass ihr rechtes Auge anschwoll. Es war nicht mehr viel Zeit.

Sie ging zurück zur Küchenzeile, nahm ein Messer und richtete die Spitze auf ihn, während sie in die Einfahrt hinaustrat.

Es gab keinen Horrorfilm-Moment. Er sprang weder plötzlich auf noch packte er sie am Fußgelenk. Sie tippte ihn mit der Fußspitze an, einmal, zweimal, dreimal.

»Du hast Molly auf dem Gewissen«, sagte sie. »Und mich wolltest du gerade töten.«

Keine Reaktion.

Wie sollte sie es anstellen? Gar nicht, wurde ihr dann klar. Sie hatte die Phase des Abwägens übersprungen und war längst dabei, sich Gedanken zum Vorgehen zu machen. Die Zeit drängte, es würde bald dunkel werden.

Das Messer war die offensichtliche Antwort. Mit Messern konnte sie umgehen.

Aber dann gäbe es keinen Zweifel daran, was ihm zugestoßen war, wenn man ihn je fand. Dann konnte es nur Mord gewesen sein.

Aufs Schlimmste vorbereiten und das Beste hoffen, flüsterte in den Tiefen ihres Unterbewusstseins ihr Vater.

»Ja, natürlich«, sagte Beth in einem Ton, als hätte sie den Autoschlüssel gesucht und sich gerade erinnert, dass sie ihn hatte stecken lassen. »Ich bin ja blöd.« Sie ging um Karl Smith herum und hob den Prügel auf, der neben ihm lag. »Es muss aussehen, als wärst du gestolpert und draufgefallen, nicht als hätte ihn dir jemand von oben über den Schädel gezogen.«

Sie legte das Messer weg, hob Karl Smiths Kopf an den Haaren vom Boden ab und ließ ihn auf den Prügel niedersausen, so hart, dass es sich anhörte wie ein Schlag mit sechs Runs beim Cricket in The Oval. Behutsam legte sie seinen Kopf wieder auf den Schotter und wartete auf das Unvermeidliche.

Karls Körper zuckte und lag dann wieder still. Seine Atemzüge wurden schwerer, dann flacher. Sie wartete volle zehn Minuten, dann fühlte sie ihm den Puls. Er war schwach, flattrig und unregelmäßig.

»Okay, los«, murmelte sie.

Sie steckte das Messer in den Bund ihrer Leggings, wälzte Karl auf den Rücken, packte ihn bei den Handgelenken und zog ihn hinter sich her. Das war mühsam und wurde noch mühsamer, als sie den Waldrand erreichte. Zweimal musste sie anhalten, um ihn über herumliegende Äste zu hieven. Nach zwanzig Minuten fand sie, wonach sie gesucht hatte: noch einen

Steilhang, an dessen Fuß ein Wassergraben zu erkennen war. Inzwischen war das letzte bisschen blutfarbenes Sonnenlicht vom Horizont verschwunden. Ohne Taschenlampe oder Handy, schmerzgeplagt und verzweifelt zerrte Beth ihn an den Rand der Böschung, als sich seine Jeans an einem Zweig verfing.

Sie riss an ihm – zu heftig, das war ihr im selben Moment klar. Dass ihr Arm aus dem Schultergelenk sprang, hatte ihr gerade noch gefehlt an diesem Tag, von dem sie schon geglaubt hatte, es wäre ihr letzter. Und sie durfte nicht einmal schreien und riskieren, dass jemand – Camper, Spaziergänger mit Hund – sie hörte und die Polizei rief.

Der Schmerz explodierte in ihr wie ein Feuerwerk.

»Fuck«, knurrte sie, zerrte das verhakte Hosenbein mit ihrer guten Hand frei und tastete im Stockdunkeln nach seinem Hals. Kein Puls. Keine sonstigen Geräusche. Alles gut. Er war erledigt.

Endlich, nach einem letzten Stoß mit dem Fuß, rollte er die Böschung hinunter in den Graben. Da lag er gut. Beth kickte ihm noch ein paar Blätter hinterher. Ihn ganz zu begraben, wäre unklug; auch das würde Verdacht erregen. Aber wenn man ihn jetzt jemals hier mitten im Wald fand, würde es vielleicht aussehen, als wäre er gewandert, ausgerutscht, mit dem Kopf gegen etwas Hartes geschlagen und in diesem Schlammloch im hinterletzten Nirgendwo gestorben.

Sie sprach ein kurzes Gebet für ihre eigene Seele – für ihn nicht. Warum sollte sie? Er hatte sich alles selbst zuzuschreiben.

Im Dunkeln brauchte sie eine Dreiviertelstunde, um wieder zur Hütte zurückzufinden. Mehr als einmal hatte sie das Gefühl, der Wald wollte sie gar nicht mehr gehen lassen. Doch sie schaffte es, stopfte schnell ihre Habseligkeiten in ihre Tasche, ließ die Hütte genau so zurück, wie sie sie vorgefunden hatte, und stieg ins Auto. Kurz hielt sie inne, um den Vermietern zu schreiben, dass sie wegen unvorhergesehener Umstände doch nicht aus Edinburgh wegkönne, dass ihr aber klar sei, dass sie bei einer so kurzfristigen Absage keine Erstattung des Mietpreises zu erwarten habe.

Dann fuhr sie einhändig nach Edinburgh zurück, unendlich dankbar für ihr Automatik-Auto, und steuerte geradewegs das Klinikum an. Das war riskant, und ihr war ziemlich mulmig dabei. Aber sie war mehrmals vor Schmerz fast ohnmächtig geworden, was gar nicht gut gewesen wäre, weil man sie nicht außerhalb von Edinburgh im Auto finden durfte. Und im Rückspiegel betrachtet sah sie aus wie ein Gespenst. Es war nur gerecht, dass sie litt, dachte sie. Das war der Preis, den sie zahlen musste.

Aber Karl Smith war endlich mit seiner Mutter vereint. Es passte nur zu gut, dass er jetzt im Gebüsch bei all dem Getier und Ungeziefer lag, das ihre wundervolle Tochter seinetwegen wie besessen gemalt hatte, bis der Wahnsinn von ihr Besitz ergriffen hatte.

Beth parkte vor dem Klinikum, wankte durch den Eingang und brach auf der Fußmatte zusammen, bevor jemand ihr zu Hilfe kommen konnte.

Es vergingen zwölf Stunden, bis sie die Augen wieder öffnete und feststellte, dass sie die Nacht überlebt hatte.

Und weitere vier, bis, ohne dass sie es ahnte, auch Karl Smith feststellte, dass er am Leben war.

KAPITEL 41

Zehneinhalb Monate zuvor

Als Beth nicht nur bei Bewusstsein, sondern auch so weit betäubungsmittelfrei war, dass sie wieder klar denken konnte, bat sie als Erstes um eine Zeitung.

»Sobald wir Sie gründlich untersucht haben«, sagte der Arzt, der sie behandelte. »Sie haben Infusionen mit Antibiotika und Kochsalzlösung bekommen, und Ihre Tetanusimpfung war fast abgelaufen, die haben wir auch gleich erneuert. Darf ich fragen, wie es Ihrem Arm heute geht? Der war ausgekugelt, Sie sollten diese Schlinge noch etwa einen Monat lang tragen, und danach brauchen Sie erst mal Physiotherapie, bevor Sie wieder zurück an die Arbeit können. Eine Rippenfraktur haben Sie auch, aber die Rippe hat sich nicht verschoben, das sollte gut heilen, und nachher kommt jemand aus der Kieferchirurgie und schaut nach ihren Zähnen.«

»Das ist doch alles egal. So kaputt wie mein Ruf ist, werde ich sowieso nie wieder operieren«, sagte sie. »Hat jemand mein Handy gefunden? Ich müsste ein paar Leute anrufen.«

»Soweit ich weiß, hatten Sie nur ihre Autoschlüssel in der Hand, als Sie in der Notaufnahme zusammenbrachen, aber eine Kollegin von Ihnen hat im Auto nachgeschaut, da lag Ihre Handtasche. Sie hat alles von Wert in Ihr Zimmer gebracht und es eingeschlossen. Können Sie mir vielleicht sagen, wie Sie sich die Schulter ausgekugelt haben? Außerdem haben Sie einige Kratzer und Schrammen. Wir hatten uns gefragt, ob wir die Polizei rufen sollten.«

»Nein«, sagte Beth ruhig. »Ich bin selbst schuld. Ich war so durcheinander wegen der Sache mit der Suspendierung, dass ich mich beim Joggen übernommen habe und eine steile Böschung hinuntergefallen bin. Ich wollte mich an einem Busch festhalten, dabei habe ich mir den Arm ausgekugelt.« Sie versuchte, sich aufzusetzen, gab den Versuch aber sofort auf. Ihre Schulter tat nur mäßig weh; das wirklich Schlimme war ihr Kopf. »Könnte ich noch mehr Schmerzmittel haben? Mein Kopf hämmert.«

»Das glaube ich Ihnen gern. Sie haben eine dicke Beule an der Schläfe. Aber im CT war laut der Neurologin nichts Bedenkliches zu sehen, und wir haben Ihre Hirnfunktionen genau überwacht, Sie sind außer Gefahr.«

Beth rieb sich mit der freien Hand die Stirn und stöhnte. »Ja. Sorry, jetzt erinnere ich mich an das CT. Ich hab alles nur verschwommen wahrgenommen.«

»Sie haben gleich zu Anfang starke Schmerzmittel bekommen, da ist es kein Wunder, dass Ihre Erinnerung lückenhaft ist. Aber das wird alles zurückkommen.«

Die Tür öffnete sich.

»Tock-tock«, sagte die Besucherin. »Störe ich?«

»Überhaupt nicht, ich bin gerade fertig. Kommen Sie nur, ich lasse Sie allein.«

Beth zog sich der Magen zusammen. Die Geschäftsführerin. Sie sank, so tief es ging, in die Kissen zurück und machte sich auf weitere schlechte Nachrichten gefasst. Abwehrend bewegte sie den Kopf nach rechts und links. »Tut mir leid, das ist mir gerade zu viel. Außerdem, wenn es um meine Suspendierung geht, sollte wohl jemand dabei sein, der …«

»Es hat sich bestätigt, dass es eine Fälschung ist«, unterbrach sie die Geschäftsführerin. »Wir haben keine Kosten gescheut und das Video von Fachleuten begutachten lassen, und dabei wurden irgendwelche … Anomalien im Code entdeckt oder so … also, genau kann ich Ihnen das nicht sagen, da kenne ich mich nicht aus. Und warum jemand so was macht, werde ich auch nie verstehen. Ich hoffe sehr, dass diese Sache nicht damit zu tun hat, dass Sie jetzt hier sind. Sicher freut es Sie zu hören, dass es uns bei unseren Maßnahmen sowohl um den Schutz des Klinikums als auch um Ihren eigenen ging.«

»Keine Kosten gescheut«, wiederholte Beth. Natürlich nicht um ihretwillen, da machte sie sich nichts vor. Das Klinikum hatte sich nur absichern wollen, ob es Beth würde kündigen können, ohne eine Klage zu befürchten. »Mein Ruf wird nicht so leicht zu heilen sein wie mein Arm.« Wobei auch das keine Rolle mehr spielte, falls Karl Smiths Leiche gefunden worden war.

»Machen Sie sich deswegen keine Sorgen. Wir haben schon eine Stellungnahme veröffentlicht, und wir haben eine Top-PR-Agentur darauf angesetzt. Morgen gebe ich ein Interview bei BBC Radio Scotland über die Gefahren der Künstlichen Intelligenz, und in *The Scotsman* erscheint ein Artikel über Notfallmediziner und warum gerade sie zur Zielscheibe werden können. Und das Video über Sie wurde aus allen relevanten Social-Media-Kanälen entfernt. Aber im Moment ist am wichtigsten: Was können wir noch für Sie tun? Wie Sie sehen, haben wir Sie in einem Privatzimmer untergebracht. Was ist mit Kleidung und Körperpflegeartikeln? Wir können veranlassen, dass jemand bei Ihnen zu Hause alles zusammenpackt, was Sie brauchen.«

»Lieber würde ich heute noch nach Hause gehen«, sagte Beth. »Das CT scheint unauffällig gewesen zu sein, und die Medikation ist kein Problem.«

»Oh bitte, denken Sie gar nicht daran. Wir alle würden uns liebend gerne ein paar Tage um Sie kümmern. Entspannen und erholen Sie sich erst einmal. Wenn Sie mit dem Speiseplan hier nicht zufrieden sind, wir können Ihnen gern etwas anderes bringen lassen.«

»Ich will einfach nur nach Hause«, wiederholte Beth. »Es gibt so viele andere, die dieses Bett brauchen können, das wäre nicht fair.«

»Aber wir müssen unsere beste Chirurgin doch bestmöglich versorgen, damit sie wieder zu uns zurückkommen kann!«, schmeichelte die Geschäftsführerin.

Beth musste den Drang unterdrücken, ihr etwas Unflätiges ins Gesicht zu sagen, beschloss dann aber, sich zu erhalten, was von ihrer Karriere geblieben war. »Ich will definitiv nach Hause, aber ich bleibe in Kontakt mit Ihnen. Für ein Taxi wäre ich dankbar, und es wäre schön, wenn der Fahrer mir meine Sachen ins Haus tragen würde. Mein Auto muss ich hier stehen lassen, bis ich wieder fahren kann. Vielen Dank, dass Sie sich so um mich kümmern.«

»Natürlich. Nehmen Sie sich alle Zeit, die Sie brauchen, und wenn Sie nach der Krankschreibung erst einmal in Teilzeit arbeiten wollen, bis Ihr Arm wieder voll einsatzfähig ist, richten wir das ein.« Sie machte einen Schritt auf die Tür zu und blieb dann noch einmal stehen. »Geht es Ihnen wirklich gut?« Sie zögerte. »Dieser Unfall gerade jetzt, das gibt einem schon zu denken …«

Beth seufzte. »Es ist beim Sport passiert. Ich dachte, wenn ich schon suspendiert bin, nutze ich die Zeit und kümmere mich um meine Gesundheit. Aber wie es scheint, komme ich nicht von der Klinik los, egal ob ich suspendiert bin oder nicht.«

Die Geschäftsführerin nickte, als hinge ihr Leben davon ab. »Ah ja, witzig, sehr schön. Aber noch mal im Klartext: Sie sind nicht mehr suspendiert. Ganz im Gegenteil. Sie meinen also nicht, dass Sie vielleicht, äh, etwas psychologische Unterstützung brauchen könnten, bis Sie hier wieder anfangen?«

So war es also. Beth konnte sich ein kleines Lächeln nicht verkneifen. Die hielten es für einen missglückten Selbstmordversuch. Oder dass sie mit dem Unfall irgendwie Aufmerksamkeit erregen wollte. Gott sei Dank kannten sie die Wahrheit nicht. Das hieß, die Polizei war nicht hier aufgetaucht. Zumindest bis jetzt noch nicht.

»Nein, das muss nicht sein, danke. Aber vielleicht eine Gehaltserhöhung?«

»Ah, hahaha«, brachte die Geschäftsführerin zustande. »Sie sind wieder zu Späßen aufgelegt, das ist gut. Ich lasse Ihnen gleich ein Taxi rufen.«

Beth wusste, dass sie ihre Chefin mit dem Thema Gehaltserhöhung am schnellsten vertreiben konnte. Endlich war sie allein.

Vieles von dem, was passiert war, lag für sie immer noch im Nebel. Vor allem wie sie zurück zum Auto gekommen und nach Edinburgh gefahren war (wie unverzeihlich leichtsinnig!), und ebenso die Tatsache, dass sie Karl Smiths Schädel auf ein dickes Aststück geschmettert hatte. Vom Verstand her wusste sie, dass sie es getan hatte, aber wenn sie sich zurückerinnerte, war es, als wäre das nicht sie gewesen. Als hätte sie eine Fremde, eine kaltblütige Wahnsinnige, dabei beobachtet.

Ein Teil von ihr wäre am liebsten sofort zur Hütte zurückgefahren und hätte die Leiche gesucht, um sich mit eigenen Augen zu vergewissern, ob es wirklich passiert war oder ob sie den Verstand verloren hatte. Aber das war zu riskant. Sie durfte nicht noch mehr Spuren hinterlassen. Sie sah sich schon in einem schmuddeligen Vernehmungsraum Fragen beantworten.

»Ich hatte nichts damit zu tun, Officer. Er muss mir dorthin gefolgt und unglücklich gestürzt sein. Ich hatte keine Ahnung. Ich habe mich ja selbst verletzt und daraufhin meinen Aufenthalt abgebrochen. Die Vermieter müssen das falsch verstanden haben; ich habe ihnen nie gesagt, ich wäre gar nicht hingefahren!«

Weiter und weiter lief die imaginäre Befragung in ihrem Kopf ab, bis ein Stationshelfer erschien mit ein paar Sachen für sie und der Nachricht, dass das Taxi innerhalb der nächsten Stunde käme. Sie erhielt saubere Klinikkleidung für die Heimfahrt und einen Vorrat an Schmerzmitteln aus der Apotheke. Alles ganz ruhig, alles ganz normal. Als hätte sie niemanden umgebracht.

Nun würde sie weiter in ihrem normalen Körper wohnen und ihren Freunden und verbliebenen Angehörigen sagen müssen, dass es ihr gut ging, dass sie sich keine Sorgen zu machen brauchten. Beth Waterfall Version 2.0, das war sie ab jetzt.

Karl Smith war eine zu große Bedrohung gewesen, als dass sie ihn hätte laufen lassen können. Aber das lag jetzt hinter ihr.

Es war Zeit, wieder ins Leben zu treten.

KAPITEL 42

18. Juni

»Tja, die Überwachungsaufnahmen aus dem Klinikum von dem Verdächtigen, der auf Charlie Stotts Beschreibung passt, sind für eine Gesichtserkennung nicht verwertbar, weil seine obere Gesichtshälfte, also die Augenpartie, immer von Mützen oder Kappen verdeckt ist und er die ganze verdammte Zeit nach unten schaut. Ein Autokennzeichen haben wir auch nicht, weil er immer außerhalb des Klinikgeländes parkt, und auch sonst nichts, um ihn zu identifizieren. Und ich fürchte, er hat kapiert, dass wir das Klinikum beschatten – seit wir undercover dort sind, zeigt er sich nicht mehr«, sagte Connie. »Als hätte der Kerl Superkräfte.«

Sie und Baarda saßen in seinem Zimmer im Balmoral, wieder einmal im Dunkeln, und starrten an die Wand projizierte Fotos an.

»Ich kann nicht länger verhindern, dass die Bilder veröffentlicht werden«, fuhr sie fort. »Morgen früh um neun wird die Medienstelle der Polizei sie an die Presse geben mit der Bitte um Hinweise aus der Bevölkerung, aber sobald das passiert, sind sie im Nu überall im Netz, und er wird das Weite suchen. Was für ein mieser Tausch. Vielleicht kriegen wir seinen Namen, und dafür entwischt er uns wahrscheinlich.«

»Wenn er abhaut, ist das ein Eingeständnis seiner Schuld, damit wäre immerhin diese Frage beantwortet, denn bisher haben wir ja nur den Zeitrahmen, in dem er immer wieder im Klinikum war, seine Verkleidungen und dass er sich als Mitglied des Personals ausgegeben hat. Das würde nicht ausreichen, um ihn zu verurteilen, selbst wenn wir ihn finden und festnehmen würden.«

»Das ist wahr, dafür bräuchten wir definitiv mehr.«

»Ein Motiv zum Beispiel«, sagte Baarda.

»Ein Motiv zum Beispiel«, wiederholte sie. »Hast du hier noch was zu knabbern? Ich hab meine Snacks alle gegessen, und ich liebe diese kleinen Tüten mit gerösteten Sonnenblumenkernen.«

»Neben dem Wasserkocher. Alles okay? Du wirkst ... nervös.«

»Ja. Irgendwas entgeht mir. Das spüre ich. Am liebsten würde ich mir eine Bratpfanne über den Schädel ziehen. Ah, da sind sie.« Sie riss die Packung auf und setzte sich kauend wieder hin. »Schauen wir ihn uns mal näher an.«

Baarda vergrößerte das Bild, aber es wurde so unscharf, dass er es wieder verkleinerte.

»An der Wand sehe ich mir Bilder einfach lieber an als auf Papier oder im Rechner. Im Licht wirken sie lebendiger. Lass uns ein Spiel spielen. Du erzählst mir irgendetwas, das du in dem Bild siehst, dann erzähle ich dir etwas. Wenn dir etwas auffällt, das ich nicht bemerkt habe, kriegst du einen Punkt und andersherum. Los.«

Baarda streckte den Arm aus und nahm sich auch ein paar Sonnenblumenkerne. Dann sagte er: »Selbst unter dem Kittel sieht man, dass seine Schlüsselbeine ziemlich hervortreten. Die meisten Leute haben so viel Fleisch auf den Knochen, dass man sie durch die Kleidung hindurch nicht wahrnehmen würde. Das heißt, er ist wahrscheinlich untergewichtig. Vielleicht treibt ihn nur noch das Adrenalin an, aber ich würde trotzdem sagen, er ist noch keine fünfunddreißig, weil die meisten Leute spätestens ab diesem Alter eher Pfunde ansetzen.«

»Nicht schlecht«, sagte Connie, »ich stimme dir zu. Aber keine Punkte; das hatte ich auch schon gesehen. Okay, für mich sieht es aus, als hätte er im linken Ohr mal einen Ohrring getragen. So gut, wie man das Loch noch sieht, glaube ich, dass es noch nicht sehr lange her ist. Könnte ein weiterer Hinweis darauf sein, dass er versucht, möglichst wenig aufzufallen und in der Masse unterzugehen. Genauso gut könnte er gerade eine psychologische Wandlung durchmachen, bei der er auch sein Äußeres verändern will. Oder beides.«

»Gut, aber das war mir auch aufgefallen«, sagte Baarda. »Auf jeder Aufnahme, die wir gefunden haben, wirkt er angespannt. Schau dir die Sehnen seitlich am Hals an. Wenn wir ihn nicht fassen, hat er spätestens in einem Jahr einen Herzinfarkt. Der Kerl lebt nur für sein Ziel.«

»Eins zu null«, sagte Connie, knüllte die Tüte zusammen und warf sie in den Mülleimer. »Ich hasse es, zu verlieren, also gib mir einen Moment Zeit. Was haben wir? Bleiche Haut, offenbar nicht gebräunt, das heißt, er ist viel in geschlossenen Räumen – nein, zu offensichtlich. Die Lippen sind rau, wahrscheinlich nagt er öfters an der Unterlippe, aber das zeugt auch von Anspannung, und die Sehnen haben wir schon. Mach das Bild ein bisschen größer, aber nicht so, dass es verpixelt, ja?«

Baarda gehorchte.

»Das ist besser.« Connie lockerte die Schultern und fuhr sich mit der Zunge über die Oberlippe. »Seine Gesichtshaut wirkt stellenweise uneben, als hätte er Akne-Narben, aber verfärbt ist sie nicht. Tatsächlich ist alles sehr gleichmäßig gefärbt.« Sie hielt inne. »Alles genau derselbe Ton. Mehr wie eine Frauenhaut –«

»– weil er Make-up trägt«, beendete Baarda den Satz für sie. »Du hast recht.«

»Ruf die anderen Fotos auf«, sagte sie. »Alle. Ich will sehen, ob das hier an der Beleuchtung liegt oder ob es auf allen so ist. Und übrigens geht der Punkt an mich, auch wenn du mir am Schluss die Worte aus dem Mund genommen hast.«

»Wenn du damit recht hast, gebe ich ihn dir sowieso. Hier. Diese vier Aufnahmen sind die besten, die wir haben, wenn auch von weiter weg als die, die wir gerade angeschaut haben. Alle anderen sind zu verschwommen.« Baarda scrollte sie durch.

»Zurück«, sagte Connie. »Nein, die nächste. Überall gleich, oder? Auf jeder Aufnahme genau diese bleiche, gleichmäßige Haut.«

»Jep«, sagte Baarda. »Nirgends ein Bartschatten, obwohl man unter der Mütze sieht, dass seine Haare dunkelbraun sind, also müsste da wenigstens ein Hauch von Bartwuchs zu sehen sein. Die Frage ist: Warum?«

Connie holte langsam und tief Luft und nahm mit der linken Hand Baardas Handgelenk. »Klick mal zurück zum ersten der vier neuen Bilder.« Er tat es. »Da.« Sie stand auf und ging zur Wand. »Jetzt verkleinere es, bis die Auflösung so hoch wie möglich ist, und dann komm her.« Baarda stellte den Zoom richtig ein und trat zu ihr. »Was siehst du da?« Sie zeigte auf eine Stelle dicht neben dem Mund.

Baarda kniff die Augen zusammen. »Da ist ein Pünktchen, aber ich kann nicht genau erkennen, was es ist. Könnte eine Kruste sein oder sogar irgendein Krümel von etwas zu essen. Vielleicht ein Teil eines Muttermals. Glaubst du, das ist der Grund für das Make-up?«

»Ich glaube, wir kommen der Sache auf die Spur. Auf dem Bild vorhin dachte ich, die erhabenen Stellen wären Akne-Narben, weil sie so gut definiert und rundlich sind. Das hier ist keine Narbe, dazu ist es zu dunkel, aber es ist definitiv rundlich und sehr auffällig.«

»Also tatsächlich ein Muttermal.«

»Mhm. Und ich würde sagen, eines von mehreren, wenn man sich seine Haut insgesamt anschaut. Um so was abzudecken, ist viel Make-up nötig, deshalb sieht es so teigig und unnatürlich aus.« Connie ging zurück zum Sofa und ließ sich darauf fallen.

»Mehrere Muttermale im Gesicht, damit wäre er viel zu auffällig gewesen, um immer wieder einfach so in der Klinik aufzutauchen. Verdammt. Du hast mal wieder gewonnen. Wenn wir das Phantombild vor der Veröffentlichung so bearbeiten lassen, dass ein paar der Muttermale sichtbar werden, selbst wenn sie nicht genau an den richtigen Stellen sind, dann wird das garantiert bei ein paar Leuten die Erinnerung anregen.«

»Genau. Aber ich glaube, meine geistige Bratpfanne hat mich gerade voll erwischt. Diese Muttermale bedeuten mehr. Das sind nicht nur Merkmale, die uns bei der Identifizierung helfen. Kannst du die Fotos der Opfer aufrufen, und zwar alle nebeneinander?«

Baarda stellte die vier Fotos zu einem quadratischen Ensemble zusammen.

»Jetzt, wo wir ein besseres Bild von unserem Killer haben, ist es so offensichtlich, dass ich nicht begreife, wie wir es übersehen konnten.«

»Dabei springt es einem buchstäblich ins Auge«, sagte Baarda. »Sag mir, was du jetzt über ihn weißt, was dir vorher nicht klar war.«

Sie rieb sich die Hände und wippte einmal kurz auf dem Sitz auf und ab. »Er ist jemand, der sich sein ganzes Leben lang für sein Äußeres geschämt hat. Überall sonst am Körper kann man Muttermale verbergen, und dass man so viele im Gesicht hat, ist eher ungewöhnlich. Da starren einen die Leute an. Vor allem Kinder, die ja sehr geradeheraus sind, noch keine soziale Zurückhaltung gelernt haben und schnell mit Spitznamen bei der Hand sind. Sicher hat das Hänseln spätestens mit fünf Jahren angefangen. Von Dale Abnay, der dieses Hautekzem hatte,

hatte Lucy Ogunode ja erzählt, er wäre von anderen Kindern gemobbt worden.«

Baarda schaltete das Licht im Zimmer ein und wandte sich Connie zu statt den Bildern. »Also, alle Opfer haben auf die eine oder andere Art ein verunstaltetes Gesicht. Abnays Ekzem, Singhs Hyperpigmentierung, die ein bisschen aussieht wie viele kleine Muttermale, Archie Bass hatte Narben von den vielen Jahren auf der Straße und in schlechter Gesellschaft, und Vic Campbell war stark tätowiert, was ihm auch Hautprobleme eingebracht hat. Aber warum hat er sich gerade solche Leute als Opfer ausgesucht? Die meisten Menschen, die gehänselt wurden, sollten doch eher Mitgefühl für Leute mit ähnlichen Problemen entwickeln.«

»Nur wenn du psychologisch so aufgestellt bist, dass du Mitgefühl zulässt. Schau dir die Welt mal kurz aus seiner Perspektive an. Als Baby und Kleinkind ist dir nicht bewusst, dass du anders aussiehst. Vielleicht bemerkst du es, wenn du in den Spiegel schaust, aber dir ist nicht klar, wie anders du bist. Das ist halt dein Gesicht, und so ist es in Ordnung. Dann kommst du in die Schule, und plötzlich zeigen die anderen auf dich und tuscheln, und du kommst dir ausgegrenzt vor. Jetzt spul ein paar Jahre vorwärts, dann sind die Kinder älter und größer, und jetzt machen sie sich so richtig über dich lustig, weil es kein tolleres Gefühl gibt, als jemanden auszuschließen, der ein bisschen anders ist. In diesen Jahren kommst du nach Hause und schaust in den Spiegel, und klar, du hasst diese Kinder, aber die Muttermale hasst du noch mehr. Nach einer Weile hasst du dein ganzes Gesicht. Aber du kannst nichts daran ändern. Sie gehen nicht weg, sie ändern sich nicht, es kommen womöglich noch mehr dazu. Shit, du bist so verdammt sauer. Du bist heillos wütend. Die Mädchen kichern über dich, die Jungs sind scheiße zu dir. Du findest kaum Freunde, und deine Eltern sagen dir nur immer, du sollst dich nicht um das Mobbing kümmern, was totaler Blödsinn ist. Wie viel Hass hat sich jetzt in dir angestaut? Der muss irgendwie raus, Baarda, denn wenn er in dir drinbleibt, bringt er dich früher oder später um.«

»Er tötet Leute, deren Gesichter ihn an sich selbst erinnern?«

»Möglicherweise tötet er sie sozusagen stellvertretend für sich selbst. Vielleicht hat er immer wieder an Suizid gedacht, bringt das aber nicht fertig. Deswegen foltert er seine Opfer auch nicht und hat keinen bestimmten Opfertyp – er wählt unabhängig von Geschlecht und ethnischer Zugehörigkeit. In seinem Kopf bringt er jedes Mal sich selbst um.«

»Hab's kapiert. Ich brauche jetzt einen Drink. Du?« Connie schüttelte den Kopf. Baarda nahm sich ein Glas. »Und worin besteht der Bezug zum Klinikum?«

»Weiß ich noch nicht. Vielleicht treibt er sich in der Nähe der Dermatologie rum? Oder er denkt sich, dass da so viele Leute ein und aus gehen, dass er darunter auf jeden Fall Opfer findet. Kann auch sein, dass es etwas Persönliches ist, das wir noch nicht herausgefunden haben. Aber die Beschaffenheit der Gesichtshaut ist die einzige Verbindung zwischen den Opfern, Brodie, das spüre ich in den Knochen. Deshalb hat er sie alle ausgesucht.«

Baarda kippte einen Whisky und begann seine Schuhe anzuziehen. »Dann sollten wir besser schnell aufs Revier fahren. Bist du fertig?«

Connie war schon an der Tür.

KAPITEL 43

Zehn Monate zuvor

Auto zu fahren tat weh, und eigentlich sollte sie es nicht, aber Beth konnte unmöglich weiter zu Hause sitzen. Alles, was sie den lieben langen Tag tat, war zu schauen, welche Küchenschränke geputzt, welche Schubladen sortiert und welche Sachen ausgemistet werden mussten. Das Ergebnis war ein wachsender Haufen Müll in ihrem Vorgarten, der nie in die Mülltonne passen würde und ohnehin auf den Wertstoffhof gehörte.

Mit dem Arm in der Schlinge war es umständlich, die Sachen ins Auto zu laden. Schließlich warf sie die Schlinge zu dem Müll und benutzte beide Arme. Es war jetzt gute zwei Wochen her, und sie machte brav ihre Physiotherapieübungen, daher sah sie ohnehin keinen Sinn darin, das Hilfsmittel weiter zu tragen. Natürlich war das nicht unbedingt ratsam, aber sie hielt es keinen Tag länger aus, so eingeschränkt zu sein. Mit der Schlinge kam sie sich verletzlich und alt vor. Hinzu kam, dass sie sie an … Dinge erinnerte, an die sie nicht denken wollte.

Auf dem Wertstoffhof war ungewöhnlich wenig los, aber das war nur gut so. Sie würde einige Male hin- und herlaufen müssen, um ihren Schrott in den verschiedenen Containern loszuwerden, vor allem da sie nur einen Arm richtig gebrauchen konnte, und sie wollte nicht, dass die Leute sie anstarrten. Immer noch hatte sie Angst, dass man sie aufgrund des verdammten Deepfake-Videos wiedererkannte.

Während sie rückwärts einparkte, streifte ihr Blick einen Mann, der an einer Mauer lehnte und Zeitung las. Er trug eine Baseballkappe, und der Schatten fiel über sein Gesicht, aber etwas an ihm kam ihr bekannt vor. Etwas, das neuen Schmerz in ihren Kopf und ihre Schulter schießen ließ.

Im nächsten Moment stürzte Beth wieder. Rutschte wieder diese endlose Bergflanke hinab, von der sie geglaubt hatte, sie wäre ihr Tod. Reflexartig riss sie die Hände vors Gesicht, um sich vor den Bäumen, dem Gestrüpp und den Felsen zu schützen. »Oh fuck, das ist er«, flüsterte sie. »Das ist er, das ist er, das ist er.«

Vorgebeugt, damit er sie nicht sah, startete sie den Motor, schoss mit Vollgas aus der Parklücke und musste sofort auf die Bremse treten, weil ein Van ihr nur knapp ausweichen konnte. Der Mann an der Mauer sah auf, musterte ihr Auto und lief auf sie zu. Die Zeitung hatte er fallen lassen, er ging jetzt schneller und setzte sich schließlich in Trab. Sie trat das Gaspedal durch und raste davon.

Im Rückspiegel sah sie, wie er gestikulierte, ihr bedeutete anzuhalten. Sie beschleunigte, lenkte den Wagen über das Gelände des Recyclinghofs wie auf einer Rennbahn.

Karl Smith lebte noch, verdammt. Sie hatte ihn nicht umgebracht. Jetzt würde er ihr wieder auflauern. Weiß der Himmel, wie es ihm gelungen war, vor ihr hier zu sein; sie hatte keine verdächtigen Motorräder oder Autos bemerkt, die ihr folgten. Vielleicht hatte er sie einfach beim Einladen beobachtet und war ihr vorausgefahren.

Während der Fahrt schaute sie alle paar Sekunden in den Rückspiegel, ob ihr jemand folgte. Ein paar Kilometer weiter bog sie in den Hof der kleinen Werkstatt ein, bei der sie die

Hauptuntersuchung und Reparaturen machen ließ, und stürmte in das winzige Büro.

»Könnten Sie sich mein Auto anschauen, Bill? Es ist dringend.«

»Kein Problem, ich schaue mal nach, wann wir es einschieben können.«

»Nein, Sie müssen es jetzt machen!«, entfuhr es ihr.

Bill hob die Augenbrauen und nickte. »Okay«, sagte er langsam und laut, wie zu jemandem, der schwer gestört ist, oder einem Kind, das man bei Laune halten will. »Können Sie mir denn sagen, um was es geht?«

»Ja.« Beth wurde klar, dass sie fast hyperventilierte, und bemühte sich, ihren Atem unter Kontrolle zu bekommen. »Ich weiß, wie das klingt, aber ich glaube, es könnte ein, äh, irgendwas könnte an meinem Auto sein, aufgrund dessen man mich verfolgen kann.« Bei den Worten spürte sie, wie sie rot wurde, und wandte den Blick ab. Aber sie blieb standhaft.

»Ein Peilsender«, sagte er. »Soll ich vielleicht die Polizei rufen?«

»Nein!« Sie bemerkte die Panik in ihrem Ton und zwang sich zu lächeln. »Die Polizei bringt mir nichts. Hören Sie«, sie trat noch einen Schritt näher und senkte die Stimme, »es ist mein Ex-Freund. Er kann nicht loslassen, und ich sehe immer wieder so ein Auto, das mir eine Weile folgt und dann abbiegt. Ich habe Angst vor ihm. Ich weiß, das klingt verrückt, aber wenn Sie hinter sich hätten, was ich durchmachen musste …« Sie ließ den Satz unvollendet.

»Okay, hab's kapiert. Dann auf die Rampe damit, ich schau mir den Wagen an. Ganz gründlich, Sie können beruhigt sein.«

Beth reichte ihm den Schlüssel, und während er zu ihrem Auto ging, setzte sie sich auf einen klapprigen Stuhl und tat, als läse sie in einer alten Zeitschrift. Die Gewissensbisse, die sie wegen ihrer Lüge möglicherweise empfand, lösten sich in Nichts auf angesichts der Tatsache, dass die Wahrheit noch viel beängstigender war. Wenn Karl Smith ihr schon vorher Böses gewollt hatte, wozu mochte er jetzt fähig sein, nachdem sie versucht hatte, ihn umzubringen?

Das war nicht er, beharrte ihre Stimme der Vernunft. Er kann es nicht gewesen sein. Du hast ihm den Puls gefühlt und ihn in einen Wassergraben gestoßen.

Beth wünschte, sie könnte ihrem eigenen Verstand glauben.

Wenn er noch lebt, bist du wenigstens keine Mörderin, sagte sie sich. Und es *war* er gewesen. Sie hatte seine fleckige Haut unter der Kappe erkannt, und er hatte mit Sicherheit auf sie gewartet. Wer stand schon auf einem Wertstoffhof herum und las Zeitung?

Aber er war tot. Du bist Ärztin. Niemand weiß besser als du, wie endgültig der Tod ist.

Beth stand auf, schüttelte den Kopf, um die streitenden Stimmen auszublenden, und dachte ernsthaft darüber nach. Als sie Karl Smith die Böschung hinuntergerollt hatte, war es stockfinster gewesen. Sie war erschöpft gewesen und hatte starke Schmerzen gelitten. Zudem hatte sie einen heftigen Schlag an den Kopf bekommen. Hinzu kamen der Stress, das Adrenalin und die Panik.

Manchmal, das wusste sie, war es beinahe unmöglich, einen Puls zu finden. Es gab viele Fälle, in denen Ärzte jemanden für tot erklärt hatten, nur um eine Stunde später festzustellen, dass die Person noch lebte. Wenn jemand in lebensbedrohlichem Zustand war, war auf den Puls kein Verlass. Vielleicht hatte sie an der falschen Stelle gesucht, oder der Puls war kurzfristig so schwach gewesen, dass sie ihn nicht ertastet hatte. Sie musste also mit der Möglichkeit rechnen, dass er gar nicht gestorben war.

»Nein«, sagte sie. »Das glaube ich nicht. Es kann nicht er

gewesen sein. Unmöglich ist er aus diesem Graben herausgekommen. Er ist tot, und das ist gut so, und ich habe zu viel zu verlieren, um mich damit verrückt zu machen.«

Sie marschierte in die Werkhalle zu dem Mechaniker, der mit einer Taschenlampe den Fahrzeugboden ableuchtete.

»Ist schon gut, Sie können aufhören. Ich glaube, ich habe überreagiert.«

»Also, einen Peilsender finde ich zwar nicht, aber was ich gefunden habe, ist ein gigantischer Nagel in Ihrem Hinterreifen auf der Fahrerseite. Ehrlich gesagt ist es ein Riesenglück, dass Sie hergekommen sind, der Reifen hätte jeden Moment platzen können. Bei hoher Geschwindigkeit hätte das übel ausgehen können.«

Schon wieder ein Nagel im Reifen. Wie häufig kam das normalerweise vor? Sie zwang sich, so ruhig wie möglich zu sagen: »Können Sie den Reifen wechseln? Ich muss dringend zu einem Termin.«

»Schon, aber vielleicht sollten Sie doch die Polizei rufen. Der Nagel ist sehr lang. Ich würde sagen, die Wahrscheinlichkeit, dass Sie ihn sich zufällig eingefangen haben, ist extrem klein. Wenn Ihr Ex versucht, Ihnen etwas anzutun, wäre das eine ziemlich clevere Methode.« Er legte die Taschenlampe zur Seite, ging zu einem Regal voller Reifen und begann nach dem passenden zu suchen.

»Mache ich, danke«, sagte Beth. »Wie lange wird es dauern?«

»Eine Viertelstunde, nicht mehr. Wenn Sie wollen, können Sie vom Büro aus telefonieren. Die Polizeiwache ist gleich die Straße runter. Wenn die jemanden schicken können, kann ich denen gleich zeigen, was los ist.«

»Ganz ehrlich, ich habe es momentan wirklich sehr eilig. Es wäre toll, wenn Sie einfach nur den Reifen wechseln würden. Den alten können Sie in den Kofferraum legen. Ich rufe die Polizei, sobald ich nach Hause komme, und bitte sie, es sich anzuschauen.« Sie sah auf die Uhr. Bill verstand den Wink und begann den neuen Reifen aufzuziehen.

Beth wartete, zahlte und setzte sich wieder ins Auto. Zehn Minuten später saß sie in einer Parkbucht vor dem Wertstoffhof. Sie musste sich vergewissern. Wenn der Mann, den sie gesehen hatte, nicht Karl Smith war, war alles gut. Wenn doch, musste sie sich überlegen, was sie mit ihm machte.

Ihr schmerzte der Kopf, und sie wünschte, sie hätte die Schlinge nicht weggeworfen, denn auch die Schulter verursachte ihr Höllenqualen. Sie schloss kurz die Augen und hoffte, der Schmerz würde vergehen. Als sie sie wieder öffnete, zeigte die Uhr des Wagens eine Stunde später an. Unmöglich, dachte Beth und verglich die Zeit mit ihrem Handy. Tatsächlich, sie musste eingeschlafen sein. Die Kopfschmerzen hatten sie wohl ausgeknockt. Der Wertstoffhof hatte nur noch wenige Minuten lang geöffnet, sie musste sich mit der Suche nach dem Mann und dem Abladen beeilen.

Sie fuhr hinein, langsam diesmal, versuchte, keinerlei Aufmerksamkeit zu erregen. Ruhig und gemächlich parkte sie ein.

Das Personal trug durchweg reflektierende Westen, von denen konnte es niemand gewesen sein. Die meisten Besucher wuselten zwischen den Containern umher. Von Karl Smith oder dem Mann, den sie für ihn gehalten hatte, war keine Spur zu sehen.

Sie lud ihre Sachen aus, nahm zuletzt den Reifen, den sie ans Auto gelehnt hatte, rollte ihn in die dafür vorgesehene Nische und strich mit dem Finger über die Stelle, wo der Nagel gesessen hatte. Das Loch, das zurückgeblieben war, nachdem der Mechaniker ihn entfernt hatte, war enorm.

»Das ist Zufall«, sagte sie. »Er ist tot. Und er bleibt tot. Ich mache das nicht noch mal mit. Und morgen gehe ich zur Arbeit.«

Beth sehnte sich nur noch danach, die Augen zu schließen

und zu schlafen. Erschöpft nicht nur von diesem Tag, sondern dem ganzen Monat, dem vergangenen Jahr und jeder Sekunde, seit Karl Smith in ihr Leben getreten war, fuhr sie nach Hause.

Hinter einem Baum hervor, der etwas entfernt an der Straße stand, beobachtete Karl Smith, wie sie ihre Haustür aufschloss.

KAPITEL 44

19. Juni

»DS Salter«, rief Biddlecombe durchs Telefon, »ich stelle Ihnen einen Anruf von einer Frau durch, die behauptet, sie kennt den Mann auf dem Phantombild.«

»Gut, geben Sie sie mir«, sagte Salter, lockerte ihren Hals und wünschte sich nach Hause ins Bett. Seit das Foto des Verdächtigen am Morgen in den Zeitungen erschienen war, wurden sie mit Anrufen bombardiert. Unzählige Menschen behaupteten zu wissen, wer der Mann war. Der Besprechungsraum glich mittlerweile einem Callcenter. Sie gingen bereits zahlreichen Hinweisen nach, aber die schiere Menge band viel Zeit und Energie.

»Hallo, hier DS S–«

»Karl Smith«, schnitt ihr die Frau am anderen Ende der Leitung das Wort ab. »Der Mann auf dem Foto heißt Karl Smith. Und das ist nicht geraten, das weiß ich genau.«

»Okay«, sagte Salter, »woher kennen –«

»Ich habe bis vor ein paar Tagen seinen Vater gepflegt. Ich hab diesen Mann an fünf Tagen in der Woche gesehen, und eines sage ich Ihnen schon mal, der Kerl hat mir echt Angst eingejagt. Ich hab den Job nur gemacht, weil ich die Kohle brauche, in der Pflege verdient man schweinegut, weil es echt kein

Traumjob ist, alten Leuten den Arsch abzuwischen. Aber bei denen? Ich war die Einzige von meinem Pflegedienst, die noch hingegangen ist, alle anderen, die schon dort gewesen waren, haben sich geweigert. Ich bin nur geblieben, weil die mehr gezahlt haben als üblich, und wenn ich nicht so scheißknapp bei Kasse wäre, hätte ich's nie so lange ausgehalten. Ich sag Ihnen, als der Typ mir letzte Woche gekündigt hat, ging mein Blutdruck sofort um die Hälfte runter.«

»Er hat Ihnen vergangene Woche gekündigt?« Salter winkte einem Kollegen, zu ihr zu kommen, und deutete auf den Notizblock, auf dem sie mitschrieb.

»Ja. Meinte, er könnte es sich nicht mehr leisten. Wobei er noch einiges Geld von der Lebensversicherung seiner Mutter haben muss. Außerdem kriegt er Pflegegeld, und er hat von zu Hause aus gearbeitet. Wenn er und ich gleichzeitig da waren, saß er immer an seinem Laptop.«

»Und Ihr Name ist?«

»Mrs Sandra Bissett. Und wissen Sie was, manchmal hab ich gehört, wie er mit seiner toten Mutter redete. Also, eigentlich stritt er sich eher mit ihr. Ich glaube, er hat nicht mal gemerkt, dass er es tat. Wenn er allein im Obergeschoss war, fing er manchmal aus heiterem Himmel an zu schreien, und ich dachte: Hat er sich verletzt? Ist da ein Einbrecher? Soll ich nach ihm schauen? Aber es war nie jemand anders da.«

»Okay, ich mache mir Notizen, Mrs Bissett. Sie sagen, er hätte Ihnen Angst eingejagt. War das nur ein Gefühl, oder gab es konkrete Anlässe?«

»Beides!«, sagte sie wie aus der Pistole geschossen. »Er hat mich immer beobachtet, wenn er dachte, ich würde es nicht merken. Nicht direkt, sondern durch den Spiegel im Flur, der hing so, dass man ins Wohnzimmer sehen konnte. Und nicht nur kurz. Manchmal stand er eine ganze Viertelstunde da draußen und schaute mir zu. Ich hab so getan, als merkte ich es nicht. Ein paarmal ist er wegen irgendwelchem Kleinkram total ausgerastet und wäre mir beinahe an die Gurgel gegangen. Und im nächsten Moment hat er mich voll übertrieben angegrinst, als wäre ihm eingefallen, dass er sich ja als Mensch ausgeben muss.«

»Ist Ihnen in den letzten Monaten dort etwas Ungewöhnliches aufgefallen?«

Sandra schien zu überlegen. »Eigentlich nur die Pakete. Vorher hatte er fast nie welche bekommen, aber vor einiger Zeit fing es an, dass er ständig welche kriegte. Vor allem Klamotten, für ihn. Aber ganz koscher war das nicht, denn wenn seinem Dad mal was durch die Windel ging und ich das Bett abziehen musste, hab ich, wenn ich das Bettzeug in die Schmutzwäsche warf, manchmal Klinikklamotten darin gesehen. Also, mindestens drei Garnituren Arzt- und Pflegerkleidung, Sie wissen schon, Hose und Kittel? In verschiedenen Farben und definitiv getragen. Aber ich wüsste nicht, dass der Kerl je in einem Krankenhaus gearbeitet hätte. Das war echt gruselig, ich musste gleich an Fetische denken und so.«

Salter fuhr von ihrem Stuhl auf und hieb auf den Tisch. »Mrs Bissett, nicht dass ich Ihnen nicht glaube, aber sind Sie sich hundertprozentig sicher? Kein Zweifel?«

»Oh ja, das schwöre ich Ihnen bei meinem Leben.«

»Lieber nicht«, sagte Salter. »Aber könnten Sie mir die Adresse geben?«

Salter überließ nichts dem Zufall. Noch auf dem Weg hatte sie die Durchsuchungsgenehmigung erhalten, und mit ihr trafen ein Van von der bewaffneten Bereitschaft, ein Team des MIT und Brodie Baarda vor Karl Smiths Haus ein.

»Das Haus komplett umstellen?«, vergewisserte sich Baarda.

»Ja. Zuerst gehen die Bewaffneten rein und sichern alles, dann folgen wir. Bisher war kein Lebenszeichen zu sehen, aber der Vater ist ja angeblich bettlägerig und muss ständig beaufsichtigt werden.«

»Gut.« Baarda winkte dem Leiter des bewaffneten Teams. »Los geht's.«

Sie klingelten, klopften, kündigten sich an und brachen gleichzeitig Haustür und Hintertür auf. Es dauerte ein paar Minuten, bis unter Warn- und Zurufen sämtliche Zimmer durchquert waren, dann kam der Leiter wieder heraus. »Alles gesichert, niemand im Haus«, sagte er. »Nichts Verdächtiges zu sehen, keine Anzeichen eines kürzlichen oder überstürzten Aufbruchs. Sie können jetzt rein.«

Baarda übernahm die Führung, Salter folgte ihm. Sie gingen als Erstes ins Wohnzimmer, in dem sich ein Bett, diverse Medikamente und ein abgewetzter Sessel befanden.

»Ich wüsste gern, wo sein Vater ist«, sagte Baarda. »Er kann nicht aufgestanden und weggegangen sein, also muss irgendjemand was gesehen haben.«

»Die Uniformierten sind schon auf dem Weg zu den Nachbarhäusern. Wenn ihn jemand in der vergangenen Woche gesehen hat, wissen wir das gleich. Schauen Sie mal, da ist ein Familienfoto. Ich schätze, da ist er zehn oder elf.«

An der Wand neben dem Fernseher hing ein verblichenes Foto von Karl Smith zwischen seinen Eltern. Die Mutter starrte in die Kamera, als würde sie sie am liebsten umbringen oder fressen, ganz ersichtlich war das nicht. Karls Vater hingegen wandte den Blick leicht ab. Doch Baarda und Salter musterten vor allem Karl, auf dessen Gesicht einige Muttermale zu sehen waren und der die Lippen leicht geöffnet hatte. Baarda fotografierte die Aufnahme ab und schickte sie direkt an Connie.

»Er sieht aus, als wollte er schreien«, sagte Salter. »Mir ist schon klar, warum die Pflegerin sich hier nicht wohlfühlte.«

»Ma'am«, sagte jemand von den Uniformierten von der Tür her, »laut den Nachbarn war vor ein paar Tagen ein Rettungswagen hier. Er blieb ziemlich lange, und dann wurde ein zugedeckter Körper abtransportiert. Ohne Blaulicht. Sie hatten den Eindruck, der Vater wäre gestorben.«

»Wir müssen die Leiche aufspüren«, sagte Baarda.

»Irgendwas darüber, wo Karl sein könnte?«, fragte Salter.

»Anscheinend wurde er an jenem Tag zuletzt gesehen.«

»Danke, Constable«, sagte Salter. »Na, das war ja praktisch. Sein Vater stirbt, es ist keiner mehr da, um den er sich kümmern muss, also packt er seine Sachen. Was meinen Sie?«

Baarda trat auf das Foto zu und schaute sich Karl näher an. »Meine Vermutung wäre, dass Karl seinen Vater getötet hat, damit er verschwinden kann. Entweder hat er sich ins Ausland abgesetzt, weil er nicht wegen der Dinge verhaftet werden will, die er schon begangen hat, oder er hat noch etwas vor und will nicht gestört werden, bis er es erledigt hat.«

»Sehe ich auch so«, sagte Salter. »Ich rufe jetzt die Spurensicherung rein, die soll hier alles durchgehen. Was ist aus Ihrer Sicht jetzt das Wichtigste?«

»Ich brauche ein neueres Foto von ihm. Wenn im Haus keines ist, dann von der Verkehrsbehörde, oder vielleicht hat er mal einen Reisepass beantragt. Und ich will seine Handynummer, damit wir versuchen können, das Gerät zu orten. Die Leiche von Karls Vater soll auf Fremdeinwirkung überprüft werden, am besten von Nate Carlisle. Smiths Autokennzeichen wäre auch gut, vielleicht finden wir ja das Auto, und auf jeden Fall müssen wir es an alle Häfen melden, falls er sich einschiffen will.«

»Wird gemacht. Die Pflegerin sagte übrigens etwas über die Mutter, die schon länger verstorben ist. Sie hatte das Gefühl, Karl würde mit ihr reden, manchmal sogar streiten. Das klingt nach Wahnvorstellungen.«

»Lassen Sie uns nachsehen, ob wir oben was Interessantes finden.« Baarda wandte sich zur Treppe, darauf bedacht, so wenig wie möglich zu berühren.

Im Obergeschoss stand die Badezimmertür weit offen.

»Keine Zahnbürste oder Zahnpasta«, bemerkte Baarda. »Karl ist definitiv länger verreist.«

Daneben lag Karls Zimmer. Das Bett war ungemacht, einige Schubladen waren nicht geschlossen. Baarda ging weiter. Das nächste Zimmer war ein Schlafzimmer ohne Bett; im Schrank hingen wenige Hosen und Hemden. Am Ende des Flurs war noch ein Zimmer. Baarda stieß die Tür auf und hielt sich sofort die Hand vor Mund und Nase.

Alles war vergilbt, die Tapete, die Bettwäsche und Vorhänge, sogar der fleckige Spiegel.

»Hier riecht's wie in einem Pub aus den Siebzigern«, sagte er. »Mit so einem Zimmer vor der Nase kann man den Tod von jemandem wohl kaum verarbeiten.« Er ging zu einem Stoß Papiere auf dem altersschwachen Nachttisch, nahm einen verstaubten Brief, öffnete ihn, las ihn durch und reichte ihn Salter weiter.

»Was ist das?«, fragte sie.

»Das Abschlussschreiben eines Beschwerdeverfahrens gegen St. Columba's«, sagte er gedämpft. »Die Klinikleitung kommt zu dem Schluss, dass bei der Behandlung von Barbara Smith weder Kunstfehler noch Versäumnisse begangen wurden und alles Menschenmögliche getan worden war, um sie am Leben zu erhalten. Karl Smiths Beschwerde wird abgewiesen, man rät ihm, Zivilklage einzureichen, wenn er die Sache weiterverfolgen will. Außerdem wird ihm untersagt, das Klinikum außer aus legitimen medizinischen Gründen zu betreten; jeder weitere Kontakt soll über einen Anwalt laufen. Klingt, als wäre er ganz schön lästig gewesen.«

»Vielleicht war es das, was er dort wollte«, sagte Salter. »Eine Art Rachefeldzug, bei dem er sich nebenbei Opfer gesucht hat.«

»Wir sollten sofort zu St. Columba's fahren. Ich will mit der

Person sprechen, die sich um die Beschwerde gekümmert hat, und ich will Zugang zu den Unterlagen. Im Auto rufe ich Connie und Midnight an. Womöglich ist Karl Smith schon wieder im Klinikum, aber auf jeden Fall geht es um jemanden von dort. Jetzt müssen wir rauskriegen, um wen.«

KAPITEL 45

19. Juni

»Midnight? Bist du noch da?«, fragte Connie.

»Moment«, sagte Midnight. »Die Datei ist riesig. Ich lasse mir gerade mit KI den Inhalt der Datei zusammenfassen. Baarda ist nicht bei dir?«

»Er ist in St. Columba's, das nutzen wir vorläufig als Zentrale, bis wir den Verdächtigen lokalisiert haben. Wir können froh sein, dass wir das Beschwerdeverfahren überhaupt einsehen dürfen. Zuerst kam die Antwort, es fiele unter die Schweigepflicht, wir bräuchten eine richterliche Genehmigung oder – lach nicht – Karl Smiths Einverständnis.«

»Wie habt ihr es dann doch bekommen?« Während sie sprach, tippte Midnight wie wild auf ihre Tastatur ein.

»Ich habe Superintendent Overbeck eingeschaltet. Sie kennt eine Menge Leute, und die meisten haben eine Heidenangst vor ihr. Das ist zwar ethisch fragwürdig, aber im Zweifelsfall sehr praktisch. Ich nehme an, sie hatte noch was bei jemandem von der Klinikleitung gut.«

»Okay, pass auf, das hier hat Overbeck euch verschafft. Ich fasse zusammen: Karl Smith hat Beschwerde eingereicht, nachdem seine Mutter bei einer Operation verstorben war. Sie war zu Hause zusammengebrochen und notfallmäßig in die Klinik eingeliefert worden. Nach Aussage der Rettungskräfte war es ein Herzinfarkt. Es folgt ein langer medizinischer Teil. Hmmm, sie wurde operiert, und man hat alles versucht, sie zu stabilisieren, aber Herzmuskulatur und Arterien waren schwer geschädigt, anscheinend gab es keine Chance mehr, sie zu retten. Nach dem Tod hat man die komplette Krankenakte der Frau analysiert, und sie wurde obduziert.«

»Was hat das ergeben?«

»Warte, lass mich schauen. Das steht in einem separaten Ordner. Hier. Also, die Obduktion wurde von Dr. Ailsa Lambert ausgeführt.«

Connie seufzte. »Nate Carlisles Vorgängerin. Eine tolle Frau, ich hab sie kennengelernt.«

»Das glaube ich dir, ihr Bericht ist außerordentlich gründlich. Sie stellt eindeutig fest, dass der Herzinfarkt die Todesursache war und man nichts mehr für die Patientin hätte tun können, egal was bei der Not-OP versucht wurde, und das war wohl einiges.«

»Also klare Sache«, sagte Connie.

»Und sie hat noch mehr gefunden. Selbst wenn Mrs Smith überlebt hätte, hätte sie nicht mehr lange zu leben gehabt. Bei der Inspektion der Lunge wurden mehrere kleine Tumore gefunden, auch die Lymphknoten waren schon befallen. Der Krebs war noch nicht diagnostiziert, aber es wäre nur noch um wenige Monate gegangen.«

»Was hat das Klinikum auf die Beschwerde hin unternommen?«

»So wie es aussieht, wird in solchen Fällen zunächst ein internes Gutachten erstellt, von jemandem, der oder die nichts mit der Behandlung von Barbara Smith zu tun hatte. Wäre da etwas Verdächtiges aufgetaucht, hätte das Klinikum eine externe Untersuchung des Falls beauftragt, im Rahmen derer sämtliche beteiligte Angestellte befragt worden wären. Aber da die

Sache so klar war, wurde der Fall abgeschlossen. Übrigens sehe ich hier, dass Ailsa Lambert beide Smiths zu einem Gespräch eingeladen hatte, um ihnen die medizinische Situation genau zu erklären und ihre Fragen zu beantworten. Scheint, als hätten sie die Einladung nicht angenommen. In der Obduktionsakte befindet sich kein Hinweis darauf, dass das Treffen stattgefunden hätte.«

»Das heißt, dieses interne Erstgutachten hat ihnen nicht die gewünschte Antwort geliefert, und da haben sie die Schuld aufs Klinikum geschoben und sich eingeredet, dort hätte man sich gegen sie verschworen«, sagte Connie.

»Meinst du, sie haben zu Hause gesessen und sich in ihrem Ärger gesuhlt, bis Karl eines Tages beschloss, verkleidet im Klinikum herumzugeistern und sich dort seine Opfer zu suchen? Ich hab das Gefühl, da fehlt ein Puzzleteil«, sagte Midnight.

»Das tut es in der Tat, denn die Wut der beiden richtete sich nicht gegen das Klinikum an sich. Nate Carlisle hat sich übrigens den Leichnam von Karls Vater angesehen und bestätigt, dass dieser Flüssigkeit in die Lunge eingeatmet und einen kleinen Bissen Essen verschluckt hatte. Hast du Zugang zu diesem Bericht?«

»Hab ich.« Wieder schnelles Tippen. »Kam vor ein paar Minuten bei mir rein. Mr Smith war schon lange Zeit bettlägerig, Carlisle hat sich seine Krankenakte geben lassen. Scheint, als hätte er nur wenige Wochen nach Barbara Smiths Tod einen Schlaganfall erlitten. Muss während der Zeit gewesen sein, als die Beschwerde in Bearbeitung war.«

»Das heißt, Karl sitzt zu Hause, betrauert vermutlich seine Mutter, und dann hat er plötzlich auch noch seinen Vater zu versorgen. Das hat sein ganzes Leben aus den Angeln gehoben. So was nimmt einen ziemlich mit, da braucht man unter Umständen ein Ventil, jemanden, der daran schuld ist. Midnight, hast du die Namen der Ärzte und OP-Kräfte, die Barbara Smith behandelt haben?«

»Moment – ja, hier. Der Anästhesist war Giles Polgood und die diensthabende Chirurgin Elizabeth Waterfall. Sie haben dann noch den Herzspezialisten hinzugerufen, einen –«

»Halt«, sagte Connie. »Elizabeth Waterfall, auch bekannt als Beth Waterfall?«

»Der Nachname ist ungewöhnlich, wenn du also eine Chirurgin namens Beth Waterfall dort getroffen hast, ist es garantiert dieselbe. Kennst du sie?«

»Ja, ich bin ihr einige Male begegnet. Sie ist seit Kurzem mit einem Beamten des MIT zusammen. Aber wenn Karl Smith es auf sie abgesehen hat, muss er es sehr unauffällig anstellen, sonst hätte sie sicher etwas gesagt. Könntest du in der Polizeidatenbank nachschauen, ob in der Zeit seit Barbara Smiths Tod eine Anzeige von ihr einging, wegen eines Vorfalls im Klinikum oder privat? Ich rufe inzwischen DS Lively an.«

Connie wählte Livelys Handy an, aber es ging nur die Mailbox dran. Sie versuchte es bei Baarda, aber auch da kam sie nicht durch.

»Connie«, ließ sich Midnight vernehmen, »ich hab hier was. Eine Anzeige bei der Polizei, aber nicht von Elizabeth Waterfall, sondern von jemandem namens Molly Waterfall. Eine Frau Mitte zwanzig, kam in Begleitung ihrer Mutter Beth Waterfall auf die Polizeistation.«

»Weiter.«

»Sie erstattete Anzeige gegen Unbekannt wegen Stalkings, vor allem Cyberstalking und -mobbing. Rufschädigung, Deepfake-Videos, unwahre Behauptungen über ihr Privatleben. Ziemlich dreckiges Zeug, aber die Polizei konnte offenbar nichts machen. Die Videos wurden anonym gepostet, Websites waren nur kurz im Netz und verschwanden dann wieder, alles lief über ausländische Server, und die Social-Media-Betreiber gaben die Nutzerdaten nicht raus. Es war unmöglich zu beweisen, dass es das Werk einer einzelnen Person war. Während der Ermittlungen stieß man auf mehrere Namen.« Sie verstummte.

»Midnight?«

»Ja. Einer der Namen, die hier stehen, lautet Karl Smith. Dann werden noch diverse Varianten sowohl des Vor- als auch des Nachnamens genannt, aber keine weiteren Identifikationsmerkmale. Und das bei einem Namen, der so geläufig ist. Auch wann genau das Mobbing angefangen hatte, konnte die Polizei nicht feststellen. Somit gab es keinen Verdächtigen.«

»Mist. Ich nehme an, man hat nie jemanden dafür belangt?«

»Nein. Die Akte wurde geschlossen, nachdem ein Jahr lang keine weiteren Beschwerden eingegangen waren. Das war er, ja?«

»Ich denke. Und ich denke auch, Beth wusste wahrscheinlich gar nichts von Karls Beschwerde gegen das Klinikum, weil die so schnell abgeschmettert wurde. Bleib dran, bitte. Ich brauche Beths Personalakte.« Sie rief DS Salter an. »Christie, ich habe Sie in Konferenzschaltung mit Midnight und mir verbunden. Sind Sie im Klinikum?«

»Ja. Hier ist alles ruhig, auf den Monitoren der Überwachungskameras ist nichts zu sehen. Bei Ihnen alles in Ordnung?«

»Hat Lively Ihnen gegenüber je Beth Waterfalls Tochter erwähnt?«

»Nur einmal. Ich hatte ihn gefragt, ob Beth Familie hätte, und er meinte, eine Tochter, aber die sei vor einiger Zeit gestorben. Er hätte nicht nachfragen wollen, vermutete aber, dass es Selbstmord war.«

»Himmel! Deshalb haben die Anzeigen aufgehört. Hören Sie, ich glaube, Karl Smith hat es in Wahrheit auf Beth abgesehen. Er macht sie für den Tod seiner Mutter verantwortlich. Scheint, als hätte er sich aus Rache zuerst Beths Tochter vorgenommen. Ist momentan jemand von der Klinikverwaltung bei Ihnen?«

»Ja.«

»Gut. Arbeitet Beth gerade oder ist sie zu Hause?«

Kurze Stille. Dann: »Sie hat jetzt keinen Dienst. Ich habe ihre Handynummer auf dem Bildschirm. Wir versuchen, sie zu kontaktieren.«

»Machen Sie ihr keine Angst. Aber sie muss entweder direkt zum Klinikum oder zur Polizeiwache kommen oder zu Hause alle Fenster und Türen verrammeln.«

»Haben Sie es schon Lively gesagt?«

»Den habe ich nicht erreicht. Schicken Sie bitte sofort Beths Personalakte an Midnight, und lassen Sie sich von niemandem was von Datenschutz und Privatsphäre erzählen. Hier geht es möglicherweise um Leben und Tod. Midnight, ich fahre jetzt zu Beth, bleib bitte in der Leitung. Ich will alles über Beth wissen, was uns helfen könnte, wenn wir mit Karl verhandeln. Christie, geben Sie mir Beths Adresse durch. Und sagen Sie Baarda, er soll auch dorthin kommen. Schicken Sie ein Polizeiteam hin, aber das soll erst rein, wenn ich es sage. Und versuchen Sie weiter, Lively zu erreichen. Ich fahre jetzt los.«

»Bin dabei«, sagte Salter. »Und Connie …«

»Ja?« Connie hatte schon den Autoschlüssel in der Hand.

»Zwei Sachen. Die Pflegerin sagte, manchmal hätte Karl mit seiner verstorbenen Mutter geredet beziehungsweise gestritten, als lebte sie noch. Das klingt nach Wahnvorstellungen. Und zweitens, Lively ist momentan ziemlich wehrlos. Ich weiß, er tut, als wäre nichts, aber ich kenne den Mann schon lange. Er hat Schmerzen und ist noch lange nicht genesen. Wenn es hart auf hart kommt, bin ich mir nicht sicher, ob er gegen einen jüngeren Mann bestehen könnte, der zum Äußersten entschlossen ist.«

Connie saß im Auto und startete den Motor. »Dann müssen

wir dringend vor Karl Smith bei ihm sein. Ich vermute, Smith hat seinen Vater umgebracht, und wenn dem so ist, hat er tatsächlich nicht vor, wieder nach Hause zu kommen.«

Connie programmierte die Adresse in ihr Navi ein und raste los. Inzwischen hatte Midnight Beths Personalakte bekommen und verarbeitet.

»Wie viel Zeit hast du?«, fragte sie durchs Telefon.

»Sieben Minuten laut Navi. Was hast du gefunden?«

»Beth Waterfall ist fünfundfünfzig Jahre alt. Sie hat in Edinburgh studiert und immer im Umland gearbeitet. Seit St. Columba's vor vier Jahren eröffnet wurde, ist sie dort angestellt. Lass mal schauen ... sie ist geschieden. Im Klinikum engagiert sie sich in zwei gemeinnützigen Organisationen. Sie hat ein Beratungsprogramm ins Leben gerufen, das weibliche Angestellte fördert, sich weiter zu qualifizieren und beruflich neu auszurichten. Das wurde mit einem Preis von Women in Business ausgezeichnet.«

»Irgendwas von ihrer Tochter?«

»Beth hat angegeben, ihre Tochter wäre gestorben – keine weiteren Details, außer dass es nicht in St. Columba's war. Das war vor etwas über einem Jahr. Daraufhin hatte sie sich zunächst freigenommen, kehrte aber bald wieder in den Beruf zurück. Die Personalabteilung war deswegen besorgt und hat ihr nahegelegt, sich psychologische Hilfe zu suchen. Aber es steht nicht da, wie das weiterging.«

»Irgendwelche Vorfälle von Belästigung oder Mobbing bei der Arbeit?«

»Ooh«, sagte Midnight. »Nicht direkt, aber das hier ist komisch. Etwa einen Monat nach dem Tod ihrer Tochter wurde Beth bei vollem Gehalt suspendiert, und eine Untersuchung wurde eingeleitet, weil ein Video von ihr im Netz aufgetaucht war, in dem sie sich darüber ausließ, Leuten mit ungesunden

Angewohnheiten sollte man die staatliche Krankenversicherung verwehren. Scheint eine größere Sache gewesen zu sein, es gibt mehrere Einträge. Beths hatte angegeben, es wäre ein Deepfake gewesen …«

»Wie die, mit denen ihre Tochter gemobbt wurde«, sagte Connie.

»Genau. Das Klinikum hat das Video von Fachleuten begutachten lassen, die konnten das bestätigen. Beths Suspendierung wurde aufgehoben, aber so ziemlich zur gleichen Zeit meldete sie sich krank, weil sie sich bei einem Joggingunfall den Arm ausgekugelt, eine Rippe angebrochen und eine Kopfverletzung zugezogen hatte. Es wurde ein CT gemacht, und sie war kurz im Krankenhaus, danach hatte sie eine Zeit lang Physiotherapie. Wieder kam sie schnell auf die Beine und kehrte in den Beruf zurück. Die Frau ist tough.«

»Tougher geht's nicht. Ich verstehe, warum Lively sich in sie verliebt hat. Noch was in der Akte, was mir etwas bringen könnte?«

»Nur dass ein paar Kollegen sich besorgt geäußert hatten, weil sie sich nach dem Tod der Tochter offenbar so in die Arbeit gestürzt hat. Scheint, als hätte sie sich so gut wie keine Auszeit zum Trauern genommen und im Grunde mit niemandem darüber geredet. Meine Güte, hat die Frau was mitgemacht. Ich will dich ja nicht stressen, Connie, aber versuch, sie zu retten. Sie sollte nicht noch mehr erdulden müssen.«

»Da stimme ich zu, aber auch deshalb, weil Lively mir nie vergeben würde, wenn ich es nicht täte. Ich will nicht diejenige sein, die seine Hoffnung auf wahre Liebe zunichtemacht. Jeder braucht ein bisschen Glück. Wünsch mir, dass alles gut geht!« Sie trat vor Beths Haus auf die Bremse.

Ehe Midnight etwas sagen konnte, hatte Connie die Autotür aufgestoßen und war davongestürmt.

KAPITEL 46

19. Juni

Lively wurde buchstäblich mit heruntergelassenen Hosen erwischt.

Am Vorabend, nachdem seine Überwachungsschicht geendet hatte, hatte Beth ihm den Blutdruck gemessen und sich seine Wunde angeschaut. Beides hatte ihr gar nicht gefallen.

»Du mutest deinem Körper zu viel zu, vor allem dem Hals«, erklärte sie. »Die Superintendentin wird es dir absolut nachsehen, wenn du dir einen Tag freinimmst, Sam. Ihr habt doch sowieso das Gefühl, dass die Überwachung der Klinik nichts bringt.«

»Aber wir haben's fast geschafft, das spüre ich«, sagte er. »Wenn man lange im Geschäft ist, weiß man das manchmal einfach.«

Sie lächelte. »Das sagt dir also deine Berufserfahrung?«

»Aye.«

»Aha. Gut, dass du so viel auf professionelle Expertise gibst. Meine sagt mir nämlich, dass du dich ausruhen musst. Wenn im Klinikum etwas passiert, ist deine Wunde in jeder Hinsicht ein Schwachpunkt. Ein Tag frei, mehr verlange ich gar nicht. Und ich habe diesen Monat schon zu viele Überstunden angesammelt, ich kann mir morgen also auch freinehmen. Wir legen die Füße hoch, und ich koche dir was mit Kartoffeln, okay?«

Wieder einmal ging der Sieg an sie, aber das machte ihm nichts aus. Zum ersten Mal seit … nun ja, eigentlich zum ersten Mal überhaupt war der Job nicht mehr das Wichtigste in seinem Leben.

»Okay«, sagte er. »Kann ich Bratensoße zu den Kartoffeln haben?«

»Selbst zu Pommes?«

»Auch zu Pommes.«

»Ich weiß ja nicht, ob ich es aushalte, mit dir an einem Tisch zu sitzen, während du Pommes mit Bratensoße isst, aber wenn dich das dazu bringt, zu Hause zu bleiben und dich zu entspannen, bin ich mit fast allem einverstanden.«

Und prompt hatte er das Gefühl, dass ein Durchbruch bevorstand, war zu Bett gegangen und in Schlaf gesunken, als gäbe es kein Morgen. Beth hatte ihn ausschlafen lassen, und als er am späten Vormittag die Treppe hinuntergeschlappt war, hatte das himmlisch duftende Mittagessen schon im Ofen gestanden.

»Ich will ja nichts sagen, Sam, aber wie es aussieht, hast du den Schlaf gebraucht. Wie geht's dir?«

»Ich könnte einen ganzen Ochsen verdrücken.«

»Haben wir heute nicht da, aber ich war beim Fleischer und hab uns leckere Lammkoteletts besorgt, die gibt es gleich mit Kartoffelpüree und Zwiebelsoße. Wenn du noch duschen gehst, müssten sie fertig sein, wenn du runterkommst.«

Gegessen hatten sie im Garten und danach Himbeeren gepflückt, bis Beths Arme voller Kratzer und kleiner Dornen waren. Lively hatte ihr ein Bad eingelassen und dazu Kerzen angezündet, weil sie das liebte, ihr dann einen Tee gemacht und gesagt, sie solle sich ein Stündchen entspannen, er würde den Abwasch übernehmen. Alles war perfekt gewesen. So perfekt, dass er vergessen hatte, sein Handy einzuschalten. So perfekt, dass er tatsächlich gedacht hatte – blöderweise, ohne sofort auf Holz zu klopfen –, einen so perfekten Tag könnte nichts mehr verderben.

Während Beth sich in der Badewanne aalte, war er unten auf die Toilette gegangen. Ihre Beziehung war noch in dem Stadium, wo er es nicht über sich brachte, sie durch weniger ansprechende Aspekte der menschlichen Biologie zu verderben, daher erledigte er das Notwendige immer dann, wenn sie woanders beschäftigt war. So ziemlich alles, was er in seinem neuen Leben tat, hätte sein Team veranlasst, in hysterisches Gelächter auszubrechen. Das war ihm klar, und es war ihm schnurzegal.

So kam es, dass Lively sich gerade die Hose hochziehen wollte, als vor der Toilettentür der Fußboden knarrte. Er überlegte, ob er still verharren sollte, bis Beth zurück nach oben gegangen war, aber er hatte gerade gespült und wollte nicht, dass sie dachte, er mache hier drin komische Sachen. Also beschloss er, es hinter sich zu bringen und mit beiläufig heiterer Miene die Tür zu öffnen.

Die Schaufel, die er auf sein Gesicht zukommen sah, war diejenige, mit der er noch kurz zuvor den Komposthaufen umgeschichtet hatte, nachdem sie dort ein paar ungenießbare Himbeeren entsorgt hatten, und er sah eine daran kleben gebliebene Beere auf den cremefarbenen Teppich zusausen. Sein letzter Gedanke, bevor die Lichter ausgingen, war, dass der Fleck nur mit sehr viel Aufwand zu entfernen sein würde.

Er konnte nicht länger als ein paar Sekunden weg gewesen sein, denn als er zu sich kam, war der Angreifer noch dabei, ihn ins Wohnzimmer zu zerren. Die Schaufel hatte ihn mitten ins Gesicht getroffen, und er spürte, dass seine Nase gebrochen war – nicht zum ersten Mal, und er machte sich schon lange keine Illusionen mehr, dass es das letzte Mal gewesen sein könnte. Außerdem spürte er auf der Zunge kleine Splitter von seinen Vorderzähnen, und es fiel ihm schwer, klar zu sehen.

Jetzt holte der Mann etwas aus seiner Jackentasche, und Lively war klar, wenn er nicht schnell etwas unternahm, würde er gleich fest verschnürt und unfähig sein, Beth zu helfen, wenn sie aus dem Bad kam. Das Wichtigste war, dafür zu sorgen, dass der Mann seine Handgelenke nicht zusammenbekam.

»Verdammt noch mal, wer sind Sie?«, fragte er, während der Mann ihn herumrollte und versuchte, ihn aufzusetzen und gegen das Sofa zu lehnen.

»Fick dich, Alter.«

»Na, na, so nicht.« Lively achtete darauf, verwaschen zu sprechen, als wäre er völlig benommen und harmlos. »Wenn du kleiner Scheißer mich gleich umbringst, dann ist es wohl das Mindeste, dass du mir deinen Namen sagst.«

Der Mann hatte Lively aufgerichtet und setzte sich auf seine Beine, um ihm die Fußknöchel mit Kabelbinder zusammenzuschnüren. Lively war nicht in der Lage, sich schnell genug zu bewegen oder auch nur zu denken, um das zu verhindern, aber allmählich sah er wieder scharf genug, um einen Eindruck vom Gesicht des Mannes zu bekommen.

»Karl«, knurrte dieser. »Wird Ihnen aber nicht viel bringen. Sie werden sterben, und die Scheißärztin auch, aber zuerst wird sie zuschauen, wie ich Sie umbringe.«

Karl, dachte Lively. Das hier war eindeutig der Mann, auf den er vor der Reha-Abteilung gewartet hatte. Was für eine Zeitverschwendung – er hätte einfach zu Hause bleiben können.

»Das wird eine Weile dauern«, sagte er. »Sie ist einkaufen.«

»Oh, ihr Auto steht in der Einfahrt, und in Laufweite gibt es nur einen Laden. Also wird sie nicht lange brauchen, sofern Sie die Wahrheit sagen, was ich bezweifle.« Er stieg von Livelys Beinen herunter, und Lively prüfte, wie viel Bewegungsspielraum er noch hatte. Es war wenig bis gar nichts.

»Vorbeugen«, sagte Karl, »und Hände hinter dem Rücken verschränken.«

»Weiß nicht, ob ich das kann«, sagte Lively. »Meine Schultern sind nicht so beweglich.«

»Ihr Problem, nicht meines. Hände hinter den Rücken. Und versuchen Sie keine faulen Polizeitricks. Ich weiß, wer Sie sind. Ich hab alles über Sie gelesen. Wie hart Sie mit der schottischen Mafia umgesprungen sind und so. Ist mir scheißegal. Ich hab ein Messer, und wenn's sein muss, schneide ich Ihnen einfach die Kehle durch. Fehlt ja nicht mehr viel, ein Loch ist sowieso schon drin.«

Der Kerl hatte sich tatsächlich gut informiert, und das Messer war kein Bluff: Der Griff ragte aus einer der Jackentaschen. Dem Aussehen nach schien es ein amerikanisches Jagdmesser zu sein.

Livelys Möglichkeiten waren: a) das Messer schnappen und hoffen, dass er trotz seiner unterlegenen Ausgangsposition die Oberhand bekam, b) Karl am Hals packen, wenn er sich vorbeugte, um ihm die Hände zusammenzubinden, oder c) Beth eine Warnung zurufen und hoffen, dass sie die Tür zum Bad abgeschlossen und ihr Handy bei sich hatte, um Hilfe zu rufen. Da ihm schwindelig war und Karl sich Livelys Verwundbarkeit bewusst war, konnte er sich für keine der drei Optionen sonderlich begeistern.

Mitten in seine Überlegungen hinein trat Karl ihn hart gegen den Oberschenkel. »Hände … auf den … Rücken, verdammt!«, zischte er, unterstrichen durch weitere Tritte.

Lively seufzte, bewegte seine Arme jedoch langsam nach hinten. Karl nahm das Jagdmesser aus der Tasche, legte es aufs Bücherregal und kam mit einem Kabelbinder in der Hand zurück. »Wenn Sie sich still verhalten, ziehe ich ihn nicht so fest.« Er kniete sich neben Lively und griff hinter ihn.

Du hast genau eine Chance, dachte Lively. Erst nach einigen

Jahren im Polizeiberuf hatte er verstanden, was das wirklich bedeutete, aber wenn man es einmal gelernt hatte, vergaß man es nie wieder.

Er spannte seinen Hals so gut wie möglich an, packte Karl am Kragen und rammte die Stirn gegen seine. Nicht die optimalste Aktion, nachdem er gerade eine Schaufel ins Gesicht bekommen hatte, aber sein Kopf hatte ihn in dieser Hinsicht noch nie im Stich gelassen – er hatte während seiner Laufbahn schon so einige »Glasgower Küsse« verteilt.

Karl, der nicht so unüberlegt war, wie es schien, bohrte Lively die Finger in den Hals, bis einer in der Verletzung landete. Lively schrie vor Schmerz und ließ ihn los. Karl krabbelte zum Regal, stand auf, packte das Messer und zog es aus der Scheide. In diesem Moment rannte Beth ins Zimmer – ihr Gesicht noch weißer als das Badetuch, das sie um sich gewickelt hatte.

»Hau ab!«, brüllte Lively, aber Karl griff schon nach ihr, bekam sie an den Haaren zu fassen, zog daran, bis sie auf die Knie fiel, und hielt ihr die Klinge an die Kehle.

»Tun Sie ihr nichts!«, donnerte Lively.

»Sie sind es«, sagte Beth.

»Himmel, Beth«, stöhnte Lively. »Du kennst ihn?«

»Ob sie mich kennt?«, kreischte Karl. »Kennen Sie mich, Dr. Waterfall? Wollen Sie ihm sagen, woher Sie mich kennen?«

»Das ist Karl Smith, Sam«, sagte Beth ruhig. »Er glaubt, ich hätte seine Mutter umgebracht.«

»Das glaube ich nicht nur, das ist so! Sie haben sie auf Ihrem OP-Tisch gehabt, und sie ist gestorben. Als sie in den Rettungswagen geschoben wurde, lebte sie noch, und dann – jetzt …«

»Ihre Mutter steht direkt hinter Ihnen, Karl«, ertönte von der Küche her Connies Stimme. Im nächsten Moment trat sie ins Wohnzimmer. »Ich sehe sie auch. Sie werden nicht verrückt, auch wenn es Ihnen wahrscheinlich so vorkommt.«

»Wie sind Sie –«, fing er an.

»Ich habe die Glasscheibe der Hintertür eingeschlagen, während Sie alle geschrien haben, deshalb haben Sie es nicht gehört. Ich sollte wohl hinzufügen, dass ich nicht allein bin. Das Haus ist von der Polizei umstellt, und an der Straße stehen noch mehr Einsatzwagen.«

»Mir doch scheißegal.«

»Das glaube ich Ihnen. Ich glaube Ihnen auch, dass Sie Beth töten wollen.«

»Er will mich schon lange töten«, sagte Beth. »Und er kommt jedes Mal zurück und versucht es wieder.«

»Verschwinden Sie, wenn Sie nicht mit den beiden sterben wollen«, fauchte Karl Connie an.

»Gern. Darf ich nur noch kurz fragen: Hatten Sie ein liebevolles Verhältnis zu Ihrer Mutter? Tut mir leid, wenn ich so direkt bin, aber die Frau, die hinter Ihnen steht, sieht ehrlich gesagt nicht sehr liebenswürdig aus. Wenn Sie mein Sohn wären und ich sehen würde, was Sie gerade tun, hätte ich Angst um Sie. Die Frau wirkt aber eher … irgendwie wütend.«

»Halten Sie Ihr Maul, verdammt!«, schrie er. »Sie können sie nicht sehen, das weiß ich genau! Sie wollen mir nur Angst einjagen!«

»Verzeihung, ich hätte mich vorstellen sollen. Mein Name ist Connie Woolwine. Ich bin nicht von der Polizei. Und ich bin nicht unbedingt das, was andere Leute als normal bezeichnen würden. Die meisten finden mich ein bisschen seltsam. Das sagen sie mir zwar nicht ins Gesicht, aber ich habe in dieser Hinsicht einen sechsten Sinn, daher weiß ich, wer was sagt.« Sie achtete darauf, nicht Lively anzuschauen, der am ganzen Leibe bebend das Messer anstarrte, das sich gegen Beths Haut presste.

Karl lachte. »Ja und?«

»Und das heißt, ich sehe Dinge, die andere Leute nicht sehen.« Gedämpft, fast flüsternd fuhr sie fort: »Ich bin wie Sie. Mit mir reden auch tote Menschen.«

»Haben Sie das beim FBI gelernt, Leute so zu verarschen? Ich hab alles über Sie gelesen. Ich weiß, dass Sie Psychologin sind. Sie wollen doch nur versuchen, mich dazu zu kriegen, dass ich ohne viel Gemache aufgebe und Sie mich einbuchten können.«

Connie ignorierte seine wachsende Wut. »War es Ihre Mom, die Ihnen befohlen hat, das hier zu machen? Sie haben sich lange Zeit sehr gut um Ihren Vater gekümmert, das war bestimmt nicht einfach. Ich glaube nicht, dass Sie ihm etwas angetan hätten, wenn Ihre Mom Sie nicht dazu überredet hätte.«

»Er … ich hab ihm nichts … er ist einfach gestorben.«

»Sicher, er hatte Essen und Flüssigkeit in den Atemwegen, aber Sie hatten ihn so lange versorgt, Sie wussten eigentlich, wie Sie mit ihm umgehen müssen. Wie hat Ihre Mom Sie dazu bekommen, es zu tun?« Sie richtete den Blick über seine Schulter hinweg. »Mrs Smith – darf ich Sie Barbara nennen? Nein? Na gut. Wie haben Sie Karl dazu gebracht, dass er seinem Vater etwas antut?«

»Sie ist nicht da! Ich bin allein. Ich muss das jetzt machen, ich muss es zu Ende bringen! Wenn es vorbei ist, wird sie mich endlich in Ruhe lassen.«

»Beth hat Ihre Mutter nicht umgebracht, Karl. Ich glaube, das wissen Sie. Sie ist eine Ärztin, der das Wohl ihrer Patienten am Herzen liegt. Sie engagiert sich für gemeinnützige Zwecke und für andere Klinikangestellte. Eigentlich wollen Sie sie gar nicht töten, nicht wahr?« Connie ging einen Schritt auf ihn zu.

»Sie hat nicht nur meine Mutter auf dem Gewissen, sondern auch meinen Dad – er hatte den Schlaganfall, nachdem Mum gestorben war!« Er zog Beths Kopf nach hinten, sodass die Kehle bloß lag, und trat so dicht hinter sie, dass ihr Rücken an seinen Beinen lehnte. »Und mich wollte sie auch umbringen.«

»Sie haben meine Tochter gestalkt, bis sie fast wahnsinnig war«, sagte Beth leise. »Dann wollten Sie mich töten, und das wäre Ihnen auch gelungen, wenn ich nicht diesen Abhang hinuntergefallen wäre. Was ich getan habe, war Notwehr.«

»Dann hätten Sie's besser ganz durchgezogen. Denn jetzt ziehe ich's durch.«

»Nein, Mrs Smith«, sagte Connie vom anderen Ende des Wohnzimmers in so festem, sicherem Ton, dass alle Blicke sich auf sie richteten. »Sagen Sie nicht, das wäre Karls Idee gewesen. Das glaube ich Ihnen nicht. Ich glaube, Sie sind für das verantwortlich, was er getan hat. Und zwar für alles.«

»Hören Sie auf, mit ihr zu reden!«, kreischte Karl.

»Sie sagt, es wäre Ihre Schuld. Sie sagt, Sie wären schon als Jugendlicher aggressiv gewesen. Sie wären gemobbt worden. Ich glaube, sie hat Sie auch gemobbt, Karl. Das ist mein Eindruck von ihr. Sie kommt mir zornig und unversöhnlich vor. Sie müssen so eine Wut auf die Welt gehabt haben, als sie wiederkam. Nicht einmal nach dem Tod lässt sie Sie in Ruhe, nicht wahr? Ich kann absolut verstehen, warum Sie all diese anderen Leute umgebracht haben.«

Er starrte sie an. »Was?«

»Davon wussten Sie auch, nicht, Mrs Smith?« Connie sah die leere Luft an und nickte.

»Jetzt hören Sie endlich auf, mit ihr zu reden!« Karl nahm das Messer von Beths Kehle und schwenkte es in Richtung Connie. »Sie ist nicht da. Hierher würde sie nicht kommen, und mit Ihnen würde sie erst recht nicht reden! Leute wie Sie konnte sie überhaupt nicht ausstehen, die sich für was Besseres hielten als sie!«

»Moment, Karl. Ich höre gerade noch zu. Ihre Mutter erzählt mir ein paar interessante Dinge über Sie. Unschöne Dinge. Ehrlich gesagt, ich bin mir nicht sicher, ob Ihre Mutter Sie überhaupt mochte.«

Mit vorgerecktem Messer wollte Karl auf sie zustürmen. Beth umschlang von hinten seine Knie, und er krachte zu Boden.

Lively gelang es trotz seiner zusammengebundenen Fußknöchel, sich auf Karls Beine zu werfen und sie niederzudrücken.

Während Beth in eine Ecke in Sicherheit floh, schlug Karl um sich, bäumte sich auf, schaffte es, sich halb herumzurollen, und hielt sich das Messer an die eigene Kehle.

»Tun Sie das nicht, Karl«, sagte Connie. »Ich glaube, Sie brauchen Hilfe. Ich glaube, Ihre Mutter erscheint Ihnen immer wieder und beeinflusst Ihr Verhalten.«

»Scheiß auf Sie«, schluchzte er.

»Das glaube ich wirklich«, sagte sie. »Ich glaube, die Menschen, die Sie getötet haben – Dale Abnay, Archie Bass, Divya Singh und Vic Campbell – waren Abbilder Ihrer selbst. Mir scheint, eigentlich waren Sie es, der sterben wollte, und ich gebe Ihnen mein Wort, dass ich mich dafür einsetzen werde, dass ein psychiatrisches Gutachten erstellt wird –«

»Was soll das?« Unwillkürlich ließ Karl das Messer sinken. »Was hängen Sie mir da an? Ich hab niemanden getötet, verdammt. Das mit meinem Dad war kein Mord, das war eine Gnade. Erzählen Sie mir gefälligst nicht, ich hätte irgendwen anders umgebracht. Das ist Blödsinn, das wissen Sie genau!«

In diesem Moment traf ihn ein gezielter Hieb von Lively an der Schläfe.

Karl Smith sackte in sich zusammen.

KAPITEL 47

19. Juni

»Holen Sie unsere Leute rein«, rief Lively. »Der muss gründlich gefesselt werden.«

»Warten Sie«, sagte Connie.

»Nein, der Mistkerl muss endlich seine gerechte Strafe kriegen!«

Connie prüfte Karls Puls und Atmung, dann nahm sie ihr Handy und rief Salter an. »Christie, könnten Sie reinkommen? Allein bitte. Momentan ist niemand mehr in Lebensgefahr.«

Im Nu war Salter bei ihnen. »Geht es allen gut? Was ist passiert?«

»Alles so weit in Ordnung«, sagte Connie. »Könnten Sie Mr Smith beaufsichtigen? Er kommt bestimmt gleich wieder zu sich. Unter ihm liegt wahrscheinlich ein Jagdmesser, das beschlagnahmt werden muss.«

Salter fand das Messer unter Karls Bauch, schnitt damit den Kabelbinder um Livelys Knöchel durch und setzte sich neben Karl auf den Boden.

»Ich bringe jetzt Beth hier raus«, sagte Lively. »Unsere Aussagen können wir später machen.«

»Sam«, sagte Connie. »Zuerst würde ich gern noch kurz mit Ihnen und Beth reden. Christie, Sie können dabeibleiben.«

»Natürlich«, sagte Beth. »Soll ich mir Mr Smith anschauen? Du hast ihn ziemlich hart getroffen, Sam.«

»Er wird es überleben«, sagte Connie. »Wir holen einen Arzt, der soll sich um ihn kümmern, während er verhaftet wird. Aber Beth, Sie sagten vorhin, Karl wäre jedes Mal wieder zurückgekommen. Wie meinten Sie das?«

Beth runzelte die Stirn und schüttelte den Kopf. »Ich weiß nicht genau. Nur … er scheint überall zu sein. Zuerst, als er Molly stalkte. Dann mit diesem Video von mir, dann ist er mir zu einem Ferienhaus an Loch Voil gefolgt. Und seitdem habe ich ihn, glaube ich, immer mal wieder gesehen. Einmal in einem Wertstoffhof. Und manchmal hatte ich das Gefühl, er wäre in der Nähe … Genaueres kann ich Ihnen nicht sagen.«

»Im Klinikum?«, fragte Connie.

Beths Augen füllten sich mit Tränen. »Ich weiß es wirklich nicht. Immer wenn ich ihn sehe, bekomme ich solche Panik, dass ich mich später nicht mehr klar daran erinnern kann.« Sie ging zum Sofa. »Es tut mir leid, Sam. Als er mich am Loch Voil angriff, hatte ich so schreckliche Angst – es ging wirklich ums Ganze, er oder ich. Im Kampf hab ich mir den Arm ausgekugelt, die Rippe angebrochen und den Kopf angeschlagen. Ich dachte, er wäre gestorben. Zur Polizei zu gehen, kam mir in dem Moment irgendwie sinnlos vor, weil die uns damals mit Molly auch nicht weiterhelfen konnte. Also bin ich zur Behandlung ins St. Columba's gegangen und hab die Sache dann einfach verdrängt. Wenn ich gewusst hätte, dass er es ist, nach dem ihr sucht … wenn ich das Phantombild gesehen hätte … ich komme mir so schuldig vor.«

Sie zitterte. Lively setzte sich neben sie und legte ihr den Arm um die Schultern. »Ich würde sagen, das reicht. Meine Güte, wir wurden gerade im eigenen Heim angegriffen und mit einem Messer bedroht, das kann doch sicher warten.«

»Ich fürchte nein.« Connie ließ sich in einem Sessel Beth

gegenüber nieder. »Denn als Karl sagte, er hätte die anderen Leute nicht getötet, habe ich ihm geglaubt. Sicher, er wird ins Gefängnis kommen, für diesen Überfall heute und auch weil er, wie es aussieht, seinen Vater umgebracht hat. Aber als ich die anderen Morde erwähnt habe, war er aufrichtig überrascht, ja, verärgert.«

»Ach, ich hab noch nie erlebt, dass ein Killer gleich die Waffen streckt und sagt: Ich war's, Cop, Sie haben mich überführt«, wandte Lively ein.

»Ich auch nicht, aber glaubhaft überrascht zu wirken, gelingt ihnen meist ebenso wenig. Und normalerweise müssen sie das auch nicht, es genügt, wenn sie alles abstreiten und es uns überlassen, ihre Taten vor Gericht zu beweisen. Das hier war anders, Sam, und ich denke, selbst Ihnen ist das klar.«

Lively stand auf. »Worauf wollen Sie hinaus?« Sein Ton war kalt und hart.

Connie sank der Mut. »Könnten Sie mir noch kurz zuhören?«

»Oh nein. Das ist lächerlich. Sie haben uns doch erklärt, was Smiths Motiv war, und Sie hatten recht. Schauen Sie sich sein Gesicht an. Es ist genau, wie Sie dachten. Da ist sie, die Ähnlichkeit mit den Opfern.«

»Sam –«

»Lassen Sie das ›Sam‹ bleiben. Sie sind nicht meine Kollegin, verdammt.«

»Dann mache ich damit weiter, ich bin es nämlich«, schaltete Salter sich ein. »Sam, setzen Sie sich bitte wieder hin und hören eine Minute lang zu! Wenn Dr. Woolwine etwas zu sagen hat, wird sie es früher oder später sagen müssen. Besser, Sie hören es sich jetzt an.«

»Setz dich, Liebster«, sagte Beth. »Ich weiß nicht, warum du so beunruhigt bist.« Lively sank aufs Sofa zurück. »Was ist denn, Dr. Woolwine?«

Connie räusperte sich und sagte in ruhigem Ton: »Beth, mussten Sie in den letzten vier Wochen Ihr Auto reparieren lassen?«

Beth dachte nach und zuckte mit den Schultern. »Ja. Ich habe mir vorne eine Delle eingefangen. Ich weiß gar nicht, wie. Muss ein Parkrempler gewesen sein, als ich im Klinikum oder beim Einkaufen war. Die Stelle musste ausgebeult und lackiert werden, das hat einen Tag gedauert und mich einiges gekostet. Wieso ist das von Bedeutung?«

»Es ist ein Elektroauto, nicht wahr?«

»Ja. Wissen Sie denn etwas über die Ursache, was ich nicht weiß?«

Connie seufzte.

Lively ballte die Hände zu Fäusten. »Nein. Mir ist egal, was für Blödsinn Sie gleich von sich geben werden. Das ist hanebüchen, verflucht noch eins!«

»Sam, du machst mir Angst«, sagte Beth. »Das alles macht mir Angst, ich hab schon so viele Qualen hinter mir, warum jetzt das?«

»Sie haben in der Tat schon genug gelitten«, sagte Connie. »Wie haben Sie sich gefühlt, als Sie Karl heute wiedersahen?«

Beth blickte auf ihre Hände und schlang dann die Arme um sich. »Ich hatte Angst. Oder vielmehr Panik. Als passierte es noch mal.«

»Aber Sie haben nicht überreagiert. Sie sind ruhig geblieben und haben die Situation in den Griff bekommen. Wie am Loch Voil, ja?«

»Scheint so, ja.«

»Darf ich fragen, ob damals bei Ihrem Schädel-CT etwas gefunden wurde?«

»Nichts Erwähnenswertes. Ich hatte wohl eine leichte Gehirnerschütterung. Dass ich kurz stationär im Klinikum war, lag daran, dass sie sichergehen wollten, dass der ausgekugelte

Arm wieder richtig drin war; das kann sonst zu bleibenden Beeinträchtigungen führen.«

»Ein MRT wurde nicht gemacht?«

»Nein. Dafür gab es keine Indikation. Ich fürchte, ich verstehe nicht ganz, warum das eine Rolle spielt.«

Connie rieb sich die Stirn. »Sie haben die Not-OP an Archie Bass durchgeführt. Bei dieser Gelegenheit haben Sie Lively kennengelernt, nicht wahr? Sam, Sie haben doch mit Bass gesprochen, bevor er in Narkose kam. Wie hat er reagiert, als er Sie sah, Beth?«

Sie zuckte mit den Schultern. »Er verlor massiv Blut und war verwirrt. Vor einer Operation sind Patienten oft aufgeregt.«

Lively stand der Mund offen.

»Sam?«, fragte Connie. »Sie erinnern sich an etwas?«

Er schüttelte den Kopf.

Beth legte sanft ihre Hand auf seine. »Sag es bitte. Es scheint wichtig zu sein.«

Lively fuhr sich mit dem Ärmel über die Augen. »Na gut. Von mir aus.« Er sah Connie finster an. »Aber ich will verdammt noch mal eine gute Erklärung dafür.« Dann sah er Beth an. »Als ich kam, war er ruhig. Erst als du hereinkamst, begann er durchzudrehen.«

»Ich verstehe das alles wirklich nicht«, sagte Beth. »Ich hatte Archie Bass zuvor noch nie gesehen.«

»Das glaube ich Ihnen«, sagte Connie. »Ich glaube, Sie sahen Karl Smith. Ich glaube, Ihr Gehirn sagte Ihnen, er hätte sich verkleidet. Und Sie glaubten, Sie würden wieder gestalkt. Verfolgt. Aus gutem Grund. Und ich glaube, Ihr Gehirn suggerierte Ihnen, es ginge wieder um Leben und Tod wie damals am Loch Voil. Dass Sie sich wehren müssten.«

Beth ließ Livelys Hand los und stand auf. »Nein«, flüsterte sie. »Nein! Sie meinen, ich hätte ihn getötet? Ich hätte ihn erstochen? Das ist doch verrückt, daran würde ich mich erinnern!«

»Waren Sie an dem Tag, als Vic Campbell starb, im Klinikum?«

Beth drehte sich zu Lively um. Beiden liefen Tränen über die Wangen, und Connie wünschte, sie wäre irgendwo ganz anders, an einem ganz anderen Fall.

»Ja«, sagte sie. »Aber ich habe dem Jungen doch nichts getan. Bitte sagen Sie mir, dass nicht ich es war. Bitte?«

»Ich würde Ihnen gern ein paar Fotos zeigen, und Sie sagen mir, was Sie sehen.« Connie zog ihr Handy hervor, tippte etwas ein und rief mehrere Bilder auf. »Hier.« Sie reichte Beth das Handy.

Beth nahm es, atmete tief durch und richtete den Blick auf den Bildschirm.

»Ist das ein Witz?«, flüsterte sie. »Warum tun Sie mir das an?«

Lively nahm ihr das Handy ab und wischte sich durch die Fotos, während Beth sich auf Abstand brachte.

»Was soll das?«, fragte Lively. »Wer sind diese Leute?«

Connie sah Beth an. »Wen haben Sie auf den Fotos gesehen?«

»Nun, etwa die Hälfte davon zeigt ihn. Verkleidet natürlich, aber man erkennt ihn genau. Wollen Sie, dass ich mich irgendwie verrate? Weil ich wirklich …«

»Will ich nicht«, sagte Connie. »Das schwöre ich. Würden Sie mir zeigen, auf welchen davon Karl zu sehen ist?« Sie stand auf, nahm Lively das Handy ab und ging damit zu Beth hinüber.

»Hier.« Beth zeigte auf ein Foto. »Und hier, das ist er wieder –«

»Verflucht noch mal, was siehst du da?«, fragte Lively. »Karl ist auf keinem einzigen dieser Fotos.«

Beth schlug die Hände vor den Mund und schloss fest die Augen.

»Es tut mir so leid«, sagte Connie. »Sie können nichts dafür.«

»Ich war das nicht«, murmelte Beth hinter ihren Händen.

»Im eigentlichen Sinne waren Sie es auch nicht«, stimmte

Connie ihr zu. »Haben Sie schon einmal vom Fregoli-Syndrom gehört?«

Beth schüttelte den Kopf.

»Beth hat niemanden ermordet! Sie spinnen mit Ihrem Science-Fiction-Scheiß«, polterte Lively. »Verdammt, Christie, sagen Sie was!«

»Wahrscheinlich ist Ihre Kopfverletzung die Ursache«, fuhr Connie fort. »Dieses seltene Syndrom resultiert oft aus einer Verletzung wie bei Ihrer Gehirnerschütterung, aber ein CT ist zu ungenau, da erkennt man so etwas nicht. Das Fregoli-Syndrom bewirkt, dass man ständig eine bestimmte Person zu sehen glaubt. Sie sehen zwar die wahren Gesichter der Leute, sind aber absolut überzeugt davon, es wäre eine verkleidete Person, die eine große Rolle in Ihrem Leben spielt, häufig jemand, mit dem man traumatische Erinnerungen verbindet. Menschen mit Fregoli-Syndrom glauben sich verfolgt, und in Ihrem Fall vermute ich, dass Sie immer wieder das Gefühl hatten, Sie müssten Karl Smith töten, damit nicht er sie tötete, und das führte bei Ihnen zur Kampf-oder-Flucht-Reaktion.«

»Daran würde sie sich doch erinnern«, sagte Lively. »Oder es müsste irgendein Anzeichen gegeben haben, woran sie wenigstens im Nachhinein erkennen konnte, dass etwas vorgefallen war.«

»Genau deshalb glaube ich, dass Sie es waren, Beth«, sagte Connie. »Sie sind Chirurgin. Sie wissen, wie man schnell und sicher den Tod herbeiführen kann. Und Sie haben keinerlei Sachbeweise hinterlassen, nicht, weil Sie so verschlagen sind, sondern weil Ihre angeborene Intelligenz sich einschaltete. Und Sie haben niemandem mehr Qual zugefügt als unbedingt nötig. Das ist der Grund, warum uns dieser Fall so ganz anders vorkam als alles, was wir kennen.«

Beth schluchzte auf. »Aber diese armen Leute. Ich habe so um Archie Bass' Leben gekämpft. Warum habe ich ihn bei der Operation nicht als Smith gesehen, so wie am Abend zuvor?«

»Vielleicht lag es an der sterilen Umgebung oder an den Schläuchen, Elektroden und der OP-Abdeckung. Außerdem geht das Fregoli-Syndrom oft mit einem Gedächtnisverlust einher. Bei jedem Angriff auf eine Person lief vor Ihnen ab, wie Karl Sie am Loch Voil bedroht hatte, und Sie haben jedes Mal aufs Neue um Ihr Leben gekämpft. Währenddessen und für eine Zeit lang danach befanden Sie sich in einem sogenannten Fugue-Zustand, einer dissoziativen Amnesie, die die Funktion hat, Sie vor einem erlebten psychischen Trauma zu schützen.«

»Und Divya Singh!« Beth krümmte sich vor Schluchzen. »Wie konnte ich etwas so Furchtbares tun?«

»Ihnen war nicht bewusst, dass es Divya Singh war. Es ist unwahrscheinlich, dass Sie überhaupt mitbekamen, dass Sie einen Mord begingen. Sie haben in jeder Hinsicht gegen einen Geist gekämpft.«

»Ihren Angehörigen wird das egal sein«, schluchzte Beth. »Mir wäre es jedenfalls egal. So ein brutaler, gewaltsamer Tod.«

»Bevor wir uns tiefer mit Dr. Woolwines Theorie auseinandersetzen«, meldete sich Salter sanft, »brauchen wir mehr Beweise, so hart es auch sein mag. Dr. Waterfall, haben Sie jemals Jupiter Artland besucht?«

Beth strich sich die Tränen aus den Augen und nickte. »Ja, schon einige Male. Ich bin dort sehr gern. Aber genaue Daten kann ich Ihnen nicht geben.«

»Sind Sie jemals von dort nach Hause gekommen und haben festgestellt, dass Sie schmutziger waren als sonst? Mussten Sie Ihre Kleidung waschen oder sich richtig die Hände schrubben?«

Beth schnappte nach Luft. »Ja, ich konnte es mir gar nicht erklären. Ich dachte, ich wäre vielleicht hingefallen und kurz ohnmächtig geworden, womöglich aufgrund der Kopfverletzung, aber ich hatte keine Kopfschmerzen, und ich sah auch nicht verschwommen oder so.«

»Sie waren es, verdammt«, ächzte Karl Smith vom Boden her. »*Sie* sind die Mörderin!« Er sah zu Connie hinüber. »Ich sag doch die ganze Zeit, sie ist eine Mörderin. Denen im Klinikum hab ich es auch gesagt. Aber keiner hat mir geglaubt.«

Salter drehte ihm den linken Arm auf den Rücken, legte ihm die andere Hand in den Nacken und drückte seinen Kopf wieder zu Boden, dann setzte sie sich mit ganzem Gewicht auf ihn. »Sie halten gefälligst den Mund, ja? Die Sache ist, dass Sie daran schuld sind, auch wenn es keine Absicht war.«

»Wir müssen Sie in ein Krankenhaus bringen«, sagte Connie zu Beth. »Salter, können wir Beth von hier wegbringen, ohne sie zu verhaften?«

»Mein Gott«, schluchzte Beth. »Was habe ich getan?«

Connie ging zu ihr und nahm sie fest in die Arme. »Sie werden das durchstehen«, flüsterte sie. »Ich weiß, das ist erst einmal entsetzlich für Sie, und auf Sie kommt jetzt eine schlimme Zeit zu, aber das alles waren nicht Sie.«

»Bitte sagen Sie Molly nichts davon«, brach es aus Beth heraus. »Es tut mir so leid, Sam. Ich hatte keine Ahnung. Aber bitte, Molly darf nicht erfahren, was ich getan habe.«

Connie trat beiseite, um Lively zu Beth zu lassen.

Er sah sie über Beths Schulter hinweg an. »Sie erinnert sich nicht einmal, dass ihre Tochter tot ist. Was passiert jetzt mit ihr?«

»Wir werden uns alle Mühe geben, das zu klären«, sagte Connie. »Kann sein, dass es nicht leicht wird, und es kann durchaus eine Weile dauern, aber verlieren Sie nicht die Hoffnung, ja? Beth wird Sie brauchen.«

Niemand achtete in diesem Moment auf Karl Smith.

Ohne jedes Aufsehen, ohne einen Laut zog er sich ein Messer durch die Kehle. Der Gedanke, er könnte ein zweites bei sich haben, war niemandem gekommen. Er hatte es mit der freien rechten Hand unauffällig aus der Tasche gezogen und die Klinge in das weiche Gewebe neben der Kehle gleiten lassen.

»Oh Shit!«, rief Salter erschrocken. »Das viele Blut! Wie kriege ich das gestillt?«

»Himmel.« Connie rannte zu ihr und presste die Hände an Karls Hals. »Lively, rufen Sie den Rettungsdienst!«

Beth kam herbei und kniete sich zu ihnen. »Hier und hier drücken«, instruierte sie. »Und heben Sie seinen Kopf an. Warten Sie kurz.« Sie stürzte in die Küche, man hörte Schranktüren knallen, dann kehrte sie mit den Händen voller Kompressen und Verbände zurück. »Lassen Sie mich ran.«

Sie versuchte mit aller Macht, das Blut zu stillen, stopfte Kompressen in die Wunde und presste dagegen. »Geben Sie nicht auf, Karl. Bleiben Sie bei mir. Hören Sie auf meine Stimme.« Unermüdlich fühlte sie nach seinem Puls, bis die Rettungskräfte kamen.

Die Blutlache auf dem Boden war zu einem kleinen See geworden.

Lively versuchte, Beth wegzuziehen. »Liebling, es hat keinen Sinn mehr.«

»Nein, ich kann ihn noch retten. Haben Sie Blutkonserven im Rettungswagen?«

Die Rettungskräfte sahen einander an.

»Er ist tot«, sagte Connie. »Sie konnten das nicht verhindern, Beth.«

»Aber wenn ich wenigstens ihn gerettet hätte … nur ein Leben …«

»Den hier konntest und musstest du nicht retten«, sagte Lively. »Komm her.«

Er nahm sie wieder in die Arme und hielt sie fest, bis die Sanitäter Karl Smiths Leiche hinausgebracht hatten und der qualvolle Prozess begann eine Frau für Verbrechen zu belangen, von denen sie nicht geahnt hatte, dass sie sie verübt hatte.

KAPITEL 48

30. Juni

»Ich hoffe, Sie erwarten keine Lobeshymnen. Schließlich haben Sie bis zum letzten Moment den Falschen verdächtigt.« Overbeck zündete eine Kerze auf ihrem Schreibtisch an und lehnte sich bequem auf ihrem Stuhl zurück. Es war das erste Mal, dass Connie sie entspannt erlebte.

»Ich werde den Ruhm denen überlassen, die ihn am meisten verdienen, nämlich der Police Scotland. Aber zu meiner Verteidigung würde ich gern anmerken, dass das Fregoli-Syndrom seit seiner Entdeckung im Jahr 1927 nur bei etwa hundert Personen diagnostiziert wurde. Ich vermute, die wenigsten Profiler wären darauf gekommen. Aber ich nehme die Kritik an. Das hätte schrecklich schiefgehen können.«

»Das gibt es also wirklich, dieses Fregoli-Ding? Verzeihen Sie, wenn ich sage, dass es irgendwie nach einer fadenscheinigen Ausrede für Mord klingt. Schließlich muss ich das sowohl vor der schottischen Polizeibehörde als auch der Öffentlichkeit verantworten.« Overbeck schüttelte ihre High Heels ab und legte die Füße auf den Schreibtisch.

»Das Syndrom existiert ganz ohne Zweifel. Und ja, es ist schwer zu begreifen und sehr verstörend. Aber das Entscheidende ist: Es ist eine anerkannte psychiatrische Störung. Dr.

Waterfall hätte das, was mit ihr geschah, ebenso wenig verhindern können wie jeder andere Mensch mit einer psychiatrischen Störung. Bei dem CT, das bei ihr gemacht wurde, nachdem sie durch Karls ersten Überfall am Kopf verletzt wurde, war die ursächliche Läsion leider nicht zu erkennen. Inzwischen wurde sie durch ein MRT bestätigt, aber selbst da wäre sie kaum aufgefallen, wenn man nicht gewusst hätte, wonach man suchen muss. Glücklicherweise ist Dr. Waterfalls Störung behandelbar, sowohl medikamentös als auch chirurgisch.«

»Das ist den Angehörigen der Ermordeten leider kein Trost. Dr. Woolwine, geben Sie mir irgendeinen griffigen Satz für die Presse. Sie sind doch sonst so schnell bei der Hand mit knackigen Einzeilern.«

Connie zuckte mit den Schultern. »Sagen Sie einfach die Wahrheit. Dass ein junger Mann nach dem Tod seiner Mutter geistig zusammengebrochen ist und sich an der Ärztin rächen wollte, die er fälschlicherweise dafür verantwortlich machte. Dass er ihr dabei eine Kopfverletzung beibrachte, die zu einer Erkrankung mit desaströsen Folgen führte.«

Overbeck starrte zur Decke auf. »Hm, sehr knackig ist das ja nicht.«

Connie stand auf. »Wenn Sie's knackig wollen, würde ich sagen: *Shit happens.* Manchmal schaukeln sich mehrere Traumen gegenseitig hoch und eskalieren auf katastrophale Weise.«

»Das hört sich halbwegs brauchbar an.« Overbeck setzte sich aufrecht hin, nahm einen Kuli und notierte Connies Worte. »Wissen wir, wie sie mit den Opfern in Kontakt kam?«

»Ziemlich sicher, ja. Die Fokussierung aufs Klinikum hatte uns tatsächlich von der richtigen Spur abgebracht, auch wenn Beth dort arbeitete. Mit Dale Abnay ist sie wohl zufällig zusammengetroffen, als sie beide in Jupiter Artland spazieren gingen. Und nachdem wir jetzt wissen, dass es Beth war, konnten wir die Bewegungen ihres Autos an dem Abend rekonstruieren, als

Divya Singh ermordet wurde. Wir glauben, dass Mrs Singh auf einem Supermarktparkplatz an Beths Auto vorbeigegangen ist. Die Qualität der Überwachungsaufnahmen ist nicht sehr gut, aber zeitlich kommt es hin. Archie Bass muss sie begegnet sein, als er nach einer Impfung aus dem Klinikum kam, dann ist sie ihm zu einer seiner üblichen Schlafstellen gefolgt. Vic Campbell hat sie ebenfalls im Klinikum gesehen, bei seiner Entlassung. Wir hatten ja bei allen Autowerkstätten im Umkreis darum gebeten, uns Schäden an der Motorhaube von Elektroautos in der Zeit nach Divya Singhs Tod zu melden, aber in ihrer Stammwerkstatt, wo man sie nur als nette Ärztin kannte, hatte niemand Grund, ihre Vermutung anzuzweifeln, jemand hätte ihr geparktes Auto gerammt.«

»Ah, Sie wollen sich damit herausreden, dass das Schicksal sich gegen sie verschworen hatte.«

»Ich will sagen, dass es ein Fall war, wie er vielleicht ein Mal zu einer Million vorkommt. Da ich inzwischen mehr über die Störung weiß, können wir froh sein, dass es nicht weitere Opfer gab. In manchen Fällen glauben die Kranken, die fragliche Person mehrmals am Tag zu sehen. Bei Beth bestand immer ein Bezug zu den Muttermalen in Karl Smiths Gesicht. Wenn jemandes Gesichtshaut verunstaltet wirkte, durch eine Hautkrankheit, Narben oder in Vic Campbells Fall durch Tattoos, wurde Beths Störung getriggert. Sie war dann überzeugt, dass sie Smith vor sich hatte und er sie töten würde, wenn sie nicht vorher ihn tötete.«

»Und wie soll ich Smiths Tod erklären? Also, dass es ihm irgendwie gelungen ist, sich mit nur einer freien Hand und einer erfahrenen Beamtin auf dem Rücken das Leben zu nehmen?«

Connie rieb sich die Augen. »Alle waren völlig abgelenkt. Und wir hatten ihm schon ein Messer abgenommen, uns kam nicht der Gedanke, dass er ein zweites haben könnte. Ich nehme die Verantwortung auf mich. Wir hätten ihn sofort durchsuchen sollen, aber mir war gerade klar geworden, was wirklich los war, und ich wollte den Augenblick nicht verstreichen lassen. Wenn Sie es hören wollen: Ja, es tut mir sehr leid. Aber Nate Carlisle konnte bestätigen, dass Karls Vater auf verdächtige Weise erstickt ist, und Karl hat definitiv versucht, Dr. Waterfall umzubringen. Das rechtfertigt meine Nachlässigkeit nicht, ich erwähne es nur des Zusammenhangs wegen.«

Overbeck schnalzte missbilligend mit der Zunge. »Was für ein irrsinniges Schreckensszenario erster Güte, das Sie da mal wieder aufgedeckt haben. Absolut True-Crime-podcastwürdig.«

»Das können Sie laut sagen.«

»Ich hoffe, Sie kommen wieder zu uns, falls wir Sie je noch einmal brauchen, Dr. Woolwine? Hat ein bisschen gedauert, aber inzwischen habe ich mich beinahe an Sie gewöhnt.«

»Falls ich wiederkommen sollte, bringen Sie mir dann bei, wie man auf solchen Pfennigabsätzen läuft? Das hab ich nie so recht hingekriegt.«

»Auf keinen Fall«, versetzte Overbeck streng. »Niemand erdreistet sich hier, größer zu wirken als ich. Ich gebe Ihnen aber die Nummer meines Manikürestudios. Ihre Fingernägel sind eine Schande.«

Connie lachte und wandte sich zur Tür. »War sehr nett, mal wieder mit Ihnen zusammenzuarbeiten, Detective Superintendent. Viel Glück mit der Presse. Ich bin mir sicher, mit Ihrem natürlichen Charme und Ihrer Herzenswärme werden Sie die alle um den Finger wickeln.«

KAPITEL 49

14. Juli

»Es ist Besuch für dich da, Beth«, sagte Lively. »Fühlst du dich fit genug?«

»Lieber nicht.«

Sie trug noch den Kopfverband von dem neurologischen Eingriff, um die für das Fregoli-Syndrom verantwortliche Läsion zu beheben. Noch waren die Untersuchungen, ob er erfolgreich gewesen war, nicht abgeschlossen, aber bisher sprach alles dafür, dass es geklappt hatte. Mehr Grund zur Besorgnis bereiteten ihre Depressionen und Angstzustände. Lively versuchte, sie davon zu überzeugen, eine Therapie zu machen, aber noch war es dazu zu früh. Salter indessen hatte bei der fallbedingten Auswertung ihrer Handy- und Mailnachrichten etwas gefunden, das Lively und sie für eine viel bessere Maßnahme hielten als psychologische Betreuung.

»Mum?«, rief eine Stimme aus dem Flur. Im nächsten Moment trat der Uniformierte vor dem Zimmer aus dem Weg, und eine junge Frau platzte herein.

»Oh mein Gott!«, schrie Beth. »Molly!«

Mol pfefferte ihre Tasche in eine Ecke, stürzte zu ihrer Mutter und war schon in Tränen ausgebrochen, bevor sie sie überhaupt erreicht hatte. »Mum, alles ist gut. Ich bin wieder da!«

Die beiden umklammerten sich, als wollten sie sich nie wieder loslassen.

»Ich wollte doch gar nicht, dass du mich so siehst. Ich wollte nicht, dass du weißt, was ich getan habe. Molly, es ist so schrecklich, ich habe Menschen umgebracht!«

»Nein, Mum«, sagte Molly sanft, streichelte ihr den Rücken und wiegte sie sacht. »Das warst nicht du. Das war ein Hirnschaden. Das waren kaputte Zellen, die sich falsch vernetzt hatten. Du selbst hattest keine Ahnung, was du da tust.«

Über die Schulter ihrer Tochter hinweg sah Beth Lively an. »Wie hast du sie ausfindig gemacht? Wir waren so vorsichtig. Tut mir leid, dass ich dir die Lüge mit ihrem Tod erzählt habe.«

»Molly hat mir alles erklärt«, sagte er. »Dass sie zu ihrem Vater nach Australien ging und ihren Namen änderte und ihr, weil ihr nicht wusstet, ob Karl Smith Zugang zu euren Mailadressen hat, jeden Kontakt über elektronische Medien vermieden und euch auch nie besucht habt. Es muss gewesen sein, als wäre sie wirklich gestorben.«

»Kurze Zeit war ich ja tot«, sagte Molly. »Die Rettungskräfte haben mich wiederbelebt. Da wurde mir klar, dass ich verschwinden musste und nie zurückkehren durfte. Ich habe Mum davon überzeugt, mich für tot zu erklären. Danke, dass Sie sich um sie gekümmert haben, Sergeant Lively, und dass Sie sie vor Smith beschützt haben! Solange er am Leben war, hätte ich niemals wieder einen Fuß nach Schottland gesetzt. In vielerlei Hinsicht *hat* er mich getötet. Ich weiß nicht, was ich gemacht hätte, wenn ich nicht durch meinen Dad einen australischen Pass besessen hätte.«

»Für dich Sam, bitte«, sagte Lively. »Stalking ist eines der am wenigsten erforschten und am schwersten aufzuklärenden Verbrechen, aber es ist verheerend. Ich habe mir Einsicht in die Akte mit deinen Anzeigen und Meldungen verschafft, und es tut mir leid, dass man nichts für dich tun konnte. Karl Smith war zwar massiv psychisch gestört, aber sehr intelligent. Wenn es dich tröstet, ich denke schon, dass es dir das Leben gerettet hat, ins Ausland zu gehen. Wer weiß, was er sonst noch angestellt hätte.«

»Ich habe eine Trauerfeier für dich abgehalten«, sagte Beth. »Und in meinem Schlafzimmer steht eine Urne mit deinem Namen drauf, sogar mit Asche von ein paar alten Zeitungen darin, falls er je bei mir eingebrochen wäre. Manchmal kam es mir vor, als würde ich in einem Paralleluniversum leben.«

»Er musste vollkommen davon überzeugt sein, dass ich tot bin«, erklärte Molly Lively. »Nicht nur so, dass er mich nicht mehr verfolgte, sondern so, dass ich ein neues Leben anfangen konnte. Mum hat mich nur einmal in der Woche angerufen, vom Bad aus, mit laufender Dusche, für den Fall, dass er unser Haus verwanzt hatte.«

Sie ließ ihre Mutter los und setzte sich auf den Bettrand. »Wie geht es dir nach der OP? Fühlst du dich anders?«

Beth sank wieder aufs Kissen zurück. »Schwer zu sagen. Ich kann mich immer noch nicht an die Dinge erinnern, die ich offenbar getan habe. Als hätte mein Gehirn sie aus meinem Gedächtnis gelöscht. Und doch habe ich dabei all mein Wissen und meine Fähigkeiten eingesetzt. Jetzt arbeite ich schon so viele Jahre als Chirurgin, trotzdem habe ich die Macht des menschlichen Gehirns komplett unterschätzt.«

»Eigentlich würde ich das am liebsten gar nicht fragen, aber wie steht die Polizei zu diesen Todesfällen?« Mollys Stimme zitterte, sie nahm die Hand ihrer Mutter und sah Lively an.

»Ich bin aus offensichtlichen Gründen nicht involviert, aber vom Hörensagen weiß ich, dass Detective Superintendent Overbeck sich mit den Angehörigen der Verstorbenen zusammengesetzt und ihnen die Lage und den ganzen Hintergrund erklärt hat. Anscheinend sehen sie es tendenziell so, dass Smith der eigentliche Schuldige ist. Die Sache muss aber mit viel Fingerspitzengefühl behandelt werden. Wenn ich die Entscheidungen fällen müsste, würde ich ganz sichergehen wollen, dass der Eingriff den gewünschten Erfolg hatte. Dann bestünde die Chance, die Staatsanwaltschaft davon abzubringen, deine Mutter strafrechtlich zu verfolgen, aber wirklich nur, wenn jedes Risiko ausgeschlossen ist, dass das Problem wieder auftritt. Es ist damit zu rechnen, dass Beth noch einige Monate lang für psychiatrische Tests, Befragungen und Beweissicherung zur Verfügung stehen muss, und natürlich wird auch die Autoreparatur nach der Sache mit Divya Singh zur Sprache kommen.«

Beth befreite ihre Hand aus Mollys und verschränkte die Arme. »Nach dem Mord. Nennen wir es doch beim Namen.«

»Bitte nicht, Mum«, sagte Molly.

Beths Gesicht wurde finster. »Aber wenn die mich doch nicht wieder hinkriegen? Wenn nun bei irgendeinem Gutachten herauskommt, dass ich weiterhin ein Risiko bin? Und selbst wenn alle akzeptieren, dass die Morde auf meine Kopfverletzung und dieses verfluchte Fregoli-Syndrom zurückzuführen sind, wie werde ich je damit leben können? Wie soll ich jemals wieder in den Spiegel schauen, ohne mich zu verabscheuen?«

Lively kam auf die andere Seite des Betts und nahm Beths Hand. »Das wird schon. Wenn's sein muss, ohne Spiegel. Aber dafür mit Menschen, die dich lieben und für dich da sind und dir immer wieder sagen, dass nicht du schuld bist und dass du zwar überlebt hast, aber trotzdem ein Opfer warst.«

Molly streckte die Hand aus und legte sie über seine, alle drei vereint. »Wir werden für dich da sein, Mum, jeden Tag. Ich werde nicht wieder nach Australien gehen. Ich kann mir in der Garage ein kleines Atelier einrichten und von zu Hause aus malen. Meine Sachen haben sich da unten ziemlich gut verkauft, ich hab richtig Geld gemacht. In einer Galerie in Sydney hatte ich sogar eine Ausstellung, »Schrecklich schön« lautete der Titel. All die ekligen Sachen, die er mir schickte, all diese entsetzlichen Pakete haben mir tatsächlich was gebracht. Das heißt, selbst wenn du erst mal nicht arbeiten kannst, müssen wir uns keine Sorgen um Geld machen. Und im Prinzip könntest du ja schon die vorzeitige Rente beantragen.«

»Von der Ausstellung hattest du mir gar nichts erzählt«, sagte Beth. »Warum nicht?«

»Ich dachte, vielleicht machst du dir Sorgen, wenn du daran erinnert wirst, wie ich damals meine Eindrücke künstlerisch verarbeitet habe. Aber letztendlich hatte das eine therapeutische Wirkung. Ich konnte alles aus einem anderen Blickwinkel betrachten, und das gab mir eine gewisse Macht über das, was mir passiert war. Es wäre gut, wenn du auch so ein Ventil fändest. Vielleicht können wir einen gemeinnützigen Verein gründen, ein Hilfsangebot oder Beratungszentrum für Frauen, die gestalkt werden?«

Beth lächelte. »Das könnte mir guttun, ja. Wenn ich das Gefühl hätte, die Waagschalen in die Balance zu bringen.«

»Und ich werde natürlich ausziehen, damit ihr Raum für euch habt«, sagte Lively. »Aber wenn du mich brauchst oder einfach nur sehen willst, bin ich sofort da.«

»Auf keinen Fall«, sagte Molly und vergewisserte sich mit einem Blick bei ihrer Mutter. »Dich braucht Mum genauso dringend wie mich. Als sie dich das erste Mal am Telefon erwähnte, konnte ich kaum glauben, dass sie jemanden getroffen hatte. Ich bin so froh, dass ihr ungeachtet der Umstände zusammengekommen seid. Wir müssen das Gute, das uns das Leben schenkt, ergreifen und festhalten, egal wo wir es finden.«

»Ja«, sagte Beth. »Bitte bleib, Sam. Ich glaube, irgendetwas tief in meinem Unterbewusstsein brauchte dich, damit du mich vor dem rettest, was ich tat. Als wir uns zum ersten Mal trafen, sah ich genau diese Stärke in dir. Und im Haus ist mehr als genug Platz für uns alle. Aber natürlich nur, wenn du uns zwei

Weiber willst. Ich kann verstehen, wenn wir zu zweit ein bisschen überwältigend wirken.«

Lively grinste. »Gäbe es bei euch Kuchen?«

»So viel du essen kannst.« Beth setzte sich auf und küsste ihn auf die Wange.

»Und Einladungen zu Kunstgalerien mit der wahnsinnig begabten Tochter meiner Freundin?«

Molly brach in Lachen aus, und die Atmosphäre im Zimmer schien um ein Vielfaches leichter zu werden. »Klar, immer!«

»Bin ich denn nach allem, was war, noch deine Freundin? Jetzt, wo du weißt, was ich getan habe?«, flüsterte Beth.

»Aye. Bist du, Beth Waterfall. Lass uns einander annehmen, wie wir sind, und dankbar dafür sein. Und ich werde euch weiter beschützen, euch beide, mit jedem Quäntchen Kraft, das ich habe.«

Molly beugte sich vor und küsste ihn auf die andere Wange, und Beth lächelte auf eine Art, von der Lively schon befürchtet hatte, er würde sie nie wieder zu sehen bekommen.

KAPITEL 50

10. August

Es war still im Flur, als Lively die Treppe heraufkam. Es war sein erster Arbeitstag, nachdem er sich freigenommen hatte, um Beth bei der Übersiedlung zurück nach Hause zu helfen, und er hatte sich gleichermaßen darauf gefreut und davor gefürchtet.

»Und daher«, hörte er Detective Superintendent Overbecks Stimme gegen die Tür des Besprechungsraums prallen wie Hagel gegen eine Windschutzscheibe, »hat diese Ermittlung uns ein tiefes Loch ins Budget gerissen. Sprich, wir werden im nächsten Quartal kein Geld haben, um Überstunden zu finanzieren, wir werden zudem alle Fortbildungen aufschieben müssen und –«

Lively trat ein.

»Ah, mein Leben ist wieder vollkommen. Ladies und Gentlemen, weiden Sie sich an diesem Anblick! Hier kommt der leitende Ermittler, dessen Freundin verantwortlich für all die Morde war, die wir aufzuklären versucht haben, während er auf ihrer Couch saß, ihr schöne Augen machte und ihren Kuchen aß.«

Das gesamte Team brach in Lachen und Applaus aus. Lively spürte, wie er dunkelrot anlief. »Ja, natürlich«, brauste er auf.

»Hallo, Dr. Waterfall ist keine Mörderin. Sie war Opfer einer üblen, lang anhaltenden –«

»Sergeant Lively«, schnitt ihm Overbeck das Wort ab. »Keiner hier zweifelt daran, dass Beth Waterfall nie jemandem ein Leid zugefügt hätte, wenn nicht die Verletzung, die Karl Smith ihr beigebracht hatte, zu einem Hirntrauma geführt hätte. Was wir uns fragen, ist: Was findet diese unglaublich erfolgreiche, intelligente, hart arbeitende, fähige, besonnene, engagierte und normalerweise friedfertige Chirurgin nur an einem so abgewrackten Ignoranten wie Ihnen?«

Wutentbrannt überlegte Lively, was er antworten sollte. In seinen über dreißig Dienstjahren war er nie um eine sarkastische Antwort verlegen gewesen, aber jetzt stand er da und konnte an nichts anderes denken als daran, wie fantastisch Beth Waterfall tatsächlich war und, ja, dass auch ihm schleierhaft war, was in aller Welt sie an einem derben, ungeschliffenen, schnörkellosen Cop wie ihm fand.

Gerade als er anfangen wollte, sich aufzuregen, sagte Overbeck: »Aber Sie sind *unser* abgewrackter Ignorant, Lively. Sie gehören zum Major Investigation Team, und obwohl mir ehrlich gesagt schleierhaft ist, warum, scheinen alle hier Sie toll zu finden. Man hat darauf bestanden, dass wir Sie mit einem Kuchen begrüßen und für kurze Zeit jede wie auch immer geartete Arbeit niederlegen, um Sie gebührend willkommen zu heißen.« Sie trat zur Seite, und hinter ihr wurde ein enormer Kuchen sichtbar, den das Motiv eines Comic-Bankräubers mit einem Sack voller Beute zierte. »Außerdem wollten sie bei Ihrem Eintreten ›Überraschung!‹ rufen, aber da habe ich mein Veto eingelegt, Ich dachte mir, sicher wäre Ihnen eine gute alte Abreibung nach Police-Scotland-Tradition lieber.«

»Oh Hölle«, sagte Lively. »Da hätte ich ausnahmsweise die Überraschungsparty vorgezogen, Ma'am.«

»Wie, Sergeant, ist Ihnen vor lauter Liebe etwa die Zunge

stumpf geworden? Wo bleibt der Spaß an meinem Job, wenn ich mir nicht mehr jeden Tag an einem Wetzstein wie Ihnen die Klinge schärfen kann?«

Aber Lively hatte nach dem Wort »Liebe« nichts mehr gehört. Zum Glück hatte jemand ein Messer aufgetrieben und verteilte auf Papptellern den Schokoladenkuchen (sein Lieblingskuchen), und ein anderes Superhirn hatte daran gedacht, einige Flaschen Sprühsahne mitzubringen (das Einzige, was Schokoladenkuchen noch besser machen konnte). Doch noch immer schien Lively nicht in der Lage, auch nur einen Muskel zu rühren oder ein Wort zu sagen.

Liebe. War es das, was er verspürte?

Es war so lange her, und er war mittlerweile so abgebrüht und eingefahren in seinen Gewohnheiten, dass er ganz vergessen hatte, dass es Liebe tatsächlich gab und nicht nur auf kitschigen Grußkarten und in Reality-Shows im Fernsehen, wo die Kunst perfektioniert worden war, das Gefühl vorzutäuschen.

Liebe. Das Wort fühlte sich seltsam an, wie eine Idee, die zu kompliziert war, um darüber nachzudenken. Wie wenn Brian Cox erklärte, wie das Universum sich ausdehnte oder wie das Superpositionsprinzip funktionierte.

Jemand drückte ihm ein Stück Kuchen mit Sahne in die Hand und schlug ihm freundschaftlich auf den Rücken, aber immer noch stand er da wie vom Donner gerührt und fragte sich, wie er jetzt etwas essen sollte, wo er doch gerade erkannt hatte, dass er nicht nur Liebe verspürte, sondern Liebe und Glück, weil er dabei war, Teil einer Familie zu werden. Liebe zu einer Person, die ihn ebenfalls liebte – hoffte er jedenfalls.

»Alles im grünen Bereich?«, fragte Salter. »Sie wirken ein bisschen verloren, Sergeant. Sollen wir uns ein ruhigeres Fleckchen zum Essen suchen?«

Lively gelang es zu nicken – immerhin. Salter nahm ihn am

Arm und zog ihn durch den Flur in ein leeres Besprechungszimmer. »Bisschen viel auf einmal?«, fragte sie.

»Hab's nur überhaupt nicht erwartet«, sagte er. »Wie habt ihr es geschafft, dass der Superintendent die Feier absegnet?«

»Ah, die Sache ist die: Overbeck hat den Kuchen höchstpersönlich bestellt und bezahlt. Ich würde jetzt nicht sagen, dass sie Sie mag, aber ich glaube, sie hat kapiert, dass das Team glücklicher ist, wenn Sie da sind. Nur hab ich den Eindruck, als wären Sie nicht unbedingt glücklich, wieder hier zu sein. War's doch zu früh, um sich wieder in den Sattel zu schwingen?«

»Mir ist nur gerade bewusst geworden, dass zu Hause Menschen sind, die mich brauchen. Das bin ich nicht gewohnt, Salter. Wie machen Sie das jeden Tag – Ihr Kind bei fremden Leuten lassen und herkommen? Was, wenn etwas mit der Kleinen ist?«

»Dann rufen die mich an, und wenn ich nicht gerade mit etwas Dringendem beschäftigt bin, mache ich Schluss und gehe nach Hause. Ist das alles, was Sie umtreibt? Sie sahen gerade aus, als wären Sie von tausend Emotionen auf einmal überschwemmt worden.«

»Ach, Sie waren zu viel mit dieser debilen Amerikanerin zusammen, die ständig über die Gefühle von Leuten reden will. Bei der tun mir ja fast die Verbrecher leid.«

»Ja, Connie Woolwine ist schon speziell und nicht gerade zurückhaltend. In Sachen Privatsphäre trifft es der Ausdruck Elefant im Porzellanladen ganz gut. Aber sie hat Ahnung, das muss man ihr lassen. Was meinen Sie, was sie Ihnen jetzt raten würde?«

Lively nahm einen Bissen Kuchen mit Sahne und dachte nach. »Das fürchterliche Weib würde sagen, dass der Versuch, seine Gefühle zu leugnen, nichts bringt, weil man sich dann nur noch mehr darauf konzentriert. Von wegen am besten könnte man Gefühle verarbeiten, indem man ihnen freien Lauf lässt, sich wie ein Schössling im Wind biegt oder so ein Schmu.« Er stellte den Pappteller ab. Ja, ab jetzt musste er immer auch Beth in seinem Denken berücksichtigen. Sie brauchte ihn. Und er brauchte es, dass sie ihn brauchte.

»So ein Schmu, genau«, sagte Salter. »Okay, ich muss leider weg. Gehen Sie mal wieder rein und machen denen klar, dass Sie froh sind, wieder da zu sein. Wahrscheinlich müssen Sie dazu nur ein paar Leute beleidigen, ein bisschen grantig sein und sich mit der Chefin anlegen.«

»Hört sich sinnvoll an. Wohin müssen Sie denn? Bisschen früh für Feierabend.«

»Ich habe auch einen Termin mit einem Chirurgen.« Unbewusst rieb sie sich den Bauch. »Ich habe beschlossen, dass es Zeit wird, die Narbe entfernen zu lassen. Man muss ja nicht mit Schmerzen leben, wenn's auch anders geht. Wer weiß, vielleicht kriege ich eines Tages sogar Urlaub bewilligt und bin plötzlich irgendwo an einem warmen Strand. Dann muss ich ja gut aussehen im Bikini, oder?«

»Gute Sache«, sagte Lively. »War ein langer Weg, Christie. Gut, dass es weitergeht.«

Sie umarmte ihn, länger, als es Lively noch vor ein paar Monaten behagt hätte. Jetzt erwiderte er die Umarmung so leidenschaftlich wie ein Vater, der seine Tochter zum ersten Mal allein an einem Flughafen absetzt.

»Das wird schon, sowohl bei Ihnen als auch bei mir«, sagte Salter leise. »Sehen wir doch, wie's ist: Ohne uns würde die Police Scotland total vor die Hunde gehen.«

»So ist es. Na dann, ab mit Ihnen. Und geben Sie der Kleinen einen Kuss von mir, wenn Sie nach Hause kommen.«

Er nahm seinen Pappteller und ging zurück in den Besprechungsraum, und sein Alltag – diese neue, verbesserte Version davon – begann von Neuem.

Hinter ihm traten ein Mann und eine Frau ein, und der ganze Raum verfiel in Schweigen. Diejenigen, die gesessen hatten, standen auf. Die Frau war fast unerträglich dünn, aber ihre Augen strahlten, und ihr Lächeln schien den Raum zu erhellen. Der Mann neben ihr, eine Gesichtshälfte von Narben verunstaltet, die andere unfassbar gut aussehend, nickte Lively knapp zu.

»Wurde auch Zeit, dass ihr zwei wieder auftaucht, verdammt«, sagte Lively.

KAPITEL 51

10. August

In einem Auto, das sie am Flughafen Heathrow gemietet hatten, fuhren sie südwestwärts nach Dorset, um Midnight zu besuchen. Connie streckte den Kopf aus dem Fenster und sog die Sommerluft ein.

»England ist herrlich im August«, schwärmte sie, während Baarda in Midnights Einfahrt einbog. »Cider, Scones, Eis in der Waffel mit Schokosplittern, Radfahrer, die das komplette Straßennetz in Beschlag nehmen, und Straßenpartys mit *buns and bunting!*« Die letzten Worte sprach sie so britisch aus, als übte sie für die Hauptrolle in einem Theaterstück aus den Fünfzigerjahren. »Ein Wunder, dass ich dich je überreden konnte, mit mir um die Welt zu reisen und Verbrecher zu fangen, Brodie.«

»Na ja, von Oktober bis März ist es hier nicht ganz so paradiesisch, außer für Pflanzen, die wenig Licht und viel Wasser brauchen. Wir sind da.«

»Wooly!«, ertönte ein Ruf von einer kleinen Gartenpforte her. Dort stand Dawn mit Midnight und einem Springer-Spaniel-Welpen, der auf und ab hüpfte wie auf einem winzigen Trampolin. »Wooly Arm!«

Baarda lächelte. »Geh du nur. Ich bringe unsere Sachen.«

Connie rannte die Einfahrt entlang und schloss Dawn in die Arme. Midnight hob den Welpen auf und kam zu Baarda ans Auto. »Schön, euch da zu haben. Connie sieht gut aus. Du eher etwas geschafft, wenn ich ehrlich bin. War die Fahrt lang?«

»Die letzten Monate waren lang«, sagte Baarda. »Meine Güte, ich rieche den Obstgarten schon von hier aus. Wie kommt ihr dazu, noch etwas anderes zu erledigen, außer zu ernten?«

Wie gerufen kam Doris aus dem Haus, in einer Schürze voller roter, oranger und rosa Flecken, eine Schüssel im Arm, in der sie mit einem Löffel rührte. »Gerade zur rechten Zeit, ihr Lieben«, rief sie mit ihrem Südlondoner Akzent, der überhaupt nicht zur Umgebung passte, dadurch aber umso lyrischer wirkte. »Es gibt Sandwiches mit Hähnchen und Gurke, Rhabarberscones mit Erdbeer- und Schwarzer Johannisbeermarmelade, einen Sommerbeeren-Rührpudding mit hausgemachter Vanillesoße – dieses Dosenzeug kommt mir nicht ins Haus – und Holundereis.«

»Doris, Sie sind unglaublich!«, rief Connie. »Kein Wunder, dass Midnight Sie angefleht hat, mit ihnen hierherzuziehen. Wenn sie nicht aufpassen, klaue ich Sie für mich selber!«

»Mich? Oh nein, meine Liebe. Ich bleibe, wo ich bin. Hab mir schon meine Grabstelle auf dem Friedhof dahinten ausgesucht. So gern ich in London gelebt habe, kann ich nicht glauben, dass ich es all die Jahre dort ausgehalten habe. Dieser Ort hier wiegt alle Urlaube auf, die ich nie gemacht habe. Ist ein kleines Stück vom Paradies.«

Midnight nahm Connies Arm. »Die Grabstelle wird im Meer versinken, bevor sie dorthin kommt. Doris ist robuster als wir alle zusammen. Und wenn du glaubst, du kannst sie mir streitig machen, kriegst du's mit mir zu tun. Kommt, gehen wir nach hinten in den Garten.«

Baarda brachte noch ihr Gepäck nach drinnen, dann trafen sich alle im Schatten einer alten Eiche wieder. Midnight und

Doris nahmen in Liegestühlen Platz, Connie legte sich mit Dawn auf einer Picknickdecke in die Sonne.

»Wie geht es jetzt in Schottland weiter?«, fragte Midnight. »Dr. Waterfall kommt doch hoffentlich nicht vor Gericht, oder? Dass die Arme mit dem leben muss, was sie getan hat, ist schon Strafe genug.«

»Es wurde beschlossen, dass sie nicht juristisch belangt wird«, sagte Connie. »Alle medizinischen und psychiatrischen Gutachten haben die Erstdiagnose bestätigt, und weil sie zum Zeitpunkt des Tötens in einem Fugue-Zustand war, hätte kein fairer Prozess stattfinden können. Und die Behandlung wurde erfolgreich abgeschlossen, das ist verbrieft. Beth stellt keine Gefahr mehr dar.«

»Meine Lieben, können wir in Dawns Anwesenheit über weniger brutale Dinge reden?«, bat Doris gedämpft. »Sie versteht vielleicht nicht viel davon, aber mir ist es nicht recht, wenn um sie herum von Tod gesprochen wird.«

»Was täte ich nur ohne dich, Doris?«, sagte Midnight. »Außer dass ich dann weniger auf den Rippen hätte, natürlich. Seit wir hier wohnen, ist meine Taille nicht mehr das, was sie mal war.«

Dawn griff nach Connies Hand. »Wooly, hierbleiben.«

»Nur heute Nacht, Liebes«, sagte Connie. »Aber ich mache nachher ein Puzzle mit dir, und ich lese dir eine Gutenachtgeschichte vor, und ich glaube, irgendwo in meiner Tasche ist ein Geschenk für dich.«

Dawn grinste und begann mit den bunten Schnürsenkeln von Connies Schuhen zu spielen.

»Brodie, konntest du das mit deiner Ex-Frau klären – die Nachnamen der Kinder?«, fragte Midnight.

Er lehnte sich auf seinem Liegestuhl zurück und schloss die Augen. »Ja. Ich habe es den Kindern überlassen. Sie sind schließlich groß genug, und überhaupt geht heutzutage ohnehin nichts mehr ohne die Zustimmung der Kinder. Sie haben beide sehr deutlich gemacht, dass sie ihre Namen nicht ändern wollen und es sie überhaupt nicht stört, wenn ihre Mutter anders heißt als sie.«

Midnight grinste. »Wie hat deine Ex es aufgenommen?«

»Erstaunlich gut für eine, die es gewohnt ist, ihren Willen zu bekommen. Wir haben es sogar geschafft, uns einigermaßen zivilisiert am Telefon darüber zu unterhalten.«

»Das hattest du mir gar nicht erzählt«, sagte Connie.

»Wir waren ja ziemlich beschäftigt. Aber ich sollte hinzufügen, dass ich gern einen Blick in unseren Terminkalender werfen würde. Ich habe mir überlegt, dass ich meine Reisen reduzieren und das nächste Jahr komplett hier in Großbritannien verbringen möchte. Bei den meisten Aufträgen brauchst du mich ja nicht, und wenn es Sicherheitsrisiken gibt, finde ich jemanden, der das übernimmt.«

Connie wandte den Blick ab.

Midnight erhob sich abrupt. »Lasst uns den Tee machen, ja? Bei dem Gedanken an diese Scones läuft mir das Wasser im Mund zusammen. Wir rufen euch, wenn alles fertig ist.« Sie half Dawn auf die Füße, und die beiden gingen mit Doris ins Haus.

»Hast du nicht daran gedacht, dass du das zuerst mit mir besprechen solltest?«, fragte Connie. »Seit wann sprechen wir über so was nicht mehr? Wir sind doch Partner.«

»Nicht im eigentlichen Sinne«, sagte Baarda mit seiner warmen, tiefen Stimme. »Du bist diejenige, für die unsere Klienten bezahlen. Sie wollen dein Fachwissen. Ich bin nur Beiwerk. Ich will damit auf keinen Fall sagen, dass ich rauswill, aber ich habe das Gefühl, etwas Abstand könnte uns guttun, und es hätte den zusätzlichen Vorteil, dass ich mehr für meine Kinder da sein kann.«

Connie stand auf, ging zu einem nahen Birnbaum, pflückte eine Birne und sog tief das Aroma ein. »Ich hätte dich nicht küssen sollen. Das hat irgendwas durcheinandergebracht, und du magst kein Durcheinander. Schon als ich es tat, wusste ich, dass es nicht gut war.«

»Warum hast du dich dann nicht zurückgehalten?«

Sie zuckte mit den Schultern, biss von der Birne ab, wischte sich den Saft vom Kinn, kaute und schluckte. »Ich weiß es nicht, wirklich. Manchmal hat das hier was von einer Ehe, Brodie. Sicher, ich war nie verheiratet, aber für mich hat unsere Beziehung alles, wovon ich glaube, dass es eine gute Langzeitbeziehung ausmacht. Ich kann dir vertrauen. Ich bin dich nie leid. Und du verstehst mich, ja? Also so, wie mich noch nie jemand wirklich verstanden hat. Da ist so eine … Beständigkeit. Du bist mein Anker.«

»Ein Anker ist dazu da, etwas auf der Stelle zu halten. Mir kommt es vor, als würdest du wegen unserer Partnerschaft keine neuen Bekanntschaften schließen. Wir sind nicht verheiratet, du solltest ein eigenes Leben wollen, eine Privatsphäre, einen Lebenspartner.«

»Ich habe doch dich.«

»Connie, für die intelligenteste Person, die ich je getroffen habe – ja, sogar die intelligenteste Person, die alle, die ich kenne, je getroffen haben –, bist du erstaunlich blöd.«

Sie warf das Kerngehäuse auf einen Komposthaufen und wischte sich die Finger an der Jeans ab. »Ich habe dich geküsst, weil mich dein Geruch angezogen hat«, sagte sie. »Dieses Mont-Blanc-Aftershave. Und weil es so spät war, und wegen der Dunkelheit, und weil du dich so ganz auf mich eingelassen hattest. Da konnte ich nicht anders.«

»Aber das ist nicht das, was uns ausmacht. Es würde alles zerstören.«

»Alles wäre zerstört, wenn ich dich verlieren würde. Geh nicht weg, Brodie. Auch nicht für ein paar Monate. Dass ich meinen Job gut mache, liegt auch daran, dass ich mich nur umdrehen muss, und du bist da. Ich muss mich nie durch irgendwas ablenken lassen, weil du bei mir bist, und damit meine ich nicht das Organisieren von Reisen oder meine Sicherheit oder dass wir uns beim Autofahren abwechseln können – für all das könnte ich Leute anstellen. Ich brauche dich für mein Denken und Fühlen. Wenn du eine Woche lang nicht da bist, hab ich das Gefühl, nicht mehr richtig denken zu können. Wir sind eine Maschine, die nur funktioniert, wenn beide Teile beieinander sind.«

»Ich bin keine Maschine, Connie.«

»Ich auch nicht, ob du's glaubst oder nicht. Ich will damit nur sagen, auch ich kann zusammenbrechen, in meiner Leistung nachlassen oder ermüden.« Sie setzte sich neben ihn auf einen Gartenstuhl. »Lass uns, bevor du dich endgültig entscheidest, ein paar Tage zusammen auf Martha's Vineyard verbringen. Ohne über die Arbeit zu reden. Und ich werde dich nicht zu etwas drängen. Bist du wenigstens dazu bereit?«

Brodie Baarda sah sie an, ihr Gesicht leuchtete in der zartrosa Spätnachmittagssonne, und er wusste, dass er nie in der Lage sein würde, Connie Woolwine etwas abzuschlagen.

»Na gut«, sagte er. »Martha's Vineyard. Alles andere wird man dann sehen.«

Anmerkung der Autorin

Da wie üblich die Realität verrückter ist als die Fiktion, kann ich Ihnen versichern, dass das Fregoli-Syndrom absolut real und für Betroffene einfach schrecklich ist.

Ihren Namen hat die psychiatrische Störung nach einem italienischen Schauspieler, Leopoldo Fregoli, der für seine außergewöhnliche Fähigkeit bekannt war, andere Menschen zu imitieren. Erstmals gründlich dokumentiert wurde das Krankheitsbild im Jahr 1927 durch P. Courbon und G. Fail. Der Fall, den sie beschreiben, ist bis heute der bekannteste. Es handelte sich um eine junge Frau aus Paris, die der festen Meinung war, sie würde von zwei berühmten Schauspielerinnen – Sarah Bernhardt und Robine – verfolgt. Die beiden nahmen scheinbar das Aussehen ihr bekannter Personen oder von Passanten auf der Straße an, unter anderem von Freundinnen, Ärzten und Arbeitskollegen.

Im Unterschied zu anderen Wahnvorstellungen geht das Fregoli-Syndrom nicht mit generellem Verfolgungswahn oder Paranoia einher. Es beschränkt sich auf ein bis zwei konkrete Individuen. Zwar ist den Kranken in der Regel bewusst, dass ihr Gegenüber anders aussieht als die Person, von der sie sich verfolgt glauben, aber sie sind davon überzeugt, dass der oder die Betreffende sich verkleidet hat. Oft kommt das Gefühl hinzu, gezielt verfolgt (heutzutage würde man sagen: gestalkt) zu werden, wobei böse Absichten vermutet werden. In vielen Fällen kommt es zu Gedächtnisverlust, wie er für neurologische Erkrankungen oder Schädel-Hirn-Traumen typisch ist.

Das Fregoli-Syndrom kann viele Ursachen haben, von psychotischen Störungen wie Schizophrenie und psychotischer Depression bis hin zu Schlaganfällen, Epilepsie und Kopfverletzungen. Einer Studie zufolge, die 2020 auf einer neuropsychiatrischen Konferenz vorgestellt wurde (Blackman, Bell, Dadwal & Teixeira-Dias), nehmen Menschen, die am Fregoli-Syndrom leiden, vor allem Mitglieder aus folgenden Personenkreisen wahnhaft wahr: Familienmitglieder, Bekannte, Personen von romantischem Interesse, Prominente oder auch Menschen, die mit dem hirnschädigenden Ereignis in Zusammenhang stehen.

Hirnverletzungen sind oft so unauffällig, dass sie bei einem CT übersehen werden; daher kann es vorkommen, dass Fälle lange Zeit undiagnostiziert bleiben. Und bei Verdacht auf das Fregoli-Syndrom muss auf jeden Fall ein MRT erfolgen.

Die Erkrankung mit ihren äußerst spezifischen und absonderlichen Symptomen ist in vielerlei Hinsicht rätselhaft. Vom ersten Moment an, als ich davon erfuhr, war ich von ihr fasziniert, und so entstand die Idee, sie in einem Krimi zu thematisieren. So fantastisch die medizinischen Aspekte dieses Romans zu sein scheinen, alles, was ich geschildert habe, ist prinzipiell möglich. Falls Sie sich weiter informieren möchten, es gibt online einige Artikel mit Fallbeschreibungen. Während meiner Recherchen stellte sich mir die Frage, wen ich wohl sehen würde, wenn ich plötzlich eine Hirnschädigung entwickelte. Eine berühmte Person, die ich in einem Film bewunderte, oder einen Menschen aus meinem Leben, den ich vielleicht beängstigend finde? Wie auch immer, das Fregoli-Syndrom ist eine der seltsamsten Krankheiten, der ich bei meiner schriftstellerischen Tätigkeit begegnet bin.

Danksagung

Bücher zu schreiben, ist schwer. In meiner Naivität dachte ich, im Laufe der Zeit würde es leichter werden. Meine Güte, wie sehr wurde ich eines anderen belehrt! Das Einzige, was die Prozedur erträglicher macht, ist, mit wunderbaren Menschen zusammenzuarbeiten, die genau wissen, was sie tun.

Daher gilt mein tiefster Dank allen bei Avon, ganz besonders meiner persönlichen Heldin Helen Huthwaite, aber auch euch anderen, deren stilles Wirken im Hintergrund so entscheidend ist: Maddie Wilson, Francesca Tuzzeo, Claire Ward, Sarah Foster, Katie Buckley, Emily Hall, Jessie Whitehall, Angela Thompson, Hannah Lismore, Emily Gerbner, Colleen Simpson, Rhian McKay und Anne Rieley. Danke ebenso an HarperCollins, dass ihr meine kleinen Ideen genommen und mir geholfen habt, sie zu etwas so Großem heranzuziehen.

Wie immer waren meine Agentinnen stets zur Stelle – bei Kopfschmerzen, Verwaltungssachen, meinen blöden Fragen, Selbstzweifeln und um mich aufzumuntern. Danke, Caroline Hardman, Joanna Swainson, Hana Murrell und Lucy Malone.

Danke auch an Sharon Avery, die endlich wieder zu meinem Leben gehört, auch wenn ich wünschte, es hätte nicht so viele Jahre gedauert. Ich danke dir für den medizinischen Rat, der dieses Buch überhaupt ins Rollen gebracht hat (alle Fehler gehen ganz allein auf mein Konto!), für die gemeinsamen Mittagessen, die Spaziergänge, die Unterstützung bei Kinderkatastrophen und die Erinnerungen.

Und last but not least, vielen Dank an meine Gang: Gabriel, Solomon und Evangeline, ohne die ich mehr Geld und weniger graue Haare hätte, aber bei Weitem weniger Freude und Lebensinhalt. Und David – du bist mein Sergeant Lively (sowohl mit dem Sarkasmus als auch dem Sixpack, von dem er so sehr träumt). Ohne euch wüsste ich nicht, wofür ich schreiben sollte.

Helen Fields

Leseprobe

ISBN der gedruckten Ausgabe 978-3-423-26376-4
eBook ISBN 978-3-423-44339-5

KAPITEL 1

Montag

Mit den Toten konnte man sich oft viel besser unterhalten als mit den Lebenden. Jedenfalls nach Connies Erfahrung. Sie sagten, was Sache war, ohne Ausflüchte oder Übertreibungen, und verlangten erstaunlich wenig dafür. Gerechtigkeit vielleicht, oder Schutz für andere, bei denen zu befürchten stand, dass sie das gleiche Schicksal erleiden würden. Diese spezielle Leiche jedoch würde mehr von ihr fordern.

Dr. Connie Woolwine nahm die Hand der Toten in die behandschuhte eigene. Im Leben hätten sie befreundet sein können, verbunden durch ein gemeinsames Interesse an Medizin und den Wunsch, den Verlorenen zu helfen. Im Tod war der gemeinsame Nenner das Kind, mit dem die eine von ihnen schwanger gewesen war und das die andere nun finden sollte.

»Wer hat sie dir weggenommen, Tara?«, fragte Connie. »Wie konnte jemand nur so grausam sein?« Sie strich der Toten übers Haar, fasziniert von der seidigen Fülle, in der noch hie und da eine Haarklammer von dem Knoten steckte, der sich im Kampf gelöst hatte. »Darf ich mir ansehen, was man dir angetan hat? Ich bin ganz vorsichtig. Das verspreche ich dir.«

Sie wartete einen Augenblick, dann schlug sie den oberen Teil des Tuchs zurück, mit dem die Leiche von Schwester Tara

Cameron bedeckt war. Sie fühlte sich an ein Spiel aus Kindertagen erinnert. Jedes Kind bekam ein Blatt Papier und einen Stift. Zuerst zeichneten alle ein Paar Füße, falteten das Blatt, gaben es weiter. Dann kamen die Beine, wieder wurde gefaltet und weitergegeben und so weiter. Zum Schluss wurde die ganze urkomische Person aufgedeckt, sodass die Runde aus dem Lachen nicht mehr herauskam. Ganz anders der Anblick, der sich ihr jetzt bot. Das Abbild eines Mordes, dessen Pinselstriche – die Verletzungen – ihr die Geschichte erzählten.

Taras Gesicht war relativ unversehrt, wenn man von den zerlaufenen Mascaraspuren absah, die sich als traurige Bahnen von ihren Augen nach außen über die Schläfen zogen. Die junge Frau war auf dem Rücken liegend gestorben und dabei die meiste Zeit bei Bewusstsein gewesen. Hatte um ihr verlorenes Kind und um sich selbst geweint. Mit ihrem medizinischen Wissen musste ihr klar gewesen sein, dass sie das, was mit ihr geschah, unmöglich überleben konnte.

Fast unsichtbar und für das ungeübte Auge einer schwachen Lippenstiftspur täuschend ähnlich war die Hautreizung in der Verlängerung beider Mundwinkel.

»Hat er das als Erstes getan? Dich geknebelt?«, fragte Connie und fuhr mit dem Fingernagel über die minimalen Abschürfungen, die der Knebel hinterlassen hatte. »Ja, bestimmt, sonst hättest du um Hilfe gerufen.«

In Taras linkem Ohrläppchen saß noch ein winziger dunkler Stecker. Connie ließ den Daumen darübergleiten, fragte sich, wer ihr diese Ohrringe wohl geschenkt hatte und wann. Ihr Handschuh rieb die obere Schicht ab, und plötzlich war es ein Diamant, der mit etwas Blut befleckt gewesen war. Das rechte Ohrloch war leer, und dafür mochte es verschiedene Erklärungen geben, aber Connie konnte fast vor sich sehen, wie der Knebel grob weggezerrt wurde, sich hinter dem Stecker verhakte und ihn aus dem Flügelverschluss löste.

Weiter zu Hals und Schultern. Seitlich an Taras Hals waren deutlich die blutigen Abdrücke zweier Fingerkuppen zu sehen, ein Abbild des Augenblicks, als der Angreifer ihr den Puls gefühlt hatte. Connie wusste schon, dass in dem Blut keine Fingerabdrücke zu finden sein würden. Wer diese Gräueltat auch begangen hatte, er hatte Handschuhe getragen. Nichts war dem Zufall überlassen worden. Nur durch einen winzigen, unvorhersehbaren Umstand hatte Taras Leiche überhaupt in ihrem ursprünglichen Zustand geborgen werden können.

Ihre unversehrten, makellosen Schultern sagten eine Menge über Taras Leben aus. Mit ihren dreißig Jahren hatte sie eine gesunde, straffe und reine Haut besessen. Schmale weiße Linien von den Schultern zur Brust verrieten einen Bikini, den sie in sonnigen Gefilden getragen hatte. Sie war gern draußen gewesen, hatte es genossen, Wärme auf der Haut zu spüren. Es hatte etwas Optimistisches, in Urlaub zu fahren. Die Zeit zu verbringen im Glauben, man hätte noch genug davon, dass man sie einfach genießen, für ein Weilchen alles vergessen und sich amüsieren konnte. Connie fragte sich, was Tara mit diesem Urlaub angefangen hätte, wenn sie gewusst hätte, was auf sie zukam. Ihn mit ihrer Familie verbracht? Ihre Angelegenheiten geordnet? All ihren Lieben Briefe geschrieben, um sie in der dunklen Zeit, die kommen würde, zu trösten?

Sie schlug das Laken weiter um. Unversehrte Brüste, schon prall von der ersten Milch. Darauf Blutspritzer, zu schwärzlichen Flocken getrocknet, weshalb die Haut sich rau anfühlte. Ihre Oberarme trugen die Spuren grausamer Hände, die so fest zugepackt hatten, dass blaue Flecken entstanden waren, das geisterhafte Nachbild des Menschen, der sie schnell und gnadenlos gefesselt hatte. Die Daumenabdrücke innen, die der Finger außen. Tara hatte ihm also ins Gesicht gesehen, aus nächster Nähe, so nahe, wie Connie ihr jetzt war. Hatte den Mann erkennen können, der im Begriff war, sie zu töten.

Höchstwahrscheinlich würde auf der Leiche irgendein Hinweis auf ihn zu finden sein. DNA-Spuren aus Hautzellen, einem Schweißtropfen, einem Speicheltröpfchen, das er während der Tat ausgestoßen hatte. Dank des technologischen Fortschritts war jede Leiche inzwischen eine forensische Schatzkarte, die nur darauf wartete, entziffert zu werden, jede Berührung, jeder Kuss, jeder Hieb und Kratzer war darauf verzeichnet. Eine ausgelassene chemische Party.

Aber derartige Entdeckungen brauchten eine gewisse Zeit, und die hatten sie nicht. Connie warf einen Blick auf die Uhr, die an der weißgekachelten Wand vor sich hintickte, und zwang sich, zügig weiterzumachen. Die Zeit lief. Nächster Abschnitt. Unterarme, Brustkorb, Magen, Bauchraum. Sie wappnete sich. Je weiter nach unten sie kam, desto blutiger und makabrer wurde der Anblick. Lose, schlaffe Haut warf Falten um den plötzlich nicht mehr vorhandenen Babybauch. Aber das war nicht aufgrund von Schlägen passiert. Es gab keine Anzeichen für stumpfe Gewalt. Dies war etwas noch viel Schlimmeres.

Ganz unten an Taras Bauch war ein Schnitt, etwa achtzehn Zentimeter lang und nur so tief, dass er die Haut bis zur obersten Muskelschicht durchtrennte. Am Rand entlang zeigten winzige Wunden in regelmäßigen Abständen an, wo Klammern gesetzt worden waren, um die Haut zu spreizen und den Zugang zu den tieferen Schichten zu erleichtern. In diesen befanden sich versetzt weitere Schnitte bis in die Gebärmutter hinein. Und damit war schon fast alles gesagt. Nicht alles, aber fast.

Jemand hatte sich gewaltsam einen Weg in Taras Körper hinein gebahnt und ihr Baby herausgeholt. Der Bauch, der sechsunddreißig Wochen lang als ideales Nest und Transportsystem gedient hatte, während das Kind sich für den Eintritt in die Außenwelt bereitmachte, war geschändet und ausgeraubt worden. Keineswegs professionell, aber durchaus passabel. Da hatte jemand seine Hausaufgaben gemacht. Hätte man die Leistung benoten müssen, wäre vielleicht eine Zwei als Fleißnote und als Gesamtbewertung eine Drei plus herausgekommen – und für einen gewaltsamen Kaiserschnitt reichte das absolut aus.

Der Fachbegriff war Fötusraub, und es war so ziemlich das schlimmste Verbrechen, das zumindest Connie sich vorstellen konnte. Und das wollte etwas heißen, wenn man bedachte, wie hoch die Latte aufgrund ihrer Berufserfahrung lag. Mord war es außerdem, aber das war nicht das Primärziel des Täters gewesen.

Die Leiche war im Grunde nur Kollateralschaden.

Man hatte nicht einmal versucht, Taras Wunden zu schließen. Sie war verblutet, während man das Kind versorgt und aus dem Gebäude gebracht hatte. Vollständig gefesselt und geknebelt hatte sie nur zu bewusst mitbekommen, wie ihr das Kostbarste genommen wurde.

Behutsam legte Connie die Hand über die Wunde, wünschte sich, sie könnte die Zeit zurückdrehen. Musste den Drang unterdrücken, die Ränder zusammenzupressen und den klaffenden Schnitt zu schließen – als könnte das das Baby in den Bauch der Mutter zurückbringen.

Taras Hände waren geschwollen. Die Operation, sofern man so pervers war, es so zu bezeichnen, hatte eine Weile gedauert. Connie tastete Zentimeter für Zentimeter Taras linke Hand ab, befühlte sanft die Knochen. Endgültig würde man es erst durch eine richtige Obduktion mit Röntgenaufnahmen wissen, aber sie meinte unter den Blutergüssen gebrochene Knochen zu spüren. Für diese Lesart sprachen auch Taras abgebrochene, blutige und schwarz unterlaufene Fingernägel.

»Du hast dich so gewehrt«, sagte sie sanft. »Ich hoffe, du weißt, dass du für dein Kind alles gegeben hast, was nur möglich war. Aber manche Kämpfe kann man nicht gewinnen. Dein Gegner war zu gut vorbereitet.« Sie tätschelte der Leiche die Hand, wie ihre Großmutter früher ihre getätschelt hatte, wenn sie Trost brauchte. Wenn man Glück hatte, lernte man früh zu lieben und bewahrte sich diese Fähigkeit ein Leben lang – oder sie blieb einem für immer versagt. Connie fragte sich, was Taras Baby in diesen ersten schweren Stunden seines Lebens sah und lernte. Wahrscheinlich nichts Gutes.

Weiter abwärts boten sich ihr kaum neue Informationen. Um Taras Fußknöchel waren wieder blaue Flecke; also waren auch sie gefesselt gewesen. Da Connie so schnell nach dem Fund gerufen worden war, war die Leiche noch nicht so entfärbt, wie es in den Tagen nach dem Tod zunehmend der Fall sein würde. Dass Obduktionen möglichst zeitnah erfolgen sollten, war eine heillose Untertreibung.

Die Tür des Leichenschauraums quietschte, klemmte, jemand hieb dagegen, und sie öffnete sich widerstrebend. Sie war jahrelang kaum benutzt worden, und offensichtlich wäre es dem Gebäude lieber gewesen, wenn der Raum geschlossen geblieben wäre.

»Dr. Woolwine, ich bin Kenneth Le Fay. Wir hatten uns gefragt, wie weit Sie schon sind …?«

»Fast fertig«, gab Connie zurück.

»Aha … wie lange dauert es wohl noch? Die Angehörigen warten nämlich bei mir im Büro. Ich weiß nicht, ob Sie darüber informiert wurden, aber die Kinderärztin schätzt die Überlebenschance für das Baby auf höchstens eine Woche, nach dieser traumatischen Trennung von der Mutter, und es ist jetzt schon über einen Tag her.«

»Mit ungefähr dem Zeitrahmen habe ich gerechnet. Danach wird die Spur sowieso kalt sein.«

»Die Leiche muss von hier weggebracht werden. Diskret, aber bald. Die Vorkehrungen sind schon getroffen.« Mr. Le Fays Stimme klang rau und kehlig, Connie fühlte sich an ein Insekt erinnert, das die Hinterbeine aneinanderreibt. Sein Blick blieb an ihrer Hand haften, mit der sie die der Leiche hielt, und er konnte seine angewiderte Überraschung nicht verhehlen.

»Meine Methoden mögen ungewöhnlich wirken«, sagte Connie. »Aber beim Profiling geht es darum, Verbindungen herzustellen, sowohl zwischen den verschiedenen Parametern des Falls als auch zwischen mir und allen Beteiligten. Alles davon hilft mir, der Lösung näherzukommen.«

»Man sagte mir schon, dass Sie etwas …« Er schien kein passendes Wort zu finden.

»Lassen Sie sich davon nicht irritieren, Direktor. Ich komme sofort.«

Er zerrte die Tür noch etwas weiter auf und machte eine auffordernde Geste.

Connie rührte sich nicht vom Fleck. »Ich wäre gern noch einen Moment allein hier.«

Er seufzte, verschwand aber ohne weiteren Einwand. Connie nahm es ihm nicht übel. Kenneth Le Fay leitete eine stark ausgelastete psychiatrische Spezialklinik für Hochsicherheitspatienten. Dieser Todesfall war für ihn nicht der erste im Amt und würde nicht der letzte sein, aber es war bestimmt derjenige, der ihm am meisten schlaflose Nächte bereiten würde.

»Ich muss gehen«, sagte Connie zu Tara und breitete das Laken Falz für Falz wieder über deren kalte Haut. »Ich werde alles tun, was ich kann. Versprechen kann ich nichts – das geht einfach nicht –, aber ich fange gleich an und gebe alles, so viel kann ich definitiv sagen. Falls es dir etwas hilft, ich glaube, im Moment ist dein Baby noch am Leben. Es tut mir so verdammt leid für dich.«

Noch einmal strich sie Tara übers Haar und beugte sich tiefer über sie, in Versuchung, sie auf die glatte Stirn zu küssen und ihr »Schlaf gut« zu wünschen. Doch die Tatsache, dass sie dabei unweigerlich ihre DNA hinterlassen würde, hielt sie davon ab. »Wenn alles vorbei ist, komme ich wieder zu dir. Gib die Hoffnung nicht auf.«

Der Hubschrauber, der Connie hier abgeliefert hatte, hatte zuvor eine Reihe gewundener Täler durchflogen, an Flussläufen entlang, wo er nur Hirsche und Schneeziegen aufstörte. Sie hatte kaum etwas davon wahrgenommen, ganz darauf konzentriert, ihre Vorabinformationen durchzugehen und sich Notizen zu machen. Während sie von leichten Turbulenzen geschüttelt wurden, hatte sie bereits zu analysieren begonnen, wie ein menschlicher Geist ticken musste, der zu einer solchen Gräueltat fähig war. Der Pilot hatte seit dem Start nichts gesagt, außer ihr die üblichen Sicherheitsanweisungen zu geben, und Connie war froh gewesen, sich in ihre Überlegungen vertiefen zu können, bis er sie schließlich angetippt und nach vorn gezeigt hatte, gerade als sie im Steigflug die obere Kante eines hohen Staudamms erreicht hatten.

»Himmel, das ist …« Ihr hatte das richtige Wort gefehlt. Beklemmend, monumental, beeindruckend, entsetzlich. Seltsam erhaben. Für manche Leute vielleicht sogar schön.

Unter ihnen befand sich nichts als eine weite Wasserfläche, die die unzähligen Grautöne des Himmels widerspiegelte. In der Ferne hüllten Wolken die Berge in geheimnisvolle Schleier. Doch zwischen See und Bergen stand ein schreiender Affront gegen die Natur, der in gewisser Hinsicht doch perfekt in die unbarmherzige Landschaft passte. Ein Bauwerk mit drei eckigen Türmen – dem höchsten in der Mitte – ließ die Umgebung geradezu klein erscheinen.

»Da sind Sie sprachlos, was? Ist jeder, der es zum ersten Mal sieht. Ich bin froh, dass ich hier immer nur Leute absetze oder abhole und dann schnell wieder weg kann. Mich gruselt, wenn ich das Ding nur sehe.«

Seinen Anfang hatte das Gebäude als Festung genommen, hatte Connie gelesen: drei Wehrtürme, die das Tal überblickten, verbunden durch niedrigere Gebäudeteile. Eine gewaltige, weitläufige Masse, als wäre der Granitboden ungleichmäßig aufgebrochen und hätte sie ausgespien in dem Versuch, die Berge im Hintergrund nachzuahmen.

Vor etwa hundert Jahren war die Charles Horatio Parry Institution for the Rehabilitation of the Criminally Insane in die Festung eingezogen, die Charles-Horatio-Parry-Anstalt zur Heilung und Pflege geisteskranker Straftäter. Der lächerliche Titel war bald zu »Parry Institution« verkürzt worden, ein Begriff, der schnell weltweit mit Psychopathen und Serienmördern verbunden wurde und dem Bemühen, hinter den berüchtigten Mauern den Wahnsinn zu zähmen und aus Löwen Lämmer zu machen. Bedlam, Topeka, Broadmoor, Rampton – und die Parry Institution. Namen, die man nur flüsternd aussprach und die auf der ganzen Welt Anlass zu Spekulationen boten.

Dem Komplex vorgelagert war eine stachelbewehrte Mauer zum Schutz vor Gefahren von außen wie von innen. Hinter den Türmen schlängelte sich eine schmale Straße die gefährlich steile Bergflanke entlang, außer dem Luftweg der einzige Verkehrsweg für Mitarbeiter, Waren, Dienstleister und Neupatienten. Für Entlassungen hingegen wurde sie weniger genutzt. Es hieß, es gäbe so gut wie keine. Die Patientinnen und Patienten der Parry Institution waren nicht von der Sorte, die über kurz oder lang wieder in die Gesellschaft eingegliedert werden konnte. Hier war man lebenslänglich untergebracht, wie lange das auch sein mochte.

Als sie auf dem Weg zu dem markierten Landeplatz das Gelände überflogen hatten, hatte Connie den Personalparkplatz vor dem Gebäude, den Ladebereich für Lieferfahrzeuge neben Turm 1 und die Müllverbrennungsanlage neben Turm 3 zur Kenntnis genommen; es gab also insgesamt vier Möglichkeiten, wie ein Mensch die Einrichtung verlassen konnte, lebend oder tot. Das einzige sichtbare Wachhäuschen befand sich an der Lieferzufahrt, das hieß, den Mitarbeitern der Anstalt wurde ein gewisses Vertrauen entgegengebracht.

Die drei grauen Steingiganten der Türme waren hoch genug, um selbst den verzweifeltsten Patienten jede Lust zu fliehen zu nehmen. Natürlich waren die Fenster zusätzlich vergittert, und schon der Blick nach draußen reichte wohl aus, um die meisten Leute von einem unbefugten Ausflug abzuhalten. Nach vorn winkte Ertrinken, nach hinten gefährliche Stürze und die Macht der Naturgewalten. Und in der kalten Jahreszeit in jeder Richtung Erfrieren, bevor man auf ein Fahrzeug stieß, das einen mitnahm. Angesichts des überschaubaren Verkehrs würde der oder die Flüchtige, sobald unweigerlich der Alarm losging, aber auch dann leicht zu finden sein. Außer, es war Hilfe von innen im Spiel. Wie es bei dem Mord an Tara zweifellos der Fall gewesen war.

Ein Mitglied des Personals musste bestochen oder erpresst worden sein, Türen unverschlossen zu lassen und das Baby aus dem Komplex zu schmuggeln. Und zwar jemand, der genug Vertrauen genoss, um über Schlüssel und Türcodes auf den Stationen zu verfügen, aber einem Menschenleben so wenig Wert beimaß, dass er auch die grausamsten Taten als Mittel zum Zweck betrachtete.

Auf dieser Welt war nichts undenkbar.

Es hatte eine Zeit gegeben, da hatte Connie sich das nicht vorstellen können, hatte aufrichtig geglaubt, es gäbe eine Obergrenze dessen, was Menschen einander anzutun fähig sind. Doch das war in der fernen Vergangenheit gewesen, bevor sie angefangen hatte, für Polizeibehörden weltweit als Profilerin zu arbeiten. Vor ihrem Abschluss in Psychologie und der Weiterbildung zur forensischen Psychologin. Damals, als auch sie in einer Einrichtung einsaß – hübscher (und teurer) als diese hier, aber vom Prinzip her genau wie die, in der sie nun stand. Was sie besser wusste als jeder andere, war, dass Gut und Böse in jedem Menschen schlummerten, wie eine Art Energiepotenzial, das nur den richtigen Katalysator brauchte, um sich explosionsartig zu entladen. Dass niemand zur Gänze vertrauenswürdig war. Dass es zur Essenz des Menschseins gehörte, die finstersten Triebe und Gelüste unter der Fassade der Normalität und Routine zu verbergen. Manche beherrschten das sehr gut, andere nicht.

Dank dieser besonderen Einsicht in die menschliche Natur war Dr. Connie Woolwine hier. Hatte die schwere Entscheidung getroffen, diesen Auftrag anzunehmen, statt zu ihrer Mutter zu fahren, während ihr Vater zur Angiografie ins Krankenhaus musste. Hatte ein Treffen mit dem einzigen Mann abgesagt, der sich, soweit sie zurückdenken konnte, je für sie interessiert hatte (ihre Mutter meinte, sie »stieße die Menschen zurück«). Hatte alle Urlaubsüberlegungen aufgeschoben. Bora Bora, Australien und Marrakesch würden im nächsten Jahr auch noch da sein. Ihre Arbeit war ihr Lebensinhalt. *Vielleicht*, flüsterte eine Stimme in den dunkelsten Tiefen ihres Gehirns, *ist das sogar buchstäblich das Einzige, wofür du lebst.*

Und in diesem Moment waren Connies Arbeit, ihre Fachkenntnis und ihre natürliche Gabe, in Menschen zu lesen, absolut essenziell. Weil zwischen ihr und dem Ziel, Taras Baby zu finden, eine Station voller verurteilter Serienmörder und Psychopathen lag.